Ne jamais craquer pour celui qui vous a échappé

Surtout s'il était ton premier amour

Cœur à prendre
Tome 4

Kate O'Keeffe

Chapitre Un

Ne panique pas. *Ne panique pas.*

Je dois me ressaisir.

Je prends une profonde inspiration pour me calmer en jetant un nouveau coup d'œil dans sa direction, et mon cœur me remonte dans la gorge.

Zut ! Je panique.

Entendons-nous bien, j'essaie de rester calme, sereine et maîtresse de moi-même. J'essaie vraiment. Mais à cet instant précis, toutes les alarmes se déclenchent dans mon cervello, mon cœur bat la chamade et mon envie de m'enfuir est presque irrépressible.

Il est là. Juste en face de moi.

Celui que j'ai laissé filer.

Celui que je n'ai pas vu depuis... enfin, ça fait un bail.

Presque douze ans, en fait.

Je cligne des yeux à plusieurs reprises, espérant qu'il n'est qu'une simple invention de mon imagination. Que j'ai bu trop de champagne, même si je sais que je sirote une limonade depuis le début de la soirée.

Peut-être que je l'ai simplement rêvé et qu'il n'est pas vraiment là, dans cette pièce, à se mêler aux autres invités du mariage ?

Cette pensée fait naître un espoir en moi.

Mais chaque fois que je rouvre les yeux, il est là, à me fixer.

Noah Grant.

De plus, il est ridiculement beau dans son costume bleu marine et sa cravate, sa chemise blanche immaculée faisant ressortir son superbe teint mat. Ses cheveux bruns sont plus longs que dans mon souvenir, mais ses yeux sont tout aussi perçants, ses traits si familiers et pourtant différents. Plus mûrs, je suppose.

Il doit y avoir des choses pires dans la vie que de voir le type qui vous a volé votre cœur débarquer à l'improviste, non ? Sauf que j'ai du mal à imaginer quoi, exactement.

Peut-être se faire arracher toutes les dents par un octogénaire tremblotant armé d'une paire de pinces rouillées ? Ou bien accoucher de quadruplés de 4,5 kilos sur le sol en terre battue d'une hutte africaine, avec des mouches qui vous vrombissent autour de la tête et des bousiers qui vous foncent sur le visage ?

Ouais. *Pire.*

Le truc, c'est que Noah Grant est peut-être celui que

j'ai laissé filer, mais c'est moi qui l'ai laissé partir. Moi qui ai rompu avec lui.

Moi qui ai brisé mon propre cœur.

Et à cet instant précis, ce passé s'apprête à traverser la pièce pour venir vers moi. Je n'ai pas le choix. *Vraiment* pas.

Je fais ce que toute lâche qui se respecte ferait.

Je cours.

Vite.

Je n'ai même pas le temps de glisser un mot à mon amie, Lottie, ni à aucun des autres invités. Pas le temps. Je tourne les talons et me faufile à travers la foule à la recherche de la sortie. Heureusement, comme c'est mon pub de quartier, je connais The Black Cat comme ma poche, et en moins de temps qu'il ne faut pour dire *celui que j'ai laissé filer est de retour*, j'ai traversé la cuisine chaude et aromatique pour me retrouver dans la douce soirée d'été, dans la ruelle.

Je ne m'arrête pas pour admirer le spectacle peu reluisant.

Je retire mes talons et les prends dans une main tandis que je remonte la longue jupe de ma robe de soirée inspirée de Kate Middleton dans l'autre. Sans un regard en arrière, je sprinte sur les pavés, descends l'étroite ruelle et débouche dans la rue adjacente.

Je ne m'arrête que plusieurs rues plus loin, une fois sûre qu'il ne me suit pas.

Mais après tout, pourquoi me suivrait-il, moi, l'ex-copine folle qui a détalé à sa simple vue ? Il est probablement de retour au pub, un sourire aux lèvres en secouant la tête, se disant qu'il a eu de la chance de m'échapper à l'époque.

J'atteins un petit parc où je m'arrête, haletante, mon cœur battant si fort qu'il risque de me meurtrir les côtes.

Je n'arrive pas à croire que Noah soit là. Et il est beau. *Tellement* beau.

Même un peu trop, à mon avis.

Je veux dire, bien sûr, il a toujours été un très bel homme. Même Prue était d'accord, malgré ce qu'elle appelait ses « origines prolétaires et brutes de décoffrage ». *C'est tout* Prue, ça.

Avec ses traits sombres, sa mâchoire carrée, ses cheveux épais et en bataille, et ses yeux profonds et mélancoliques, on dirait qu'il est toujours aussi en forme qu'à l'adolescence.

À l'époque où il m'a coupé le souffle, ce jour fatidique où ma voiture est tombée en panne alors que je n'avais que seize ans.

C'était le début de quelque chose de grand. Quelque chose dont je ne me suis jamais remise.

Ne vous méprenez pas. Je n'ai jamais cru à un truc aussi mièvre que le coup de foudre. Ce n'est tellement pas mon genre. Je suis Tabitha Greene, la reine des sceptiques, une fille pleine de sarcasme qui ne s'encombre pas des imbéciles.

Mais ce jour-là, sur cette petite route de campagne bordée de murets en pierre, avec les collines verdoyantes baignées par le doux soleil d'été, quand il est apparu dans un jean moulant et un t-shirt, les cheveux en bataille et sexy ? Eh bien, disons simplement que la cynique que j'étais est devenue une croyante, et je jurerais que j'ai commencé à tomber amoureuse de lui avant même qu'il n'ait prononcé un seul mot.

Il était le fils du mécanicien du coin, un enfant unique qui, un jour, suivrait les traces de son père. Grant Motors n'était pas seulement son homonyme, mais aussi son destin. Nous le savions tous. Sa vie était toute tracée, tout comme la mienne.

J'étais peut-être la fille du grand manoir au bout de la route. Je venais peut-être d'un autre monde. Mais ce jour-là, sur la route de campagne, rien de tout ça n'avait d'importance.

Je secoue la tête et je soupire. Je refuse de retourner là-bas. Je refuse de m'autoriser à ressentir ces émotions. De me souvenir de ce que c'était d'être avec Noah Grant.

De le désirer à nouveau.

J'ai passé trop d'années à essayer de l'oublier.

À essayer d'oublier que j'ai tout gâché.

Seulement, maintenant que je l'ai revu, la seule chose que je craignais frappe bruyamment à ma porte, déterminée à abattre mes murs, déterminée à entrer. La peur qui m'a hantée pendant tout ce temps.

Je ne me suis toujours pas remise de Noah Grant.

Chapitre Deux

Je laisse échapper un petit rire alors que ma voiture déboule dans un virage sur la route de campagne étroite et sinueuse que je connais bien. J'apprécie le vent dans mes cheveux et le sentiment de liberté totale qui accompagne le fait d'avoir seize ans, tout l'été devant moi, et de posséder mon permis de conduire et ma toute première voiture, qui plus est.

Le bonheur !

J'adore ma Coccinelle VW décapotable jaune avec son

soliflore sur le tableau de bord, dans lequel je m'assure de toujours avoir ma fleur préférée.

Ce sont les petites choses qui comptent, tu sais ?

— *Et puis il m'a demandé si je voulais sortir dîner, dit Prue, et je l'ai regardé en disant : « Dîner ? Tu as complètement perdu la tête ? Je ne t'apprécie pas et je suis quasiment certaine que tu ne m'apprécies pas. »*

Je jette un bref coup d'œil à mon amie assise sur le siège passager. Prudence Cosworth-Farnham — que j'appelle Prue parce que, franchement, quel nom à rallonge — et moi sommes amies depuis que nous avons subi ensemble les cours de français de Madame Jeanique à l'internat. Maintenant que l'été est là, nous comptons bien nous amuser, surtout depuis que j'ai mon permis.

— *C'est bien beau tout ça, Prue, mais il y a un problème, je lui dis en quittant un chemin de campagne pour un autre. Tu l'apprécies, et tu es quasiment certaine qu'il t'apprécie, et je suis absolument certaine que tu adorerais partager n'importe quel repas avec lui.*

Elle me sourit d'un air radieux. — *C'est précisément pour ça qu'on s'est embrassés.*

— *Vous vous êtes embrassés ? je m'esclaffe, alors que mes roues mordent sur l'accotement en herbe et que je manque de peu de racler le flanc de la voiture contre le muret en pierre qui borde la route.*

Prue s'agrippe à la poignée de la portière.

— *Oups. Je vais tâcher de rester sur la route, d'accord ?*

— *Bonne idée, répond-elle en riant. Oh, Tabby, c'était merveilleux, exactement comme je l'avais imaginé, s'extasie Prue. Ses lèvres étaient douces et pleines, et il sentait la prairie d'été.*

— *C'est parce que vous étiez dans une prairie d'été à ce moment-là ?*

Prue croise les bras sur sa poitrine et me foudroie du regard. — Ne sois pas si cynique. C'était merveilleux, et on se revoit vendredi. Elle regarde par la fenêtre. L'été, c'est ce qu'il y a de mieux, non ?

— J'imagine, quand on sort avec Angus Blyth-Jones, le garçon le plus beau et le plus populaire que l'on connaisse, je réponds avec un sourire sardonique.

— Oh, il est beau, n'est-ce pas ? Son père est la personne la plus riche du pays, après la Reine et quelques autres, tu sais. N'est-ce pas fantastique ?

Mon amie Prue est profondément impressionnée par la richesse.

— Alors, ce sera champagne et caviar matin, midi et soir pour Prue désormais, c'est ça ?

Elle pousse un soupir de contentement. — Je ne peux que l'espérer.

Alors que j'aborde le virage suivant, la route s'élargit et j'enfonce la pédale d'accélérateur en lui lançant : — Accroche-toi ! On va voir ce que ce petit bijou a dans le ventre.

— Tu es sûre ? demande-t-elle, la voix teintée d'inquiétude.

— Absolument !

Mais au lieu de bondir en avant, ma voiture fait exactement le contraire, ralentissant progressivement comme si quelqu'un avait arraché la puissance de son moteur et qu'elle avait soudainement oublié comment se propulser.

J'appuie sur l'accélérateur. Rien. J'appuie à nouveau. Toujours rien. — Oh oh.

— Qu'est-ce qu'il y a ?

La voiture ralentit, jusqu'à finir par s'immobiliser complètement au beau milieu de la tranquille route de campagne. Le moteur cale, et le seul bruit est celui d'une vache qui nous regarde en mâchant depuis le champ d'à côté.

— *Qu'est-ce qui est arrivé à ta voiture ?*

— *Elle… s'est arrêtée.*

— *Ça, je vois. Essaie de couper le contact et le remettre. Pour voir si ça marche.*

— *Ce n'est pas un ordinateur qu'il faut redémarrer.*

Je le fais quand même. Je n'obtiens rien, pas même le bruit du moteur qui essaie de démarrer.

— *Elle est complètement morte.*

— *Il va falloir que tu regardes le moteur pour voir ce qui cloche.*

Je lui lance un regard en coin. — *Combien de moteurs as-tu réparés dans ta vie ?*

— *Le problème est peut-être évident. Un truc s'est peut-être détaché, ou un bouchon est tombé, ou quelque chose dans le genre.*

Je pince les lèvres, dubitative. — *Je ne suis pas sûre que les bouchons qui tombent des moteurs soient un problème si courant.*

— *Allez. Jetons-y au moins un œil. Prue sort de la voiture.* — *Ouvre le capot, tu veux bien ?*

Je balaie le tableau de bord du regard. — *Comment ?*

— *Je ne sais pas, moi. C'est ta voiture.*

— *Je l'ai depuis trois jours, tu le sais bien, je réponds, agacée, parce que, bon sang, il est où ce machin pour ouvrir le capot quand on en a besoin ?*

— *Allez, Tabby. On doit être à la fête dans moins d'une demi-heure, se plaint Prue.*

Finalement, je repère un levier sur lequel figure l'image d'une voiture avec le capot ouvert et je tire dessus. Le capot émet un petit clic et je saute hors de la voiture pour le soulever, me souvenant que Mme Barton nous avait appris à utiliser la tige en métal pour le maintenir ouvert pendant ce cours ennuyeux d'entretien automobile du trimestre dernier — le cours auquel j'aurais aimé avoir prêté beaucoup plus attention, maintenant.

— On dirait que tu sais ce que tu fais, dit Prue, alors que nous nous penchons toutes les deux sur le moteur chaud, d'où s'échappe une forte odeur de métal, d'essence et... de moteur.

— Crois-moi, ce n'est pas le cas.

— Qu'est-ce qu'il a ?

— Je n'en ai aucune idée. Je me mordille l'intérieur de la joue en l'examinant d'un œil profane. Rien ne fume, rien n'a l'air cassé, et il ne manque certainement aucun bouchon nulle part.

— On devrait peut-être appeler quelqu'un, je suggère.

— Bonne idée. Appelle ton père. Il pourra venir nous chercher et nous emmener à la fête.

Je prends mon portable dans mon sac à main sur la banquette arrière et compose le numéro de mon père. Ça ne sonne pas. Je fronce les sourcils et regarde l'écran. — Génial. Pas de réseau.

— Donne-le-moi. Prue m'arrache le téléphone des mains et arpente la route déserte, le tenant en l'air et plissant les yeux dessus.

— Alors ?

— Rien. Pas même une seule petite barre. Qu'est-ce qu'on va faire ?

— On pourrait marcher ?

Nous baissons toutes les deux les yeux vers nos pieds. Nous portons des sandales à lanières et à talons hauts, conçues pour de courtes promenades chancelantes et pour mettre nos jambes en valeur. Pas pour crapahuter sur des chemins de campagne, à des kilomètres de tout.

La vache dans le champ nous observe, toujours en train de ruminer.

— Qu'est-ce que tu regardes ? je lui demande d'un ton hargneux.

Un roulement de tonnerre se fait entendre alors que des nuages sombres apparaissent à l'horizon, un vent frais se levant autour de nous, sorti de nulle part.

— C'est une blague, j'espère, je grogne en frissonnant dans ma robe d'été. Je lâche un soupir de défaite. — Pas de voiture et pas de réseau, ça veut dire qu'on va tout simplement devoir marcher. On ne peut pas attendre ici en espérant qu'un chevalier servant sur son blanc destrier déboule pour nous sauver.

— Ou peut-être que si ?

— Non, Prue, on ne peut pas, peu importe le nombre de comédies romantiques que tu as vues.

Prue me donne un coup de coude. — Regarde. Elle fixe la direction d'où nous sommes venues, et un nouveau son parvient à ma conscience. Un bourdonnement sourd, comme un moteur. Je me retourne pour voir un véhicule s'approcher lentement de nous en serpentant sur la route.

— Oh, Dieu merci ! Je lève les bras et les agite en l'air pour faire signe au conducteur.

— Tu vois ? Le chevalier servant, dit Prue avec un sourire en coin.

Alors que le véhicule s'arrête, je lâche un soupir de soulagement. — C'est un camion. C'est bon signe.

— Un très bon signe, ma belle. Espérons que le type au volant est canon.

À peine a-t-elle prononcé ces mots que la portière du pick-up s'ouvre et qu'un jeune homme en descend, la peau hâlée, les cheveux en bataille et avec cette assurance sexy qu'ont ceux qui savent qui ils sont et ce qu'ils veulent. Portant un t-shirt blanc peu judicieux avec des taches d'huile sur la poitrine, ses bras musclés ont l'air forts et

11

fiables tandis qu'il s'approche de nous d'un pas nonchalant dans un jean slim et de solides chaussures de travail.

— Un problème de voiture ? demande-t-il d'une voix grave, veloutée, à l'accent américain, et alors que son regard s'ancre dans le mien, mon estomac fait un salto herculéen.

Je le connais.

— Oui. On, euh, on est en panne, je réponds, l'esprit en ébullition. Il me semble si familier, et en même temps différent, comme si je le connaissais de quelque part, mais je n'arrive pas tout à fait à le situer.

Et soudain, c'est le déclic.

Noah Grant.

Le garçon qui avait déménagé d'Amérique à Marlingworth quand nous avions dix ans. Le garçon qui m'avait glissé un ver de terre chaud et boueux dans le dos de ma robe, me faisant hurler.

À l'époque, c'était le nouveau, avec un accent que je n'avais entendu qu'à la télé. Bien sûr, il était mignon, mais il n'y avait que des esquisses du mec qu'il allait devenir.

Et maintenant, le voilà, sept ans plus tard, ressemblant en tous points à un héros de la classe ouvrière, fiable et profondément sexy, venu à notre secours.

Sincèrement, il y a de quoi faire pâmer une fille.

Non pas que ce soit mon genre, entendez-moi bien. Je suis bien trop mature et sophistiquée.

— Je te connais. Tu es Tabitha Greene, c'est ça ? demande-t-il.

— Noah ? je hasarde.

Son regard s'intensifie un instant avant que son visage ne se plisse sous l'effet de la reconnaissance. — Ça fait un bail.

— C'est vrai. Ça... ça fait un long bail. Tu... tu as bien

grandi, je dis, et je le regrette aussitôt. Franchement, qui dit un truc pareil ?

Une idiote, voilà qui.

La bouche de Noah s'étire en un sourire détendu qui, d'une façon ou d'une autre, atteint quelque chose en moi et tire sur mon ventre. Fort. — Je vois que tu as grandi, toi aussi, répond-il, ses yeux me parcourant brièvement, faisant frissonner chaque partie de mon corps.

Je fais un geste vers son pick-up. — Pas de vers de terre là-dedans ?

Il fronce les sourcils. — Des vers de terre ?

— Tu m'en as mis un dans le dos de ma robe quand on avait dix ans.

Ses lèvres s'incurvent en un sourire sexy, et je le jure, mon cœur rate un battement. — Désolé pour ça.

— Ce n'est rien, dis-je en haussant les épaules, faisant de mon mieux pour avoir l'air de trouver ça normal d'être sur cette route de campagne à parler au mec le plus canon que j'aie jamais vu de ma vie.

— Pas de vers de terre, m'assure-t-il.

Nous restons là à nous regarder tandis qu'une foule de souvenirs inondent mon esprit. Il était un mignon petit garçon de dix ans quand il est arrivé au village. Mais maintenant ? Maintenant, c'est un mec grand et fort, avec des biceps saillants et de larges épaules, son t-shirt ne cachant que très peu son torse et son ventre musclés.

Un mec qui, en ce moment même, me dévisage comme s'il pouvait me dévorer en une seule bouchée.

J'avale ma salive.

— Tabby ? Tu connais ce type ? demande Prue, me tirant de la transe dans laquelle Noah Grant m'avait plongée. Et oh, mon Dieu, quelle transe.

Je lui offre un sourire penaud, en détachant à contrecœur

mes yeux des siens. — *Je connaissais Noah avant de partir en pension. Il est de Marlingworth.*

— *Elle nous bizutait, les autres garçons et moi,* dit Noah.

Prue hausse un sourcil. — *Ça ressemble bien à Tabby.*

Mes joues s'empourprent.

— *Comment vas-tu ? je lui demande.* — *Ça fait quoi ? Sept ans que je ne t'ai pas vu ?*

— *À peu près. J'ai été bien. La vie, tu sais ? Et toi ?*

— *Bien. Super. Je viens de finir les cours pour l'été, ce qui est ton cas aussi, j'imagine.*

— *Non, j'ai arrêté il y a un moment.*

— *Ah oui ?*

— *Ça ne servait pas à grand-chose de rester, en fait. Je savais ce que je voulais faire dans la vie et je ne voyais pas en quoi l'algèbre pouvait m'être utile dans le monde réel.*

— *Personne n'y arrive, je réponds,* et nous échangeons un sourire qui fait s'emballer mon cœur.

Waouh. Noah Grant. Ici. Avec cette allure.

Est-ce que je suis morte et ai atterri au paradis des mecs canons ?

Je m'éclaircis la gorge. — *Tu travailles pour ton père ?*

— *Ouais. Comme tu peux le voir.* Il désigne le camion derrière lui et, pour la première fois, je lis les mots Grant Motors écrits en lettres grasses bleu marine sur le côté.

— *Tu es mécanicien ?*

— *En formation pour le devenir.*

— *Tu as toujours voulu reprendre l'entreprise de ton père, et te voilà en train de le faire. C'est... impressionnant.*

Prue grogne à côté de moi. Prue, l'amie que j'avais complètement oubliée, trop occupée à savourer l'attention de Noah.

Je lui lance un regard noir.

— *Quoi ? demande-t-elle innocemment.*

Elle sait très bien quoi. Elle fait sa snob.

Il désigne le capot, maintenu en place par la tige métallique. — Vous êtes en panne ?

— *Il est terriblement beau, mais pas très vif d'esprit, dit Prue en se tapotant le côté de la tête, mais elle le dit si gentiment que je vois bien que Noah ne sait pas si elle est sérieuse ou non.*

Je grince des dents et la foudroie du regard. Je sais exactement comment elle le pense.

— *La voiture s'est juste arrêtée sans raison, je lui dis. Elle est toute neuve, alors je ne sais pas ce qui se passe. Tu crois que tu pourrais y jeter un œil pour nous ?*

— *Bien sûr que je peux. Il se dirige nonchalamment vers ma voiture, et j'essaie de toutes mes forces de ne pas remarquer sa démarche. Bon, en fait, je n'essaie pas très fort. Voire pas du tout.*

Attaquez-moi en justice, ce mec est ridiculement beau à regarder.

— *Laisse-moi voir. Il commence à vérifier des choses dans le moteur.*

— *Ferme la bouche. Tu baves, murmure Prue, et je referme aussitôt la bouche, car elle a probablement raison.*

Nous attendons pendant qu'il inspecte le moteur, les mains appuyées sur le bord de la voiture. Au bout d'un moment, il contourne la voiture du côté conducteur, ouvre la portière et se glisse à l'intérieur, sa masse remplissant le petit espace.

— *Ton ami d'enfance a bien grandi, me dit Prue en remuant les sourcils.*

— *Chut. Il va t'entendre.*

— *Et alors ? Il est peut-être agréable à regarder, mais ce n'est pas comme s'il était de ton niveau, ma chérie.*

Je fronce les sourcils. — Comment ça ?

15

— *Un apprenti mécanicien ? S'il te plaît. Ce n'est certainement pas un Magnus Gainsborough.*

Je pense à Magnus, avec son sourire facile et sa tignasse de cheveux blonds. Bien qu'il soit aussi grand que Noah, il n'a ni sa musculature ni sa présence — et Magnus ne me regarde certainement pas comme Noah vient de le faire.

— *Noah est un type super, et il essaie de nous aider en ce moment même.*

— *Je ne fais qu'énoncer les faits, ma chérie. Tu sais que tu rougis ?*

Ma main vole vers mes joues. — *Non, pas du tout. C'est juste qu'il fait chaud au soleil, c'est tout.*

Comme pour se moquer de moi, les nuages sombres qui s'amassent au-dessus de nos têtes grondent et quelques grosses gouttes de pluie nous tombent dessus.

Noah sort de la voiture. — *J'ai trouvé le problème.*

— *C'était rapide.*

— *Attends ici. Il va à son camion et en sort un bidon rouge avec un long bec, qu'il se met à vider dans le réservoir de ma voiture.*

L'évidence me frappe. C'est officiel, je suis une idiote.

Alors que Noah referme le bouchon du réservoir d'un clic, je dis : — *J'étais en panne d'essence, c'est ça ?*

— *Ouais.*

— *Oh, Tabby ! se plaint Prue.*

Il se glisse sur le siège conducteur et met le contact. Ma voiture démarre au quart de tour.

Je ferme les yeux très fort, morte de gêne.

— *Tu as assez d'essence pour atteindre la station-service la plus proche à Marlingworth. Il laisse le moteur tourner et sort, se redressant de toute sa hauteur à côté de moi.*

Mon rythme cardiaque s'emballe alors que je lève les yeux

vers lui. — Je suis vraiment bête, pas vrai ? je lui lance avec un sourire plein d'autodérision, car tomber en panne sèche trois jours après avoir eu sa voiture, il n'y a rien de plus stupide.

Son sourire est doux et bienveillant. — C'est une erreur qui arrive facilement.

— Ouais, si tu es une imbécile, lance Prue en ouvrant la portière passager pour monter à l'intérieur.

Je lève à nouveau les yeux vers ceux de Noah et remarque qu'il m'observe attentivement. Il y a dans son regard une douceur qui m'assèche la gorge.

— Content de t'avoir revue, dit-il.

Alors que je le contemple, ma respiration se bloque dans ma gorge.

Je n'ai jamais été du genre à croire aux contes de fées. Je n'ai même jamais cru au « ils vécurent heureux et eurent beaucoup d'enfants ». Le mariage de mes parents a mis fin à ce genre de fantasmes il y a de nombreuses années. Ce sont M. et Mme « On-se-tolère-à-peine-même-si-on-est-toujours-mariés ». Mais alors que je contemple les yeux de Noah sur cette route de campagne, tandis que la pluie commence à tomber autour de nous et que la vache aux grands yeux marron observe chacun de nos gestes, je sais que je crois au destin.

C'est le destin qui m'a fait oublier de mettre de l'essence dans ma voiture.

C'est le destin qui a fait que Noah passe par cette route de campagne au moment exact où j'avais besoin de lui.

Le destin nous a réunis.

— Dis-moi si j'ai mal interprété les choses, mais est-ce que tu voudrais qu'on se voie plus tard ? demande-t-il.

— Je dois aller à une soirée avec Prue et... Je me pince les lèvres. Qu'est-ce que je suis en train de faire ? Je peux bien laisser tomber une soirée chez Magnus Gainsborough. Il n'est rien comparé à Noah.

— Hé, je tentais ma chance, c'est tout. Il m'adresse un sourire puis se retourne pour partir.

Je pose la main sur son bras et il se retourne vers moi. — J'adorerais qu'on se voie.

— Rendez-vous sous le vieux chêne au bord de la rivière à vingt heures ?

— Bien sûr.

Son visage s'illumine d'un sourire qui me fait fondre, et je lui souris en retour, l'esprit traversé par l'idée étrange que, d'une manière ou d'une autre, je suis destinée à être avec Noah Grant pour toujours.

Et j'avais hâte que ce « pour toujours » commence.

Chapitre Trois

— Qui sait ? C'est peut-être juste une indigestion. Le repas du mariage était terriblement riche, propose Lottie alors qu'elle s'adosse au coussin de mon canapé, appuyée contre le mur dans mon petit appartement en rez-de-jardin, un verre de vin à la main.

— Une indigestion ? s'étonne Zara en haussant les sourcils. Lottie, personne de sensé ne confond une indigestion avec le tourbillon d'émotions qu'on ressent en tombant sur son ex.

L'indigestion agit sur la poitrine, tout comme l'amour, explique-t-elle avec un sourire sardonique qui nous indique qu'elle n'est pas tout à fait sérieuse au sujet de son hypothèse.

— C'est la chose la plus dingue que j'aie entendue de la journée, répond Zara en secouant la tête, ne saisissant manifestement pas le ton de Lottie. Ce n'est pas comme si Tabitha pouvait boire un peu de Gaviscon et en finir avec ça.

— Mais ce ne serait pas incroyable si elle le pouvait ? dit Lottie.

— On appellerait ça de l'Exiscon. Gaviscon et ex mélangés : Exiscon. Kennedy nous observe avec des yeux amusés et pleins d'attente.

Zara, qui vient de prendre une gorgée de vin, part d'un rire étranglé et en recrache une partie.

— Sympa, Zee ! se plaint Kennedy.

— C'est de ta faute, tu as fait une blague pendant que je buvais, répond Zara.

— Je ne peux pas programmer mes éclairs de génie comique en fonction de ton programme de dégustation, tu sais, dit Kennedy.

Je pousse un soupir. — J'aurais bien besoin d'un peu d'Exiscon.

À cet instant, je donnerais n'importe quoi pour pouvoir prendre un médicament doux et crayeux capable de traiter les symptômes provoqués par la réapparition soudaine de Noah Grant dans ma vie.

J'avais eu raison ce jour-là, sur la route de campagne. Enfin, j'ai eu raison pendant quinze mois, en tout cas. Après que Prue et moi soyons parties, j'avais fait une très brève apparition à la fête de Magnus avant de partir retrouver Noah, non sans avoir fait le plein à la station-service du coin, bien sûr. Pas question de revivre *cette* humiliation une deuxième fois.

Nous avions passé la soirée à parler, à nous tenir la main et à partager nos espoirs pour l'avenir et, au moment de nous dire bonne nuit, j'avais espéré que nous nous embrasserions.

Mais il a fallu que j'attende.

Au lieu de ça, il m'a dit qu'il pouvait me voir après le travail le lendemain et, cet été-là, ainsi que l'année qui a suivi, nous avons passé le plus de temps possible ensemble, à tout partager.

Quinze mois avec Noah.

Quinze mois d'amour.

— Je vais juste faire un saut à la pharmacie pour voir ce qu'ils ont, d'accord ? me taquine Zara, me tirant de mes souvenirs.

Kennedy sourit. — Je me demande dans quel rayon ils mettraient l'Exiscon. *Ex et autres nuisances*, je parie.

Zara laisse échapper un autre gloussement. — Oh, non. Ce serait probablement au rayon épilation. Tu pourrais avoir une bande de cire ex-petit ami pour arracher tous ces sentiments. Elle mime le geste de l'épilation.

— Aïe ! s'exclame Lottie en riant, et toutes les trois éclatent de rire.

Moi, en revanche, je pince les lèvres. — Je suis vraiment ravie que ma situation actuelle déchirante vous amuse autant, je bougonne.

— Désolée, ma belle, répond Lottie. Encore du chocolat ? Elle me tend une des barres de chocolat Galaxy crémeux que nous grignotons depuis une demi-heure. Franchement, je devrais être en pleine montée de sucre, mais ça ne me fait même pas d'effet.

Waouh. Qui aurait cru que le chocolat ne ferait pas le poids face à la réapparition de Noah Grant ?

Moi, les amis. Moi.

— Pourquoi j'ai arrêté l'alcool, déjà ? je demande, plus à moi-même qu'à quiconque. J'aurais vraiment besoin d'un verre, là, tout de suite.

— Parce que tu faisais beaucoup trop la fête et qu'on s'inquiétait pour toi, dit Lottie, et mes deux autres amies hochent la tête en signe d'approbation.

Je sais qu'elle a raison. J'avais constaté que j'appréciais un peu trop un verre ou deux le soir. Voire *beaucoup* trop. Toutes mes amies l'avaient remarqué, et Lottie m'avait passé un savon plus d'une fois. Le problème, c'est que je trouvais beaucoup plus facile de me détendre et de tout oublier avec un verre de vin à la main.

En février dernier, ça m'a frappée : j'étais dans ma dernière année de la vingtaine et je me comportais encore comme une étudiante. Bien sûr, je n'avais pas d'homme dans ma vie comme toutes mes amies, et je ne baignais pas non plus dans l'amour et le bonheur, mais me réveiller avec la gueule de bois bien trop souvent n'était pas la façon dont j'imaginais vivre ma vie à vingt-neuf ans.

Il fallait que quelque chose cède, et pour moi, la chose la plus sensée à faire était d'arrêter net. J'ai renoncé à ma vie de fêtarde.

J'ai mûri, je suppose.

Comprenez-moi bien. Je n'avais pas un énorme problème d'alcool. Je n'allais pas me faire embarquer dans un centre de désintoxication quelque part et devoir déballer toute ma vie. C'est juste que je ne m'étais jamais vraiment arrêtée quand mes amies l'avaient fait.

Mais maintenant, c'était fait, et j'étais tellement plus heureuse dans ma vie.

Il est hors de question que je retourne à cette époque, pas même avec la réapparition soudaine et inattendue d'un certain Noah Grant — même si je mentirais en disant que perdre Noah n'y était pas pour beaucoup.

Voyez-vous, c'est difficile de tourner la page quand on se rend compte qu'on a fait la plus grosse erreur de sa vie.

— J'aurais peut-être dû attendre que mon ex réapparaisse pour avoir ma grande prise de conscience, dis-je à mes amies.

— N'importe quoi. Tu vas tellement mieux maintenant, ma belle, dit Lottie. Mange plutôt du chocolat.

Je casse un carré et l'enfourne dans ma bouche, laissant la friandise laiteuse et crémeuse fondre. Le boston terrier de Kennedy, Lady M., m'observe attentivement pendant que je mâche. — Désolée, ma belle. C'est du poison pour chien, lui dis-je, et elle semble comprendre, baissant la tête et lâchant un reniflement avant de se rendormir.

— Blague à part, maintenant que ce type est à Londres, on doit trouver une stratégie pour aider Tabitha à le gérer, proclame Kennedy.

— On ne sait pas s'il habite vraiment ici. Enfin, bien sûr qu'il est là en ce moment, puisqu'il était au mariage de Stanley ce soir, mais il était peut-être juste de passage, dit Lottie, et mes espoirs montent en flèche avant de retomber à nouveau.

Le revoir serait difficile. Dérangeant. Éprouvant pour les nerfs.

Mais en même temps, une partie de moi *veut* le revoir — et cette partie-là a besoin d'être immédiatement écrasée par la plus grosse tapette à mouches du monde.

Je ne suis pas masochiste.

Zara caresse son chien, Stevie, qui est blotti à côté d'elle sur le canapé. — Qui sait ? Il a peut-être sauté dans un train après qu'on a suivi Tabitha ici et il est peut-être déjà retourné d'où il venait.

Lottie hoche la tête fermement. — Les gens traversent tout le pays pour aller à des mariages. Et de toute façon, même s'il vit à Londres maintenant, c'est une grande ville. Tabitha peut passer le reste de sa vie sans jamais revoir ce type. N'est-ce pas ?

— Oh, tout à fait, répondis-je, mon humeur s'éclaircissant à cette pensée.

— Les chances que tu le revoies sont si faibles, ma belle, confirme Zara en hochant la tête d'un air sage. Tu passeras probablement encore douze ans sans avoir à le voir.

— D'ici là, tu auras plus de quarante ans, dit Kennedy, ce qui me vaut un regard noir.

Je croise les bras. — Je n'ai encore que vingt-neuf ans, merci bien.

— Plus pour longtemps, gazouille Lottie avec un grand sourire, comme si le fait que j'allais avoir trente ans dans quelques semaines était une bonne chose.

Parce que ça ne l'est pas. Pas du tout. Quand on a trente ans, on est censé avoir sa vie en main. Et ma vie est encore un grand chantier en cours.

Ralph, le bulldog anglais, ronfle bruyamment dans son sommeil aux pieds de Lottie, attirant temporairement notre attention. Bien que Ralph soit le chien du petit ami de Lottie, il adore Lottie et les visites de Stevie et Lady M. Les trois meilleurs amis canins.

Kennedy lève un doigt, et nous nous tournons toutes pour la regarder. — Un problème.

— Quoi ? Je ne veux pas de problèmes, dis-je.

— Je pense que tu vas peut-être devoir le revoir, répond-elle, son joli visage grimaçant.

— Kennedy ! Pourquoi tu dis un truc pareil ? la gronde Lottie.

Pourquoi, en effet.

Elle hausse les épaules. — Parce que c'est peut-être la vérité. Vous savez que j'ai habité dans l'appartement au-dessus du Black Cat ? Je suis presque sûre que Noah vit dans le coin. Je l'ai vu au pub. Elle prend un air de « *je suis désolée de devoir te dire ça* ». Plus d'une fois.

— Quoi ? demandé-je, la voix haletante tandis que mon pouls s'accélère. La légèreté que je ressentais il y a quelques instants se remplit de plomb et s'écrase au sol.

Le Black Cat n'est qu'à trois pâtés de maisons de là où nous sommes assises. Trois pâtés de maisons, ce n'est pas très loin, surtout pas pour un homme aux longues jambes et en pleine forme comme Noah Grant.

J'avale ma salive. — Quand est-ce que tu l'as vu ?

— Eh bien, vous savez à quel point Charlie adore le hachis parmentier du Black Cat ? demande Kennedy, et nous hochons toutes la tête. Tout le monde sait à quel point Charlie aime le hachis parmentier du Black Cat. — On mange au pub la plupart des mardis soir et parfois le week-end aussi. Sérieusement, je crois que j'ai eu ma dose de hachis parmentier pour toute une vie. Je veux dire, j'aime bien ça, ne te méprends pas, mais ce n'est pas comme si c'était un burrito. Tu vois ce que je veux dire ?

— Oh, il faut vraiment avoir envie de hachis parmentier, c'est clair, acquiesce Zara.

— Et c'est un plat d'hiver, plus qu'un plat d'été. Vous ne trouvez pas ? Trop lourd, déclare Lottie.

— Charlie pense que c'est un plat pour toutes les saisons. Je pense lui offrir un autocollant qui dit ça pour son anniversaire, répond Kennedy.

Lottie plisse le nez. — C'est trop mignon.

— Hum, hum. Je m'éclaircis la gorge pour mettre un terme définitif à cette conversation hors de propos sur le hachis parmentier. — On peut se concentrer sur le vrai sujet, là ?

— Oui. Désolée, répond Kennedy. — On a vu ton Noah là-bas un tas de fois.

— Ce n'est pas *mon* Noah, je lance d'un ton sec.

Plus maintenant, en tout cas.

— D'accord. On a vu *le* Noah. Ça te va mieux ?

— Non, je grommelle. — Rien de tout ça n'est « mieux ».

— On a même brièvement discuté avec lui une fois au bar, pendant qu'on commandait. Mais bien sûr, je n'avais aucune idée de qui il était. Je me suis dit que c'était juste un type du coin sympa, et puis quand je l'ai vu ce soir, je m'en suis souvenue.

— De... de quoi avez-vous parlé ? je demande, sans même être sûre de vouloir savoir.

— De hachis parmentier, répond Kennedy.

Zara lève les yeux au ciel. — Évidemment.

— Quand vous l'avez vu, il était seul ou avec quelqu'un ? demande Lottie.

— Quelle question bizarre. Pourquoi tu demandes ça ? s'enquiert Zara.

— Ce n'est pas évident ? S'il est seul, ça pourrait vouloir dire qu'il est célibataire, ce qui pourrait intéresser certaines personnes dans cette pièce. Lottie jette un coup d'œil dans ma direction.

Je hausse un sourcil dans sa direction. — Tu essaies de me caser avec mon ex, maintenant ? Tu ne peux pas être sérieuse.

Zara lance un regard appuyé à Lottie. — Elle n'est pas sérieuse. N'est-ce pas ?

Elle hausse les épaules. — Je trouve que ce serait terriblement romantique. Le gars qui t'a volé ton cœur il y a toutes ces années est de retour pour te réclamer comme son amour éternel. C'est comme l'intrigue d'un film.

Je ricane. — Un film d'horreur.

— Je voyais ça plus comme une comédie romantique, *pas* un film d'horreur, réplique Lottie.

— Je peux te dire une chose avec certitude. Noah Grant ne veut pas s'approcher de moi à moins de quatre-vingts kilomètres, et encore moins me réclamer comme son « amour éternel ». Je fais des guillemets avec mes doigts.

— J'ai eu l'impression qu'il allait venir te parler à la réception du mariage, réplique Lottie.

Une image de Noah, d'une beauté scandaleuse dans son élégant costume bleu marine ajusté, son regard déterminé fixé sur le mien, me traverse l'esprit. Lottie a raison. Il venait me parler. Je le sais.

Mais pourquoi ?

Pour me dire qu'il est heureux que j'aie rompu avec lui quand on avait dix-huit ans ?

Je ne peux qu'imaginer que ce n'était pas pour parler de la pluie et du beau temps... ou de ce foutu hachis parmentier.

— James et moi étions justement en train de dire à Tabitha à quel point elle s'en sort bien en ce moment — parce que c'est vrai, ma belle — ajoute Lottie en me souriant, — et elle disait qu'elle aimerait trouver l'homme de sa vie, et puis comme par magie, voilà Noah en chair et en os. Dis-moi que ce n'est pas le destin.

— Ce n'est pas le destin, je dis d'un ton neutre.

— Tu penses qu'il y a une sorte de lien télépathique entre la décision de Tabitha d'être prête à rencontrer un homme et l'apparition de son ex à un mariage ? demande Zara, les sourcils arqués.

— Ça ressemble plutôt à une coïncidence, à mon avis, répond Kennedy.

— Mais et si ce n'était pas une coïncidence. Et s'il était de retour et qu'il l'aimait toujours et...

— Excusez-moi, je l'interromps, et Lottie ferme la bouche d'un coup sec. — Je suis juste là, vous savez.

— On sait, répond Lottie, comme si c'était tout à fait normal de parler de ma vie comme si j'étais dans la pièce d'à côté.

— Écoutez, c'est bien beau d'imaginer je ne sais quelle histoire romantique, mais je suis désolée de vous dire que ce n'est pas une comédie romantique. C'est ma *vie*, et il se trouve que Noah Grant était à la même réception de mariage que moi. C'est tout. Fin de l'histoire. Et maintenant, d'après ce que j'entends, je vais devoir vivre en ermite pour éviter de voir ce type manger un cottage pie et discuter avec Kennedy et Charlie dans mon pub du coin. Je pousse un grand soupir.

— Tu pourrais toujours demander à tes parents de t'acheter un nouvel appartement ailleurs, suggère Zara.

— Super idée ! s'exclame Lottie. Mais tu ne serais plus à Notting Hill, et tu nous manquerais.

— Tu as tellement de chance, dit Kennedy en regardant mon salon. J'adorerais avoir mon propre appartement. Vivre au-dessus du Black Cat, ça va, mais posséder un endroit que je pourrais appeler mon chez-moi, ce serait génial.

— J'aimerais bien que mes parents aient les moyens de m'acheter un appartement, *et* de m'acheter une galerie, dit Lottie en soupirant. Ah, avoir des parents riches qui vivent dans un château...

— Ce n'est pas un château. Ça l'a été, mais il a été transformé en demeure seigneuriale il y a très longtemps, je réponds, mais mes trois amies me lancent le même regard.

Je sais. Je l'entends bien. Je sonne comme le cliché de la pauvre petite fille riche, assise dans mon appartement confortable, travaillant dans ma galerie, le tout payé par mon père.

Kennedy hausse un sourcil. — Papa qui paie tes factures, ce n'est pas aussi génial que tu le pensais ?

Je pense à toutes les conditions que mes parents attachent à mon style de vie. À la façon dont ils me comparent constamment à ma sœur cadette qui, elle, file droit comme une pro. Indice : je ne sors jamais gagnante de ce petit jeu.

— Pas quand il s'agit de *mon* père, non, je réponds les lèvres pincées.

Zara me serre le bras. Elle comprend. De nous quatre, c'est avec elle que je suis amie depuis le plus longtemps. Elle sait tout de ma famille, l'exemple parfait de la famille dysfonctionnelle.

— Changeons de sujet, vous voulez bien ? suggère-t-elle, et je lui lance un regard reconnaissant.

— Revenons à cet ex, dit Lottie avec un grand sourire.

Je gémis. — On est obligées ?

— Il faut qu'on te prépare au cas où tu le reverrais.

Kennedy demande : — Je peux poser une question idiote ? Pourquoi es-tu si obsédée par ce type avec qui tu es sortie quand tu étais ado ? Je veux dire, ça fait quoi ? Dix ans que vous avez rompu ?

— Douze, je corrige.

— Douze ? Ça fait longtemps, ma vieille. Très, très loooongtemps.

— Je sais. Je suis pathétique, je leur dis, et elles se jettent toutes les trois sur mes mots, m'assurant que ce n'est pas le cas.

Mais je sais que je le suis. Noah et moi sommes restés

ensemble un an et trois mois. Ça ne fait que quinze mois, ce qui, à l'échelle de ma vie, n'est pas exactement long. En plus, notre relation était terminée au moment où j'ai quitté la maison pour l'université. Avant que je ne devienne adulte. N'importe quelle personne sensée serait passée à autre chose depuis longtemps.

Et j'ai essayé. Vraiment. Je suis sortie avec d'autres garçons. Des garçons mignons. Des garçons intelligents. Des garçons qui étaient complètement fous de moi. Je me suis même fiancée à l'un d'eux, bien que ça se soit terminé sacrément vite.

Mais aucun d'eux n'arrivait à la cheville de Noah.

— Noah Grant, c'était du sérieux, explique Zara à Kennedy. C'était peut-être une amourette d'adolescents, mais personne ne lui a tenu la comparaison depuis. N'est-ce pas, Tabitha ?

Ma gorge se noue. Je fais un bref signe de tête.

Kennedy me lance un regard entendu. — Oh, je vois. C'était ton Grand Amour. Le type à qui tu as comparé tous les autres, et ils n'ont jamais été à la hauteur.

— Celui qu'elle a laissé filer, songe Lottie.

J'ouvre la bouche pour protester, mais aucun mot ne sort. Elle a raison. Noah *est* celui que j'ai laissé filer. C'est indéniable.

Et maintenant, il est de retour et je suis dans tous mes états.

— On en a toutes un. Le mien, c'était Samuel Donovan. J'avais 13 ans, il en avait 15. Il embrassait super bien et je pensais que c'était l'Élu, nous raconte Zara.

— Qu'est-ce qui s'est passé ? demande Lottie.

— Quand il a eu dix-huit ans, il paraît qu'il a découvert que son Élu à lui était un plombier costaud qui s'appelait Antonio.

Lottie laisse échapper un petit rire. — Aïe.

— Ouais, répond Zara.

— Bon, alors disons que Noah est celui que Tabitha a laissé filer. Ça fait de lui un super ex, pas juste un ex lambda. Elle doit être prête au cas où elle le revoit. Le problème, c'est qu'on tombe toujours sur ses ex quand on a une sale tête, les cheveux gras et un de ces gros boutons qui ressemblent à un furoncle au bout du nez. Lottie nous regarde avec de grands yeux. — Quoi ? Ça m'est arrivé une fois et c'était horrible.

— Concentre-toi, Lottie, ordonne Kennedy.

— Ce que je veux dire, c'est que tout ce que tu as à faire, c'est de t'assurer d'être super mignonne chaque fois que tu sors de ton appartement et d'avoir préparé quelque chose à lui dire si jamais tu le croises.

— Comme quoi ? Salut, tu te souviens de moi ? La fille qui t'a largué après qu'on s'est dit qu'on serait ensemble pour toujours ? je suggère. Oh, et moi non plus, je n'ai jamais cessé de penser à toi.

Kennedy fronce le nez. — Ne commence peut-être pas par ça.

— Tu pourrais juste discuter de la pluie et du beau temps. Parler de la météo. Ça vient de Zara.

— Qu'est-ce que vous avez, vous les Britanniques, à toujours parler de la météo ? demande Kennedy. Je ne comprends pas. Il a plu hier, il pleut aujourd'hui et devinez quoi ? Il va probablement pleuvoir demain. Sérieux, il y a quoi à en dire ?

— Je ne vais pas parler de la météo avec Noah, ni de quoi que ce soit d'autre, d'ailleurs. Rien que cette idée me donne envie de courir me cacher sous un gros rocher pour ne plus jamais en sortir.

— Ce serait vraiment si terrible que ça ? demande Kennedy.

— Oui. Il... il ne peut pas avoir une bonne opinion de moi.

— Parce que tu l'as largué quand vous aviez dix-huit ans ? Ma chérie, les gens tournent la page.

— Kennedy a raison. Vous n'étiez que des gamins à l'époque. Maintenant, il est devenu un homme, tout comme toi, dit Zara.

— Et il a trèèèèès bien vieilli, nous dit Lottie, et je lui lance un regard noir. — Quoi ? Tu l'as peut-être mis à la porte, mais tu dois admettre que ce mec est canon.

— Super canon, confirme Kennedy.

Mon ventre fait des choses bizarres et malvenues.

— Non pas que je regardais, tu comprends. James me suffit amplement comme homme, continue Lottie, les joues rougissantes. Il ressemble à ce type dans *Matrix*. Tu sais, celui qui sauve tout le monde ?

— Keanu Reeves. Ouais, je vois tout à fait, dit Kennedy.

Je lève les mains en signe d'exaspération. — On peut arrêter de parler de mon ex et de sa beauté, s'il vous plaît ? J'essaie de ne pas penser à lui.

— Et ça marche bien ? demande Kennedy avec un sourire ironique.

— Pas vraiment. Je croise les bras et je soupire.

Revoir Noah m'a fait réaliser un terrible vérité.

Je ne l'ai pas oublié, et le voir ce soir a fait ressurgir tous les sentiments que j'ai toujours eus pour lui.

Chapitre Quatre

JE GLISSE ma clé dans la serrure de la lourde porte vitrée et je la pousse pour entrer. Comme d'habitude, je suis la première à arriver à la galerie, ce qui me convient parfaitement. Je referme la porte et la verrouille avant de traverser le sol en béton ciré, passant devant les socles qui présentent les œuvres d'art et les sculptures, les toiles accrochées avec soin, à la hauteur de vue parfaite, sur les murs d'un blanc immaculé. Je franchis une porte blanche sans poignée menant à l'arrière-salle, où j'allume la lumière et ôte mon blazer en lin.

Mon café à emporter encore chaud à la main, je

retourne dans la galerie et je me dirige vers mon bien le plus précieux, l'œuvre que personne ne pourra jamais acheter.

Je reste là à contempler le tableau, un petit sourire se dessinant sur mon visage. Chaque fois que je suis inquiète ou que j'ai peur, chaque fois que je suis déprimée, cette peinture me remonte le moral. Je n'arrive pas à mettre le doigt sur la raison. Cela tient sans doute au motif abstrait ou à la palette de couleurs composée de verts et de bleus. Quoi qu'il en soit, elle évoque des souvenirs d'instants heureux, de longues journées d'été insouciantes où il n'y avait rien d'autre à faire que simplement *être*.

J'en ai besoin aujourd'hui, plus que je n'en ai eu besoin depuis longtemps.

Je ne laisse pas mes pensées dériver vers Noah Grant.

C'est mon moment préféré de la journée au 496, la galerie que je dirige. Elle tire son nom du numéro de la rue, et je travaille avec mon amie d'école, Prue. À l'université, je me suis spécialisée en biologie marine – plus pour désespérer mon père que par véritable projet de *devenir* biologiste marine – et Prue s'est spécialisée en histoire de l'art. Alors, quand mon père m'a fait l'offre d'une galerie, j'ai demandé à Prue de travailler avec moi, et depuis, nous achetons et vendons ensemble des œuvres d'art aux riches et aux plus riches de Londres.

Je me dis qu'il vaut mieux que j'utilise l'argent de la famille pour quelque chose qui me plaît, plutôt qu'il soit dépensé pour un nouveau Range Rover afin que ma petite sœur, Fenella, puisse y trimballer sa marmaille.

Je sais, je sais. J'ai de la chance. Vraiment beaucoup de chance. Ce n'est pas tout le monde qui se voit offrir une galerie (ou un Range Rover flambant neuf, d'ailleurs). Mais le truc, c'est que ça a un prix. Ma famille n'est pas vraiment du genre facile à vivre. Nous ne sommes pas le genre de famille à se retrouver pour Noël et à chanter joyeusement des cantiques autour du piano. Enfin, nous nous réunissons pour Noël, mais personne n'en a vraiment envie.

Un mouvement du coin de l'œil attire mon attention, et je lève les yeux pour voir Prue entrer d'un pas pressé dans la galerie, son nouveau sac à main Louis Vuitton en bandoulière – elle en a un nouveau chaque saison – et une boîte à pâtisseries en équilibre dans l'autre main.

— Pourquoi faut-il que les gens s'obstinent à se traîner dans la rue comme s'ils étaient en vacances et avaient tout le temps du monde pour s'arrêter et regarder les vitrines ? se plaint-elle alors que la porte se referme derrière elle. Franchement, ils ne savent pas que certains d'entre nous ont une *vie* à vivre ? J'ai des enfants, des responsabilités et des endroits où je dois être. Des endroits importants. Dieu merci, Nounou est là, c'est tout ce que j'ai à dire.

— Bonjour à toi aussi, je réponds avec un sourire.

— Ma chère Tabby. Elle me fait la bise puis file vers l'arrière-salle. Tu es obsédée par ce tableau. J'aimerais que tu le vendes. Je suis sûre que tu pourrais en tirer une belle somme.

Je la suis et m'appuie contre le cadre de la porte pendant qu'elle balance toutes ses affaires sur son bureau. Rien que l'idée de ne plus pouvoir me perdre dans ce tableau chaque jour ne m'enchante guère.

— Pas à vendre, je lui dis.

— Tu es trop sentimentale à son sujet. Tu dois réfléchir avec ta tête.

— C'est ce que je fais. Tout le temps. C'est à ça que servent les têtes. Mais ce tableau est hors de question, et tu le sais.

— Comme tu voudras. Elle pousse un soupir et

déclare : Je *déteste* Londres en été. Je déteste, je déteste, je déteste ça.

Au moins, la conversation a dévié de la vente de mon tableau adoré, même si c'est pour revenir à ses plaintes.

— Donc, pas d'avis tranché sur l'été à Londres, alors ?

Elle me lance un regard agacé.

— Rappelle-moi de retourner chez Papa et Maman pour tout le mois d'août l'année prochaine. Je ne peux tout simplement pas passer un autre été ici.

— Où es-tu donc allée ce matin pour être déjà d'une humeur aussi massacrante ?

— Chez Jane's Pastries.

— Prue, c'est *littéralement* à côté de ton appartement, qui n'est qu'à un pâté de maisons. Sérieusement, comment ta matinée a-t-elle pu être si terrible ?

— Absolument horrible. Tu ne m'écoutais pas ? Tous ces gens épouvantables dehors, à me barrer le passage. J'ai pris ma décision. J'emmène les garçons et je vais dans le Devon l'été prochain. C'est décidé.

Je lève les yeux au ciel, amusée. Prue et moi sommes amies depuis que nous avons galéré ensemble à l'internat, et je suis habituée à ses airs de drama queen.

— Tout plaquer pour déménager dans le Devon pour l'été, ça ne fait pas très *Prue*, si tu veux mon avis.

Elle est plus du genre dîner chez Nobu, verres avec vue sur la Tamise et shopping à Knightsbridge que bottes en caoutchouc et gants de jardinage. Et toute cette terre.

Elle pousse un grand soupir.

— Tu as raison. Le Devon en été, c'est encore pire qu'ici. Et New York ?

Je pouffe de rire.

— Quoi ? New York, c'est trop génial !

— Tu es hilarante.

Je soulève le couvercle de la boîte à pâtisseries et dénombre quatre éclairs au chocolat, deux beignets à la confiture et six macarons.

— C'est pour qui, toutes ces pâtisseries ?

En l'espace de deux secondes, son air vexé s'efface pour laisser place à l'excitation.

— On a reçu un appel après que tu es partie plus tôt pour ce mariage, vendredi. On va recevoir la visite d'un nouveau marchand d'art et il veut jeter un œil à notre collection. Apparemment, il travaille pour un richissime homme d'affaires saoudien qui en a marre de collectionner des Hockney et des Hirst.

Je cligne des yeux en la regardant.

— Comment peut-on en avoir marre de collectionner des Hockney et des Hirst ? Et s'il achète des œuvres d'art à des prix aussi démentiels, qu'est-ce qu'il viendrait faire dans une galerie aussi petite que la 496 ?

— Qui sait ? C'est probablement un ami de Papa Crésus.

— Tu sais que ton père est tout aussi riche que le mien, j'espère.

— Oui, mais lui, il ne me finance pas cette galerie et il n'envoie pas ses amis acheter nos œuvres. Un thé ?

— Je viens de boire un café, dis-je d'un air distrait. Je la regarde remplir la bouilloire au robinet. Nous vendons des œuvres à d'autres personnes qu'aux amis de mon père, tu sais.

Il y a une pointe de défense dans ma voix.

Prue ouvre le placard au-dessus du comptoir et en sort la boîte de thés.

— Qu'est-ce que je prends ? Earl Grey, English Breakfast, ou un de ces immondes nouveaux trucs à base de plantes que tu t'es mise à boire ces derniers temps ?

— Ils ne sont pas immondes. Ils sont bons pour la santé.

Elle soulève un sachet de thé dans sa pochette hermétique.

— En quoi les orties peuvent-elles être bonnes pour la santé ? — Je n'en sais rien. C'est Lottie qui m'a suggéré d'en boire. Et tu as ignoré ma remarque : on a vendu des tonnes d'œuvres à des gens qui ne savent même pas qui est mon père.

— Bien sûr, répond-elle avec des yeux de biche.

Je fronce les sourcils.

— Qu'est-ce que ça veut dire ? — Ça veut dire que si ça ne te plaît pas que ton père maintienne cet endroit à flot, il est peut-être temps de couper le cordon.

— Je n'ai besoin de couper aucun cordon. La galerie est rentable, par ses propres moyens, répliquai-je avec une certaine fierté.

On m'a peut-être servi cet endroit sur un plateau d'argent, mais j'ai travaillé dur pour en faire une réussite. Ça faisait partie de la Nouvelle Tabitha à laquelle je me suis consacrée ces six derniers mois. Fini les fêtes, et beaucoup plus de concentration pour faire de 496 un succès. Papa m'a peut-être offert ma vie sur ce plateau d'argent, mais je peux au moins montrer que je le mérite.

Prue se retourne vers le comptoir et s'occupe de préparer le thé.

— Que ce nouveau marchand d'art soit un des copains de ton père ou pas n'a aucune importance pour l'instant. Il m'a dit qu'il voulait des noms plus récents, plus prometteurs à ajouter à la collection de ce type. Je lui ai dit que tu avais exactement ce qu'il cherchait ici à la galerie, et de passer aujourd'hui. Il a l'air d'être un gros bonnet.

Je contemple la boîte avec laquelle elle est entrée.

— Tu veux donner des *pâtisseries* à ce marchand, qui travaille pour un homme d'affaires saoudien super riche ?

— Oh, j'ai aussi pris des grains de café enrobés de chocolat, répond-elle, comme si des grains de café enrobés de chocolat allaient conclure l'affaire.

— Il arrive à quelle heure ?

— 14h30, donc on a assez de temps pour sortir quelques pièces de la réserve.

Je me mordille la lèvre. — À première vue, je pense à des œuvres d'Ibrahim, Kim, Ackerman, Adebisi.

— Il a mentionné Adebisi et Kim.

— Super. On a cette œuvre en techniques mixtes de Kim. Je peux aller la chercher.

— On a quelque chose de ce type bizarre et débraillé avec les chaussures ?

— Ça résume *littéralement* tous les artistes avec qui on a travaillé.

— Oh, tu vois de qui je veux parler. Celui qui craquait pour toi. Comment il s'appelait, déjà ?

— Tu veux dire Jed ? L'artiste qui peint ces immenses et magnifiques tableaux abstraits avec les petits personnages ?

— Oh, j'adore ces petits personnages, s'enthousiasme-t-elle. Ils sont trop mignons. Comme des Schtroumpfs, mais pas bleus. Évidemment.

J'esquisse un sourire ironique. — Je suis sûre que l'objectif de Jed était de créer de l'art de Schtroumpfs pas bleus.

— C'est quoi son nom de famille ?

— Juste Jed.

— C'est celui avec les yeux de grenouille globuleux et les cheveux en bataille ? Il lui manque des dents, aussi. Elle frissonne. Les dents en moins, les cheveux en bataille et les yeux de grenouille globuleux, ce n'est clairement pas le truc de Prue.

— Ça ressemble bien à Jed.

— C'est celui qui ne veut traiter qu'avec toi parce que tu « le comprends » ?

— Eh bien, je ne le formulerais pas tout à fait comme ça. Même si elle a tout à fait raison. Jed — prénom unique, comme Beyoncé — a beau être un grand artiste, il refuse de traiter avec Prue. Mais bon, c'est peut-être aussi parce qu'elle pense que son art ressemble à des Schtroumpfs pas bleus.

— Il ne traite avec moi que grâce à un commentaire que j'ai fait au hasard sur l'une de ses peintures, qui ressemblait à une vague géante, après avoir bu un verre de vin un soir. Il a cru que j'avais dit « rave » et il venait juste d'aller à Glastonbury pour la première fois de sa vie, à quarante et quelques années, alors il m'a dit que je le comprenais. Mais ce que je veux dire, Prue, c'est que c'est un artiste émergent incroyable avec un potentiel énorme, alors il peut avoir l'apparence qu'il veut. Ça ne fait aucune différence pour nous ou pour la galerie.

— Je suppose, bien que s'ils pouvaient faire un effort, ce serait plutôt sympa qu'ils soient plus beaux. Tu ne crois pas ?

Mon amie Prue, préoccupée par les choses importantes de la vie.

— D'ailleurs, tu dis ça uniquement parce que tu es sa préférée.

Je hausse les épaules. — Cet homme a du goût, que veux-tu que je te dise ?

— Tu appelles ça du goût, j'appelle ça de l'excentricité.

— Un artiste excentrique ? Tu imagines ça ?

Les artistes excentriques sont la norme, ici au 496. Certains plus que d'autres. Jed se situe probablement dans la moyenne de l'excentricité. Il y a des artistes qui refusent même de nous adresser la parole, et encore moins d'avoir un préféré. Je mets ça sur le compte du poids de leur génie créatif, comme si leur cerveau était si occupé à créer de grandes œuvres d'art qu'il n'avait plus de place pour être normal.

Elle désigne mon tableau préféré, accroché à sa place spéciale près de la porte de derrière. — Tu vas devoir déplacer ça. J'ai entendu dire qu'il n'est pas à vendre.

Je lève les yeux au ciel. — Ce ne serait pas génial de faire venir l'artiste ici pour qu'il s'approprie toute la galerie ? Mais chaque fois que j'envoie un e-mail, tout ce que j'obtiens, c'est un assistant qui me dit qu'il ne fait pas d'apparitions publiques. Je parie qu'on est juste trop petits pour lui.

— C'est probablement parce qu'il ressemble à Jed aux yeux de grenouille.

Je laisse échapper un petit rire. — Probablement.

— On ne sait même pas si c'est un « il ».

Je reporte mon attention sur le tableau. — C'est un il, dis-je avec assurance.

— Des coups de pinceau masculins ? demande Prue avec un petit rire.

— Je ne sais pas. Quelque chose me dit que Frisksits est un homme. Un homme que j'adorerais rencontrer.

— Tu en auras peut-être l'occasion un jour. Continue de lui envoyer des e-mails.

Nous passons le reste de la matinée et le début de l'après-midi à nous assurer que les artistes les plus excitants et les plus prometteurs sont exposés sur les murs, avec un certain nombre d'options alternatives soigneusement rangées à l'arrière afin de pouvoir les sortir facilement si le marchand veut les voir.

— Comment était le mariage des vieux ? demande Prue,

alors que je prends du recul et regarde le dernier des tableaux sur le mur.

Une image de Noah percute ma conscience, comme un taureau à travers une vitre.

— C'était charmant, je réponds, en essayant de le chasser de mon esprit.

Prue ricane. — Tellement convaincant. Ils se sont embrassés devant toi, n'est-ce pas ? Avec des baisers de personnes âgées, lèvres sèches et mâchoires tombantes.

— Tu es une personne vraiment, vraiment affreuse, dis-je. Pour tout dire, c'est quelque chose que je lui dis presque tous les jours. Prue a beau être une de mes plus vieilles amies, elle est aussi de loin la plus prompte à juger.

— Mais non, pas du tout. Je suis adorable, me dit-elle, et je sais qu'elle le pense sincèrement. Mais sérieusement, si on a besoin de dire aux gens à quel point on est gentil, est-ce que ça veut dire qu'on l'est vraiment ?

— C'est le baiser des personnes âgées qui t'a rendue toute pâle ? Oh, tu as besoin d'un spray tan ? On pourrait aller en faire un après la fermeture, si tu veux. J'aurais bien besoin d'une retouche.

— Je n'ai pas besoin de spray tan, et ce n'était pas le baiser d'Evelyn et Stanley, parce que c'est un couple absolu-ment adorable, profondément amoureux, et c'était un privi-lège de participer à leur cérémonie, je lui lance en en rajoutant une couche plus épaisse que celle de beurre que Papa met sur ses scones, et je peux vous dire qu'elle est drôlement épaisse. C'était... autre chose.

Ou plutôt quelqu'*un* d'autre.

— Quoi ?

Je me mords la lèvre. Prue a peut-être tendance à juger les gens en moins de temps qu'il n'en faut pour dire *dernier sac à main Gucci*, mais elle me dit toujours les choses telles qu'elles sont. Sans prendre de gants.

Qui plus est, elle était là le jour où je suis tombée amoureuse de lui. Et elle faisait aussi partie des amies qui m'avaient dit de l'oublier.

— Noah Grant s'est pointé au mariage, je lui annonce en essayant de garder une voix neutre.

Elle penche la tête et fronce les sourcils. — Qui ça ?

— Tu sais bien, Noah Grant ? Le garçon avec qui je suis sortie quand on était ados ?

Elle me regarde d'un air absent.

— Le type canon qui a réparé ma voiture ?

— Oh, je me souviens de lui. C'était ton aventure malavisée.

Je pince les lèvres. — Oui, c'est bien ça.

— Tu es en train de me dire qu'il était au mariage ? Comme c'est étrange.

— C'est bien ce que je me suis dit. Je ne sais pas trop quoi en penser.

— Qu'est-ce qu'un mécanicien fait à un mariage à Londres ? demande-t-elle, comme si le fait que Noah soit mécanicien l'empêchait d'assister aux noces de quelqu'un. Il n'habite pas dans ton village ?

Je baisse les yeux vers mes mains tandis que les souvenirs m'envahissent. — Il a déménagé, tu te souviens ?

Il a déménagé et je n'ai pas réussi à le retrouver.

Elle agite le poignet en l'air. — Oh, ma chérie, je n'arrive pas à suivre tous tes hommes.

— *Tous mes hommes* ? je m'esclaffe. On dirait une liste interminable.

— Tu es sortie avec quelques-uns, Tabby. Tu dois bien l'admettre. Pauvre Magnus. Je suis presque sûre qu'il ne s'est jamais remis de toi.

43

— Magnus va très bien, j'en suis sûre.

Prue se met à rire et je la regarde, surprise.

— Qu'est-ce qu'il y a de si drôle ? je demande.

— Que tu aies vu ce type hier soir.

— Oh, le voir était hilarant. Une vraie partie de rigolade. Oui, mon ton est inondé de sarcasme.

Elle agite la main en l'air. — Pas à cause de ça. C'est parce que Noah Grant est le nom de ce nouveau conseiller artistique.

Je cligne des yeux plusieurs fois, ma bouche formant un O. — Ah oui ?

Elle hausse les épaules d'un air nonchalant. — Quelle coïncidence, non ?

— Quelle *est* la coïncidence ? je murmure, en espérant que ce n'en soit qu'une. Je ne suis pas sûre de pouvoir supporter de revoir Noah deux fois après tout ce temps.

Mais Noah est mécanicien. Je sais qu'il l'est. Ce n'est pas un marchand d'art qui travaille pour un type riche au Moyen-Orient.

— Je suis sûre que ce ne sera pas *ton* Noah Grant. Qui sait ? Ce nouveau marchand est peut-être un parent de Hugh Grant ? Ce serait excitant, non ? Il a un fils adulte ?

Je fronce les sourcils. — Qui ?

— Hugh Grant.

— Hugh Grant ?

— Oui. Est-ce qu'il a un fils adulte ?

— Comment je pourrais savoir ça ?

— Oh, Tabby. Suis un peu, tu veux bien ? se moque-t-elle. Elle s'éloigne en direction de l'arrière-salle.

La porte vitrée de la galerie s'ouvre dans un grincement, et une silhouette vêtue d'un costume-cravate sombre apparaît, avec une épaisse chevelure rejetée en arrière qui dévoile un beau visage aux traits sombres. C'est un beau visage aux traits sombres *familiers* et, alors que mon regard croise le sien, mon pouls s'accélère et tout ce qui nous entoure commence à devenir flou.

C'est lui.

C'est *Noah*.

— Bonjour, Tabitha, murmure-t-il, son regard me transperçant comme s'il pouvait lire dans mes pensées. Des pensées qui, en ce moment même, me hurlent de le fuir très, très loin, tout comme je l'ai fait vendredi soir.

Rassemblant chaque once de courage en moi, je relève le menton, la poitrine serrée, tandis que je mets toute mon énergie à ne pas m'enfuir. C'est une lutte monumentale, que je parviens à peine à maîtriser.

J'avale ma salive tout en gardant ma voix aussi stable que possible. — Bonjour, Noah.

Chapitre Cinq

Noah Grant est ici. *Ici.* Dans ma galerie.

Le seul homme que j'aie jamais aimé.

Qu'est-ce que tu essaies de me faire, Univers ? Je n'ai pas posé les yeux sur ce type depuis plus d'une décennie, et voilà que je le vois non pas une fois en vingt-quatre heures, mais deux ? Les deux fois complètement prise au dépourvu.

Une petite mise en garde aurait été appréciable. Ne pas le voir du tout aurait été carrément génial.

Peut-être que quelqu'un peut m'apporter une paire de souliers de rubis à claquer l'un contre l'autre en marmonnant « On est si bien chez soi » pour que je puisse revenir à la réalité.

Quoi que je fasse, il faut absolument que Madame Univers se mette de mon côté. *Et vite.*

Mais elle ne coopère pas. Noah est toujours là et il me regarde toujours comme s'il ne ressentait pas le tourbillon d'émotions que sa réapparition soudaine a provoqué en moi.

Oh, non. Il se maîtrise totalement. Désinvolte. À l'aise. Sûr de lui.

Le tiercé gagnant de l'attitude à adopter face à un ex.

Le tiercé gagnant que je ne suis absolument *pas* en ce moment.

Je parie que pour lui, je ne suis qu'une fille qu'il a connue autrefois. Une fille oubliée depuis longtemps. Reléguée au passé, avec le lycée, les boutons et la puberté.

— C'est un plaisir de te revoir, Tabitha, dit-il d'une voix douce et familière, son accent américain plus prononcé que dans mes souvenirs.

Tabitha, pas *Duchess*.

Mais après tout, pourquoi utiliserait-il son surnom pour moi après tout ce temps ? Ce serait inapproprié. Beaucoup trop familier.

— C'est *toi*, le Noah Grant qui est venu voir notre collection ? je demande, clignant des yeux, incrédule.

Noah n'est pas un marchand d'art, travaillant pour un riche homme d'affaires étranger. Il suivait une formation pour devenir mécanicien, pour marcher sur les traces de son père et reprendre Grant Motors. C'est un type d'une petite ville, avec du cambouis sous les ongles et toute sa vie déjà tracée.

Du moins, c'est le Noah Grant que j'ai connu.

Il incline la tête. — Tu as l'air surprise.

J'ouvre la bouche pour répondre, mais aucun son n'en

sort. Bien sûr que je suis surprise ! La réapparition de Noah est une chose, mais sa réapparition en tant que marchand d'art en est une tout autre.

— J-je le suis, j'arrive à articuler.

— C'est drôle comme les choses se font, n'est-ce pas ? dit-il avec un sourire détendu.

Drôle ? *Drôle* ? De tous les mots que je pourrais utiliser pour décrire ça, *drôle* n'en fait pas partie.

— Je suppose.

La voix de Prue retentit derrière moi. — Bonjour. Elle traverse la galerie d'un pas léger, le claquement de ses talons résonnant dans la pièce. Elle s'arrête à côté de moi, son sourire de bienvenue aux lèvres, tout en me lançant un regard interrogateur.

Je comprends. Je suis là, à dévisager un homme inconnu, mais certes extraordinairement beau. Elle doit se demander si je n'ai pas été frappée par la foudre.

Ce qui, d'une certaine manière, est le cas.

Noah déplace son regard de moi à Prue, et le souffle que je ne savais même pas retenir s'échappe de mes poumons. — Bonjour, dit-il.

— Tabby vous a aidé ? demande-t-elle à Noah.

— On était juste en train de discuter. N'est-ce pas, *Tabby* ? Ses yeux pétillent en rencontrant à nouveau les miens.

Tabby ? Il a toujours dit que c'était le surnom le plus ridicule pour moi et il refusait de l'utiliser. À la place, il m'en avait donné un que lui seul employait. *Duchess*. Une plaisanterie sur la famille dont je venais. Non pas que je sois une duchesse, bien sûr, et je n'aimais pas particulièrement ce sobriquet. Il ne faisait que souligner le fossé qui séparait nos deux mondes.

— C'est vrai, Tabby ? Vous discutiez ? demande Prue, et

je réalise avec un sursaut que je suis toujours en train de dévisager Noah, sans avoir prononcé un mot.

— Euh, oui. On discutait. C'est ça, je marmonne, ce qui me vaut un froncement de sourcils de la part de Prue. Elle doit se demander ce qui prend à sa patronne d'habitude si posée.

Il faut que je me ressaisisse.

— En fait, je suis venu voir votre collection. Je suis Noah Grant, lui dit-il.

Prue lui tend la main.— Monsieur Grant, c'est un plaisir de vous rencontrer. Je suis Prunella Cosworth-Farnham. Nous nous sommes parlé au téléphone hier ?

— Appelez-moi Noah, je vous en prie. Et à vrai dire, nous nous sommes déjà rencontrés il y a quelques années, lui dit-il aimablement.

Le regard de Prue passe de lui à moi.— Ah oui ? demande-t-elle, le visage illuminé. Elle n'a visiblement pas eu de mal à faire le rapprochement pour comprendre que ce Noah Grant n'est pas le fils d'une célèbre star de cinéma londonienne, mais bien *mon* Noah.

Sauf qu'il n'est plus à moi.

— Nous étions adolescents quand nous nous sommes rencontrés, donc ça remonte à longtemps maintenant, ajoute-t-il.

— Adolescents ? Vous savez, Noah, maintenant que j'y pense, ça me dit quelque chose, répond Prue. Rappelez-moi. C'était où, exactement ?

Je lui jette un regard. Elle sait très bien où c'était.

— À Marlingworth, le village où j'ai grandi. On s'est rencontrés quand ta voiture est tombée en panne, si je me souviens bien. N'est-ce pas, Tabby ? Il se tourne vers moi, et je pince les lèvres en hochant la tête.

— Oh, Marlingworth ? C'est de là que vient Tabby, répond Prue en se tournant vers moi.

— En effet. Je me sens terriblement mal à l'aise.

— Comme je l'ai dit, c'était il y a si longtemps. Une autre vie, répond-il d'un ton posé, les traits détendus.

Une autre vie.

Et voilà comment tout ce que nous étions l'un pour l'autre est relégué au rang d'histoire insignifiante.

Je pince les lèvres.

— Quel plaisir de te revoir, Noah, répond Prue, l'éclat dans ses yeux me montrant à quel point elle savoure ce moment. Pour elle, Noah n'était que mon petit ami malavisé, une erreur de jeunesse avant que je ne passe aux *vrais* mecs. Des mecs de notre milieu qui sont allés à Cambridge et à Oxford. Des mecs qui avaient un brillant avenir devant eux dans le droit ou la politique.

Des mecs que mes parents auraient approuvés.

— Et te voilà marchand d'art, à ce que je vois, continue Prue. C'est une sacrée promotion pour toi. Non ?

Je plisse les yeux. Prue n'a jamais été du genre à garder ses pensées pour elle.

— Tu étais mécanicien, n'est-ce pas ? Tu as réparé la voiture de Tabby quand elle est tombée en panne, je me souviens, poursuit-elle.

L'image de Noah sortant de sa camionnette et venant vers nous d'un pas nonchalant, plus sexy que tous les pompiers de tous les calendriers réunis, me traverse l'esprit. Mon ventre se serre.

Non. Je ne vais pas retomber là-dedans.

Penser à Noah comme un homme sexy et musclé n'est pas utile en ce moment.

Ni à aucun autre moment.

— J'étais en formation de mécanicien à l'époque, répond-il.

— Alors, qu'est-ce qui t'a fait passer des vidanges et des réparations de moteurs aux beaux-arts ? Ça semble si... différent.

— Prue, l'avertis-je à voix basse. Bien qu'elle se fasse l'écho de mes propres pensées, son ton est un peu condescendant. Ça ne peut pas avoir échappé à Noah.

Il lui offre un sourire impassible.— Il peut s'en passer des choses en quinze ans, répond-il évasivement, sans nous honorer d'une réponse.

— Douze ans, le corrigé-je, avant de pincer aussitôt les lèvres.

— Seulement douze ? demande-t-il.

J'écarquille les yeux en le regardant. Je me souviens de la date et de l'heure exactes où ma voiture est tombée en panne, de la façon dont il avait sorti un bidon d'essence de l'arrière de sa camionnette pour remplir mon réservoir vide. De la façon dont il m'avait dit qu'il m'attendrait sous le vieux chêne au bord de la rivière ce soir-là si je voulais le revoir.

Et comme je voulais le revoir. Tellement.

Et puis, je me souviens de cet été-là, de la façon dont nous passions tout notre temps ensemble, allongés sur des couvertures à l'ombre de cet arbre, à nous embrasser comme si notre vie en dépendait, nous prélassant dans notre amour naissant.

Parce que j'avais aimé Noah. Il était mon premier, mon unique amour.

Et le voilà dans ma galerie, qui relègue tout ça au rang d'histoire ancienne. Sans importance. Terminé.

J'affiche un sourire de façade, ma résolution se transformant en pierre.

— Douze, peut-être treize ans ? Je ne suis pas sûre. Il y a longtemps, comme tu le dis.

— Tu as raison. C'était il y a longtemps, peu importe comment on voit les choses.

Je sens le regard de Prue me transpercer et je résiste à l'envie de la chasser comme une mouche agaçante.

— J'avais entendu dire que tu étais galeriste à Londres, mais je ne savais pas où, dit-il.

Je lui jette un regard incertain. Est-ce que ça pourrait vraiment être une coïncidence ? Est-ce qu'il pouvait vraiment ignorer que je serais là aujourd'hui ? Mais d'un autre côté, c'est peut-être pour ça qu'il était si détendu en me voyant. Il savait que je serais là, et ça ne le dérangeait pas.

Je laisse l'idée faire son chemin un instant. Il savait que je serais là aujourd'hui et ça ne le préoccupait pas le moins du monde. Me voir n'est pas un problème pour lui.

— Eh bien, tu m'as trouvée, réponds-je en haussant les épaules, avant d'ajouter rapidement, ce qui donne l'impression que tu me cherchais, et bien sûr que non, parce que ce serait bizarre. Alors...

Les coins de sa bouche se retroussent en un sourire, et il est difficile de ne pas sentir que c'est à mes dépens.

— Alors, répète-t-il. Il détourne les yeux des miens pour contempler la galerie. Je suis très intéressé de voir votre collection, et j'apprécie que vous ayez pu me consacrer du temps avec si peu de préavis. Mon client est très intéressé par ce que vous avez à offrir.

— Bien sûr. Nous sommes ravies de vous recevoir, réponds-je avec aisance. Je crois savoir que vous êtes particulièrement intéressé par les pièces d'Adebisi et de Kim que nous possédons.

— En effet.

— Par ici. Je désigne les œuvres d'art à l'autre bout de la

galerie et il m'adresse un sourire neutre en passant à côté de moi. Je ne peux m'empêcher de respirer son odeur. C'est un mélange de pin, d'une fraîche journée d'hiver et de Noah. Ça me prend au dépourvu.

Je me frotte le nez comme si je pouvais effacer son parfum.

Ça ne marche pas. Sans surprise.

— Qu'est-ce qui te prend ? siffle Prue à voix basse, alors que Noah examine le plus grand tableau de la pièce, un abstrait en noir et blanc.

— Je vais bien, lancé-je d'un ton sec, ce qui est clairement faux.

— Reprends-toi, tu veux ?

Je lui jette un regard noir.

— C'est toi qui te demandes pourquoi il est marchand d'art.

— C'est toi qui donnes l'impression d'avoir vu un fantôme.

Je pince les lèvres. C'est exactement ce que Lottie m'a dit au mariage de Stanley.

— Passe à autre chose. C'était il y a une demi-vie. Il faut essayer de lui vendre des œuvres.

J'étire mes lèvres en une ligne droite.

— Je sais, réponds-je en hochant fermement la tête. Je sais qu'elle a raison. Le fait qu'il soit là ne devrait pas être un problème. Les gens croisent leurs ex tous les jours. C'est quelque chose de prévisible, en fait. Un événement banal.

— Je vois que vous avez une pièce de Lesley Bukenya. Son travail est très intéressant, dit Noah en se tournant vers nous.

— C'est assez saisissant, n'est-ce pas ? Prue me jette un dernier regard avant d'aller le rejoindre, et je me force à la suivre.

— Et ça. C'est un Jed, n'est-ce pas ? affirme-t-il, en regardant le tableau beaucoup plus grand à côté.

Prue se tient à côté de lui.

— C'est exact.

— Je sais que mon client serait intéressé par une œuvre de Jed, répond Noah.

— Oh, pour ça, il faut que vous en parliez à Tabby. C'est la seule avec qui l'artiste accepte de travailler.

— Ah oui ?

— N'est-ce pas, Tabby ?

Ils se tournent tous les deux pour me regarder.

J'adopte mon air professionnel. Mode galeriste activé.

— Jed a une certaine façon de travailler, et nous sommes ravis de nous y adapter, dis-je.

— Un artiste pointilleux ? Quelle surprise, répond Noah, et la peau autour de ses yeux se plisse lorsqu'il me sourit. Je suis de nouveau frappée de constater à quel point il a l'air plus vieux, plus mature, comme si ses traits s'étaient affirmés. Bien qu'il ressemble toujours au Noah que j'ai connu, il est plus assuré, plus *lui-même*, si cela a le moindre sens.

— Oui, imagine un peu, je réponds avec un rire qui me donne l'impression d'avoir aspiré de l'hélium.

Je m'éclaircis la gorge.

— Apparemment, Tabby le *comprend*, continue Prue d'un geste de la main. Il ne veut traiter qu'avec elle. Le cliché de l'artiste, quoi. Bon, Noah, tu veux un rafraîchissement ? Une pâtisserie, un café, une coupe de champagne ?

— Tu as tout ça ? demande-t-il.

— Absolument, répond-elle.

— Eh bien, peut-être que tu peux m'apporter une tasse de café pendant que je discute avec la galeriste préférée de Jed.

— Bien sûr. Je reviens en un clin d'œil. Elle quitte la pièce d'un pas vif et, après un bruit sourd de la porte qui se ferme, Noah et moi nous retrouvons instantanément seuls dans la pièce caverneuse.

Et moi qui me croyais nerveuse avant.

Noah lève un sourcil dans ma direction.

— Alors comme ça, l'un des artistes britanniques les plus prometteurs pense que tu le *comprends* ?

Mes joues s'empourprent. Je lui offre un sourire agréable et professionnel.

— Il a mentionné quelque chose dans ce goût-là.

Ses yeux semblent m'évaluer. J'essaie de ravaler le malaise pesant qui s'est installé entre nous.

— Je sais que mon client sera très intéressé par n'importe quelle œuvre de Jed que tu pourrais avoir. Tu en as d'autres ?

— Comme Prue l'a dit, nous n'avons que cette œuvre pour le moment.

— Et elle est vendue, à ce que je vois. Il désigne du geste la pastille rouge que j'ai placée sur l'œuvre d'art vendredi.

— En effet, j'en ai bien peur. Tout juste vendue.

Il détourne son attention du tableau pour la reporter sur moi une fois de plus.

— Tu penses que tu pourrais savoir si vous allez bientôt recevoir d'autres œuvres de lui ?

— Je ne sais pas. Il est un peu imprévisible, disons.

— Mais tu as une relation spéciale avec lui.

— Je ne suis pas sûre qu'elle soit si spéciale que ça, en fait, je réponds, me sentant profondément mal à l'aise. Ce n'est pas comme si nous avions un contrat d'exclusivité avec lui ou quoi que ce soit.

— Mais vous en voudriez un.

C'est quoi, cette question ? Bien sûr que nous voulons

une relation exclusive avec Jed. Les gens ont commencé à payer très cher pour ses œuvres.

C'est à mon tour de jeter un regard scrutateur à Noah.

— Bien sûr que nous en voudrions un.

— Tu as accès à lui. Tu pourrais peut-être lui dire que mon client est à la recherche de certaines de ses œuvres, et qu'il paiera bien pour les avoir.

— Bien sûr. Je serai ravie de le faire.

— Bien. Je te recontacterai bientôt, dit-il sèchement.

Donc, ça va être purement professionnel, à ce qu'il semble.

Ça me va. Parfaitement.

— Si tu me donnes ta carte, je te contacterai dès que j'aurai des informations pour toi.

Il plonge la main dans la poche intérieure de sa veste, et je remarque la doublure en soie distinctive, toujours utilisée par un grand tailleur de Savile Row. Quoi que Noah ait fait de ces douze dernières années, il a suffisamment bien réussi pour s'acheter des costumes chers chez des créateurs huppés.

Il sort une carte et me la tend. En la prenant dans ma main, je m'assure que nos doigts ne se touchent pas. Je lis le nom *Noah Grant, Marchand d'art*, écrit en lettres noires simples sur un fond blanc.

— Merci. Je te recontacterai, je lui dis.

Prue revient dans la pièce d'un pas pressé, tenant un plateau avec du café, du lait et du sucre.

— Je ne savais pas comment tu le prenais.

— En fait, je suis désolé, je dois y aller.

— Oh, réplique-t-elle, comme si elle avait fait un effort surhumain pour préparer ce café, alors qu'elle s'est contentée de mettre une cuillère à café de café soluble dans une tasse d'eau bouillante.

— C'était un plaisir de vous revoir. Tabitha, j'attends de tes nouvelles.

— Oui, dis-je.

Il nous adresse un sourire avant de quitter la galerie à grandes enjambées, la porte se refermant derrière lui. Je regarde sa silhouette sombre disparaître.

Je lâche un souffle, mon corps tendu se détendant pour la première fois depuis qu'il est entré.

Prue me lance un sourire en coin. — Eh bien, ça promet d'être intéressant.

— Non, pas du tout. Ça va être tout le contraire d'inté-ressant, je rétorque.

Pour toute réponse, elle se contente de hausser les sourcils.

— Prue, je suis une galeriste professionnelle. Je peux gérer des gens comme Noah Grant.

— La toute nouvelle version de Noah Grant, tu veux dire. Un homme en costume, c'est tellement plus à croquer.

— Peu importe la version. Nous étions adolescents quand nous étions ensemble. C'est de l'histoire ancienne.

— Si tu le dis.

Je hoche fermement la tête, résolue. — Je le dis.

Et alors, si j'ai cru un jour qu'il était mon âme sœur. Et alors, si j'ai cru que le destin nous avait réunis ce jour-là sur cette route de campagne. Et alors, si j'avais pensé que nous étions faits pour être ensemble pour toujours.

Tout ça n'était qu'un fantasme de jeunesse. Une fiction. Un conte de fées. Et si la réapparition de Noah dans ma vie m'apprend quelque chose, c'est que les contes de fées n'existent très certainement pas.

Même s'il m'a un jour fait croire que c'était possible.

Chapitre Six

Il y a treize ans

— Viens avec moi. Noah prend ma main dans la sienne, son contact déclenchant une envolée de papillons dans mon ventre tandis que nous enjambons la haie basse pour nous retrouver sur l'herbe verte et épaisse.

— Où est-ce qu'on va ? je lui demande, sans vraiment me soucier de sa réponse. Tout ce que je veux, c'est être avec lui, depuis ce jour au bord de la route, il y a une semaine. Depuis que sa simple vue m'a coupé le souffle.

— Tu verras bien, est sa réponse évasive.

Ellie gambade dans l'herbe à côté de nous, la queue battant furieusement, folle de joie d'être en liberté. Je ne peux pas lui en vouloir. Elle passe la plupart de ses journées attachée à un poteau au garage du père de Noah, brûlant d'envie de jouer avec les gens qui déposent leur voiture pour une révision, convaincue que chacun d'entre eux est là juste pour elle.

— Ellie, va chercher ! Noah lance une balle rose vif de sa main libre et la chienne s'élance à sa poursuite.

— Elle est obsédée par cette balle, je dis, alors que nous ralentissons le pas.

Nous sommes au bord de la rivière, de l'autre côté du pont par rapport au village. Nous avions parlé d'y faire un pique-nique, mais l'herbe était trop haute. Alors, à la place, nous nous sommes assis à l'une des tables du pub The Noble Pigeon, surplombant la rivière, et nous avons mangé les sandwichs et les fruits coupés que Noah avait préparés, avant que Mme Mayhew nous dise de nous dépêcher de consommer leur nourriture, ou de nous dépêcher de partir.

Prétextant ne pas avoir d'argent, Noah lui a dit que nous partirions dès que j'aurais mangé une des fraises qu'il avait personnellement trempées dans le chocolat ce matin, car il voulait que cette journée soit spéciale.

Aujourd'hui, c'était notre premier rendez-vous officiel.

Je m'étais éclipsée de la fête pour le retrouver le soir où nous nous étions rencontrés sur cette route de campagne, mais il m'avait dit de me faire belle pour un vrai rendez-vous ce soir.

Ça semblait important. On ne faisait pas que traîner ensemble, parler et apprécier la compagnie de l'autre. Nous étions à un rendez-vous.

J'avais rougi et Mme Mayhew avait accepté que nous

restions jusqu'à ce que de vrais clients payants aient besoin de la table.

Et maintenant, nous voilà, debout sous le chêne au bord de l'eau, les fenêtres du pub de l'autre côté de la rivière réfléchissant la lumière, plus proches que nous ne l'avons jamais été de toute notre vie.

Mon cœur s'emballe dans tous les sens.

Noah regarde Ellie ramasser la balle avant qu'elle ne revienne vers nous en courant et ne la laisse tomber à ses pieds. Il la ramasse, la lance à travers le champ pour elle, et elle bondit à sa suite une fois de plus.

— Je sais ce que c'est que d'être obsédé par quelque chose, dit Noah, ses yeux intensément fixés sur les miens. Ou plutôt, par quelqu'une.

Mon cœur se met à cogner contre mes côtes. Je lève le menton, déterminée à paraître aussi mature que mes seize ans me le permettent. — Tu es en train de me dire que tu es obsédé par moi, Noah Grant ? Mon ton dément la nervosité que je ressens.

Il lève la main vers mon visage et me touche la joue avec des doigts légers comme une plume. — Dis-moi que je ne suis pas le seul. Tu le sens aussi. N'est-ce pas ? Sa voix est basse et rauque, pleine du désir qu'il a pour moi, et je sais que ce qu'il dit est vrai. Depuis qu'il s'est arrêté pour nous aider sur le bord de cette route de campagne, il n'a cessé d'emplir mes pensées et de perturber mon sommeil. La nuit dernière, en écrivant dans mon journal intime, j'ai gribouillé son nom à côté du mien, l'entourant d'un cœur comme si j'avais treize ans.

Ma voix n'est qu'un souffle quand je réponds : — Je le sens aussi.

La chaleur de son corps si près du mien et l'intensité de son regard m'assèchent la gorge, et alors qu'il se penche vers moi, sa tête s'inclinant, je lève le menton pour rencontrer ses lèvres douces et charnues.

Son baiser est doux, hésitant, et il se termine bien trop vite.

Il relève la tête et regarde par-dessus mon épaule, vers le pub de l'autre côté de la rivière. — J'ai l'impression qu'ils nous regardent.

Je jette un coup d'œil au pub. Toutes les tables extérieures sont maintenant occupées, et une douce musique pop des années 90 flotte dans l'air. — Je suis sûre qu'ils ne nous regardent pas, je réponds, souhaitant qu'il passe beaucoup moins de temps à s'inquiéter des clients du pub et beaucoup plus à m'embrasser.

— J'ai une idée. Il me guide autour de l'arbre jusqu'à ce qu'il nous cache de la vue.

Je lui souris, ces papillons s'agitant de plus belle dans mon ventre à la perspective de ce qui est sur le point de se passer entre nous.

— C'est mieux ? je demande avec un sourire.

— Pas encore.

Sans un mot de plus, il passe ses deux mains autour de ma taille et m'attire contre lui, collant son corps ferme, vêtu d'un jean et d'un t-shirt, contre le mien. Avant même que je m'en rende compte, il presse de nouveau ses lèvres contre les miennes, et je respire son parfum enivrant alors que je le goûte pour la toute première fois.

Ce baiser n'a rien à voir avec le premier. Il est audacieux, insistant, et il me révèle exactement ce qu'il ressent pour moi.

Alors que nous reprenons notre souffle, son souffle se mêle au mien et il me murmure : — Je n'arrête pas de penser à toi, Duchesse.

— Duchesse ? je demande.

Son visage s'empourpre. — C'est comme ça que je t'ai toujours appelée. Dans ma tête, en tout cas.

Il a toujours eu un surnom pour moi ?

Je me mords la lèvre. — Tu sais que je ne suis pas une vraie duchesse, n'est-ce pas ?

— Laisse-moi voir. Tu vis au Manoir, tu as l'argent, tu vas dans ce pensionnat chic, tu...

— Ce n'est pas mon argent, tu sais, je le coupe.

— C'est bonnet blanc et blanc bonnet, Duchesse. — Ses lèvres s'étirent en un sourire, et je ne peux m'empêcher de lui rendre. — Pour moi, tu es Duchesse.

— Et moi, comment je t'appelle, alors ?

— Que dirais-tu de Noah ?

— Ce n'est pas très original. C'est ton prénom. — Je tripote l'ourlet de son t-shirt, le bout de ma main effleurant de manière provocante la peau chaude et ferme de son ventre.

— Ah oui ? — Il glisse sa main derrière ma tête et emmêle ses doigts dans mes cheveux, sa bouche de nouveau contre la mienne. Je fonds comme une glace par une chaude journée d'été.

Et cette nuit-là, nous ne lui avons jamais trouvé de surnom.

Chapitre Sept

Le portail en fer forgé noir grince bruyamment tandis que je le referme derrière moi et que je descends les marches menant à mon appartement, me rappelant pour la énième fois que je dois le huiler. Enfin, je dois acheter de l'huile, et *ensuite* le huiler.

Aucune de ces deux choses n'est en tête de ma liste.

Je jette mon sac à main sur la console près de la porte. Tandis que je me débarrasse de mes talons, mes pieds me remercient de les libérer de leur chambre de torture, et je parcours le parquet de mon appartement pour rejoindre la cuisine qui donne sur mon petit jardin.

Depuis quelque temps, j'ai ce que mes amies décrivent comme une obsession malsaine pour mon jardin. Elles ne savent pas de quoi elles parlent. S'occuper des plantes est tout le contraire de malsain, même si j'avoue y passer bien trop de temps assise à lire.

Il y a pire.

Des choses comme la réapparition de l'amour de ma vie qui agit comme si je n'étais pour lui qu'une vieille histoire sans importance.

Ouais, *ça*.

Après que Noah a quitté la galerie cet après-midi et que je m'en suis assez remise, j'ai laissé un message vocal à Jed pour lui demander s'il avait des œuvres qu'il cherchait à vendre. Une moitié de moi – la moitié sensée et logique qui sait à quel point il serait risqué pour moi de passer plus de temps avec Noah que je ne l'ai déjà fait – espérait qu'il refuserait catégoriquement et que l'affaire en resterait là.

L'autre moitié ? Eh bien, disons que c'est la moitié idiote et romantique, la tête dans les nuages, qui mériterait d'être abattue rapidement par un missile balistique.

J'enfile mes baskets et je regarde l'heure. J'ai rendez-vous avec Kennedy devant The Black Cat à 18 h 30, mais je dois d'abord récupérer un colis très important.

Je remonte les escaliers jusqu'au rez-de-chaussée, j'appuie sur le bouton à côté de l'appartement 1A et j'attends. Un instant plus tard, une voix demande : « Qui est-ce ? », et j'entends les aboiements familiers du chien qui habite là.

— C'est Tabitha.

— Oh, salut. Entre.

L'interphone sonne, je tire la porte pour l'ouvrir et j'entre dans la vieille maison rénovée. La porte de l'appartement 1A est entrouverte, et je passe la tête à l'intérieur en demandant : « Je peux entrer ? »

Je suis immédiatement assaillie par une chienne enthousiaste, qui me saute dessus et essaie de me lécher le visage.

— Salut, ma belle, dis-je en me penchant pour caresser la chienne enthousiaste, qui n'est plus qu'une tornade de fourrure brune à mes genoux. Tu veux aller te promener avec tata Tabitha ?

Pour toute réponse, elle sort sa longue langue rose pour me lécher le visage, et j'évite de justesse de me faire couvrir la joue d'une fine couche de bave de chien.

Toujours un plaisir.

— Allons, Echo, on en a déjà parlé, lui dis-je d'un ton sévère.

Elle s'assoit aussitôt sur son derrière de toutou et me fixe, les oreilles en arrière.

Echo est la chienne la plus adorable de la planète, et la raison pour laquelle je suis chez ma voisine. C'est un kelpie australien, ce qui signifie en gros qu'elle a été conçue pour rassembler les moutons dans les vastes étendues de l'Outback, sous un soleil de plomb – une vie bien différente de celle d'un petit appartement londonien rempli d'humains, dont deux mesurent moins d'un mètre.

C'est là que j'interviens. Maya a deux jeunes enfants, tous deux magnifiques mais exigeants, parce que, eh bien, ce sont de jeunes enfants. Millie a maintenant trois ans (et demi, on m'a déjà reproché d'oublier ce détail) et son petit frère, Timmy, a eu deux ans le week-end dernier.

Echo a été nommée ainsi parce que chaque fois que Millie pleurait, elle lui faisait écho avec une plainte. Apparemment, Millie n'était pas un bébé facile, alors Echo passait le plus clair de son temps à se plaindre. Gérer un nouveau-né et une chienne qui insistait pour sympathiser avec elle n'a pas dû être une partie de plaisir pour Maya.

— Elle t'adore, Tabitha, dit Maya.

Je lève les yeux de là où je suis, par terre, pour l'apercevoir avec un enfant sur la hanche et un autre agrippé à l'ourlet de son T-shirt large. Ils ont tous deux les plus grands yeux marron que j'aie jamais vus, qu'ils ont actuellement rivés sur moi et la chienne.

— Echo va faire prome-promenade avec Dame Tabitha ? me demande Millie.

— C'est ça. Comment tu vas, Millie ?

— Bien, me dit-elle d'un ton sérieux, en hochant fermement la tête.

Son frère tend le bras et tire brusquement sur les cheveux de sa maman.

— Aïe ! Timmy, ça fait mal, se plaint Maya en essayant de dégager ses cheveux de sa poigne sans les mains.

Timmy tire plus fort.

— Sérieusement, Timmy. Arrête ça ou je vais devoir te poser, prévient Maya.

— Timmy, arrête za, ordonne sa grande sœur, avec exactement le même ton que sa mère. Enfin, mis à part son zozotement.

Mais je connais Timmy, et c'est vraiment le genre à faire le contraire de ce qu'on lui dit. Il empoigne fermement les cheveux de sa pauvre mère et tire. Fort.

— Ça suffit. Tu vas par terre, lui dit Maya, et elle le dépose aussitôt sur la moquette du couloir, démêlant les doigts poisseux de Timmy de ses cheveux.

Il n'est pas du tout impressionné par cette tournure des événements et nous le fait savoir par un hurlement strident qui me perce les tympans et fait détaler Echo au fond du couloir pour aller se cacher quelque part.

Chien sensé.

— T'es tellement zot, lui dit Millie avant de plaquer ses

mains sur ses oreilles et de crier : « Arrête za ! Arrête za ! »
D'une petite poussée, elle fait basculer son frère, qui atterrit
sur ses fesses dodues dans sa couche. Il monte immédiatement le volume de ses pleurs à un niveau assourdissant.

— Millie, laisse ton frère tranquille, la gronde Maya. Et
Timmy, viens là. Elle ramasse son fils, qui n'est plus qu'une
masse rose, hurlante, pleine de morve et de larmes. Ses cris
se transforment en gémissements tandis qu'elle le berce
dans ses bras.

Souriant malgré le bruit, j'observe les cernes sous les
yeux de Maya et ses cheveux raplapla. — Journée difficile ?

— Comme toutes les autres, répond-elle.

— Ça va si je leur donne une F. R. A. I. S. E. chacun ?
j'épelle, certaine que ni Timmy ni sa sœur n'ont appris à
épeler depuis ma visite d'hier.

Elle me regarde d'un air vide. — Tu m'as perdue à F.
R. A.

— Fraise, je mime avec mes lèvres.

Maya hausse les épaules, tirant un coin de sa bouche
vers le haut. — Je suis pour la corruption si ça peut ramener
un peu de paix et de tranquillité.

Je plonge la main dans mon sac en bandoulière et j'en
sors une barquette de fraises que j'ai achetée chez Marks
and Spencer en rentrant aujourd'hui. J'aime bien apporter
des friandises aux enfants parfois, quand je viens chercher
Echo pour sa promenade.

J'ouvre la barquette, je prends discrètement deux fraises
d'un rouge éclatant et d'un brillant magnifique, et je les
cache dans mon dos. — Hé, Timmy. Je t'ai apporté quelque
chose.

Ses pleurnicheries cessent brusquement, sa curiosité
prenant le dessus.

— Cadeau ? demande-t-il, les yeux écarquillés.

— Un cadeau, je confirme. Mais tu dois deviner dans quelle main il est.

Ses yeux passent avec excitation de l'un de mes bras à l'autre avant qu'il ne pointe mon côté gauche en s'exclamant : — Celle-là !

Je sors ma main de derrière mon dos pour révéler une des fraises, et il me l'arrache immédiatement.

— Timmy, où sont tes bonnes manières ? lance Maya, mais Timmy est trop occupé à s'enfourner le fruit dans la bouche avec ses doigts potelés pour se soucier le moins du monde des bonnes manières.

— Tu veux regarder dans mon autre main, Millie ? je demande à sa sœur.

— Oui z'il vous plaît, répond-elle en me souriant de toutes ses dents.

Je lui tends l'autre fraise.

Elle la prend et dit : — Merci beaucoup, Mademoizelle Tabitha.

— De rien, Mademoiselle Millie, je lui dis avec un grand sourire avant qu'elle ne s'affaire elle aussi à manger.

— Tu entends ça ? dit Maya alors que je me redresse.

— Quoi ?

Son visage s'illumine de son premier sourire depuis que je suis arrivée.

— Exactement.

Les enfants finissent leurs fraises et laissent tomber les queues par terre. Je me penche pour les ramasser, puis je demande l'accord de Maya avant de donner deux fraises de plus à chaque enfant.

— Désolée pour le sucre. Je ne peux jamais y résister. Ce sont leurs grands yeux bruns. Ils me font craquer à chaque fois.

Elle balaye mon inquiétude d'un revers de la main.

— Ce sont des fruits et ils ont mangé leurs bâtonnets de carotte aujourd'hui, donc ça va. Enfin, Millie les a mangés. Timmy s'est enfoncé les siens dans le nez jusqu'à en pleurer.

— Toujours une bonne idée.

— Je vais trouver Echo. Si je la connais bien, elle doit se cacher des sauvages sous la table de la salle à manger.

Je la suis dans le couloir en direction de la salle à manger.

— Chienne intelligente. Des nouvelles de Stephen ?

— À ton avis ?

Je plisse le nez.

— Il se comporte toujours comme un connard ?

— Stephen Fincher est le roi des connards. Crois-moi. Il est parti depuis quatre mois et je n'ai pas reçu un kopeck de sa part. Elle se penche vers moi et ajoute à voix basse : — Il a vu ses enfants trois fois. Trois fois.

— Quel connard.

— Un connard de première. Elle se tapote la jambe et appelle : — Allez, ma belle.

Echo sort de sous la table, la queue frétillante, et je caresse sa fourrure.

— Pourquoi certains hommes pensent que c'est normal de faire ça ? Faire des enfants et les abandonner dès qu'un nouveau jouet brillant se présente ? Je ne comprends pas.

— Parce que ce sont des connards, tous autant qu'ils sont. De gros connards puants et poilus. Et j'utiliserais un langage plus fleuri si les sauvages n'étaient pas à portée de voix.

— Envoie-moi un texto.

— Ça marche. Maya rit avec moi avant que son visage ne se ferme, et j'ai mal au cœur pour elle. Stephen et Maya sont mes voisins depuis quelques années, et bien que je ne le dirais jamais à Maya, j'ai toujours trouvé Stephen sympathique. Très courtois et poli, avec un sourire facile, il rentrait ma poubelle pour moi et m'avait aidée à trier mes déchets plus d'une fois. Je l'aimais bien, enfin, jusqu'à ce qu'il quitte Maya et ses deux jeunes enfants pour l'une des serveuses du pub au bout de la rue, il y a quatre mois.

Comme nous en avons discuté, ce type est un gros connard puant et poilu.

Timmy entre dans la pièce en marchant à petits pas et se met à prendre une cuillère en bois pour frapper bruyamment une casserole en métal.

C'est le signal pour moi de partir.

Maya décroche la laisse d'Echo d'un crochet dans la cuisine adjacente et me la tend. En l'apercevant dans ma main, Echo bondit vers moi, sa queue fouettant ma jambe d'anticipation.

— Sois sage pour Tabitha, dit Maya par-dessus le bruit. — Timmy ! Pourquoi tu ne ferais pas quelque chose avec la pâte à modeler ? Millie, va la chercher pour ton frère. C'est dans la boîte sur la bibliothèque.

— D'accord, Maman, répond Millie.

J'attache la laisse d'Echo et commence à marcher dans le couloir vers la porte d'entrée, suivie par Maya.

Elle me tient la porte et appuie son front sur le montant, l'air complètement épuisée.

— Merci pour ça, dit-elle dans un soupir. — J'aimerais que tu me laisses te payer.

— Ne dis pas de bêtises. J'adore Echo, et je suis plus qu'heureuse d'aider. D'ailleurs, que dirais-tu si j'emmenais les enfants au parc ce week-end pour toi ? Pour te laisser souffler un peu.

— Je ne pourrais pas te demander ça.

— Tu ne demandes rien. Que dirais-tu de dix heures samedi ?

Son visage s'illumine.

— Je pourrais retrouver une amie pour prendre un café. Je pourrais mettre une robe. Je pourrais me coiffer.

Je ris.

— Doucement. Il ne faut pas trop d'émotions en une seule matinée.

— Quand tu seras maman, tu comprendras, Tabitha. Crois-moi.

Je lui souris, malgré le pincement au cœur que je ressens. J'adorerais être mère un jour, mais sans la moindre relation qui tienne la route, ça me semble être un rêve inaccessible pour l'instant. — Je crois que je devrais tomber amoureuse d'un homme avant de devenir mère, et les chances que ça arrive me semblent à peu près aussi élevées que celles que Jed se fasse refaire les dents.

Elle me lance un regard perplexe. — Et c'est qui, ce Jed ?

— C'est un artiste avec qui je travaille. Il a des problèmes de dents, dirons-nous.

— Laisse-moi te donner un conseil. Reste célibataire. Crois-moi. C'est beaucoup plus simple. Pas de sales types qui trompent leur monde, pour commencer.

— Je croyais qu'on s'était mises d'accord sur « crétin ».

— Oh, cet homme est beaucoup, beaucoup de choses, et aucune d'entre elles n'est bonne. Bref, je ne peux pas te demander de prendre les enfants. Timmy a besoin d'être surveillé, et il semble être revenu à cette phase où tout finit dans sa bouche. Et je dis bien tout.

— Ça n'a pas l'air génial.

— Ça ne l'est pas. Crois-moi. Il a mangé un escargot la semaine dernière.

— Un escargot entier ?

— Oui, et il était vivant.

— Peut-être qu'il était français dans une autre vie ? Ou japonais ?

— Japonais ?

— Les sushis d'escargot. Ça pourrait vraiment marcher.

Je parviens à lui arracher un sourire. Avec son ex-mari qui l'a littéralement laissée seule avec le bébé — bon, d'accord, un enfant en bas âge et un jeune enfant, mais quand même, c'est un crétin — et sa famille dans une autre ville, j'imagine que le seul moment où Maya peut souffler, c'est quand elle dort. Et nous savons tous que ça ne compte pas.

— On y va, alors. Il est temps de courir dans le parc et de manger les restes de goûter des enfants à l'aire de jeux, Bloodhound, dis-je au Kelpie qui n'est pas un Bloodhound.

Maya fait la grimace. — C'est pire que de manger des escargots vivants.

— Non, Maya, ce n'est pas pire que de manger des escargots vivants.

Je baisse les yeux vers Echo et la vois me fixer, comme pour m'implorer de mettre fin immédiatement à cette interaction humaine ridicule afin que nous puissions passer aux choses sérieuses de la soirée, à savoir la promenade. — Je ferais mieux d'y aller. On a rendez-vous avec une amie et son chien. On se voit dans une heure environ ?

Un grand fracas retentit au fond du couloir. Maya me lance un regard. — Je ferais mieux d'aller m'occuper de ça.

— Bonne chance.

Chapitre Huit

Maya ferme la porte sur un fond de gémissements, et Echo et moi entamons notre promenade en direction du Black Cat, le pub au-dessus duquel Kennedy loue un appartement. Elle y habite depuis que Charlie et elle sont revenus de leur tour des Amériques, donc Zara, Lottie, elle et moi y avons passé pas mal de soirées ces derniers mois, sans parler du fait que c'est là que j'ai aperçu Noah pour la première fois, à la réception du mariage de Stanley et Evelyn.

Cette pensée me fait ralentir le pas. Kennedy a mentionné que son copain, Charlie, et elle avaient vu Noah au pub plusieurs fois, et qu'ils avaient même discuté avec lui une fois. Alors que je tourne au coin de la rue, je sens mon corps se crisper à l'idée que Noah pourrait y être en ce moment même.

Ce qui, je le sais, est « stupide », comme dirait Millie. Mais quand on a vu son ex à l'improviste, deux fois ces derniers jours, on commence à croire qu'on va le croiser partout où on va.

J'aperçois Kennedy avec sa chienne, Lady M., qui sautille de partout, excitée à l'idée de la promenade. Quand ses petits yeux se posent sur Echo, ses oreilles se dressent immédiatement et elle se met à gémir de sa façon bizarre et caractéristique, ce qui pousse Echo à tirer sur sa laisse pour la rejoindre plus vite.

— Pense à me rappeler d'apporter des bouchons d'oreilles la prochaine fois qu'on se donne rendez-vous, dis-je en saluant mon amie d'une accolade, pendant que Echo et Lady M. font leur petite danse habituelle reniflement-gémissement-danse-reniflement-gémissement.

Contre toute attente, je jette un coup d'œil à travers la fenêtre du pub et je suis soulagée de ne pas voir le visage de Noah me dévisager en retour. Soulagée et... déçue.

Attends, *quoi ?*

Je ne peux pas être déçue de ne pas tomber sur Noah. Sa réapparition a complètement chamboulé les choses pour moi. Des choses que je ne veux pas avoir à affronter de nouveau.

Il faut que je me reprenne en main, et il fallait que ce soit fait *hier*.

Kennedy hausse les épaules.

— On s'habitue aux gémissements quand on a la chienne la plus bizarre du monde, dit-elle d'une voix forte pour couvrir la cacophonie.

Un couple de personnes âgées nous lance un regard agacé en traversant la rue pour passer de l'autre côté.

Je regarde le Boston Terrier tandis qu'elle renifle et gémit avec enthousiasme et s'emmêle dans sa laisse.

— Au moins, elle ne détruit plus les jouets Winnie l'Ourson.

Kennedy lève les yeux au ciel.

— Ne me lance même pas sur ce sujet.

Elle démêle la laisse de sa chienne qui se tortille.

— Si on commence à marcher, elle se calmera assez vite.

— Sinon, on s'en va. Echo a sa réputation de chienne cool à préserver, tu sais.

— Lady M. n'a aucune envie d'être cool.

Je glousse.

— Sans blague.

Nous commençons à descendre la rue en direction du parc situé à quelques pâtés de maisons. Il y a un parc à chiens, une aire de jeux et un parcours de santé, et c'est une véritable perle dans le quartier de Londres.

— C'est génial que tu aies pu garder Lady M., ma belle. Le manque de fiabilité de Delphine a clairement tourné à ton avantage, dis-je.

— Tu savais qu'elle aime Charlie presque plus que moi ?

— Jamais !

— Oh si, c'est vrai. C'est une vraie fifille à son papa.

— Tu appelles Charlie « papa » maintenant ?

Elle me lance un sourire narquois.

— Je pourrais essayer pour voir ce que ça donne.

— Je ne veux rien savoir, je réponds en riant.

Nous marchons le long de la rue bordée d'arbres, nous arrêtant pour que les chiennes reniflent ou fassent leurs besoins, et nous arrivons finalement au parc à chiens. Il y a déjà un groupe de chiens qui jouent ensemble sous le regard de leurs maîtres, et je dis à Echo de bien s'amuser avant de la détacher et de la regarder saluer les autres chiens en balayant l'air d'un large coup de queue.

Kennedy tient dans ses mains une chienne qui se tortille avec excitation.

— Bon, Lady M. N'oublie pas que Maman compte sur toi pour être gentille. Compris ?

— Elle n'a pas la réputation d'être un diable par ici ? je demande.

— Elle est juste incomprise.

— Elle ne s'est pas fait expulser d'une tonne d'ani-maleries ?

— On travaille sur notre comportement. Hein, Lady M. ? dit-elle à la chienne, qui lève les yeux vers elle et lui lèche le nez. D'accord. Je te pose par terre, maintenant.

Kennedy lâche Lady M., et ses pattes peinent à la suivre alors qu'elle fonce vers les autres chiens, s'arrêtant net en rencontrant le premier d'entre eux, un chien blanc et touffu avec un collier rose à clous.

— Elle se comporte tellement mieux, ces derniers temps, me dit Kennedy.

— Je crois qu'elle avait juste besoin de s'éloigner de Delphine, dis-je, en parlant de l'ancienne propriétaire de Lady M., qui a offert la chienne à Kennedy quand sa popularité sur les réseaux sociaux a décliné. Celle de la chienne, pas la sienne. Disons simplement que Lady M. est bien mieux avec Kennedy qu'avec Delphine. Je veux dire, avant, elle s'appelait Lady Moo. Tout est dit.

— Sans commentaire.

— Mais si, tu pourrais, je réponds en riant. Dis, qu'est-ce qui se passe avec ton... Les mots meurent dans ma bouche.

— Mon quoi ? demande Kennedy.

Mais je ne suis pas en état de prononcer le moindre mot, là, tout de suite. À la place, j'écarquille les yeux et je pointe du doigt.

Elle regarde dans la direction où je regarde bouche bée.

— Quoi ? demande Kennedy.

— C'est pas vrai, je marmonne.

Je regarde un homme grand et athlétique, vêtu d'un short bleu marine et d'un t-shirt blanc, glisser sur la piste de course à quelques centaines de mètres. Il se déplace avec aisance sur ses longues jambes musclées. Il est accompagné d'une femme à l'allure super athlétique en brassière de sport et en short, arborant un ventre plat et tonique à faire pâlir d'envie — le genre que je n'ai jamais eu de ma vie.

— C'est Noah avec une fille ? demande Kennedy.

Je hoche la tête, les lèvres pincées, tandis qu'ils s'éloignent de nous en suivant le chemin. — D'un coup, il est partout.

Est-ce qu'il y a un seul endroit à l'abri de ce type ? Ce type qui remue tout un tas de sentiments chaque fois que je le vois ?

— Au mariage, à ta galerie et maintenant au parc, dit-elle, et je donnerais n'importe quoi pour qu'elle n'ait pas raison. Ma pauvre, tu n'as vraiment pas de chance.

Alors qu'ils disparaissent de ma vue, mes épaules s'affaissent. — C'est pas juste, je me plains comme une enfant.

— Je me demande avec qui il est. Elle est plutôt canon, songe Kennedy. Tu as vu la longueur de ses jambes ? Super longues.

Je lui lance un regard qui veut dire : *ça ne m'aide pas.*

— Désolée. Ça va ? C'est juste que tu es devenue toute pâle et… bizarre.

Je me secoue littéralement. — Oui. Ça va, je mens.

— C'est toujours un choc de voir un ex, me rassure Kennedy. Surtout plusieurs fois de suite. Et de toute façon, il est parti, maintenant.

Je souffle un bon coup, les épaules affaissées. — Je peux pas avoir cinq minutes sans ce type ? C'est tout ce que je demande. Cinq minutes de pur bonheur, sans Noah Grant.

— Tu crois que c'est qui, la fille ?

Je me mords la lèvre. — Comment je pourrais savoir ? Probablement sa copine. Ou sa femme.

Cette pensée me met mal à l'aise. Ce qui est dingue. Je n'ai aucun droit sur Noah. Bon sang, jusqu'à il y a quelques jours, je ne l'avais même pas *vu* depuis plus de dix ans. Je n'ai aucune raison de me sentir bizarre de le voir faire un jogging avec une femme magnifique.

Mais ça ne m'empêche pas de ressentir ce que je ressens.

— Tu aimes bien le voir ? demande Kennedy.

— C'est quoi cette question ? Bien sûr que non, je réponds sèchement.

Elle me jette un regard en coin. — C'est vrai, ça ?

— Oui. Non. Oh, j'en sais rien. C'est très déroutant pour moi.

— Je comprends. J'étais comme ça avec Charlie au début. Je le détestais et en même temps, il me plaisait bien.

Quand Kennedy et Charlie se sont rencontrés, ils se sont sérieusement pris la tête, mais une fois qu'ils se sont retrouvés à vivre dans le même immeuble, disons que les choses se sont arrangées entre eux. Maintenant, ils sont fous amoureux l'un de l'autre.

— Le truc, c'est que c'est moi qui ai rompu avec lui, et maintenant, il a l'air... enfin, on dirait qu'il s'en fiche.

— Ça fait longtemps. Les gens passent à autre chose.

— C'est ce que tout le monde n'arrête pas de me dire. Exiscon, où es-tu quand j'ai besoin de toi ?

— Pas vrai ?

— Le problème, c'est que l'artiste dont le travail intéresse Noah ne veut traiter qu'avec moi, ce que je prenais pour une bonne chose parce que ça me rendait spéciale. Maintenant ? Plus tellement.

— Ah. Alors, tu vas devoir travailler avec Noah ? Elle inspire brusquement. — Délicat. Très délicat.

Je regarde Echo et un autre chien de sa taille sprinter dans le parc canin comme s'ils avaient le feu aux fesses. Enfin, si les chiens portaient des pantalons.

— La seule chose que je peux espérer, c'est que Jed, l'artiste, me dise qu'il n'a pas d'œuvre disponible à vendre à Noah, et que l'affaire soit close.

— Ou... ? me relance Kennedy.

— Ou je vais devoir prendre sur moi et faire comme si je me fichais de Noah, de ce qu'on a vécu ensemble, de tout ça.

— Je ne sais pas, ma belle. Le fait que vous passiez du temps ensemble pourrait raviver la flamme.

Je hausse les sourcils en la regardant. — *Raviver* la flamme ? On dirait que tu parles d'une plaque de cuisson à gaz. Et de toute façon, je suis presque sûre d'être la dernière personne avec qui Noah voudrait être.

— Et toi ? Est-ce que *tu* voudrais te remettre avec lui ?

Je me mordille la lèvre. Revoir Noah après tout ce temps a fait remonter tout un tas de sentiments. Des sentiments que j'espérais avoir enterrés depuis longtemps.

Des sentiments qui me tourmentaient depuis le jour où je lui avais dit au revoir.

Je lève le menton, résolue. — On ne retombe jamais amoureux de la personne qui nous a échappé. Elle s'est enfuie pour une bonne raison, et y retourner ne mène qu'au chagrin. Laissons le passé être ce qu'il est : le passé.

Elle me jette un regard en coin. — Si tu le dis, ma chérie.

Je hoche fermement la tête. — Je le dis. Noah fait partie de mon passé, et c'est exactement là qu'il doit rester.

Chapitre Neuf

Le problème, quand on fait des déclarations fermes et catégoriques à ses amis dans un parc — comme dire que quelqu'un a été bel et bien relégué au passé, qu'on ne le reverra jamais et qu'on ne l'envisagera certainement plus comme autre chose qu'un ex — c'est que c'est extrêmement fâcheux quand cette personne refait surface dans votre présent.

Encore.

Surtout quand il s'agit de ce satané Noah Grant.

Sérieusement, l'Univers ? On en a déjà parlé. Tu sais ce que j'en pense. Je croyais avoir été claire : arrête de me mettre sous le nez mon ex trop canon pour un jeudi matin à la galerie, merci bien.

Mais il semblerait que Madame l'Univers et moi soyons en froid, parce qu'elle a remis ça. Et cette fois, Noah débarque à la galerie alors qu'il n'y a que moi et un unique client, qui est sur le point de terminer sa visite.

Ce qui signifie que Noah et moi allons nous retrouver complètement seuls.

Qui plus est — et sérieusement, comme si ça ne suffisait pas — il est terriblement chic, sexy et élégant, on dirait qu'il sort tout droit de la couverture d'un magazine de mode masculine.

Canon, vous dites ? Vraiment, vraiment canon. Du genre, il va bientôt me falloir un défibrillateur.

S'il doit absolument se pointer ici en ayant l'air de faire la couverture d'un magazine masculin, tout ce que je peux dire, c'est que je suis reconnaissante que ce ne soit pas un de ceux qui montrent des hommes torse nu. Parce que Noah Grant sans chemise ferait probablement battre mon cœur si fort qu'il exploserait hors de ma poitrine, à en juger par l'effet que me produit sa mâchoire carrée soulignée par une barbe naissante, son costume noir parfaitement coupé et sa chemise bleu pâle au col ouvert.

Madame l'Univers ne joue vraiment pas franc-jeu.

Il va falloir que je lui en touche de nouveau deux mots.

Je suis en train d'emballer un joli vase en verre soufflé à la main dans du papier de soie pour le client quand Noah entre dans la galerie comme s'il était en terrain *conquis*. Il a cette démarche assurée, cette confiance en lui qui m'avait attirée le jour où il s'était arrêté pour m'aider avec ma voiture en panne. Heureusement pour moi, le vase que j'emballe est posé sur le comptoir, car la simple vue de Noah aurait très bien pu me le faire lâcher par terre.

Pas une très bonne idée quand il s'agit de vases qui coûtent cher.

Le regard de Noah balaye la pièce, l'évaluant. Ses yeux se posent sur moi, et soudain, j'ai le souffle coupé, le cœur qui bat la chamade et... je suis sur le point de casser le vase.

Le client me lance un regard inquiet, et je lui souris avant de reporter mon attention sur Noah et de le voir esquisser un léger sourire.

Mes yeux de traître ne demandent qu'à rester fixés sur lui, à le dévorer du regard. Il est comme un sundae double chocolat avec un supplément de chantilly et de vermicelles : je ne peux m'empêcher d'être attirée par lui, même si je sais que c'est mauvais pour moi et mon état d'esprit.

Il a traversé toute la galerie pendant que je faisais de mon mieux pour ne pas le dévisager comme une idiote, mes doigts s'emmêlant avec le ruban adhésif. Il s'arrête devant mon œuvre préférée, l'abstrait bleu et vert de Frisksits avec l'étiquette *Invendable*.

C'est une sensation étrange et troublante de voir l'homme que j'ai aimé et perdu contempler un tableau qui signifie tant pour moi. Un homme que j'ai vu courir avec une belle femme aux jambes inutilement longues. Un homme qui est peut-être amoureux de cette femme aux jambes inutilement longues.

Un sentiment de malaise s'insinue dans ma poitrine.

— Hum, hum. Le client se racle la gorge, et je reviens brusquement à ce que je suis censée faire. Je lui adresse un sourire d'excuse. Qui sait combien de temps je suis restée là à contempler Noah ?

Trop longtemps, de toute évidence.

Alors que je place un autocollant 496 sur le papier de soie vert pâle, mon choc et mon admiration initiaux se muent en une ferme résolution. Pourquoi ne pouvais-je pas travailler dans un bureau ou un endroit du même genre, un lieu où Noah ne pourrait pas débarquer à l'improviste ? Je pourrais travailler dans une mine, au plus profond de la Terre, avec seulement des canaris pour compagnie. Si tant est qu'ils utilisent encore des canaris dans les mines (je ne suis pas vraiment experte en jargon minier).

Je glisse le vase maintenant emballé dans une boîte et la ferme avec du ruban adhésif. Je la tends au client. — Merci beaucoup. Je suis sûre que la personne à qui vous offrez ce cadeau l'adorera. Au revoir.

L'homme chauve aux lunettes à monture épaisse regarde d'un air interrogateur le paquet dans ses mains, puis de nouveau vers moi. — Vous ne voulez pas que je vous le paye ?

J'ai oublié de faire payer le client ?

— Bien sûr. J'allais justement y venir, je baratine, car j'avais complètement oublié, et nous le savons très bien tous les deux.

J'espère seulement que Noah n'a rien remarqué.

Je jette un regard dans sa direction et pousse un soupir de soulagement quand je remarque qu'il est passé de l'autre côté de la galerie.

— Mais vous m'aviez dit au revoir, poursuit le client, les sourcils broussailleux froncés. En fait, je crois que vos mots exacts étaient « à la prochaine », comme si vous vous attendiez à me revoir, ce que j'ai trouvé étrange, mais peut-être que vous espériez réellement me revoir ?

Sentant son regard sur moi, je lève les yeux et vois Noah pincer les lèvres pour réprimer un sourire, et la chaleur m'inonde instantanément les joues.

Merveilleux. Merci, l'Univers.

— Eh bien, je... je commence.

— J'ai trouvé ça étrange, parce que c'est la première fois

que je viens dans cette galerie, alors supposer que notre séparation n'était qu'un « à la prochaine » avec l'attente de me revoir ici était quelque peu présomptueux de votre part. Vous ne trouvez pas ?

C'est qui, ce type ? Rain Man ?

Je souris, la mâchoire crispée. — Ce n'était qu'une expression. Je me suis mal exprimée. Ce sera en espèces ou par carte, monsieur ?

— Par carte.

J'évite le regard de Noah pendant que nous terminons la transaction, puis Rain Man prend son vase, et je m'assure de ne pas lui dire « à la prochaine » avant qu'il ne parte.

Il n'y a plus que Noah et moi, seuls ensemble pour la première fois depuis longtemps.

— Il était un peu… spécial, dit Noah en se tournant vers moi, et j'essaie de ne pas remarquer à quel point sa voix veloutée me fait frissonner.

— Il a acheté un magnifique vase soufflé à la main par Diego Alonso, je réponds, esquivant le commentaire.

Je ne vais pas créer de liens avec Noah Grant à propos de Rain Man, même s'il était « spécial ».

— Comme un de ceux-là ? demande Noah en désignant le meuble qui abrite actuellement un assortiment de verreries ainsi que plusieurs grandes pièces de céramique.

— Exactement comme ceux-là. Ton client est intéressé par les collections de verre ?

— Il ne s'intéresse qu'aux peintures et aux grandes sculptures, même si j'ai cru comprendre que tu donnais des vases en ce moment. Ses lèvres tressautent.

Et maintenant, il me taquine. *Absolument génial.*

J'affiche un sourire complètement faux. — Comment puis-je t'aider aujourd'hui, Noah ?

Il comble l'espace entre nous en traversant la galerie

dans ma direction avec aisance. — Je sais qu'il était prévu que tu m'appelles après avoir parlé à Jed, mais j'étais dans le coin, alors j'ai pensé passer. Ça fait quelques jours.

Quelle chance j'ai.

— Je lui ai laissé un message vocal. Il peut mettre du temps à rappeler.

— Combien de temps ? On parle de quelques jours ? De semaines ? Plus ?

— Oh, quelques jours, en général. Je ne manquerai pas de te contacter dès que j'aurai de ses nouvelles, même si je doute qu'il ait des œuvres disponibles en ce moment.

— Pourquoi tu dis ça ?

— Il nous a fourni les œuvres sur ce mur il y a seulement deux semaines. Je désigne le tableau avec la pastille rouge sur l'étiquette adjacente, et nous nous tournons tous les deux pour le regarder.

— Eh bien, je suppose que je vais devoir attendre en espérant que tu aies tort.

— Il est peu probable que j'aie tort.

Il plisse les yeux vers moi, son regard s'intensifiant. — Parce que tu n'as jamais tort ? demande-t-il.

C'est moi ou cette déclaration était pleine de sous-entendus ?

Il est maintenant si près de moi que je perçois une note de son parfum. Du pin et une vivifiante journée d'hiver. Et Noah.

Donnez-moi la force.

Je me balance d'un pied sur l'autre, souhaitant être avec n'importe qui d'autre que lui. À ce stade, je ferais même revenir Rain Man, prête à me lancer dans une conversation approfondie sur le fait que j'ai oublié de lui demander de payer le vase et sur ma folle suggestion de le revoir un jour.

— Non, je... je connais l'artiste, c'est tout.

— C'est vrai, tu es sa préférée. Pas vrai ?

Je lève le menton, défiante. Ça ne m'intéresse pas de me faire taquiner par Noah Grant, surtout quand il se tient aussi près de moi, qu'il sent aussi bon et qu'il ressemble à *ça*. — C'est vrai que nous avons une bonne relation.

— Toi et Jed ?

— Oui. Évidemment, Jed et moi, je lance d'un ton sec, et je le regrette aussitôt. Je te tiendrai vraiment au courant s'il a des œuvres à te vendre, j'ajoute d'une voix plus douce.

— J'apprécierais.

Me sentant enhardie, je demande : — Y a-t-il d'autres articles ici qui t'intéressent ?

Il désigne mon tableau de Frisksits. — C'est une pièce fascinante.

— Il n'est pas à vendre.

— Il est accroché dans la galerie.

— Mais il n'est pas à vendre. Tu vois le panneau ? je dis en montrant le panneau *Non à vendre* à côté du tableau. Je sais que je suis mesquine. Tant pis pour moi.

— N'est-ce pas un message contradictoire ? On peut regarder cette œuvre d'art, mais on ne peut pas l'acheter ?

— Beaucoup d'endroits exposent des œuvres qui ne sont pas à vendre.

— Vraiment ?

— Vraiment.

Évidemment, aucun exemple ne me vient à l'esprit.

— Tu veux dire dans les musées et les galeries d'art publiques ? demande-t-il, ses lèvres s'étirant en un nouveau sourire.

Pourquoi faut-il qu'il s'amuse de la situation ? Est-ce que ça ne peut pas juste être *fini* ?

J'ignore sa taquinerie évidente et me tourne plutôt vers le tableau. — J'adore cette œuvre. Je l'ai depuis des années.

Il détourne son regard de moi et le dirige vers le tableau. — C'est le tien ? Comment l'as-tu eu ? C'est un Frisksits, n'est-ce pas ?

— Tu le connais ?

— Comment sais-tu que c'est un homme ? L'artiste n'est pas une sorte d'ermite ? Personne ne sait rien de lui... ou d'elle.

Je hausse les épaules en contemplant le tableau. Ses bleus et ses verts ne manquent jamais de me détendre. Même si je dois admettre que, là, tout de suite, ça ne fonctionne pas.

— J'ai toujours pensé que c'était un homme. Avec un nom comme Frisksits, il est probablement d'Europe de l'Est ou grec, et c'est sans aucun doute quelqu'un qui a un cœur immense.

— Tu as vraiment réfléchi à ce type. Si c'est bien un type. Et tu l'accroches ici parce que... ? me lance-t-il pour m'inciter à continuer.

— Parce que j'aime contempler sa nature abstraite. Il peut être tout ce que je veux qu'il soit.

— Pour moi, ça ressemble à un arbre. Il jette un bref coup d'œil au tableau avant de passer à un autre.

Je fronce les sourcils. — Ce n'est pas un arbre.

Sans même me regarder, il répond : — Si tu le dis. C'est toi qui as des théories.

— Ça n'en est pas un. Je regarde à nouveau le tableau, et cela confirme totalement ma déclaration. Il n'y a pas d'arbre. C'est totalement abstrait. Point final.

Il déambule dans la galerie et s'arrête devant la grande vitrine en verre. Il se penche pour inspecter l'un des vases en verre soufflé à la main, puis se redresse et incline la tête pour me regarder. — Je vais prendre exemple sur M. Pédant et acheter un de ces vases.

Je lui offre un sourire professionnel et courtois, toujours blessée qu'il ait qualifié mon tableau préféré d'arbre. Ce qui n'est pas le cas.

— Bien sûr. Lequel vous intéresse ?

— Le rouge et gris, dit-il en désignant un vase arrondi, absolument exquis, dont la base est rouge et qui se dégrade en un gris doux vers le col.

Je sors la clé de la poche intérieure de ma jupe et déverrouille la vitrine. Saisissant le vase avec le plus grand soin, je le tends à Noah pour qu'il l'examine.

Il l'inspecte, puis dit :

— Magnifique.

— Je suis sûre que ton patron va adorer.

— Oh, ce n'est pas pour lui. C'est pour... une amie, répond-il d'un air évasif, et je ne peux m'empêcher de me demander qui est cette « amie ».

Sa petite amie ? Sa femme ?

La fille avec qui je l'ai vu courir ?

Est-ce que j'ai vraiment envie de savoir ?

Bon, d'accord, oui. Je veux savoir. Mais je ne *devrais pas* vouloir savoir.

Au lieu de poser la moindre question, je prends un air professionnel en répondant :

— Excellent choix. Je te l'emballe ?

— Merci.

Nous nous dirigeons vers le comptoir, où je sors une liasse de papier de soie et commence à emballer soigneusement le vase.

— C'est un cadeau, alors si ça ne te dérange pas d'en lever le prix d'abord, ce serait super.

— Avec plaisir.

Je déballe le vase, retire l'étiquette et commence à le réemballer quand mon téléphone vibre sur le comptoir à côté de moi. Nous le regardons tous les deux tandis que le nom *Jed* s'affiche sur l'écran.

Sérieusement ? Ça fait des jours, et Jed choisit précisément ce moment pour me rappeler ?

— Tiens, regarde, c'est le fameux Jed, dit Noah. Vas-y, réponds. Tu pourras oublier de me faire payer le vase après.

Ses lèvres s'étirent en un sourire et je lui lance mon regard le plus assassin, tout en essayant de conserver mon attitude professionnelle. Ce n'est pas une mince affaire.

— Bonjour, Jed, dis-je dans mon téléphone.

— Jed. C'est Jed, répond-il.

Ne viens-je pas de le dire ?

— Jed, je répète. Merci beaucoup d'avoir rappelé.

— Oui, eh bien, j'aime bien être au téléphone de temps en temps, mais pas le mardi, parce que je suis convaincu que les mardis devraient être des jours sans téléphone pour des raisons vraiment évidentes. Mais aujourd'hui, c'est jeudi, donc ça va de te parler, même si je n'ai pas beaucoup de temps.

Oui, c'est tout Jed, ça.

— Je te suis très reconnaissante de m'avoir rappelée. J'ai quelqu'un qui est intéressé par l'achat de certaines de tes œuvres, seulement nous n'en avons aucune à la galerie en ce moment.

— Il y a un oiseau dans mon bain d'oiseaux, m'informe Jed.

— Un oiseau ? Oh, c'est... super. Vraiment super, Jed.

— Je vais le peindre !

— Je suis sûre que ce sera merveilleux. Maintenant, à propos du marchand d'art qui veut acheter certaines de tes œuvres, j'insiste.

— C'est qui ? demande Jed. Ce n'est pas cette horrible Jennifer Machin, n'est-ce pas ? Je ne l'ai pas aimée, celle-là.

Il fait référence à la marchande d'art plutôt brutale et acariâtre, Jennifer Blackman, qui travaille avec certaines des plus grandes entreprises de la City.

Je lève les yeux vers Noah et vois qu'il m'observe. Je me détourne.

— Le marchand travaille pour un homme d'affaires saoudien, je crois.

— Non non non non. Qui est le marchand d'art ? Est-ce que je connais cette personne ?

— Non, je ne crois pas. Il s'appelle Noah Grant. Je n'ai jamais traité avec lui avant, mais je le connais. Il est ici avec moi, d'ailleurs.

— Non, ça n'ira pas, répond Jed.

— Comment ça ?

— Je ne lui vendrai rien. Je ne peux pas.

Je résiste à l'envie de sourire. Si Jed dit qu'il ne vendra rien à Noah, alors le problème est résolu.

— Puis-je te demander pourquoi pas ?

— Je ne le *connais* pas, Tabitha. C'est bien là le problème.

— Qu'est-ce qu'il dit ? me demande Noah.

Je pose ma main sur le combiné. — Il ne veut pas te vendre, lui dis-je avec un regard qui veut dire : *qu'est-ce que tu veux que j'y fasse ?*

— Pourquoi pas ? demande Noah.

Je hausse les épaules.

— Tu sais ce que je pense des gens que je ne connais pas. J'ai besoin de me sentir à l'aise avec quelqu'un avant de lui confier mon travail, continue Jed. C'est extrêmement important pour moi. Extrêmement !

— Oh, je comprends tout à fait, Jed, je réponds avec un sourire. C'est à toi, et à toi seul, de décider à qui tu vends ton travail.

Est-ce horrible de ma part que le refus de Jed de vendre à Noah me rende si heureuse ?

Oui, oui, ça l'est.

Noah fronce les sourcils. — Dis-lui que tu es l'intermédiaire. Il n'aura affaire qu'à toi.

Est-ce que je dois vraiment le faire ?

Je sais que oui.

— Jed, Noah vient de souligner que tu peux traiter avec moi et non avec lui, mais si tu ne veux toujours pas le faire, je comprendrai.

Noah pince les lèvres. Il tend la main. — Je peux lui parler ? demande-t-il.

Je pose une nouvelle fois ma main sur le combiné et je dis : — Oh, je ne pense pas que ce soit une bonne idée. Tu te souviens qu'il n'aime traiter qu'avec moi ? je réponds en secouant la tête d'une manière qui pourrait, ou non, être un tantinet condescendante.

— Qu'est-ce qui n'est pas une bonne idée ? lance Jed, me prenant au dépourvu.

— Oh, euh... Noah a demandé à te parler directement, Jed, mais je sais ce que tu penses de ce genre de choses.

— Eh bien, nous sommes jeudi, et j'aime bien essayer de nouvelles choses le jeudi, ce qui tombe plutôt bien vu que c'est un jour de téléphone.

Mon cœur se serre.

J'essaie à nouveau. — Mais tu ne le connais pas, Jed.

— Je pense que je vais lui parler quand même.

— Mais... je proteste. Je lève les yeux vers Noah et je le vois me sourire, la main toujours tendue.

Je lui tends le téléphone, résistant à l'envie de le jeter par terre comme une enfant capricieuse. Ça n'aiderait personne.

Noah est incapable d'effacer le sourire suffisant de son

visage alors qu'il me prend le téléphone, ses doigts effleurant brièvement les miens.

Cela me donne des papillons dans le ventre.

Sérieusement ? Mon corps est en train de me trahir.

Il tourne les talons et s'éloigne de moi. — Jed. Quel plaisir de te parler. Je suis un grand admirateur de ton travail.

Je pince les lèvres.

Je fais de mon mieux pour écouter leur conversation, mais Noah parle à voix basse de l'autre côté de la galerie. Je ne peux pas le suivre partout pour l'espionner.

Enfin, pas en gardant ma dignité, en tout cas. Alors à la place, je prépare une boîte, j'y place le vase avec précaution et j'attends qu'il termine sa conversation, en espérant que Jed restera fidèle à lui-même et rejettera toutes les suggestions de Noah.

Noah s'avance vers le bureau. — Oui, ça me semble parfait. Merci beaucoup, Jed, bien sûr... Je suis sûr que ça nous plairait à tous les deux... Oui, ça me va... C'était super de discuter, Jed. Salut. Il raccroche et me passe le téléphone. Il est chaud de sa joue.

Je hausse les sourcils en le regardant. — Tu vas le rencontrer pour voir son travail ? je demande, en essayant de masquer la surprise dans ma voix.

— *Nous* allons, me corrige-t-il.

— Nous ? C'est-à-dire, toi et moi ?

Il hoche la tête, les yeux pétillants.

— Si ça te va ? Je suis parti du principe que j'aurais besoin de toi en tant que galeriste, et Jed semble vouloir traiter avec toi. Il a été très arrangeant, en fait. Il se trouve qu'il habite à Dalton, dit-il en nommant le village voisin de celui où Noah et moi avons grandi. Tu ne m'en as pas parlé.

— Ça m'est sorti de la tête.

Il sort son propre téléphone de sa poche.

— Comment ça se présente pour toi, ce samedi ?

J'ouvre le calendrier de mon téléphone.

— Ce samedi. C'est-à-dire dans deux jours ?

— C'est souvent le cas pour les samedis.

J'ignore sa taquinerie.

— On peut s'arranger. La galerie est ouverte le samedi matin, même si je ne suis pas de service cette semaine. Mais je peux passer quand même. Voyons-le en fin de matinée.

Je n'aurai qu'à supporter une heure de plus avec Noah, et ensuite, j'en aurai fini avec lui. Espérons-le.

— En fait, il a suggéré qu'on aille à son atelier à Dalton. Il préfère rester chez lui plutôt que de se déplacer à Londres.

— Son atelier ? L'idée de faire un voyage avec Noah me noue les entrailles. J'avale ma salive.

— Il a mentionné qu'il avait déjà un bon nombre d'œuvres. Je suis sûr que ça rapporterait beaucoup à ta galerie.

Il sait que je ne peux pas le contredire. Une idée me vient.

— Je vais demander à Prue de t'accompagner.

Il secoue la tête.

— Jed te veut toi. Pas Prue.

Évidemment.

Je sais que je ne peux pas laisser passer cette occasion. Vendre plusieurs originaux de Jed au client de Noah signifiera un profit conséquent pour la 496, et faire du profit, ça m'intéresse. Mais aller voir Jed avec Noah signifie être avec Noah, et il n'est pas vraiment en tête de ma liste d'invités en ce moment.

Pas si je veux protéger mon cœur, en tout cas.

— C'est un assez long trajet, alors que dirais-tu que je passe te prendre à sept heures ? demande-t-il.

Je ferme les yeux. S'il y avait un moyen de me sortir de là sans passer pour une folle mesquine, je le saisirais à deux mains.

Mais je suis coincée, et Noah le sait.

Alors, à la place, j'affiche un sourire et je réponds :

— Bien sûr. Je t'envoie mon adresse.

Chapitre Dix

Je détache la laisse violette tressée du collier d'Echo et la regarde s'élancer à travers la pelouse vers un autre chien, s'arrêtant pile pour s'adonner à un reniflage de derrière enthousiaste.

— Les chiens sont si dégoûtants, dis-je en secouant la tête, tandis qu'Echo et son nouveau copain — un shih tzu d'un blanc immaculé, avec un collier rose à clous dorés et la plus grosse choucroute que j'aie jamais vue sur un chien — tournent en rond avec enthousiasme en s'imprégnant de l'odeur de leurs derrières respectifs.

Beurk.

— C'est leur façon d'apprendre à se connaître. C'est un échange d'infos, répond Zara en posant sa propre chienne, Stevie, par terre. Stevie, elle aussi, s'élance à travers l'herbe vers un groupe de chiens, remuant la queue si fort que c'est un miracle que sa trajectoire ressemble ne serait-ce que vaguement à une ligne droite.

Je hausse les sourcils en regardant mon amie. — Peut-être que c'est comme ça que je devrais échanger des infos avec les nouvelles personnes à l'avenir ? Je suis sûre que ça ferait un tabac à la galerie.

— Tu pourrais débarquer devant un mec mignon dans un pub et lui demander si tu peux renifler son derrière, répond Lottie en riant.

— Oh, on ne demande pas. Quand on est un chien, on le *fait*, tout simplement, répond Zara. — Où est Ralph aujourd'hui ?

— Il est encore en convalescence. Se faire opérer pour réparer un ligament croisé qu'il a réussi à se déchirer dans un excès d'enthousiasme en voyant un hérisson dans le jardin, ça signifie un repos strict au lit pour Monsieur Bave-Partout, j'en ai peur, répond Lottie.

Zara fait la grimace. — Pauvre chien.

— Oh, il se porte très bien. Crois-moi, répond Lottie en levant les yeux au ciel. — James le dorlote complètement. Il lui a acheté un nouveau panier super moelleux dans cette boutique de luxe, Penelope's Pooches, et il est rentré avec du chevreuil pour le dîner hier soir. Je pensais qu'il allait le cuisiner pour moi, mais non, il l'a coupé en morceaux de la taille d'une bouchée pour Ralph et il l'a donné à ce foutu chien.

— J'aimerais bien me détendre sur un lit tout neuf et me faire nourrir de chevreuil par Son Honorable Canonissime, réponds-je en soupirant, tout en m'éventant faussement le visage.

— C'est du copain de Lottie dont tu parles, dit Zara avec un petit rire.

— Je sais. Mais une fille a le droit de rêver, non ? Non que James m'intéresse le moins du monde et il est absolument parfait pour toi, Lottie. Mais il est agréable à regarder. Il a un frère ? Un cousin ? N'importe quel lien de sang fera l'affaire.

— Je vais me renseigner pour toi, Tabitha. Mais James est plutôt magnifique, n'est-ce pas ? Les joues de Lottie rosissent tandis qu'elle sourit.

— Oh, tu es complètement mordue, ma fille. Vraiment, observe Zara.

— Allô ? Et toi et Asher ? Vous êtes toujours aussi fous l'un de l'autre, et ça fait des mois et des mois, répond Lottie.

Zara hausse les épaules, un sourire aux lèvres. — Que veux-tu que je te dise ? C'est mon âme sœur, tout comme James est la tienne.

Lottie rayonne.

Je laisse échapper un soupir, et mes deux amies se tournent pour me regarder.

— Désolée, Tabitha. J'ai oublié qu'on avait promis de ne pas parler d'amour devant toi, dit Lottie.

— Ouais, désolée. C'est totalement irréfléchi de notre part. Parlons de combien les hommes sont horribles, d'accord ?

J'agite la main en l'air. — Ce n'est rien. Vous pouvez vous vanter autant que vous voulez. Vous l'avez mérité. Je sais que je suis la seule pauvre célibataire qui reste.

— On ne se vante pas, proteste Zara.

— Pas intentionnellement, en tout cas, ajoute Lottie.

— En parlant d'hommes, vous ne devinerez jamais qui m'a contactée en DM hier, lance Zara.

— Qui ?, je demande.

Les yeux de Zara brillent quand elle répond : — Magnus Gainsborough.

Lottie fronce le nez. — Qui est Magnus Gainsborough ?

— Demande à Tabitha.

— C'est un ex, je lui dis.

— Ce n'est pas juste un ex. C'est *l'*ex, ajoute Zara, et je lui lance un regard noir. Je n'ai pas besoin qu'on me le rappelle.

C'est la semaine des ex ou quoi ?

— Quoi ? C'est vrai. On ne peut pas nier que Magnus est ton plus grand ex, répond Zara.

— Je croyais que Noah était *l'*ex, pas un type qui semble tout droit sorti d'un roman d'E.M. Forster, dit Lottie.

— Oh, Noah est clairement important. Mais elle n'a jamais été fiancée à Noah. N'est-ce pas, Tabitha ?

Le visage de Lottie s'illumine. — Ah, oui. Magnus est celui que tu as failli épouser. Je ne savais pas qu'il s'appelait Magnus.

— Tout le monde l'appelait Gainsy, explique Zara.

— C'est une toile compliquée que j'ai tissée, c'est le moins qu'on puisse dire, je réponds d'un air évasif, avec un rire léger qui masque mes véritables sentiments à l'évocation de son nom.

Magnus Gainsborough. Mon homme pansement. Celui que j'aurais dû choisir depuis le début, seulement voilà, je suis tombée amoureuse de Noah, et il m'a vaccinée contre tous les autres hommes.

Je sais, on dirait que je fais ma drama queen. Mais les faits sont là. J'ai peut-être été brièvement fiancée à Magnus, mais mon cœur a toujours appartenu à Noah.

Echo m'offre un répit à cette désagréable plongée dans le passé en traversant la pelouse vers moi au galop, en pressant sa truffe humide contre mon jean, avant de retourner aussitôt vers la meute de chiens qui jouent dans le parc.

— C'est un amour, dit Zara.

— Ne te laisse pas distraire par la douceur de la chienne. Raconte-moi tout sur ce Magnus Gainsborough. Pourquoi est-ce qu'il te contacte, Zee ? demande Lottie.

Zara hausse les épaules. — Ce n'est pas évident ? Il veut reprendre contact avec Tabitha, mais il est trop froussard pour la contacter lui-même.

Je secoue la tête. — Je suis quasi certaine d'être la dernière personne que Magnus ait envie de voir.

— Pourquoi ? Parce que ça s'est mal terminé ? demande Lottie.

Les souvenirs de Magnus m'envahissent. Après ma rupture avec Noah, tout le monde m'a encouragée à me mettre avec Magnus. Mes amis d'école, Prue, mes parents. Tous me disaient quel type génial il était, qu'il irait loin et qu'on formerait un couple parfait. Il était dans sa dernière année à Oxford, sur le point de lancer sa carrière dans la finance à la City. Il était éblouissant, beau, du même milieu que moi. En gros, la personne qu'il me fallait.

Mais il lui manquait une chose.

Il n'était pas Noah.

— Ça n'a pas marché, c'est tout. On était jeunes et stupides. Vingt-deux ans, c'est trop jeune pour se marier.

— Seulement quand tu épouses le mauvais homme, dit Zara.

— Qu'est-ce qui n'allait pas avec lui ? demande Lottie.

— Rien du tout, je réponds, et je le pense. Parce qu'il n'y avait rien qui n'allait pas chez Magnus. Sur le papier, c'était l'homme parfait pour moi.

— Mais il n'avait pas ton cœur, dit Zara.

Je pince les lèvres en secouant la tête.

— Alors, tu as rompu avec lui ? Tu l'as planté devant l'autel ou un truc aussi spectaculaire ? demande Lottie. Elle a l'air presque pleine d'espoir.

— Non. C'est lui qui a rompu.

Lottie écarquille les yeux. — Vraiment ? Pourquoi ?

— C'était lui le plus intelligent. Il savait que je n'étais pas vraiment amoureuse de lui.

— Et maintenant il revient à la source, assoiffé d'un peu plus d'amour de Tabitha, taquine Zara.

— Berk. C'est dégoûtant, réplique Lottie.

— Et c'est aussi fort peu probable que ce soit vrai.

— Qu'est-ce qu'il t'a dit, Zee ? demande Lottie.

Elle sort son téléphone de son sac en bandoulière et tapote l'écran. — C'était extrêmement subtil. Elle retourne le téléphone, et Lottie et moi nous penchons sur l'écran pour lire les mots.

Salut Zee. Ça fait un bail. Ça te dit d'aller boire un verre un de ces jours ? Amène Tabitha, juste pour le bon vieux temps. Elle est toujours célib ? Gainsy.

Lottie éclate de rire. — Ça n'a absolument rien de subtil.

— Je sais. J'étais sarcastique, répond Zara en remettant son téléphone dans son sac. Entre Noah et maintenant Magnus, c'est vraiment la semaine où ton passé te rattrape. Quel étrange sortilège as-tu bien pu jeter dans l'univers ?

— Rien de conscient, crois-moi, je réponds entre un ricanement et un rire.

— Tu vas le voir ? demande Lottie.

— Qui ? Magnus ? C'est hors de question. Je secoue la tête. Je ne retournerai pas là-bas.

— Alors, je dois annuler le double rencard que j'ai organisé pour demain ? demande Zara, avec ses grands yeux innocents.

— Tu n'as pas organisé de double rencard, je réplique.

— Non, en effet, répond-elle.

— De toute façon, je n'aurais pas pu venir. Je ne suis pas là de la journée demain, je marque une pause avant d'ajouter, avec Noah Grant.

Mes amies me regardent avec des yeux ronds.

— Genre, *le* Noah ? Le type qui s'est pointé à la réception du mariage *et* à ta galerie ? demande Lottie.

— Combien de Noah est-ce que je connais ? Et ne me sors pas l'histoire de Noé et son Arche, je la préviens.

— Et n'oublie pas que c'est le Noah que tu as vu dans ce même parc avec une fille, ajoute Zara.

— Est-ce que tout le monde sait tout de ma vie ? je demande, connaissant déjà la réponse.

Oui. Oui, c'est le cas.

— Seulement nous, les filles, dit Zara.

— Kennedy l'a posté sur London Babes, explique Lottie, en parlant du groupe WhatsApp que nous avons toutes les quatre.

— Où est-ce que vous allez ensemble demain ? s'enquiert Lottie. Oh, c'est si tôt !

Je grogne. — Je sais. Je ne suis pas prête mentalement.

Zara pose sa main sur le bras de Lottie. — Attends. La question importante ici n'est pas de savoir où elle va avec Noah, à moins que ce soit un endroit romantique, comme Paris ?

— C'est Paris ? demande Lottie, pleine d'espoir.

— Pourquoi j'irais à Paris avec ce type ?

Zara hausse les épaules. — D'accord, donc pas Paris.

— Dalton.

— Dalton ? C'est où, ça ? Je n'en ai même jamais entendu parler, dit Lottie.

— C'est une petite ville à la campagne, près de là où j'ai grandi. Et avant que tu le demandes, c'est pour voir un artiste qui intéresse Noah. C'est un type un peu excentrique qui ne traite qu'avec des gens qu'il connaît, c'est pourquoi je dois l'accompagner.

— Une excursion d'une journée dans une petite ville pittoresque à la campagne avec le type qui t'a volé ton cœur, songe Lottie. Elle écarquille les yeux. Qu'est-ce qui pourrait mal tourner ?

Je lui lance un regard noir. — Un type qui sort très certainement avec une femme aux longues jambes d'extraterrestre.

— Ses jambes sont vertes, comme celles d'une martienne ? demande Lottie en pouffant.

— Ouais. C'est exactement ce que je voulais dire, je réplique sur un ton pince-sans-rire.

— Comment tu te sens à l'idée de passer la journée avec lui, ma puce ? s'enquiert Zara.

— À ton avis ? Je suis une boîte de chatons roses qui font des claquettes, je lance d'un ton neutre, parce qu'en réalité, j'ai des sentiments très partagés à l'idée de passer du temps avec Noah. Partagés, compliqués, contradictoires.

D'un côté, je suis excitée. Après tout, il a mon cœur depuis toutes ces années. C'est celui qui m'a échappé, et je ne peux pas m'empêcher de penser et si... ? Et s'il ressentait encore la même chose ? Et si on pouvait enfin tenter notre chance ensemble ? Et s'il m'aimait encore ?

D'un autre côté, la pragmatique en moi, celle qui ne regarde pas de comédies romantiques et ne croit pas aux contes de fées, me dit que ce qui est fait est fait et qu'il est passé à autre chose depuis longtemps.

Cette partie de moi ne cesse de gagner la bataille. Parce que je sais que ce n'est que du travail. Rien de plus. Il a été on ne peut plus clair par la façon dont il s'est comporté avec moi à la galerie. Les deux fois.

Je dois juste me le rappeler.

— Des chatons roses qui font des claquettes. Zara glousse, rejointe par Lottie, qui n'avait pas arrêté de glousser à sa blague nulle sur les jambes de martienne.

Je lève les bras au ciel. — Mais qu'est-ce qui ne va pas avec vous deux ?

— Désolée, désolée, dit Lottie en réprimant son sourire. On va être sérieuses. N'est-ce pas, Zee ?

— Absolument. Tant que ces canards en tutu ou ces filles martiennes ne se pointent pas. Elle éclate de rire une fois de plus, et je fais de mon mieux pour foudroyer mes amies du regard tout en luttant contre l'envie de rire, moi aussi.

Une journée entière avec Noah Grant.

Comment vais-je m'en sortir indemne ?

Stevie apparaît aux pieds de Zara, levant les yeux vers elle comme si elle voulait raconter à sa maman toutes les aventures qu'elle venait de vivre.

— Salut, mon bébé, roucoule Zara. Je crois qu'il est temps que je te ramène à la maison.

Je jette un œil à Echo. Elle s'est dépensée sans compter avec un groupe d'autres chiens, et elle commence enfin à ralentir, la langue pendante, tout en haletant fortement. Je l'appelle, et elle dresse les oreilles avant de foncer vers moi.

— C'est une chienne adorable, roucoule Lottie. Tu te souviens quand Stevie était un chiot complètement fou qui ne faisait rien de ce que tu lui demandais ?

Zara lève les yeux au ciel.

— Je dirai juste une chose : heureusement que l'éducation canine existe.

Je me penche pour rattacher la laisse d'Echo à son collier.

— Bon, les filles, souhaitez-moi bonne chance pour demain.

— Tiens-nous au courant de tou-out ce qui se passe. Zara me lance un regard entendu.

— Il n'y aura rien à vous raconter, à part que le voyage d'affaires s'est bien passé, leur dis-je.

— On verra bien, répond Lottie, les yeux brillants.

— Salut, les filles, dis-je d'un ton ferme.

Je ramène Echo à la maison en arpentant les rues de Notting Hill, m'attendant à moitié à voir surgir Noah à chaque coin de rue.

Il n'apparaît pas, et j'arrive à l'appartement de Maya sans incident.

Une fois à l'intérieur, Echo fonce droit sur Timmy, qui se précipite pour l'accueillir à bras ouverts. Echo lui dépose une longue léchouille baveuse sur le visage et Timmy s'esclaffe.

— Maya ? Je suis vraiment désolée, mais je dois reporter ma proposition de sortir les enfants demain. Je peux le faire le week-end prochain ? Oh, attends, c'est la fête pour mon anniversaire chez mes parents. Et le week-end d'après ?

Je sais que je la laisse tomber, mais je n'y peux rien.

— Oh. Son visage se décompose. J'espérais que tu pourrais plutôt garder Echo pour le week-end, mais tant pis. Je trouverai une autre solution. Je suis en train de faire mes comptes, maintenant que Stephen a mis les voiles, et il faut au moins que j'essaie de vendre mes cartes au marché. Maman a dit qu'elle prendrait les enfants, mais elle insiste pour que le chien ne vienne pas. Apparemment, elle est allergique maintenant. Un homéopathe ou je ne sais qui lui a dit d'éviter les poils de chien et les pissenlits. Les poils de chien et les pissenlits ! Qui a jamais entendu une chose pareille ?

— Ma belle, j'adorerais garder Echo, mais j'emmène un nouveau client voir un artiste dans une autre ville demain.

Elle penche la tête en m'observant.

— Tes joues ont rougi.

— Non, pas du tout, protesté-je, alors qu'une vague de chaleur m'envahit les joues.

Elle m'adresse un sourire entendu.

— Si, si. C'est qui, ce nouveau client ?

— Juste un client.

Elle hausse les sourcils.

— Vraiment. Noah est un marchand d'art et il veut que je l'emmène rencontrer un artiste à Dalton. C'est tout.

— Noah ?

— Personne.

— Noah Personne, hein ? Ça a l'air intéressant.

— Pas le moins du monde.

Elle fronce les sourcils d'un air malicieux, un sourire en coin.

— Ce Noah est clairement un marchand d'art mignon qui met ma voisine dans tous ses états.

— Pas du tout, répliqué-je d'un ton sec, me sentant dans tous mes états.

Zut !

Echo réapparaît à la porte et me lèche les doigts. Je lui souris. Serait-ce si terrible de l'emmener avec moi pour mon excursion à Dalton demain ? Elle pourrait être une bonne distraction. Et je parie que les distractions seront très utiles quand il s'agira d'être coincée dans une voiture avec Noah pendant des heures.

— Echo, tu veux venir passer le week-end avec tata Tabitha ?

— Mais je croyais que... commence Maya.

— Je veux t'aider, et tu sais à quel point j'adore cette petite. Je suis sûre de pouvoir m'arranger.

— Oh, Tabitha, tu es un amour. Elle me serre contre elle d'un bras.

Je dis au revoir à Maya et aux enfants et je descends l'escalier jusqu'à mon appartement.

Tandis que je m'enfonce dans les coussins moelleux de mon canapé et que j'enlève mes talons, j'envoie un message à Noah.

Moi : « Ça te va si on emmène la chienne de ma voisine pour le road trip demain ? Elle est dans le pétrin et je la dépanne. »

Des points apparaissent presque immédiatement sur mon écran, et je sais qu'il est en train de me répondre.

Noah : « Qui ? La chienne ou la voisine ? »

Il essaie de faire le mignon avec moi, maintenant ?

J'essaie de ne pas me laisser perturber par le fait que ça me plaise.

Moi : « La voisine. Évidemment. »

Noah : « Elle fait quelle taille ? »

Je suis en train de taper une réponse quand un autre message s'affiche sur mon écran.

Noah : « La chienne, pas la voisine. »

Un sourire se dessine sur mon visage. Ouais. Il essaie *vraiment* de faire le mignon.

Moi : « Elle a la taille d'une chienne. »

Noah : « Très utile. »

Moi : « *C'est un Kelpie australien.* »

Il y a une pause, puis les points apparaissent à nouveau sur mon écran.

Noah : « *J'ai cherché sur Google. Elle arrive au genou.* »

Moi : « *Peut-être pour les gens trop grands comme toi. C'est un chien de taille moyenne.* »

Les points réapparaissent sur mon écran, puis disparaissent. Je me mordille la lèvre. Est-ce trop effronté de demander à emmener un chien de taille moyenne — ou qui arrive aux genoux, selon qu'on soit Noah Grant et son mètre quatre-vingt-dix ou non — pour un road trip dans la voiture de quelqu'un d'autre ? Je connais déjà la réponse, mais j'espère que Noah se montrera indulgent à ce sujet.

Un message s'affiche sur mon écran.

Noah : « *Bien sûr. Pas de problème.* »

Eh bien, c'est une surprise. Je tape *Merci* puis je laisse tomber mon téléphone sur le coussin du canapé.

C'est gentil de sa part de permettre à Echo de venir. Il n'était pas obligé de dire oui. Bien sûr, je me souviens qu'il aimait les chiens, mais c'était il y a longtemps. Les gens changent.

J'envoie un court message à Maya pour lui dire que je viendrai chercher Echo tôt demain, puis j'envoie un message à Jed pour lui demander si je peux amener une chienne bien élevée à son studio, en lui proposant de la laisser dans la voiture pour notre rendez-vous s'il préfère. Soit l'idée le rebutera, soit il sera complètement partant. Je n'ai plus qu'à attendre de voir.

Ensuite, j'allume Netflix pour me changer les idées.

Demain sera une épreuve d'endurance, un test majeur de ma force. Je dois me rappeler que quels que soient mes sentiments pour Noah, tout — la façon dont il se comporte avec moi, le fait de le voir avec la fille dans le parc, le fait que ce n'est qu'un voyage d'affaires — indique qu'il a tourné la page. Il n'est plus *mon* Noah, et il ne l'est plus depuis très longtemps.

Si je survis à demain, je pourrai retrouver la sécurité de la vie que je connais. Même si cette vie, je la vis toute seule.

Chapitre Onze

— Viens t'allonger ici, près de moi, Duchess.

Je penche la tête et observe Noah. Il est allongé sur le dos, le corps à moitié sur la couverture de pique-nique et à moitié dans l'herbe, son simple T-shirt blanc est froissé et l'un de ses genoux, couvert par son jean, est replié. Ses lèvres esquissent ce sourire à tomber par terre que j'ai appris à connaître et à adorer depuis que nous sommes ensemble. Ses yeux sont accueillants et chaleureux sous le soleil, près du vieux chêne.

Je prends une dernière bouchée de pomme de notre

pique-nique composé de sandwichs, de fruits, de Maltesers — mes chocolats préférés — et de canettes de Coca, puis
je m'allonge à ses côtés, nos corps se touchant tandis que
nous contemplons le ciel d'été.

Il prend ma main dans la sienne et nous échangeons un
sourire avant qu'il ne laisse échapper un profond soupir de
contentement. — Cette robe te va bien.

Je jette un coup d'œil à ma robe d'été bleu pâle avec ses
fines bretelles et sa jupe trapèze. Je l'ai mise parce que je sais
qu'elle fait sourire Noah, et faire sourire Noah est l'une des
choses que j'adore faire.

— Merci, je réponds.

— Tu vois celui-là, là-haut ? demande-t-il en montrant
une formation nuageuse. On ne dirait pas le Petit Wagon
Rouge ?

— Le petit quoi rouge ? je demande avec un petit rire.
Tu inventes des mots au hasard, maintenant ?

— Mais si. Ce livre sur la petite locomotive qui arrivait
toujours en dernier, après les wagons de marchandises, les
wagons-citernes et la grosse locomotive noire ?

Je le regarde d'un air vide. — De quoi tu parles, Noah ?

Il se redresse sur un coude et baisse son regard vers
moi. — Le Petit Wagon Rouge.

De ma place sur la couverture, je lui souris. Mon
cœur continue de s'emballer follement chaque fois qu'il
est près de moi, comme il l'a fait à chaque fois que
nous avons été ensemble au cours des onze derniers
mois.

Les onze meilleurs mois de ma vie.

— Tu sais, ce n'est pas en répétant le nom que ça va m'aider, je lui dis.

Il me sourit tout en tendant la main pour prendre une
mèche de mes longs cheveux. — Je n'arrive pas à croire que tu

ne connaisses pas ce livre. C'est un classique pour enfants. Ça parle d'un...

— Petit wagon rouge ? je l'interromps.

Il laisse échapper un rire grave qui résonne en moi et me chatouille le ventre. J'ai toujours aimé le rire de Noah, depuis ce premier jour après notre rencontre sur le chemin de campagne. Il est chaleureux, profond, et s'amplifie lentement en un son qui me remplit la poitrine.

Bien que j'aie été en pension la majeure partie de l'année, et que Noah suive une formation de mécanicien à l'université de Dalton et au garage de son père ici dans notre village, quand nous pouvons voler des moments pour être ensemble, entendre son rire est l'une de mes choses préférées au monde.

Enfin, ça et quelques autres choses que je fais avec lui.

— Oui. C'est ça. Il entortille ses doigts dans mes cheveux et se penche pour déposer une traînée de baisers sur mon épaule, remontant le long de mon cou. Chaque baiser picote ma peau à mesure qu'il progresse.

Quand ses lèvres entrent en contact avec moi, mon corps tout entier fond. Des décharges d'électricité parcourent mon cou et atteignent leur cible, au plus profond de mon ventre. À chaque contact de ses lèvres sur ma peau, ma respiration devient saccadée tandis que mon besoin de lui s'intensifie.

Finalement, après m'avoir mise dans un état de frénésie, il atteint mon visage et effleure mes lèvres des siennes d'un air taquin, me faisant presque exploser de désir pour lui.

— On dirait bien que je vais devoir te trouver ce livre, n'est-ce pas ? dit-il contre ma bouche, nos souffles se mêlant.

— Et si tu oubliais ce qu'est un « wagon » et que tu m'embrassais, Noah Grant ?

Je n'attends pas sa réponse. Son grand sourire me dit qu'il me désire tout autant que moi. Je passe mes mains derrière sa nuque et le tire vers moi, m'emparant de ses lèvres douces, celles qui me taquinaient il y a quelques instants à peine.

Il m'embrasse en retour, me serrant contre son corps ferme, et je me perds en lui, comme je le fais toujours, toujours.

— Quand tu rentreras enfin à la maison, on pourra faire ça tous les jours, souffle-t-il en me couvrant le visage de doux baisers.

Je suis rentrée pour le week-end, sur le point de quitter mon pensionnat pour de bon, et c'est une sensation incroyable, non seulement parce que j'attends ce moment depuis longtemps, mais aussi parce que ça signifie que Noah et moi aurons tout l'été ensemble avant que je parte pour l'université à l'automne.

— Et puis, une fois que tu auras ton diplôme, on pourra être ensemble pour de vrai, dit-il.

Je le regarde dans les yeux. — C'est ta façon de me demander en mariage ou quelque chose comme ça ? je réponds avec un rire euphorique. Car même si je plaisante, une partie de moi adorerait que Noah me demande en mariage.

Et je sais quelle serait ma réponse.

— C'est ma façon de te dire à quel point tu comptes pour moi et que je ne veux jamais te laisser partir. Il m'embrasse une fois de plus, et ajoute : Parce que je t'aime, Duchess.

Je laisse échapper un rire transporté en entendant ces mots sortir de ses lèvres pour la toute première fois. Les mots que je ressens dans mon cœur depuis si longtemps. — Je t'aime aussi.

Son visage se plisse en un grand sourire, puis il me soulève dans ses bras et m'embrasse encore une fois.

— Depuis quand tu m'aimes ? je lui demande.

— Oh, c'est facile. C'était ici, sous cet arbre.

Je jette un coup d'œil au tronc solide et noueux du vieux chêne. — Quand ?

— La première fois qu'on s'est embrassés.

Une vague d'euphorie me submerge, comme la fumée d'un feu de camp. — Ce tout premier jour ? Mon esprit revient à cette journée incroyable où il m'a nerveusement prise dans ses bras, juste ici, près de cet arbre.

— Oui, répond-il simplement. Et toi ?

— Je crois que je t'aimais déjà à ce moment-là, moi aussi.

Nous échangeons un sourire.

— Tu sais, Duchess, je te demanderai en mariage un jour, mais ce sera quand tu t'y attendras le moins. Peut-être ici, sous ce vieux chêne.

Je me mords la lèvre, l'idée d'être un jour la femme de Noah remplissant mon cœur de joie.

Je ne peux pas m'imaginer aimer quelqu'un d'autre.

— Ah oui ? Sous ce vieil arbre ? Pas à Paris ou à Venise ou dans un autre endroit super romantique ? je le taquine.

Il laisse échapper un autre rire grave et vibrant. — Tu n'auras qu'à attendre pour voir. Puis il s'empare à nouveau de mes lèvres, et je lui rends son baiser, la perspective d'être avec Noah pour toujours remplissant mon cœur à ras bord.

Chapitre Douze

Je peux le faire. Pas de problème. C'est du gâteau.

Et alors, si je suis en ce moment assise dans une voiture à côté du seul homme que j'aie jamais aimé, un homme avec qui j'ai cru autrefois passer toute ma vie ?

Je gère.

Comme je l'ai dit, c'est du gâteau.

Mais pour être tout à fait honnête, le seul hic en ce moment, c'est que Noah est beau. Genre, d'une beauté ridicule, invraisemblable et agaçante. Le genre de beauté dont il est difficile de détacher son regard.

Le genre de beauté que l'on a envie de savourer, douce-ment, lentement.

On est samedi, donc il ne porte pas le costume que je lui ai déjà vu. Aujourd'hui, il arbore un jean bleu foncé et une chemise blanche en coton, ouverte au col, qui révèle sa peau mate et un soupçon de poils sombres sur son torse.

Non pas que je regarde.

Hum, hum.

Ses manches sont retroussées juste en dessous de ses coudes, et ses muscles bougent tandis qu'il conduit son SUV noir et sportif, dans lequel Echo est parfaitement installée à l'arrière.

Ah oui, et ai-je mentionné qu'il *sent* bon aussi ? C'est son odeur de Noah, bien trop familière, qui me rappelle tout ce qui s'est passé entre nous quand nous étions adolescents.

Ça fait *beaucoup*.

On pourrait penser que le fait d'avoir une chienne qui halète à l'arrière avec son haleine de chien ferait quelque chose pour dissiper la tension dans la voiture, ou à tout le moins atténuer l'odeur persistante de Noah. Mais ça ne change absolument rien.

Je laisse échapper un souffle d'air. Je regarde un clocher d'église au loin se rapprocher lentement alors que nous filons sur l'autoroute.

Les vêtements décontractés, la voiture, l'odeur enivrante. C'est un sacré hic, bien sexy, auquel je dois faire face aujourd'hui.

Je sais une chose avec une certitude absolue : ce trajet va exiger une force colossale pour s'en sortir.

Noah se tourne vers moi et m'offre un sourire. — Ça va, toi ? demande-t-il.

— Oui. Ça va, je réponds en me concentrant sur le

clocher. Je jette un regard vers lui et nos yeux se croisent brièvement avant qu'il ne reporte son attention sur la route.

Mon ventre fait des pirouettes.

Mmm. Peut-être que ce ne sera pas si simple, après tout.

Je serre les poings sur mes genoux. *Je gère. Je gère. Je gère.*

— Je crois qu'il y a une aire d'autoroute dans quelques minutes. On pourrait faire faire une petite promenade à Echo et nous dégourdir les jambes. Ça fait un moment qu'on est sur la route.

— Comme tu veux, je lui dis, d'un ton volontairement léger et détaché.

— Je ne sais pas pour toi, mais un café me ferait le plus grand bien. Il me jette un autre coup d'œil et je m'adoucis un peu. Il essaie d'être amical et décontracté. Je devrais en prendre de la graine et me calmer d'un cran, ou de dix. Être aussi tendue ne peut pas être bon pour moi. Après tout, nous avons peut-être une histoire commune, mais c'est de l'histoire ancienne, d'avant que nous ne soyons de vrais adultes. De toute évidence, il arrive à maintenir une relation professionnelle avec moi.

— Un café, ça me dit bien, je réponds.

— Echo est une bonne passagère. Je crois qu'elle n'a essayé de me lécher le côté de la tête que quatre ou cinq fois, dit Noah.

Je me retourne vers Echo sur la banquette arrière.
— Comment vas-tu, ma belle ? je demande.

Elle est assise sur son derrière, les oreilles dressées, et elle émet un gémissement excité comme pour dire : *Je devrais être en train de parcourir des champs, de faire des choses excitantes, pas coincée à l'arrière d'une voiture sur l'autoroute pendant des heures.* Je tends la main en arrière, caresse sa fourrure et elle se penche pour me lécher la manche.

— Elle dit qu'elle va très bien, je dis à Noah en me redressant sur mon siège.

— Tu as dit que c'était la chienne de ta voisine ?

— Elle habite dans l'appartement au-dessus du mien, mais je passe la plupart de mes journées avec elle. C'était un chien de travail dans une ferme, alors elle a de l'énergie à revendre, c'est pourquoi je l'emmène au parc du coin.

L'image de Noah et de la femme aux longues jambes qui courait me vient à l'esprit, alors je la chasse aussitôt.

Pas très utile, en ce moment.

— Qu'est-ce qu'un chien de ferme fait dans un appartement à Notting Hill ?

— Maya – c'est ma voisine du dessus – a eu la chienne par son cousin qui est fermier. Apparemment, Echo n'était pas très douée pour garder les moutons, alors elle cherchait preneur.

— Qu'est-ce qu'elle faisait ?

— D'après ce que Maya m'a dit, elle se laissait facilement distraire et finissait par n'en faire qu'à sa tête, ce qui consistait soit à courir après les lapins, soit après sa propre queue, apparemment. Alors, Maya a proposé de la prendre.

— C'est une chienne magnifique.

Je souris pour moi-même. Une chose sur laquelle nous sommes d'accord. — J'adore passer du temps avec elle. Il y a quelque chose dans son énergie de chien qui me fait du bien. Elle est venue plusieurs fois avec moi à la galerie.

— Comment réagissent tes clients ?

— Certains l'adorent. D'autres ? Disons simplement que nous avons dû la mettre à l'arrière plusieurs fois. Les gens peuvent être bizarres avec les chiens.

— C'est clair, répond-il en riant. Son rire est profond,

caverneux, et me chatouille de l'intérieur, comme avant. — Je suis content que tu l'aies amenée.

Il quitte l'autoroute et se gare sur l'une des places près de l'entrée.

Je sors de la voiture et j'ouvre la portière arrière, en tenant fermement le collier d'Echo pour qu'elle ne détale pas. J'attache sa laisse et elle saute au sol, heureuse d'être libre.

— Viens, Echo, lui dis-je, et je me dirige d'un pas décidé vers un coin d'herbe à côté de l'aire de service, la chienne tirant sur sa laisse dans son excitation.

Notre promenade est saccadée, car elle renifle partout et fait ses besoins, le tout accompagné par le bourdonnement bruyant de l'autoroute. Noah verrouille la voiture et me rejoint, et nous marchons en silence jusqu'à ce qu'il soit temps de remettre Echo dans la voiture.

— Un café ? me demande-t-il, et je hoche la tête pour lui répondre tandis qu'un vent frais me fouette le visage avec mes cheveux.

Je les remets en place, mais ils s'échappent de nouveau.

— Rentrons. J'oublie à quel point il peut faire froid dans ce pays, même en été.

Je dis à Echo de ne pas bouger, avant que Noah n'entrouvre une fenêtre et ne verrouille la voiture. J'amorce timidement une conversation qui ne concerne ni Echo ni l'art. — On dirait que tu as été à l'étranger. Tu es allé aux États-Unis voir la famille de ta mère ? Oh, je sais, en Arabie saoudite, où tu as rencontré ton client.

— Les deux. J'ai passé beaucoup de temps aux États-Unis ces dix ou douze dernières années.

Vraiment ?

— Qu'est-ce que tu faisais là-bas ?

— Oh, tu sais. Tout un tas de choses. Il fait un geste vers

le café de la chaîne à l'enseigne surdimensionnée. Le café, c'est par là.

Est-ce qu'il évite ma question ? Et si oui, pourquoi ? Ce qu'il a fait ces douze dernières années est-il un secret d'État ou quelque chose du genre ?

Ou bien hésite-t-il simplement à se confier à moi ?

Cette pensée me met mal à l'aise.

Nous nous arrêtons dans la file d'attente au comptoir.

— Qu'est-ce que je te sers ? demande-t-il. Personnellement, je vais prendre un latte avec un de ces scones. J'ai sauté le petit-déjeuner ce matin.

Je décline son offre d'un sourire aussi aimable que possible. — C'est bon. Je peux me payer mon propre café. Mais... merci quand même.

Il hausse un sourcil en me regardant. — Je serais plus qu'heureux de dépenser quelques livres pour t'offrir un café, Tabitha.

— Vraiment, c'est bon.

— Et si je te prenais un scone, alors ? Un mec peut bien offrir un scone à une fille. Ses yeux pétillent en me regardant, ses lèvres s'étirent en un sourire en coin, et une chaleur importune se répand dans mon ventre.

Je lève le menton. — J'ai pris mon petit-déjeuner.

— Comme tu voudras. Il se tourne vers le serveur pour passer sa commande. Bonjour, Julian, dit-il au jeune homme maigre dont le visage est couvert d'une acné d'aspect sévère, en lisant son badge. Je vais prendre un latte normal et un de vos scones qui ont l'air délicieux, s'il vous plaît. Le tout à emporter.

— Vous voulez que je réchauffe le scone ? demande Julian.

— Ce serait super. Et mon amie ici, elle prendra un... ? dit-il en se tournant vers moi, interrogateur.

— Un flat white. Normal. Mais je vais payer séparément, lui dis-je, sans un regard pour Noah.

— À emporter également ? demande Julian.

— C'est ça. — Je sors mon porte-monnaie de mon sac à main et lui tends quelques pièces. — Gardez la monnaie, lui dis-je d'un ton magnanime en me détournant.

— Euh, il vous manque vingt centimes, répond-il.

Le rouge me monte aux joues.

Je farfouille dans mon porte-monnaie jusqu'à trouver quatre pièces de cinq centimes et les tends à Julian. Une petite peluche est collée à l'une des pièces, et il en fait tout un cinéma pour l'enlever de sa paume et me la rendre.

Sérieusement ? Comme si je voulais récupérer une peluche de mon porte-monnaie.

Je la lui prends et l'enfonce dans ma poche avant de commettre l'erreur de jeter un œil vers Noah. Il observe l'échange, un sourire flottant sur ses lèvres.

— On s'assoit en attendant ? demande Noah.

— En fait, je pensais jeter un œil au rayon cadeaux de la boutique là-bas. — Je désigne d'un signe de tête le magasin de souvenirs de l'autre côté de la galerie commerciale.

— Pas de problème. À dans cinq minutes.

Une fois dans le magasin, je souffle un grand coup et me dirige vers le portant de T-shirts. Je n'ai aucune intention d'acheter un T-shirt – ni quoi que ce soit d'autre dans cette boutique – mais j'avais bien besoin de souffler un peu loin de Noah, surtout après l'incident de la peluche.

Mon téléphone sonne dans mon sac à main, et je le sors pour voir un message de Jed.

La chienne est la bienvenue tant qu'elle ne dérange pas le chat. Ni les oiseaux.

Je tape une réponse.

Elle sera très sage, promis. On se voit à midi.

Echo va être contente. Pas d'attente dans la voiture avec les fenêtres entrouvertes pour elle aujourd'hui.

Je sors un T-shirt du portant avec les mots *L'exercice vous rend belle, mais le vin aussi : à vous de choisir* inscrits sur le devant. Alors que je le tiens devant le long miroir étroit, j'entends une voix familière.

— Ça fait ressortir la couleur de tes yeux.

Je me tourne pour le regarder. — Le T-shirt est jaune. Tu suggères que mes yeux ont l'air jaunes, comme ceux d'un serpent ?

J'essaie d'adopter un ton léger et jovial, mais ma voix sort un peu sèche.

Ce n'est pas facile de trouver le ton juste avec ce type.

— Je pensais plutôt à un chat. Un chat avec des dents super acérées.

Mes yeux croisent brièvement les siens. — Très drôle.

Il hausse les épaules. — Tu choisis le vin ou l'exercice ?

Je remets le T-shirt sur le portant. — Ni l'un ni l'autre pour l'instant.

— Essaie le bleu. — Il en attrape un bleu pâle sur le portant et me le tend. — Le bleu t'a toujours bien été.

Je jette un œil au T-shirt dans sa main, des souvenirs de ma robe d'été bleue me revenant à l'esprit. — Je faisais juste passer le temps. Je ne cherche pas vraiment à acheter un nouveau T-shirt.

— Mais sur celui-ci, il y a écrit *Ne sois pas bête*, proteste-t-il. Comment peux-tu passer à côté d'un T-shirt qui dit ça ?

Je réprime un sourire. Il essaie de détendre l'atmosphère entre nous, mais je ne suis pas sûre d'être prête à devenir toute légère et copine-copine avec lui pour le moment.

— Et celui-là ? — Il brandit un T-shirt rose avec un logo qui dit *Chaque femme est une poupée : certaines sont des Barbie, d'autres sont des poupées vaudou.*

Je hausse un sourcil. — Alors, je suis quoi ? Une poupée Barbie ou une poupée vaudou ?

Il rit en haussant les épaules. — La vraie question, c'est plutôt pourquoi quelqu'un mettrait ça sur un T-shirt.

— Ou qui le porterait.

— Exactement. C'est plutôt sexiste.

Je m'éloigne de lui et m'arrête près des snacks.

Il me suit et attrape un sachet de chocolats sur le présentoir.

— Les Maltesers étaient tes préférés, à l'époque, si je me souviens bien.

Je jette un œil au sachet rouge de billes chocolatées et j'ai instantanément l'eau à la bouche.

— Oh, je suis passée à autre chose, maintenant.

— Ah oui ?

— Bien sûr. Ça fait si longtemps. Les gens changent. Si avant j'étais une fille à Maltesers, maintenant, je suis plus branchée...

Je parcours l'étagère de chocolats des yeux et tombe sur une collection de chocolats Yorkie.

— ... barres Yorkie.

Il m'offre un regard interrogateur.

— Le chocolat des routiers ?

— *Maintenant*, qui est sexiste ?

— Hé, c'est ton choix. Si tu aimes les grosses barres de chocolat viriles et épaisses ces derniers temps, alors vas-y. Je ne te juge pas.

Il prend quelques barres sur l'étagère, ainsi qu'un sachet familial de Maltesers.

— Je vais acheter ça.

— Tu n'es pas obligé de... commencé-je à protester, mais il me coupe.

— Ils sont tous pour moi.

Je réprime un sourire.

— Tout ça ?

— Que veux-tu que je te dise ? J'ai été trop longtemps hors du pays. Il me faut ma dose de confiseries britanniques.

Peu de temps après, avec notre café et l'énorme quantité de chocolat de Noah, nous retournons à sa voiture et nous nous remettons en route, filant sur l'autoroute en silence.

Je prends une gorgée de mon café et regarde Noah mordre dans son scone.

— C'est bon ? je lui demande.

— Délicieux, répond-il, la bouche pleine de cette pâtisserie moelleuse. Tu en veux ?

Je reluque le scone dans sa main et mon estomac gargouille en réponse. Oui, je lui avais dit que j'avais pris mon petit-déjeuner et, oui, j'avais menti. Je voulais marquer un point. Ce que c'était, je ne m'en souviens plus très bien maintenant, mais je suis certaine que c'était nécessaire sur le moment.

— Vas-y. Je sais que tu en meurs d'envie en secret.

— Juste une bouchée. Je ne veux pas te priver.

Je prends le scone encore chaud de sa main.

— Tu ne risques rien. J'ai tous mes bonbons. Tu te souviens ?

— Le petit-déjeuner de tout adulte qui se respecte, dis-je pour le taquiner, et il se met à rire.

C'est agréable. Familier. Mais je dois faire attention. Je dois toujours le garder à distance.

C'est bien plus sûr.

— C'est quoi, un road trip sans bonbons ? demande-t-il.

— Sain ? je suggère.

Je casse un morceau du scone avec mes doigts et y mords à pleines dents. C'est chaud et beurré et franchement délicieux.

— Finis-le. J'en ai pris un autre. Juste au cas où.

Il sort un deuxième scone dans un sac en papier de l'endroit où il a dû le glisser dans sa portière quand nous sommes montés dans la voiture.

— Quand est-ce que tu as acheté ça ?

— Quand tu es allée jeter un œil dans la boutique. Je me suis dit que tu finirais par manger le mien. Comme tu l'as toujours fait.

Des souvenirs de repas et de snacks partagés, de frites volées et de gorgées de boissons piquées inondent mon esprit.

— Que veux-tu que je te dise ? Tu avais toujours la meilleure nourriture.

Son regard glisse vers le mien, et nos yeux se croisent brièvement avant que je ne détourne les miens. À la place, je me concentre sur la dégustation du scone beurré et sur le paysage qui défile par la fenêtre.

— Je peux te dire quelque chose, Tabitha ? demande-t-il après un moment, ramenant mon attention sur la voiture.

— Bien sûr.

— Je sais qu'on a un passé. Toi et moi. Je sais que les choses se sont terminées... eh bien, elles se sont terminées. Mais on est tous les deux passés à autre chose, non ? C'était il y a longtemps. On n'était que des gamins, en fait.

Je pince les lèvres. C'est bien. C'est mettre les choses à plat, les nommer pour qu'on puisse travailler ensemble aujourd'hui.

— Ce que j'essaie de dire, c'est que je comprends que ça puisse être gênant pour toi. Zut, c'est gênant pour nous deux. Travailler avec un ex. Partir en road trip avec un.

— Acheter ses anciens et ses nouveaux chocolats préférés dans une station-service d'autoroute, j'ajoute, ce qui me vaut un sourire en retour.

— J'ai bon espoir qu'on arrivera à laisser notre passé derrière nous aujourd'hui et à travailler ensemble là-dessus. Pas toi ?

Même si je sais qu'il a raison, même si je sais qu'il serait dangereux de faire autrement, je sens un nœud se former dans mon estomac. Ce qui est dingue. Franchement, qu'est-ce que j'espérais aujourd'hui ? Que Noah se retournerait pour m'avouer ses sentiments sur l'autoroute en direction de Dalton ? Qu'il aurait nourri un amour profond et durable pour moi pendant toutes ces années, mais qu'il aurait eu trop peur de me retrouver pour me dire ce qu'il ressentait vraiment ?

Que le fait de tomber sur moi à ce mariage aurait fait ressurgir tous ces sentiments, au point de lui couper le souffle ?

Ah, non.

Rien de tout ça.

Il a très clairement montré qu'il était passé à autre chose. Il a une petite amie, ou une femme, ou peu importe qui est ce magnifique spécimen de féminité avec qui je l'ai vu courir. Il n'est plus amoureux de moi, peu importe ce que je ressens pour lui.

Et je dois m'en souvenir.

Je penche la tête pour le regarder.

— Bien sûr qu'on le peut, Noah. Considère que c'est fait.

Chapitre Treize

Je ne vais pas mentir. Être de retour à Dalton avec Noah, la ville près de laquelle nous avons grandi, c'est bizarre. Genre, absolument hallucinant de bizarrerie.

Bon, nous ne sommes pas à Marlingworth, le village même où nous sommes tombés amoureux, c'est déjà ça. Mais c'est tout comme. Parce que ce village, *notre* village, non seulement ressemble beaucoup à l'endroit où nous nous trouvons, mais il n'est qu'à environ dix-huit minutes de route à l'ouest de là où nous sommes à l'instant même.

Dix-huit minutes de route, ce n'est pas long. Pas long du tout.

Surtout quand on fait de son mieux pour enterrer les souvenirs de sa relation d'adolescence. Des souvenirs comme être amoureux.

Ouais, *ça*.

Alors, à la place, j'essaie de me concentrer sur cette nouvelle normalité qui s'est installée entre nous : moi avec Noah à Dalton, où nous nous Entendons Bien officiellement.

Depuis cette petite discussion que nous avons eue dans la voiture, sur le fait que Noah pense que nous pouvons travailler ensemble aujourd'hui malgré notre passé, j'ai maintenu une conversation agréable sur des sujets sans importance. J'ai ri à ses blagues. Je lui ai tout raconté sur les excentricités de Jed et sur le fait qu'on ne sait jamais vraiment à quoi s'attendre chaque fois qu'on le voit. Je lui ai même un peu parlé de ma vie de propriétaire de galerie d'art à Londres.

Et, *chose cruciale*, aucun de nous n'a abordé notre passé.

En fait, nous avons été si polis l'un avec l'autre qu'on aurait pu croire que nous étions de vagues connaissances passant la journée ensemble pour une tâche commune.

Ça, c'était jusqu'à ce qu'on arrive à Dalton, la ville si pittoresque où Jed a élu domicile. Celle qui n'est qu'à dix-huit minutes de route de notre village, tu vois ? C'est bien ça.

Pendant le trajet, l'idée m'avait traversé l'esprit que notre présence ici ramènerait un flot de souvenirs. Mais j'avais supposé que, comme nous n'allions pas à Marlingworth même, nous ne serions pas frappés de plein fouet par les souvenirs. Je m'étais dit que je m'en sortirais très bien.

Maintenant que je suis ici avec Noah, si sexy dans son ensemble chemise légèrement froissée et jean qu'il arbore ?

Eh bien, disons simplement que j'avais été un peu trop optimiste sur ce coup-là.

Les souvenirs, en plein dans le mille.

Nous nous sommes déjà arrêtés dans un parc à chiens que j'ai trouvé sur mon téléphone et avons permis à Echo de bien se défouler avec deux ou trois autres chiens, avant de lui donner une grande gamelle d'eau. Noah vient de garer sa voiture, et nous nous trouvons maintenant dans une rue pavée, bordée de maisons pittoresques en pierre couleur miel et de charmantes vitrines aux fenêtres plombées. Vraiment, c'est si charmant qu'on se croirait revenu dans le temps, et je m'attends presque à voir un personnage de *Bridgerton* apparaître à cheval, nous faire un signe de chapeau, et poursuivre son joyeux chemin.

Ça n'arrive pas parce que, tu sais, nous sommes au XXIe siècle et non dans l'Angleterre de la Régence.

Ce qui arrive, c'est que je suis tellement submergée par les souvenirs de Noah et moi que je ne peux même pas regarder le type. Pas même quand il dit :

— Dalton ressemble exactement à mes souvenirs. Super pittoresque. C'est beau, tu ne trouves pas ?

Enfin, c'est ce que je suppose qu'il a dit. Je suis tellement occupée à essayer de ne pas penser à lui que ça ressemblait plus à « Blablabla ? » pour moi.

— Tabitha ? Tu es toujours parmi nous ? demande-t-il quand je ne réponds pas.

Je jette un coup d'œil vers lui et le regrette aussitôt. *Reprends-toi, Tabitha.*

— Désolée, quoi ?

— Dalton. C'est beau, exactement comme dans mes souvenirs.

Je lui offre un vague sourire.

— C'est... bien, je lui dis, en me concentrant sur une

épicerie plus loin dans la rue, avec ses étalages de fruits, de légumes et d'herbes aux couleurs vives.

— Je suppose que oui. Enfin, personne ne dirait que ce qui est bien n'est pas bien. Pas vrai ?

Je pince les lèvres. Je suis complètement démasquée.

— Désolée, j'étais distraite.

— Pas de souci. Vous êtes déjà venue à l'atelier de Jed ?

— Plusieurs fois.

— On y va ? Il est presque midi, ce qui est l'heure de notre rendez-vous.

— Parfait ! je réponds d'un ton enjoué.

Parfait ! ? *Punaise.*

— C'est par là. Je lève le menton, tire sur la laisse d'Echo et commence à descendre la rue en direction du studio de Jed.

Il pose légèrement la main sur mon bras, ce qui me fait m'arrêter et lever les yeux vers lui, surprise. Son contact m'envoie une décharge électrique involontaire.

— Est-ce que ça va ? Tu es bizarre. Je pensais que tout allait bien entre nous.

Je m'esclaffe en grognant. C'est bruyant et je suis tout de suite gênée. Imiter un cochon est toujours si séduisant. Non pas que j'essaie d'être séduisante en ce moment, bien sûr. C'est plutôt une remarque d'ordre général.

— Tout va bien. Tout va super bien !

J'ai peut-être poussé l'enthousiasme un peu trop loin.

— Tu es sûre ? C'est juste que je pensais que tout se passait bien entre nous, et maintenant tu es toute coincée et bizarre, et tu ne sembles même pas vouloir me regarder.

Sa main est toujours sur mon bras.

Je rejette mes cheveux en arrière. — Oh, je suis sûre que tout ça, c'est dans ton imagination. Je suis au poil.

— Tu es au... *poil* ? demande-t-il, et le sourire qui joue

sur ses lèvres, couplé à sa main chaude sur mon bras légèrement vêtu, me noue le ventre.

Et je ne veux pas avoir le ventre noué à cause de lui.

— C'est une expression, Noah, je réponds avec hauteur en dégageant mon bras de son emprise.

— Sûrement, une qui date des années 1940.

— Peut-être. Je ne sais vraiment pas d'où viennent toutes mes expressions. Je change de sujet. — Maintenant, viens par là. Le studio de Jed est au bout de cette impasse, et il est presque l'heure, comme tu l'as toi-même mentionné.

Sans un regard en arrière, je marche d'un pas décidé dans la rue sur mes espadrilles, Echo trottinant à mes côtés. Je m'engage dans l'impasse. Elle est étroite, et bien sûr ridiculement pittoresque, avec des maisons en pierre couvertes d'un lierre vert luxuriant et des portes aux couleurs vives.

Noah me rattrape probablement en deux ou trois grandes enjambées. Il devrait avoir des jambes de longueur normale ou, mieux encore, des jambes de hobbit. Et leurs grands pieds poilus aussi, sans parler de leurs petits corps larges et de leurs visages barbus. Je souris pour moi-même en passant devant une autre porte. Oui ! Un Noah Grant en hobbit est une idée plutôt séduisante. Une idée que j'aimerais voir devenir réalité, plutôt que ce splendide spécimen d'un mètre quatre-vingt-dix qui avance actuellement sans effort à mes côtés, sentant ce qu'il sent, avec son accent américain sexy, et qui sème la pagaille dans mon état émotionnel précaire.

Donnez-moi Noah le hobbit n'importe quand.

Nous nous arrêtons près d'une porte de garage à l'ancienne, en bois noir, avec une cloche en laiton sur une poulie.

— C'est là, je lui dis.

— Écoute, je comprends, dit Noah en se tournant brusquement vers moi.

— Tu comprends quoi ? Que je sois au poil avec... je fais un geste entre nous, — ça ? Parce que c'est le cas. Vraiment.

Ses lèvres frémissent. — C'est ce que tu as dit.

Je lui fais un signe de tête avant d'attraper la poulie de la cloche. — On entre ?

— Ce que je veux dire, c'est que je comprends que ce soit bizarre d'être ici avec moi, dans le quartier où nous avons grandi, si près de Marlingworth. Nous avons une histoire dans cet endroit. Je sais que ça fait longtemps, mais je ne peux pas m'empêcher de le sentir aussi, tu sais. Il balaie l'impasse du regard avant de le poser à nouveau sur moi. — Cet endroit évoque beaucoup de choses pour moi aussi.

La main figée en plein mouvement, je lève timidement les yeux vers lui. — Vraiment ?

— Oui, vraiment. Et tu sais, ce n'est pas grave de ne pas se sentir à cent pour cent bien, ni même *au poil*, ajoute-t-il, ses yeux sombres brillants.

Un sourire s'empare de mon visage. — Je... D'accord. Pour être honnête, je me sentais un peu moins qu'au poil il y a un instant, mais je crois que ça va mieux maintenant.

— Tu es sûre ?

— Yep.

— Super.

— Au poil ? je propose, et je sais que je le taquine. Et peut-être même que je flirte un peu.

Mais je ne vais pas m'attarder là-dessus.

— Impeccable, confirme-t-il d'un hochement de tête, les yeux pétillants. On va gérer. Il désigne la poulie de la sonnette. On y va ? Il est midi.

— Absolument. Je tire sur le cordon et la cloche retentit, faisant se dresser les oreilles d'Echo.

Des bruits étouffés proviennent de derrière la porte, dont le cri strident d'un chat et ce qui ressemble à quelqu'un qui renverse quelque chose.

Noah et moi échangeons un regard.

Un instant plus tard, la porte s'ouvre pour révéler Jed en personne, un air renfrogné sur son visage émacié. Il porte une chemise noire à col officier maculée de peinture et un pantalon de costume anthracite trop grand, maintenu à la taille par un morceau de corde jaune effilochée, du genre que l'on voit utiliser par les skieurs nautiques. Le peu de cheveux qui lui reste sur la tête est d'un châtain terne et part dans tous les sens, me rappelant, comme toujours, un croisement entre la version jeune du scientifique de *Retour vers le futur* et Bill Nighy.

— Bonjour, Jed. C'est un plaisir de vous voir, lui dis-je. Voici Noah Grant, et elle, c'est Echo.

Noah tend la main.

— C'est un immense honneur de vous rencontrer, monsieur. Je suis un grand admirateur de votre travail, tout comme ma cliente, et je suis votre carrière depuis quelques années maintenant.

Jed considère la main tendue de Noah comme s'il s'agissait d'une curiosité exotique à étudier plutôt qu'à serrer. Il tourne ses yeux bleu pâle vers moi d'un air interrogateur.

— Noah est le marchand d'art dont je vous ai parlé en début de semaine, expliqué-je. Vous vouliez le voir avant d'envisager de lui vendre vos œuvres.

— Bonjour. Bonjour, dit-il avec une série de hochements de tête rapides. C'est exact. Désolé. Vous tombcz mal.

— Ah bon ? Nous avions convenu de midi au téléphone,

mais si ce n'est pas le bon moment, nous pouvons revenir plus tard, si vous préférez ? proposé-je.

— Non, non. Ça va. J'ai besoin d'une pause, de toute façon. C'est un désastre. Tout !

Oh oh.

Un chat roux se faufile par l'entrebâillement de la porte et s'arrête net en remarquant Echo. Il fait immédiatement le gros dos et se met à feuler.

Je resserre la laisse d'Echo, au cas où elle déciderait de se souvenir de son instinct de chien de berger. Elle se raidit, son attention entièrement focalisée sur le nouveau venu félin. Elle émet un grognement long et sourd, la queue frémissante. C'est une impasse, aucune des deux créatures ne faisant le premier pas.

— Echo, dis-je d'un ton préventif.

— Et si je l'emmenais faire un petit tour pour laisser le chat aller où il veut, propose Noah, et je lui lance un regard reconnaissant.

Jed agite la main dans les airs.

— Laissez tomber. Petroff doit venir avec moi. Il se baisse et attrape le chat hérissé dans ses bras – ce que je trouve être une initiative très courageuse – puis se retourne et rentre dans la maison.

— On le suit ? demande Noah.

— Je crois bien que oui.

J'ordonne à Echo de rester au pied, et nous suivons tous les trois Jed dans le couloir sombre. Je cligne des yeux, le temps que mon regard s'habitue à la pénombre après le soleil éclatant de midi.

— Où est-ce qu'il est passé ? demande Noah.

— Je ne sais pas, mais je pense que cette porte mène à l'atelier. Je désigne une porte fermée sur ma gauche. Je m'éclaircis la gorge et j'appelle : Jed ? Nous ne savons pas si vous voulez que nous allions dans l'atelier ou ailleurs ?

On entend une voix étouffée dire : « Reste là où tu es, Petroff », puis Jed réapparaît dans le couloir, sans le chat.

— Mon atelier n'est pas un espace positif en ce moment ?

Ça sonne comme une question, mais je sais que ce n'en est pas une.

— Je suis désolée de l'apprendre, réponds-je. Vous travaillez sur quelque chose de nouveau ?

— J'essaie, mais ça ne vient pas. Les pensées. Les émotions. Les paroles de ma chanson. Vous voyez ? Il pousse la porte de l'atelier et nous jetons un coup d'œil à l'intérieur.

La pièce est emplie d'une lumière éblouissante, qui se déverse des grandes fenêtres et des puits de lumière au-dessus. Une immense toile recouvre la quasi-totalité du sol, avec plusieurs pots de peinture ouverts contre les murs, prêts, n'attendant que l'inspiration de Jed.

D'aussi loin que je me souvienne, il a toujours travaillé comme ça. Pas du genre à utiliser un chevalet, il a toujours posé ses toiles à même le sol pour travailler. C'est l'une des raisons pour lesquelles les critiques adorent le mouvement et l'énergie de son travail, car il doit littéralement se déplacer sur toute la toile pour le créer.

Echo renifle le bord de la toile, et je la tire doucement en arrière.

— C'est incroyable de pouvoir assister aux tout débuts de votre processus créatif, même s'il n'a pas encore vraiment commencé, dit Noah.

Jed pousse un soupir résigné, le visage déconfit. — Ça fait deux semaines et demie que je viens ici tous les matins, et rien. Rien du tout. Il désigne un tabouret en bois dans un des coins. — Je m'assois là et j'attends, j'attends et j'attends encore.

— J'ai confiance en vous, Jed. Votre travail jusqu'à présent a été extraordinaire et nous adorons l'exposer à la galerie, dis-je.

— Ça a été... correct, répond Jed. Mais maintenant, j'ai besoin d'une nouvelle direction, de quelque chose de stimulant, de brut, de nouveau et de... moi. Pour l'instant, elle continue de m'échapper. La créativité est décidément une maîtresse capricieuse.

Ne sachant pas trop quoi dire d'autre, nous restons là à attendre pendant qu'il jette un dernier regard abattu sur la toile vide, puis il pousse un soupir et tourne les talons.

Nous le suivons dans une pièce au bout du couloir. C'est de toute évidence son salon, avec un canapé et des fauteuils à fleurs d'un autre temps près d'une cheminée, et une immense bibliothèque remplie de tout et n'importe quoi, des livres aux fournitures d'art en passant par des pierres et des bacs en plastique remplis de on ne sait quoi. Il y a même une poêle à frire. Sur le mur d'en face, une toile sur châssis est posée contre le mur, face retournée.

Jed la contourne en se frayant un chemin entre les meubles. — C'est l'œuvre que je vous destinais, Tabitha, même si je ne suis pas sûr qu'elle soit vraiment terminée. Mais je ne pouvais plus la garder dans l'atelier. Il fallait qu'elle parte.

— On peut y jeter un œil ?, demandé-je avec hésitation.

Il tourne le dos à la toile, la main sur le front. — Si vous y tenez.

Je dis à Echo de s'asseoir et de ne pas bouger, et Noah et moi dégageons la peinture du mur pour la regarder. C'est le style caractéristique de Jed, avec des lignes abstraites, des couleurs vives, et même l'inclusion de quelques-uns de ses petits personnages.

Prue va être ravie.

— Est-ce qu'on peut la descendre dans l'atelier pour profiter de la bonne lumière et que je puisse bien la regarder, Jed ?, demande Noah. Devant l'humeur de Jed, il ajoute : Je suis sûr que Tabitha et moi pouvons nous en charger si vous préférez ne pas vous en occuper.

Jed se tourne pour répondre, mais avant qu'il n'en ait l'occasion, le chat Petroff surgit de nulle part et traverse la pièce en courant. Echo se lance immédiatement à sa poursuite, déboule hors de la pièce et ricoche contre le montant de la porte, tant elle est pressée d'attraper le chat. Noah et moi échangeons un regard de panique avant de passer tous les deux à l'action. Je repose la toile contre le mur avant que nous nous précipitions à la suite des animaux dans leur course folle dans le couloir. Avec ses longues jambes – de la taille d'une girafe, vous vous souvenez ? – Noah atteint Echo en premier, suivi de près par Jed et moi. Nous découvrons le chat, le dos arqué et le poil hérissé, qui siffle sur Echo depuis sa place au sommet du tabouret de bar dans l'atelier. Echo est entièrement concentrée sur lui, tout son corps raidi alors qu'elle grogne depuis sa position sur la toile vierge posée au sol.

C'est une confrontation classique entre chien et chat, et j'ai presque l'impression d'entendre le sifflement d'une musique de western en fond sonore.

— Echo !, l'avertis-je, en m'approchant d'elle à petits pas.

C'est comme si le son de ma voix la poussait à l'action. Elle se jette sur le chat au moment où Noah traverse la pièce en courant pour tenter de l'attraper.

Mais c'est trop tard. Avec un miaulement strident et une série d'aboiements excités, une tache de fourrure rousse traverse la pièce et atterrit dans l'un des pots de peinture ouverts. Dégoulinant de peinture, le chat se rue sur le sol, laissant une traînée de bleu vif sur la toile avant de disparaître par la porte.

Pour ne pas être en reste et lancée à ses trousses, Echo fonce non seulement dans la peinture bleue, mais aussi dans la rouge, la jaune et la verte, les renversant et les traînant sur toute la toile. Ses empreintes de pattes sont visibles alors qu'elle aussi, s'élance hors de la pièce sur ses talons.

— Argh !, hurle Jed, une expression d'horreur sur le visage.

— Non !, crié-je sous le choc, le cœur battant à tout rompre dans ma poitrine.

Ça ne peut pas être en train d'arriver.

— Je vais la chercher. Ne t'inquiète pas, me promet Noah, en se précipitant à la poursuite des animaux dans le couloir.

Je reste bouche bée en constatant le désastre qu'ils ont laissé derrière eux. La toile, auparavant immaculée, est maintenant couverte d'empreintes de pattes d'animaux et de flaques de peinture qui dégoulinent sur les bords et sur le sol.

Jackson « le dégoulineur » Pollock lui-même serait impressionné.

Je contourne la toile en longeant les bords, je redresse les pots qui ont été renversés par le kelpie australien le plus mal élevé au monde, et je me prépare à recevoir une bonne semonce, totalement justifiée, de la part de Jed.

— Je suis tellement, tellement désolée pour ça. Echo est d'habitude si sage, et je vous avais promis qu'elle le serait, et voilà qu'elle a fait ça. J'écarte les bras, comme si Jed avait besoin qu'on lui rappelle les dégâts. Je remplacerai la toile et toute la peinture, dès que possible. Je vous le promets. Et nous nettoierons la peinture sur le sol du couloir et partout où le chat et la chienne l'ont emportée. Et le chat ! Nous nettoierons aussi le chat.

Comment nous allons réussir à faire ça, je n'en ai pas la moindre idée.

Jed se tient parfaitement immobile, les bras enroulés autour de son torse, concentré sur la toile à ses pieds.

Comme il ne dit rien, je tente : — Jed ? Je retiens ma respiration en guettant sa réaction.

Rien.

Comme il ne répond toujours pas, je demande avec prudence : — Est-ce que ça va ? Enfin, bien sûr que ça ne va pas. C'est évident. Ma chienne vient de saccager votre toile et de renverser vos peintures, mais comme je l'ai dit, je vais…

Il lève la main pour me faire taire, les yeux toujours rivés sur le désordre.

Je me tais aussitôt. Si cet homme veut que je la ferme, je la ferme.

Vraiment, c'est bien la moindre des choses en ce moment.

Noah apparaît sur le seuil, berçant dans ses bras une Echo très colorée et très coupable. De la peinture a maculé sa chemise blanche et ses avant-bras, et il arbore une mine de détermination farouche. — J'ai attrapé la coupable, nous dit-il.

Je porte un doigt à mes lèvres pour lui intimer le silence. Je fais un geste en direction de Jed, qui est toujours dans la même posture, à étudier la toile.

Nous attendons, Echo regardant autour d'elle comme si de rien n'était, jusqu'à ce que Jed prenne enfin la parole.

— Je vais avoir besoin que vous partiez tous, dit-il à voix basse.

Je me frotte la nuque tandis que la panique m'envahit. Ce n'est pas bon, pas bon du tout. — Jed, s'il vous plaît, laissez-moi arranger ça pour vous. Si vous me dites où vous achetez vos toiles et votre peinture, nous irons tout de suite et nous serons de retour en un rien de temps. N'est-ce pas, Noah ?

Je jette un coup d'œil dans sa direction, mais il est en train de regarder Jed.

— On va vous laisser, dit-il, et il me fait signe de le suivre.

— Quoi ? Pourquoi ? articulé-je en silence.

Ne sait-il pas que nous ne pouvons pas partir comme ça ? Nous devons arranger ça. Jed est un artiste important pour le 496, et la dernière chose que je veuille, c'est de partir avant d'avoir réussi à rattraper ce désastre. Peu importe comment je vais m'y prendre.

— Fais-moi confiance, articule-t-il en retour.

Je reporte mon regard sur Jed. Il est toujours là, à étudier sérieusement le désordre. — Jed ? demandé-je.

— Revenez demain, me dit-il, et un soupir de soulagement m'échappe.

Mais devrais-je être soulagée ? Est-ce une bonne chose qu'il veuille nous revoir demain ?

— Ça nous va, répond Noah pour moi. On passera à la même heure demain.

Jed lève la main et l'agite plusieurs fois dans notre direction.

Noah se retourne et s'en va, emportant la vilaine Echo.

— Encore désolée, dis-je à Jed, avant de suivre Noah à contrecœur hors de la pièce et de sortir dans la ruelle, laissant le désastre derrière nous.

Chapitre Quatorze

S'il y en a bien une qui est contente de la situation, c'est Echo. Echo la multicolore, je veux dire. Tandis que nous redescendons la petite rue, elle trottine comme si de rien n'était, et n'est-ce pas tout simplement merveilleux d'être un chien à Dalton, avec toutes les odeurs et les paysages que la ville a à offrir ?

Non, Echo, ça ne l'est pas. Pas après ce que tu as fait.

— Je n'arrive pas à croire que ça vient de se passer, je gémis alors que nous tournons au coin de la rue. Jed ne voudra plus jamais m'adresser la parole, et encore moins vendre ses œuvres par le biais de la galerie. Quel désastre !

— Ce n'est pas l'idéal, c'est certain, mais on ne sait jamais, répond Noah.

— On ne sait jamais quoi ? Qu'il pourrait apprécier le fait qu'Echo ait ravagé sa toile et éclaboussé de la peinture partout dans sa maison en pourchassant son chat ? T'es dingue ?

Noah s'arrête et me fait face. — Il l'a étonnamment bien pris, tu ne trouves pas ?

— Noah, il a poussé un cri d'horreur absolue, puis il est resté planté là comme une statue, médusé, à la fixer. Ça, ce n'est pas ce que j'appelle *bien prendre les choses*.

— Mais est-ce que fixer la toile est forcément une mauvaise chose ?

— Comment ça pourrait ne pas l'être ? je lance en levant les bras au ciel, tirant accidentellement sur la laisse d'Echo. Elle me regarde, indignée.

— Tu peux me traiter de fou, mais il se pourrait qu'il aime ce que les animaux ont fait.

— D'accord, je te le dis : tu es fou.

— Tu n'as pas vu la façon dont il étudiait la toile, là-bas ?

— Il était en train de se demander s'il devait signaler un crime à la police, Noah.

Il glousse. — Je parie que ce n'était pas le cas.

Je pose mes yeux sur lui. — Je relève le pari, même si j'espère que tu gagneras.

— On verra bien, n'est-ce pas ? On parie quoi ?

— Le perdant paie le dîner un de ces soirs, je dis, un frisson d'excitation me parcourant à l'idée de dîner avec Noah.

Je sais. Je joue avec le feu. Mais je viens de subir un terrible choc. J'ai besoin de quelque chose d'amusant à espérer si tout tourne horriblement mal avec Jed.

Et un dîner avec Noah pourrait être... sympa. Plus que

sympa. Juste en tant qu'amis, bien sûr. Après tout, nous nous Entendons Bien officiellement, maintenant.

— Un dîner, hein ? Je pourrai choisir l'endroit quand j'aurai gagné ? demande-t-il.

— J'imagine que oui. Mes yeux quittent son visage pour se poser sur sa chemise maculée de peinture. Elle colle à son torse et a commencé à former des amas secs sur ses avant-bras nus. Je pince les lèvres pour réprimer un sourire. Tu es très confiant pour un homme couvert de peinture séchée, tu sais.

— J'ai de la gueule, non ? dit-il avec un grand sourire et en haussant les sourcils.

— Pas autant qu'Echo.

Nous observons tous les deux la nouvelle fourrure multicolore d'Echo.

— On dirait qu'elle porte le manteau de Joseph, je dis.

— Qui est Joseph ?

— Tu sais, la comédie musicale ?

Il me regarde d'un air vide.

— Joseph and the Amazing Technicolor Dreamcoat ?

Il hausse les épaules. — J'en ai entendu parler, je suppose. Jamais vu. Joseph est un chien ?

Je ris, la tension du désastre chez Jed s'évaporant. — Non, c'est un homme.

— Donc, Echo ressemble à un homme avec un manteau technicolor. Compris.

Je secoue la tête en le regardant, mais je ne peux m'empêcher de sourire, mon esprit retournant au moment où nous observions les nuages, en parlant du livre d'enfance de Noah. — Allons trouver un moyen de vous nettoyer, tous les deux.

— Je peux m'acheter une nouvelle chemise, mais il va falloir laver Echo avant que tout ça ne sèche.

Je regarde les taches qui sèchent sur sa fourrure. — Trop tard, je pense.

— Alors, mettons-nous-y tout de suite.

Nous arpentons la rue en direction de la ville, et les gens nous lancent des regards à la fois interrogateurs et amusés. On doit offrir un sacré spectacle. Je m'arrête pour demander à un homme qui promène son chien s'il y a un salon de toilettage en ville, et il nous indique une animalerie à quelques rues de là.

La vendeuse nous jette un regard curieux tandis que nous réglons le lavage.

— Un petit accident de peinture, j'explique alors qu'elle me tend le tablier en caoutchouc.

— Je vois ça. Son regard glisse sur Noah avec appréciation. Nous n'avons pas de douche pour les humains, c'est bien dommage.

Il lui offre son sourire éblouissant de Noah. — Vous êtes en train de dire que je ne peux pas sauter là-dedans avec la chienne ? Ça pourrait être amusant.

La vendeuse rougit, et je lance un regard noir à Noah.

— Quoi ? articule-t-il en haussant les épaules.

— Toi, Noah Grant, tu es un dragueur invétéré.

— Je suis juste amical.

Dans l'espace de toilettage, je tapote la baignoire et Echo saute dedans. Ensemble, nous la savonnons et la rinçons. Je dois gratter avec mes ongles les morceaux de peinture qui ont séché, mais au final, elle retrouve sa couleur de chienne normale, et secoue sa fourrure sur nous deux.

— Ça fait deux bêtises aujourd'hui, Echo, je lui dis pendant que Noah me passe une serviette. Je me tamponne le visage, en faisant attention de ne pas faire couler mon mascara, avant de commencer à sécher Echo.

— Comment peux-tu en vouloir à cette bouille ? demande Noah, en tenant le visage d'Echo entre ses mains.

Je ris. — Je ne peux pas. Elle est trop adorable.— Elle l'est. Son regard glisse vers le mien, et instantanément, mon pouls s'accélère.

— Prochaine étape, me remettre en état, dit-il.

Je baisse les yeux et vois sa chemise maculée de peinture, maintenant humide, collée à son torse. Je peux distinguer les reliefs de son corps musclé en dessous, et mon souffle se coince dans ma gorge.

Exactement comme dans mes souvenirs.

Je détourne le regard aussi vite que je le peux.

Noah baisse les yeux sur sa chemise, mais je fais de mon mieux pour ne pas l'imiter. Terrain glissant.

— Je crois que je dois aller m'acheter une nouvelle chemise. On est passés devant un magasin de vêtements pour hommes en venant ici. On se retrouve là-bas, dans une dizaine de minutes ?

— D'accord.

Il part, et neuf minutes plus tard, Echo est presque entièrement sèche, et ressemble moins à un tableau de Jackson Pollock qu'à la chienne qu'elle est réellement. Alors que nous avançons dans la rue, j'aperçois le magasin de vêtements pour hommes que Noah a mentionné et je ralentis le pas.

Il n'est nulle part en vue, alors nous attendons à l'entrée du magasin, Echo reniflant la gouttière, et moi admirant la rue pittoresque en espérant que Noah a raison à propos de Jed et qu'il ne va pas paniquer.

Je sors mon téléphone de mon sac à main et envoie un message d'excuses à Jed, lui répétant que nous serions ravis de revenir pour nettoyer. Ensuite, je cherche où acheter des toiles grand format à Dalton, mais je ne trouve rien. Alors je cherche du matériel de peinture et trouve une boutique d'art à quelques rues de là.

Ce sera notre prochain arrêt.

J'envoie un autre message à Jed.

Salut Jed. C'est encore moi. Je vais te racheter de la peinture, alors s'il te plaît, dis-moi quelle marque tu veux, et les couleurs, et je te les apporterai dès que possible. Et aussi, où est-ce que tu achètes tes grandes toiles ? Je ne trouve pas de fournisseur.

Je lève les yeux et vois Noah marcher vers nous. Ses cheveux sont humides, la peau de ses avant-bras et de son visage bien propre. Sa chemise, cependant, arbore toujours les éclaboussures de peinture.

— J'ai trouvé un endroit pour me débarbouiller, m'informe-t-il. Tu veux venir m'aider à trouver une chemise ?

Je lève un sourcil vers lui. — Tu as *besoin* d'aide pour trouver une chemise ? Tu es un grand garçon.

Il m'offre son grand sourire. — Comme tu veux, répond-il en haussant les épaules. Il passe devant moi d'un pas léger et entre dans le magasin.

Je me mords la lèvre avant de prendre une décision. Nous avons cette nouvelle camaraderie maintenant, principalement grâce à tout ce fiasco d'Echo détruisant la toile de Jed, mais aussi parce que Noah est prêt à laisser notre passé dans le passé.

Je peux bien aider ce type à trouver une nouvelle chemise.

Un instant plus tard, j'ai attaché la laisse d'Echo à la gouttière, je lui ai ordonné de ne pas bouger d'un ton sévère du genre « *pas question de courir encore après les chats* », et je suis entrée dans la boutique. Noah a pris quelques chemises sur un portant et m'aperçoit.

— Qu'est-ce que tu en penses ? Il place la première chemise, d'un blanc uni, contre lui.

— Ça m'a tout l'air d'une chemise, je lui réponds.

— Mieux que celle-ci ? Il brandit la chemise blanche unie suivante.

— Noah, elles sont exactement pareilles.

— Ne bouge pas. Il se dirige vers le fond de la boutique et disparaît derrière le rideau de la cabine d'essayage.

Pour passer le temps, je jette un œil à un portant de chemises colorées aux motifs vifs et aux poignets contrastés, jusqu'à ce que Noah réapparaisse de derrière le rideau, portant l'une des chemises. Je suis incapable de dire laquelle, car, comme je l'ai déjà dit, elles sont identiques.

Mais la chemise est le cadet de mes soucis en ce moment.

Il l'a enfilée à la va-vite, l'a laissée hors de son pantalon, et il est en train de la boutonner en partant du bas. Ce qui veut dire que j'entrevois bien plus qu'un simple aperçu de son corps musclé.

Je le parcours du regard, en me sentant presque coupable.

Mais, bon sang, qu'est-ce qu'il est beau !

Tout ce que je peux dire, c'est que le Noah adolescent n'arrive pas à la cheville de cette version, même s'il était canon à l'époque. Musclé, bronzé, bien bâti, il a tout ça, et à revendre. J'ai envie de tendre la main et de l'empêcher de boutonner sa chemise plus haut. J'ai envie de parcourir de mes doigts les contours de son corps musclé. J'ai envie qu'il me regarde avec la même ardeur que je ressens pour lui en ce moment. J'ai envie...

— Alors, qu'est-ce que tu en penses ? demande-t-il.

Je cligne des yeux en le regardant. — Pardon, quoi ? je demande.

— J'ai demandé ce que tu en pensais.

La chemise. C'est vrai. Il veut savoir ce que je pense de la chemise.

Je m'éclaircis la gorge et rejette mes cheveux par-dessus mon épaule. — Elle est très bien, je lui lance, avec un air d'indifférence que je suis loin de ressentir.

Parce que, sérieusement ! Comment pourrais-je rester indifférente face à l'homme que je n'ai jamais cessé d'aimer, alors qu'il est aussi beau que *ça* ?

— Je vais essayer l'autre, dit-il en déboutonnant adroitement sa chemise, exposant une fois de plus un aperçu alléchant de sa peau.

— Non ! je m'écrie avant de pouvoir me retenir, et la vendeuse âgée derrière le comptoir lève les yeux vers moi, surprise.

Noah fronce les sourcils. — Si moche que ça ? me demande-t-il.

Je cherche désespérément une réponse. Je ne vais quand même pas lui dire la vérité, n'est-ce pas ? Que j'ai envie de lui arracher n'importe quelle chemise qu'il porte et de le dévorer tout cru.

Une idée me vient. — C'est juste que je trouve que la chemise te va si bien que tu devrais la garder. Oui ! J'aime bien où ça me mène. — Alors pourquoi ne la reboutonne-rais-tu pas, jusqu'en haut, et ne l'achèterais-tu pas ? Tout de suite.

— Si tu en es sûre, dit-il d'un air incertain.

— Absolument sûre, je réponds avec un hochement de tête décidé. — La chemise ne lui va-t-elle pas à merveille ? je demande au vendeur qui est maintenant sorti de derrière son comptoir, probablement pour garder un œil sur la folle dans sa boutique.

— Mais si, absolument, répond-il. — Elle s'accorde parfaitement à votre carnation.

— Tu vois ? Elle s'accorde parfaitement à ta carnation, je dis à Noah.

— Oui. J'avais compris.

Je me tourne vers le vendeur. — Il la prend, je lui annonce, avant d'adresser un sourire à Noah. — On se retrouve dehors.

Je sors de la boutique en trombe, le cœur battant la chamade dans ma poitrine. Dehors, je m'appuie contre la fraîcheur du mur de pierre de la boutique et je laisse échapper un long soupir.

Oh non.

L'agitation liée au chien n'était qu'une distraction, un problème commun à résoudre. Rien de plus. Et maintenant, même quand je ferme les yeux très fort, tout ce que je vois, c'est lui. Noah. L'homme que j'aime.

Je suis vraiment dans le pétrin.

Chapitre Quinze

MAIS À QUOI est-ce que je pensais ? Pourquoi suis-je entrée dans cette boutique ? Je ne savais donc pas que quelque chose comme ça pouvait arriver ? Comme si ce n'était pas déjà assez difficile d'être de retour ici, à seulement dix-huit minutes en voiture de Marlingworth, et maintenant, il fallait que je me retrouve toute retournée, prise d'une nouvelle bouffée de désir pour mon ex.

Je ne savais donc pas que voir quelque chose que je n'étais très certainement pas censée voir pouvait nous faire passer de « Noah et moi nous entendons bien » à « J'ai envie de coucher avec lui » ?

Stupide, stupide Tabitha.

Je me donnerais des claques.

— Alors, dis-je brusquement quand Noah me rejoint sur le trottoir, tous les boutons de sa nouvelle chemise bien fermés. Quel est le programme ? On est en milieu d'après-midi, alors dès que j'aurai des nouvelles de Jed, qu'il m'aura dit avec quelles peintures il travaille et où on peut lui trouver une nouvelle toile, je pense qu'on pourrait raisonnablement rentrer à Londres, puis revenir ici demain pour le revoir.

— Tu as eu de ses nouvelles ?

Je vérifie mon téléphone. Encore une fois.

— Pas encore, mais j'ai bon espoir que ça ne tardera pas.

Il se penche vers moi et je retiens mon souffle pour ne pas sentir son odeur. Bien trop dangereux après ce que je viens de voir.

— Il est quelle heure ? demande-t-il en regardant mon téléphone.

Je déglutis.

— Il est... euh... 15 h 37.

— Donc, si on a de ses nouvelles dans les deux prochaines heures avant la fermeture des magasins, on peut acheter et lui livrer son matériel, puis conduire pendant des heures pour arriver à Londres après vingt-deux ou vingt-trois heures, et enfin se lever à l'aube pour reprendre la route demain.

— Ça me paraît... – inutile, désagréable, un vrai gaspillage d'essence –... génial.

— Vraiment ? Je ne sais pas pour toi, mais je ne suis pas sûr que ce soit comme ça que j'ai envie de passer mon week-end. Je pensais que ce serait mieux qu'on reste ici ce soir.

Mes muscles se tendent. Une pyjama party avec Noah ne m'intéresse pas, pas alors que je viens de me prendre en pleine figure une vague de désir pour lui au simple aperçu de son torse nu.

Bon, d'accord, ça m'intéresse... *beaucoup* même... mais je sais que je ne devrais pas.

— Tes parents ne sont pas loin, dit-il pour m'aiguiller.

Mes parents. C'est vrai. Donc, *pas* de pyjama party.

C'est une bonne chose. Vraiment.

— Et si tu restais chez eux et que je prenais une chambre à Marlingworth ? Comme ça, on sera frais et dispos pour demain, et si Jed te recontacte, on pourra aller chercher le matériel pour lui dans la matinée.

— C'est... un plan très logique, je lui dis.

— Super. Alors, c'est réglé.

— Écoute, je suis sûre qu'ils seraient ravis que tu passes la nuit là-bas aussi. Ils ont une assez grande maison, tu sais.

Son regard s'adoucit.

— Je sais.

Bien sûr, qu'il le sait.

— Je vais prendre une chambre au village. Je pense que c'est mieux ainsi.

Je baisse les yeux vers mes mains. Soudain, je sens le poids de tout ce qui pèse entre nous.

L'amour que nous avons partagé.

La désapprobation de mes parents à son égard.

Notre rupture.

— Tu as probablement raison. Tu avais quelque chose de prévu ce soir ? je demande, en espérant détendre l'atmosphère.

Bien sûr, je pense à la femme dans le parc, je pêche aux informations. Peut-être qu'il avait prévu un dîner romantique pour deux ce soir. Peut-être qu'ils avaient prévu un pique-nique à Hyde Park demain, où ils se promèneraient main dans la main sur les jolis sentiers et feraient un tour de pédalo sur la Serpentine, leurs rires portés par la brise d'été.

— Rien qui ne puisse être reporté. Et toi ?

— Oh, j'avais des projets. Mais on n'y peut rien, n'est-ce pas ?

Mes seuls projets pour ce soir, maintenant que je ne suis plus Tabitha la Fêtarde mais Tabitha l'Adulte, consistaient à regarder des séries Netflix sur des gens qui ont des vies plus intéressantes que la mienne.

— Tu peux les annuler ? demande-t-il.

Si je peux annuler ma soirée Netflix ? — Je suppose que je vais devoir.

— Parfait. Il sort son téléphone de sa poche et se met à tapoter sur l'écran.

Je fais de même, en faisant semblant de taper un message pour annuler mes plans fictifs. En réalité, je mets à jour mon groupe WhatsApp « London Babes », répondant à leurs messages incessants qui demandent comment ça se passe avec Noah.

Moi : Je vous tiens au courant bientôt, promis.

Zara : On dirait bien qu'il s'est passé quelque chose, ça.

Kennedy : Carrément, oui. Qu'est-ce qui s'est passé, Tabitha ???

Zara : Crache le morceau. Tu dois tout nous dire.

Moi : Il n'y a vraiment rien à dire, à part Echo qui a fait de son mieux pour détruire l'atelier de l'artiste et qu'on s'est fait dire de partir et de revenir demain. Ah, et on doit rester pour la nuit, et j'ai vu Noah à moitié torse nu.

Les réponses ne se font pas attendre.

Lottie : Echo a fait quoi ?

Zara : Méchante toutoune.

Lottie : Mais d'habitude elle est si sage.

C'est Kennedy qui recadre le groupe.

Kennedy : On s'en fout du chien ! Tu restes pour la nuit ? Avec Noah ? Et il est torse nu ????

Je souris pour moi-même en tapant ma réponse.

Moi : Plus de détails plus tard. Promis. Je dois vous laisser, les filles xx

Voilà qui va les faire baver pour rien. Parce qu'il ne s'est rien passé entre nous.

Je glisse mon téléphone dans mon sac à main, mais pas avant d'avoir mis mes notifications en silencieux. Je connais mes amies : elles vont exiger des détails, et elles ne seront pas le moins du monde patientes. La gratification instantanée n'est pas assez rapide pour mes meilleures amies, ça c'est sûr, surtout quand il s'agit de détails croustillants sur des escapades avec des ex-petits amis à moitié torse nu.

Noah éteint son propre téléphone. — Je suis désolé que tu doives annuler tes projets à cause de moi.

Je balaie sa préoccupation d'un geste de la main. — Ce n'est pas grave. Vraiment. Et c'était à cause d'Echo, pas vrai ? Pas à cause de toi.

— Tu ne serais pas là si ce n'était pas pour moi. C'est moi qui voulais rencontrer Jed.

— Ce n'est pas grave, je répète, avec un sourire magnanime et un haussement d'épaules pour lui montrer à quel point ce n'est pas grave. Ma grande soirée binge-watching Netflix ne va pas s'envoler.

Son visage s'éclaire d'un sourire qui me fait tout drôle à l'intérieur. Mince alors ! — C'était plutôt drôle.

Je ne peux m'empêcher de lui sourire en retour. — La façon dont Echo a foncé droit sur le chat.

— Et la façon dont ils ont tous les deux laissé leurs empreintes de pattes partout sur la toile.

— Toi qui reviens avec la chienne dans les bras, couvert de peinture.

— Et Echo qui faisait comme si rien de tout ça n'était de sa faute.

— Alors que *tout* était de sa faute.

Ses yeux croisent les miens et nous partageons un rire. C'est... agréable. Familier. Et pourtant, nouveau en même temps.

— Tu crois que son chat s'en remettra un jour ? je demande.

— S'il est comme le chat que j'avais quand j'étais petit, il dominera complètement Echo la prochaine fois qu'il la verra.

Je jette un coup d'œil à Echo, qui trottine joyeusement à côté de nous. — Je suis quasi certaine qu'il ne devrait pas y avoir de prochaine fois. Pas toi ?

Il lâche un rire et hausse les épaules. — Tu as raison sur ce point.

— Je me souviens de ton chat, Honey, je réponds, en me remémorant le chat noir de Noah aux pattes blanches. Elle était si mignonne.

— Mignonne, mais caractérielle. Il ne fallait pas la chercher. J'ai les cicatrices pour le prouver. Il lève le bras pour me montrer une longue et fine cicatrice qui court de son poignet jusqu'au pli intérieur de son coude. Je ne peux m'empêcher de remarquer les muscles nerveux et la peau mate et tendue de son avant-bras.

J'avale ma salive et détourne le regard.

Reprends-toi, Tabitha.

— Comment est-ce qu'elle t'a fait ça ? je demande.

— Je la tenais dans mes bras quand une V8 est passée. Elle n'a pas voulu rester pour voir la marque et le modèle.

— Elle a détallé ?

— Comme un dératé.

Je glousse.

— Tu te souviens comme Honey faisait la loi chez moi ? Ellie n'avait aucune chance contre elle, même si elle était bien plus grande et plus canine que lui. C'était une vraie bonne pâte.

— Ellie. Oh, c'était la meilleure. Une vague de chaleur m'envahit en pensant à la chienne de Noah. Il la décrivait toujours comme une corniaude, mais je préférais le terme plus raffiné de « croisée ». C'était une chienne de refuge, avec probablement une demi-douzaine de races mélangées en elle. Mais c'était la chienne la plus douce, la plus gentille et la plus aimante qu'on puisse imaginer, même si elle avait le corps d'un rottweiler et les pattes courtes d'un teckel. Oui, Ellie était une chienne à l'allure étrange, mais ça n'avait pas la moindre importance.

Ellie était morte de vieillesse quand Noah et moi étions ensemble, et je me souviens à quel point nous avions été tristes, particulièrement Noah, qui, en tant qu'enfant unique, avait grandi avec elle.

Je me souviens être assise dans son salon, le berçant dans mes bras alors que des larmes coulaient sur ses joues, lui disant à quel point j'avais aimé Ellie, moi aussi, et qu'un jour, nous pourrions avoir notre propre chien, et que nous veillerions à ce que ce soit aussi une corniaude. Exactement comme Ellie.

Ce souvenir me rapproche encore plus de Noah, et alors que son regard croise le mien, je ressens un éclair d'expérience émotionnelle partagée.

Je m'éclaircis la gorge. — Qu'est devenue Honey ?

— Elle est partie au paradis des griffoirs il y a environ cinq ans.

— Je suis désolée.

— Ce n'est pas grave. Mon père a repris un chat il y a quelque temps. Il l'a appelé Honey II. Original, hein ?

— Eh bien, quand on tient une bonne formule.

— Exactement.

Nous déambulons dans la rue jusqu'à ce que nous atteignions l'aire d'exercice pour chiens clôturée que nous avons visitée à notre arrivée.

— Si on laissait Echo courir un peu avant d'aller à Marlingworth ? je suggère.

— Bien sûr.

Je détache la laisse d'Echo et elle file à toute allure sur la pelouse retournée en direction d'un spoodle couleur caramel et d'un labrador noir.

— Asseyons-nous un instant. Noah indique de la tête un banc près d'un ruisseau.

Nous nous asseyons, et après un long moment de silence à regarder les chiens jouer, la voix de Noah perce l'air.

— Il y en a une qui est aux anges, ici.

— Elle ne le mérite pas après ce qu'elle vient de faire.

— Elle n'a fait que se comporter comme un chien, en poursuivant un chat. Tu n'as jamais regardé de dessins animés ?

Je lui souris. — Je peux te dire une chose, c'est qu'elle va rester chez mes parents pour le rendez-vous de demain. Même si c'est une excellente idée de contrarier autant d'artistes que possible avec lesquels je travaille, Echo était un bonus inattendu aujourd'hui.

Ses yeux pétillent alors qu'il laisse échapper un rire grave. — C'est une approche commerciale géniale.

— Oh, je trouve aussi. La toile et le sol de Jed avaient clairement besoin d'empreintes de chien et de chat en peinture vive. Je pourrais essayer la même chose dans mon appartement.

— Tu vois ? Pas étonnant que tu sois une galeriste londonienne à grand succès de nos jours.

C'est à mon tour de rire, son compliment me donnant le vertige. — Je suis loin d'avoir un « grand succès ». La galerie marche assez bien, je suppose. J'ai un haussement d'épaules plein d'autodérision.

À vrai dire, 496 s'est bien portée ces derniers mois. Vraiment bien. Ça me montre ce que j'aurais pu en faire pendant tout ce temps, au lieu de me concentrer sur ma vie sociale. Bien sûr, les débuts ont été lents, et sans papa qui envoyait ses amis acheter des œuvres et qui y injectait lui-même de l'argent régulièrement au fil des ans, la galerie n'aurait jamais réussi à décoller. Mais je tiens les comptes, et je sais pertinemment que nous avons fait un bénéfice décent récemment.

C'est quelque chose dont je suis fière. Et quelque chose que je ne savais pas que je pouvais accomplir avant de laisser tomber ma vie de fêtarde.

— Brillante et modeste, à ce que je vois, me répond Noah. Tu déniches de nouveaux talents. Tu as exposé les œuvres de Jed, évidemment, mais aussi de Joleen Ibrahim et de Ubeki Adebisi, tout ça ces derniers mois. C'est impressionnant.

— Tu as fait tes recherches. Mais j'imagine que comme tu représentes un gros client, c'est logique que tu le fasses.

— Il attend de moi que je sache ce que je fais, alors je m'assure que c'est le cas. On y va ?

— Bien sûr. J'appelle Echo et nous retournons à la voiture.

Alors que Noah commence à rouler vers Marlingworth, je décide de risquer une question. Il ne s'est pas vraiment confié à moi sur ce qu'il a fait de sa vie depuis qu'on n'est plus ensemble, et je suis curieuse de le savoir. Peut-être que maintenant que nous avons établi une sorte de nouvelle amitié aujourd'hui — « Bien s'entendre », tu te souviens ? — il partagera quelque chose avec moi.

— Comment en es-tu arrivé à acheter des œuvres d'art pour de gros clients ? La dernière chose que je savais, c'est que tu suivais une formation de mécanicien, que tu travaillais au garage de ton père et que tu comptais le reprendre un jour.

Il sourit pour lui-même en regardant au loin.

— Ça, c'était il y a une éternité.

— Et alors ? je le relance, espérant obtenir plus que, eh bien, rien du tout de sa part.

— Et alors, beaucoup de choses ont changé depuis mon adolescence. Ça arrive.

Toujours rien, que dalle. C'est quoi ce délire ?

— Tu as prévenu tes parents que tu étais en route ?

— Non, je vais le faire maintenant. J'envoie un message à papa pour lui dire que je passerai pour la nuit. Sa réponse est rapide.

Papa : Pourquoi ? Tu as des ennuis ?

Je fais la moue. C'est tout papa : toujours à s'attendre au pire.

Mais pour être juste envers lui, il m'est parfois arrivé de lui apporter le pire. Plus que parfois.

Moi : Tout va bien. Je suis dans le coin et j'ai besoin d'un endroit où dormir pour la nuit, c'est tout.

Les points apparaissent sur mon téléphone, m'indiquant qu'il est en train de répondre, puis ils disparaissent. Un instant plus tard, ils recommencent à s'animer et un message apparaît.

Papa : Bien.

Je glisse mon téléphone dans mon sac à main.

— C'est bon ? demande Noah.

— Oui, merci. Ils sont ravis de me voir. J'étire mes lèvres en un sourire en le regardant.

Il tourne son attention vers moi. — C'est... bien.

Noah sait comment est ma famille.

— Echo pourra rencontrer Chester et Bentley, les lévriers de mes parents. Je suis sûre qu'ils s'entendront à merveille.

— Tant qu'il n'y a ni chats ni pots de peinture.

— Exactement. Je serre la mâchoire et regarde droit devant moi alors que la route se rétrécit et que les bâtiments de Dalton cèdent la place aux vertes prairies vallonnées de la campagne.

Noah ne veut pas se confier à moi, et en nous dirigeant vers Marlingworth, nous fonçons droit dans mon ancienne vie, une vie que j'ai autrefois partagée avec lui.

Difficile de ne pas sentir une vague d'appréhension monter face à ce qui nous attend.

Chapitre Seize

Alors que Noah entre en voiture dans le village que nous considérions tous les deux autrefois comme notre foyer, je parcours du regard les rues familières. Les rangées de bâtiments, avec leur mélange d'architecture Tudor un peu de guingois, d'édifices en briques rouges et de constructions plus modernes aux grandes vitrines. Des guirlandes de fanions s'étendent d'un côté à l'autre de la rue principale, célébrant l'été comme chaque année, et des paniers remplis de fleurs vives et multicolores sont suspendus aux auvents.

Franchement, si je trouvais Dalton ridiculement romantique et pittoresque, avec sa situation au bord de la rivière et son pont suspendu magnifiquement préservé, Marling-worth-sur-Rivière est d'un tout autre niveau.

Et je suis ici avec mon ex, avec un paquet d'expériences communes dans ce lieu même, je viens juste d'avoir un aperçu aguicheur de son torse nu, et il a l'air tellement sexy, viril et séduisant sur le siège à côté de moi.

Et n'oublions pas que c'est l'ex qui ne semble pas vouloir parler de la façon dont il est passé d'apprenti mécanicien à marchand d'art, puis à richissime.

Ce qui est tout simplement génial. *Vraiment* génial. Parce que nous savons tous qu'une aura de mystère ne rend *jamais* quelqu'un plus attirant.

Si je suis dans le pétrin ? Je suis en plein dedans, et jusqu'au cou.

— Ça te va si je m'arrête au pub ? demande Noah alors que nous remontons la rue principale. Je pourrai te déposer à la Grande Maison après.

La « Grande Maison » est le nom que les habitants ont toujours donné à la maison de ma famille. Ce n'est pas une blague. C'est une sacrée grande maison. Elle date de l'époque où les seigneurs gouvernaient le fief avec des serfs à leurs ordres. Ma famille a l'honneur douteux d'avoir régné sur ce petit coin de la campagne anglaise pendant des siècles.

— Ça me va très bien, merci. Quel pub ? Le Star, le King William, Le Noble Pigeon, Le King's Arms, Le Swan, ou Le Red Lion ? je demande en énumérant la liste des pubs du village. C'est ça, le truc avec les villages anglais : ils ont toujours une pléthore de pubs. Presque autant de pubs que d'habitants.

— Je pensais au Noble Pigeon, répond-il en garant habilement la voiture en créneau. Principalement parce que c'est le seul pub qui loue des chambres à l'étage pour la nuit.

Bien sûr qu'il pensait au Noble Pigeon. Le pub de carte postale qui surplombe la rivière avec ses tables de pique-nique en plein air. Et quand je dis que c'est un pub de carte postale, je ne veux pas seulement dire qu'il est charmant et qu'il évoque une autre époque. Une photo de l'endroit a littéralement été utilisée sur une boîte d'une célèbre marque de chocolats pendant environ quatre décennies. Il est *tellement* adorable.

Il se trouve aussi que c'est le pub où Noah et moi avons eu notre tout premier rendez-vous. Enfin, là où il a commencé. Il s'est terminé par un baiser sous le vieux chêne de l'autre côté de la rivière. Mais je ne vais pas m'aventurer sur le chemin de ce souvenir particulier. J'ai déjà joué à Icare aujourd'hui, et je n'ai aucune envie de voir mes ailes fondre au soleil et de m'écraser sur le sol.

— Je ne serai pas long, dit-il en se tournant pour sortir de la voiture.

Je prends une décision sur un coup de tête. — Je viens aussi, je lui dis.

Attends, quoi ? Pourquoi est-ce que je fais ça, au juste ?

— Vraiment ?

— Pourquoi pas ? Je peux passer dire bonjour aux Mayhew.

Avant de me plonger dans mes raisons, je sors de la voiture et attache la laisse d'Echo à son collier. Elle saute sur le trottoir avec un joyeux abandon.

— Quand es-tu revenu ici pour la dernière fois ? je lui demande, alors que nous descendons la rue en direction du pub.

— Laisse-moi réfléchir. Ça fait un bail. Papa a déménagé il y a environ trois ans, je crois. Ouais, ça doit être la dernière fois que je suis venu.

— C'était bizarre ? Je veux dire, tu étais parti depuis longtemps, non ?

Je sais que j'essaie de lui tirer les vers du nez, mais après notre rupture, Noah a tout simplement disparu. C'est l'une des nombreuses raisons pour lesquelles son apparition soudaine a été un tel choc. Il avait été cette présence importante dans ma vie tout l'été, et puis, après notre rupture et mon départ pour l'université en Écosse, il n'était plus là.

Quelques années plus tard, j'avais essayé de le retrouver. Tu vois, le truc, c'est qu'avec le recul, je me suis rendu compte que j'avais fait une erreur. J'avais cédé à la pression de rompre avec lui. La pression de mes amis et de ma famille, qui me disaient tous que je devais être avec quelqu'un de plus convenable. Quelqu'un comme Magnus Gainsborough. Alors, j'étais passée à lui, mais il y avait une chose que Magnus n'avait jamais été.

Il n'était pas Noah.

Plutôt évident, je sais, mais parfois, il est difficile d'apprécier ce qu'on a juste sous les yeux.

Quand j'avais environ vingt et un ans, j'avais fait ce que tout Millennial qui se respecte aurait fait et j'avais épluché les réseaux sociaux à la recherche de la moindre trace de Noah. Mais il s'était volatilisé, presque comme s'il n'avait été que le fruit de mon imagination.

Jusqu'à maintenant.

— L'enseigne est nouvelle, me fait-il remarquer alors que nous atteignons l'entrée du pub.

Je lève les yeux vers l'enseigne en bois, suspendue au-dessus de nous. C'est l'image peinte d'un pigeon coiffé d'un haut-de-forme, le bec en l'air, accompagnée des mots *The Noble Pigeon* en lettres dorées.

Alors que nous franchissons le seuil de pierre usé, vieux de plusieurs siècles, pour entrer dans la pénombre du pub, je suis frappée par l'arôme des tourtes fraîchement sorties du four, des frites et du steak. Mon estomac répond par un gargouillement quand je me souviens à quel point on mange bien ici, et je suis soulagée que la musique et le brouhaha des clients couvrent le bruit.

Noah pose légèrement la main sur mon épaule. — Je vais voir s'ils ont une chambre. Tu veux boire quelque chose ? On pourrait s'asseoir dehors. Ce serait dommage de gâcher une si belle soirée.

— C'est déjà le soir ? je demande. Ça explique pourquoi mon ventre s'est manifesté.

— Ouais, il est environ 17 heures. Tu as faim ? Tu veux manger un morceau ici avant que je te dépose chez tes parents ?

— Tu essaies d'encaisser ton pari sans même l'avoir gagné ? je le taquine.

— L'avenir nous le dira. Mais non, c'est juste pour manger un morceau.

— Une de leurs tourtes, ce serait incroyable.

Pile au bon moment, une serveuse passe, équilibrant adroitement plusieurs plats, et l'arôme d'une part de tourte au steak et aux rognons parvient jusqu'à nous.

Nouveau gargouillement de mon estomac.

Je la regarde avec envie poser les assiettes sur une table à côté de nous.

Noah glousse. — Je vais nous chercher des menus.

Quel mal y a-t-il à ça ? Alors comme ça, nous allons partager un repas dans un endroit où nous avions nos habitudes. Il sera tout aussi avare d'informations sur sa nouvelle vie qu'il l'a été jusqu'à présent, et je me débattrai avec mes sentiments pour ce type, en me rappelant à chaque instant qu'il n'est plus à moi.

Vraiment, ce sera comme d'habitude entre nous.

— Pourquoi tu ne vas pas voir si tu peux nous trouver une table dehors ? Qu'est-ce que tu prendras à boire ?

— Une limonade, s'il te plaît, je lui dis.

— Ça marche. Je reviens tout de suite. Il se dirige vers le bar. Je regarde autour de moi. Bien que l'enseigne ait été modernisée, la redécoration s'est arrêtée là. La moquette a le même motif tourbillonnant rouge, orange et marron, les murs sont toujours couverts du papier peint floqué classique et de photos en noir et blanc de l'ancien Marlingworth, et une photo de la reine datant environ de 1992 trône encore derrière le bar.

— Viens, Echo, je dis en tirant la chienne à travers le pub. Elle essaie de s'arrêter pour renifler les plats de tout le monde en passant – ce que sa maîtresse de substitution fait aussi – mais nous parvenons à atteindre le jardin qui donne sur la rivière sans chiper quoi que ce soit dans les assiettes des gens.

Il y a une gamelle d'eau près de la marche, et je fais une pause pour qu'Echo puisse laper un peu.

— Il faudrait que je te donne ton dîner à toi aussi, ma belle, je lui dis alors qu'elle termine.

Heureusement pour nous, il y a quelques tables de libres, et je choisis celle qui est la plus éloignée de la porte et m'y installe.

Le soleil baigne encore l'endroit de sa chaude lueur estivale, et je contemple la vue sur le pont et, de l'autre côté de la rivière, sur le vieux chêne, le champ et la rangée de maisons qui serpente au loin.

Bien que je revienne parfois rendre visite à ma famille, je ne vais pas souvent dans le village. C'est étrange d'être à l'endroit où j'ai partagé tant de souvenirs avec Noah. Je dois absolument garder la tête froide.

— Une limonade. Noah pose un verre devant moi avant de passer une de ses longues jambes par-dessus le siège d'en face et de s'asseoir.

— Merci.

— J'ai aussi pris des menus. Il me tend un menu plastifié.

— Tu as trouvé une chambre pour la nuit ? Mes yeux tombent immédiatement sur la section des tourtes du menu, et je repère ce que mon estomac réclame depuis que mes narines ont humé son arôme : tourte au steak et aux rognons avec purée de pommes de terre et petits pois. Une spécialité du Noble Pigeon.

— Oui. Juste là-haut. Il désigne une rangée de vieilles fenêtres à vitraux au-dessus du pub.

— Eh bien, c'était facile.

— Tout s'est arrangé. Oh, et j'ai pris le menu pour chien pour Echo. Il me tend une autre feuille plastifiée.

Je hausse un sourcil. — Ils ont un menu pour chien ?

— Génial, non ? Elle peut choisir entre le steak, dans le haut de gamme, et la « viande » non spécifiée, tout en bas de l'échelle.

— Au risque d'en faire un toutou à sa mémère, je me dis qu'on va éviter l'option « viande ».

— J'ai du mal à imaginer qu'un de tes chiens soit chou-chouté, lance-t-il, pince-sans-rire.

— Ce n'est pas mon chien. Tu te souviens ? je réponds, sur le même ton sec.

— Ah, mais si c'était le cas, ce serait filets et caviar à longueur de journée, pas vrai ? Les commissures de ses lèvres sont relevées, et il y a une lueur indéniable dans ses yeux.

— Peut-être, je réponds, parce que la vérité, c'est que si j'avais mon propre chien, je le dorloterais à n'en plus finir, c'est certain. Un vrai prince canin qui n'aurait que le meilleur du meilleur.

— Et toi, tu vas manger quoi ?

— Une tourte au steak et aux rognons pour moi. Je parcours le menu pour les toutous — et j'ai toujours du mal à croire que ce pub ait un menu spécialement pour les chiens, même si les Britanniques sont complètement dingues de leurs canidés — et je me décide pour un choix de milieu de gamme. — De l'agneau en sauce pour Echo.

— Pas le filet ?

Je secoue la tête en soutenant son regard. — Non. Et toi, tu prends quoi ?

— Je crois que je vais manquer totalement d'originalité et prendre la même chose que toi.

Je me lève et Echo fait aussitôt de même, me regardant, pleine d'attente. — Assis, je lui ordonne. Je vais chercher nos plats.

— Tu n'as pas encore perdu le pari, tu sais.

— Peu importe, je te dois bien ça vu la turbulence d'Echo.

— Turbulence ? s'étonne-t-il, un nouveau sourire naissant sur ses lèvres. Ça, c'est un mot qu'on n'entend pas tous les jours. Il le fait rouler dans sa bouche. — Turbulence. J'aime bien.

— J'attendrai avec impatience de l'entendre dans une phrase à mon retour.

D'un mouvement habile, j'enjambe le banc de la table de pique-nique et me dirige vers l'intérieur du pub. Je ne reconnais pas la serveuse derrière le bar, une fille avec un piercing au nez et des cheveux orange vif coupés courts. Je commande nos plats et je paie.

Alors que je me retourne pour partir, je remarque une peinture sur le mur du fond, près de la cheminée. C'est une œuvre abstraite, mais de cette distance, on dirait une rue bordée de maisons.

Serait-ce possible… ?

Non. Pas *ici*.

Je m'approche assez pour l'inspecter et je vois le nom familier inscrit dans le coin inférieur droit : Frisksits.

Je cligne des yeux plusieurs fois, incrédule.

Les propriétaires du Noble Pigeon ont un Frisksits original ?

C'est quoi, ça, la *Quatrième Dimension* ? Un univers parallèle dans lequel des œuvres d'art contemporain recherchées sont exposées à côté de photos décolorées de la reine, prises en 1992 ?

— Tabitha Greene, en chair et en os, dit une voix et je me retourne pour trouver M. Mayhew, le corpulent propriétaire du Noble Pigeon dont le nez rougeaud m'a toujours rappelé celui de Rudolph, le renne au nez rouge, et dont le rire tonitruant est l'incarnation même du mot *boom*.

— Bonjour, Monsieur Mayhew, dis-je avec un grand sourire. Comment allez-vous ?

— Je vais bien, ma petite. On ne vous a pas vue ici depuis, quoi ? De nombreuses années.

— Non, je suis à Londres depuis longtemps maintenant.

— Il faut venir nous rendre visite, jeune fille. On aime voir votre joli sourire ici, au Pigeon.

Je lui souris de toutes mes dents. — Je ne manquerai pas de passer la prochaine fois que je serai là, c'est-à-dire le week-end prochain, d'ailleurs. C'est mon trentième anniversaire.

Ses yeux pétillent tandis qu'il répond : — Trente ans ? Vous ? Vous n'avez que dix-sept ans, n'est-ce pas ?

Je lui souris. — Vous êtes un sacré flatteur, Monsieur Mayhew. Je regardais justement votre Frisksits. C'est un original ?

— Mon quoi donc ?

Je désigne le mur. — Le tableau. C'est un original ? Parce qu'on dirait bien.

— Oh, oui. Bien sûr que c'en est un, ma petite.

Je me retourne pour le contempler une fois de plus. Comment ont-ils bien pu se retrouver avec un Frisksits original ? Sans vouloir offenser M. Mayhew et sa femme, ils ne sont pas vraiment ce que j'appellerais des connaisseurs en art. Sauf s'il s'agit de photos de la reine, bien sûr, auquel cas ils sont tout à fait dans le coup, mais version début des années 90.

— Depuis quand l'avez-vous ? je lui demande.

— Oh, depuis un petit moment, ma petite. Mais oublie ce tableau. M. Mayhew agite la main dans les airs. Qu'est-ce que tu fais ici ?

— Je suis venue pour une part de votre délicieuse tourte au steak et aux rognons.

— Un excellent choix. Et je suppose que tu vas prendre comme d'habitude, aussi ?

Ce que je prenais d'habitude n'avait rien de spécial. C'était surtout une bouteille de vin blanc, la moins chère possible.

— En fait, ce soir, ce sera une limonade, je lui annonce.

Ses épais sourcils gris remontent sur son front tandis que ses yeux s'écarquillent. — Vraiment ? Eh bien, ça alors, c'est une sacrée surprise.

Je lève le menton, fière de ma résolution de devenir une meilleure version de moi-même. J'ai peut-être décidé de laisser derrière moi ma vie de fêtarde, mais je suis toujours

Tabitha Greene, et fière de l'être, aussi. — En effet, Monsieur Mayhew.

Il se retourne et tonne : — Maisie ! Tu ne devineras jamais qui est là !

— Ça va, mon vieux. Ne t'emballe pas, répond une voix derrière lui. Je jette un coup d'œil à son épaisse tignasse, c'est-à-dire sa moumoute. Je me souviens l'avoir vue battre au vent un jour particulièrement venteux alors que j'étais en ville avec des amis de l'université, mais même si ce n'est manifestement pas sa vraie chevelure, il faut admirer sa persévérance.

L'épouse de M. Mayhew, Maisie Mayhew, tout aussi corpulente mais sans moumoute, apparaît à ses côtés. Vêtue de la blouse blanche qu'elle a toujours portée et qui la fait plus ressembler à une technicienne de laboratoire qu'à une tenancière de pub, elle met une main sur son cœur et déclare : — Oh, bonté divine. C'est Tabitha Greene.

— Bonjour, Madame Mayhew.

Elle se dandine en marchant, ouvre le battant du bar et m'enlace dans une gigantesque et chaleureuse étreinte. Elle ne mesure qu'environ un mètre cinquante, je dois donc me pencher. Elle sent la tourte, les frites et un parfum assez entêtant qui est sa signature olfactive depuis que je la connais. Quelque chose de chez Boots the Chemist, m'a-t-elle dit un jour. Rien d'extravagant.

— Laisse-moi te regarder, ma chérie, me dit-elle en me tenant par les bras. Eh bien, tu es toujours une grande perche, mais tu as l'air en forme. Une vraie jeune femme dans ta jolie robe-chemise noire. C'est bien une robe-chemise, n'est-ce pas ? Comme celle que Kate Middleton portait au machin.

J'avoue que je vois exactement de quoi elle parle. Il y

avait une photo dans *Hello!* Magazine récemment. — Vous me connaissez, Madame Mayhew. J'adore Kate.

— Oh, on l'adore toutes, ma chérie. C'est notre icône de la mode. Tout en me tenant les mains, elle ajoute : Tabitha ne ressemble-t-elle pas à Kate Middleton, Basil ?

— Ça a toujours été une jolie fille, confirme M. Mayhew.

— Qui ça ? Kate Middleton ou notre Tabitha ? demande-t-elle.

— Les deux, répond-il, et je sens mes joues s'échauffer sous le compliment.

Je connais les Mayhew depuis toujours, et ils ont toujours été adorables avec moi. Mes parents n'étaient pas vraiment des habitués des pubs locaux — leur style, c'est plutôt gin tonic avec leur cercle d'amis qu'une pinte et une tourte au pub du coin — mais je venais ici avec les familles de mes amis avant de partir en pension. Et puis, à l'adolescence, je venais avec Prue, Zara ou n'importe quelle amie rentrée pour les vacances, et on essayait d'embobiner des étudiants pour qu'ils nous paient des verres. Avec le recul, on réussissait un peu trop souvent.

Et puis, bien sûr, quand Noah et moi étions ensemble, nous venions ici pour des verres de Coca et des bols de frites, et Mme Mayhew disait toujours quel couple charmant nous formions, et moi, je rougissais, souriais et étais secrètement d'accord.

À l'époque, je pensais que Noah et moi serions ensemble pour toujours.

— C'est très gentil à vous, je réponds timidement, comme si j'avais de nouveau treize ans.

— Elle est venue avec Noah Grant, on dirait bien, dit M. Mayhew à sa femme, et les yeux de celle-ci s'écarquillent.

— Ah oui, vraiment ? demande-t-elle.

— Je te jure, c'était comme si on était tous revenus en arrière, en vous voyant entrer ici tous les deux, dit M. Mayhew.

— Oh, eh bien, non, pas du tout. Nous ne sommes pas… C'est aujourd'hui, je réponds, d'un ton qui se veut désinvolte. Ce que je veux dire, c'est que nous ne sommes pas ensemble. Noah et moi. Pas du tout. Je secoue la tête pour appuyer mes dires. En fait, je ne l'ai revu pour la première fois en presque douze ans qu'à un mariage, il y a une semaine.

Les sourcils de Mme Mayhew remontent d'un bond jusqu'à ses cheveux bouclés, tandis que son mari s'accoude au bar et m'étudie. — Ah oui, vraiment ?

— Oui, je confirme d'un hochement de tête.

— Qu'est-ce que tu en penses alors, Maisie ? demande M. Mayhew, alors qu'il contourne à son tour le bar pour s'arrêter à côté de moi.

Mme Mayhew plisse les yeux dans ma direction. — Je trouve ça très intéressant, moi. Très intéressant, Basil.

— Hum, oui, c'est vrai, confirme-t-il en me toisant.

Pour l'amour du ciel, je n'ai pas la moindre idée de ce qui se passe en ce moment.

— Et alors, comment avez-vous fini par venir à Marlingworth ensemble ? C'est très étrange, étant donné que vous venez juste de le revoir après, comment avez-vous dit ? Vingt ans ? demande Mme Mayhew.

— Pas vingt ans. Douze. Presque douze, je corrige.

Je commence à avoir l'impression de subir un interrogatoire.

— À un mariage, avez-vous dit ? demande Mme Mayhew, comme si c'était une information capitale en cet instant.

Je les regarde tour à tour. — C'est exact. À un mariage.

— Pas *votre* mariage, j'espère ? questionne M. Mayhew.

— Bien sûr que non, Basil. On serait au courant de tout ça et elle porterait une bague si c'était le cas. Mme Mayhew saisit ma main gauche et la brandit. Je ne vois pas de bague.

— Pas mon mariage, je confirme.

— Eh bien, c'est une bonne chose alors, dit M. Mayhew avec un sourire satisfait.

— Qu'est-ce qui est une bonne chose ? Que je ne sois pas mariée ? je demande.

Ils ignorent ma question.

— Vous ne nous avez toujours pas dit ce que vous faites ici. N'est-ce pas, Basil ?

— Non, Maisie. En effet.

Ils me regardent tous les deux, l'air d'attendre quelque chose.

Je sais que je dois leur dire.

— Noah et moi sommes ici pour voir un artiste à Dalton au sujet de certaines de ses peintures. Noah est marchand d'art maintenant, et il est venu me voir à ma galerie à Londres. Nous travaillons ensemble.

— Il est plus qu'un simple… commence M. Mayhew, avant d'être brusquement interrompu par un coup de coude ferme de sa femme dans les côtes. — Aïe ! s'exclame-t-il. Pourquoi tu as fait ça ?

C'est exactement ce que je me demande.

— Parce que tu allais l'ouvrir, voilà pourquoi, réplique-t-elle d'un ton sévère.

— Je n'allais pas l'ouvrir du tout. Et pour ton information, je n'ai pas une grande bouche. Elle est parfaitement proportionnée à mon visage.

— Oh, toi et tes proportions. Tout le monde se fiche de tes proportions, maugrée Mme Mayhew.

— Mais si. Regarde-la. M. Mayhew trace furieusement un cercle autour de sa bouche avec sa main.

Je les regarde tour à tour, ne comprenant pas le moins du monde à propos de quoi ils se chamaillent, mais me rappelant que c'est exactement ainsi que se termine inévitablement une conversation avec eux deux.

— Je vais, euh, y aller alors, je dis, mais ils ne me prêtent aucune attention.

Je jette un dernier regard perplexe au tableau de Frisksits en m'éclipsant.

Chapitre Dix-Sept

J'arrive à la hauteur de Noah et Echo, qui m'accueille d'un coup de queue sur l'herbe et d'une truffe humide contre ma main. Echo, je veux dire, pas Noah. *Lui* a l'air content, tandis qu'il contemple la vue sur la rivière et le champ au-delà.

— Ça a pris du temps. Il y a du monde là-dedans ou quoi ? La compréhension se lit sur son visage. — Ne me dis pas : tu t'es fait coincer par le commando d'interrogatoire des Mayhew.

— Ils avaient quelques questions.

— Ça ne m'étonne pas.

— Dis, tu as remarqué ce tableau quand on est entrés ?

Il s'accoude à la table. — Un tableau ?

— Sur le mur du fond. C'est de Frisksits. Ça ressemble un peu à une rangée de maisons.

— Ah, l'artiste ermite. Il prend une gorgée de sa pinte. — C'est exactement ce qu'il me fallait.

— Je ne comprends pas pourquoi ils ont un de ses tableaux ici. Il ne donne pas d'interviews ni rien. Personne ne sait qui il est.

— Je parie que sa mère, elle, le sait. Il m'offre son grand sourire.

— Et les Mayhew aussi, peut-être. Je pourrais leur demander.

— À quoi bon ? S'il – ou elle – veut rester anonyme, alors je suis sûr que personne ne saura qui il est. De toute façon, ce n'est probablement qu'un coup marketing. C'est quoi le problème avec ces artistes un peu fous ?

— Ils ne sont pas tous comme ça. La plupart sont des gens normaux qui se trouvent avoir du talent.

— Alors comment ça se fait que tu te retrouves avec le caractériel de Jed et une personne au nom bizarre qui veut rester anonyme ?

— Oh, crois-moi, j'adorerais décrocher Frisksits, mais il est impossible à contacter.

— Tu as vérifié les réseaux sociaux ?

Je lui lance un regard qui lui demande s'il est sérieux, parce que, franchement ? — Si seulement j'y avais pensé.

— Ce n'était qu'une suggestion.

Je souffle. — Un jour, j'obtiendrai une exposition exclusive avec lui. C'est mon objectif.

Noah me fixe un instant avant de détourner le regard pour se reconcentrer sur la vue. — Bonne chance pour retrouver l'Invisible Frisksits. Il prend une autre gorgée de sa bière, et je bois près de la moitié de ma limonade.

Être en compagnie de Noah donne soif, semblerait-il.

— Hé, tu te souviens quand on est venus ici et qu'on a mangé des sandwichs ? Je crois qu'on était assis à cette table, là-bas. Il désigne une table actuellement occupée par une famille avec trois jeunes enfants, qui semblent avoir renversé plus de nourriture sur la table qu'ils n'en ont mangé.

Je détourne les yeux. C'était notre premier rendez-vous. Comment pourrais-je l'oublier ?

— C'était il y a longtemps, je réponds d'un ton sec.

À quel jeu joue-t-il ? Il s'est refermé comme une huître quand je lui ai demandé des détails sur sa vie depuis notre rupture, et maintenant il veut se remémorer notre premier rencard ?

Et après, on dit que Frisksits est un mystère.

— Tu portais une robe avec des petites fleurs roses dessus et ces trucs sur les épaules. Il montre ses épaules.

Je pince les lèvres. Je sais exactement de quelle robe il parle. C'était ma préférée. Bleu marine avec de petites marguerites roses, elle avait une coupe droite sur la poitrine avec une jupe ample qui s'arrêtait bien plus haut que ce que je porterais à mon âge. — Ça s'appelle des bretelles spaghetti.

— Des bretelles spaghetti, bien sûr, répond-il, comme si tous les mecs savaient ce que sont des bretelles spaghetti. — En fait, pour être tout à fait honnête : je ne savais pas comment ça s'appelait. J'aimais juste la robe. Il m'adresse son grand sourire, et je m'adoucis.

Peut-être que ce n'est pas une si mauvaise chose de se remémorer des souvenirs avec lui ? Peut-être que cette journée peut nous faire du bien à tous les deux, et que nous pourrons nous quitter à la fin du voyage, apaisés d'avoir pu tourner la page.

Tant qu'à faire, autant jouer le jeu, comme on dit.

Je me laisse prendre au jeu. — C'étaient des sandwichs au jambon, fromage et tomate.

Ses lèvres s'étirent en un sourire, ses yeux brillants. — Alors, tu t'en souviens.

— Bien sûr que je m'en souviens. C'étaient de bons sandwichs.

— J'ai même enlevé les croûtes parce que je pensais que les filles préféraient le pain sans croûte. Je ne sais pas d'où je tenais cette idée. D'un magazine, je crois.

— Je ne me souviens pas de cette histoire de croûtes.

— Tu es en train de me dire que je me suis donné tout ce mal et que tu n'as même pas remarqué ? Tu sais vraiment comment blesser un homme.

Je hausse un sourcil en sa direction. — C'était un effort surhumain d'enlever les croûtes du pain ?

Il rit. — C'était une super journée.

— Pas quand Mme Mayhew nous a mis dehors parce qu'on n'était pas des clients payants.

— Qu'est-ce que tu voulais que je fasse ? J'avais un budget serré. Et de toute façon, je pensais que tu aimais mes sandwichs maison. Je ne t'ai certainement pas entendue t'en plaindre à l'époque.

Son regard croise le mien, et je suis certaine de déceler une lueur de désir dans ses yeux.

— Tu as raison. Tes sandwichs étaient délicieux.

— Je savais bien que tu les aimais.

Est-ce qu'on parle toujours de sandwichs ?

— Deux tourtes steak et rognons et une à l'agneau pour le chien ? lance une voix blasée derrière moi, et je me retourne pour voir la serveuse aux cheveux orange en épis et au piercing dans le nez que j'ai vue tout à l'heure.

— C'est pour nous, lui dis-je, et elle pose les trois plats sur la table avec autant de finesse qu'un boxeur faisant une pirouette, et repart sans un mot de plus.

— Elle a trouvé sa vocation, je commente.

— Le service maussade est une spécialité britannique, n'est-ce pas ?

— Peut-être à Londres. Ici, non. Tu crois qu'elle a pensé qu'Echo allait s'asseoir à table avec nous et c'est pour ça qu'elle a posé son plat ici et pas par terre ?

— C'est une chienne géniale, mais je ne suis pas sûr de ses manières à table. Est-ce qu'elle a seulement des pouces opposables ? Parce que ça pourrait être un problème.

Je soulève le plat d'Echo. Elle m'observe attentivement, sa longue langue rose balayant sa truffe alors qu'elle réalise que la nourriture dans ma main est pour elle. Je lui ordonne de s'asseoir et je place sa gamelle devant elle, à ses pattes. Elle jette un bref coup d'œil à la gamelle avant de reporter son attention de laser sur moi. — Okay, lui dis-je, et elle bondit sur ses pattes et commence à engloutir sa nourriture.

— Il y en a une qui est contente. Mais en même temps, c'*est* une chienne. Je parie qu'elle est tout le temps heureuse.

— Surtout quand elle poursuit des chats à travers de la peinture, dis-je, en déroulant la serviette en papier de mes couverts. Ça a l'air bon.

— Ça l'est, répond Noah, la bouche pleine de tourte.

Nous nous asseyons et mangeons nos plats savoureux. Echo a déjà terminé alors que Noah et moi avons à peine pris une bouchée, et la conversation dérive de nos souvenirs de premier rendez-vous vers un sujet beaucoup moins chargé d'émotion : le travail de Jed.

— Tu as dit que les œuvres qui intéressent le plus ton client sont celles de sa série Optiques.

— C'est exact. Je crois savoir qu'il a travaillé sur de nouvelles pièces, mais il est ouvert à tout ce sur quoi il travaille actuellement.

C'est de notoriété publique. Jed a dit à l'une des principales publications d'art du pays qu'il n'avait pas terminé la série et qu'il allait produire un nouveau groupe d'œuvres pour compléter celles, extrêmement populaires, déjà achevées.

— Combien penses-tu que ton client en veut ?

— Plusieurs. Peut-être cinq ou six ? La série entière, si possible.

Un bruit fort, comme le son étouffé d'un mégaphone, provient de l'autre côté de la rivière.

— Qu'est-ce que... ? demande Noah, alors qu'Echo se redresse de là où elle était couchée et émet un faible grognement d'avertissement.

— Tout va bien, ma belle, lui dis-je en lui tapotant le flanc. Qu'est-ce qui se passe ? je demande à Noah.

— Regarde de l'autre côté de la rivière.

Je regarde et je vois un groupe de personnes brandissant des pancartes faites maison pendant que quelqu'un énonce ce qui ressemble à des revendications dans un mégaphone.

— On dirait une manifestation.

— Ils manifestent contre quoi ? La beauté de cet endroit ? je demande en riant. Parce que sérieusement, cet endroit est tout simplement idyllique.

Nous restons assis à écouter l'homme continuer à aboyer dans son mégaphone, s'interrompant pour les acclamations et les slogans des manifestants rassemblés. Il doit y avoir au moins vingt personnes, peut-être vingt-cinq, toutes visiblement très remontées.

— Je ne suis pas sûr à cent pour cent, mais on dirait qu'ils sont mécontents que quelqu'un prévoie de construire de ce côté-ci de la rivière, dit Noah.

— C'est ce que j'ai entendu. Je contemple le champ familier et le grand chêne où les gens sont rassemblés. — Je croyais qu'il y avait une sorte de convention qui stipulait qu'aucune construction n'était autorisée sur ce terrain. Ça n'a pas été le théâtre d'un événement historique célèbre ?

Le regard de Noah s'adoucit en se posant sur le mien. — Pour certains, oui.

Mon cœur s'emballe. Est-ce qu'il pense à notre propre histoire ? À lui et moi ? Parce qu'il s'en est passé, des choses, sous cet arbre.

Notre premier rendez-vous.

Notre premier baiser.

La première fois que nous nous sommes dit que nous nous aimions.

J'ouvre la bouche pour répondre, sans trop savoir quoi dire. *Je me souviens de tout ? Tout ça comptait tellement pour moi ? Ça compte toujours autant ?*

Finalement, Noah m'évite d'avoir à prononcer un mot. — J'espère juste qu'ils ne vont pas l'abattre.

— Ils ne feraient pas ça. Si ? demandé-je, horrifiée, cette pensée me frappant de plein fouet.

Mon regard file vers le vieux chêne, juste au-dessus de la berge. Il est grand et majestueux.

— Tu veux aller voir ça de plus près ? Comprendre de quoi il s'agit ? demande Noah.

Nous avons tous les deux fini nos boissons et nos repas, et je sais qu'Echo sauterait sur l'occasion de faire une autre promenade. Alors, nous quittons le jardin, faisons un signe de la main aux Mayhew derrière le bar, qui nous lancent des sourires complices en retour — et ce qu'ils pensent savoir est à mille lieues de ce qui se passe réellement ici — et nous traversons nonchalamment le pont pour rejoindre l'autre côté de la rivière.

Alors que nous approchons des manifestants, je suis plongée dans un épais bourbier de souvenirs de Noah et moi. Et puis, soudainement, comme si mon propre cerveau ne me jouait pas assez de tours, Noah pose sa main sur mon bras au moment où nous atteignons l'autre rive.

Je lève les yeux vers lui, surprise.

— C'est moi ou c'est super bizarre d'être ici ensemble ? Toi et moi, dit Noah, sa voix basse, intime.

Mon cœur s'emballe.

Je me mords la lèvre. — Il n'y a pas que toi.

— C'est juste que... Il s'interrompt en se détournant de moi.

— Qu'est-ce qu'il y a ? je demande, la voix tremblante.

Le ressent-il, lui aussi ? Est-ce que le fait d'être ici fait remonter tous ces sentiments que nous avions l'un pour l'autre ?

J'avale ma salive, ma gorge soudainement chaude.

Sa mâchoire se contracte alors que son regard revient au mien, et j'ai des papillons dans le ventre devant l'expression dans ses yeux. — On a vraiment beaucoup d'histoire ici.

— Oui, c'est vrai. Je pose ma main sur la sienne. — Je suis contente qu'on soit ici ensemble.

Ses lèvres s'étirent en ce sourire que je connais si bien, ce sourire qui embrase mon âme. Ce sourire que j'ai toujours aimé. — Ouais. Moi aussi.

Chapitre Dix-Huit

Un cri strident déchire notre instant comme un couteau dans du beurre, et nous détournons immédiatement notre attention l'un de l'autre.

Mais qu'est-ce que... ?

— Désolé pour ça, tout le monde, dit un homme grand et maigre en chemise à manches courtes et pantalon beige. Il tient fermement un mégaphone, la source du cri strident.

— Ce n'est rien, Nigel, lance d'un ton encourageant une femme d'âge mûr qui porte un t-shirt avec un panneau stop noir. Reprends là où tu t'es arrêté.

— D'accord, Dot, répond-il. Tenant le mégaphone en

place, il aboie : — Nous ne nous plierons pas à votre idée du progrès, qui n'est en fait pas un progrès, mais un simple véhicule pour augmenter votre richesse et détruire notre village !

Quelques acclamations s'élèvent de la foule, dont celles d'une jeune femme qui dévore des yeux Nigel – l'homme-mégaphone – comme s'il était un dieu du rock sur scène. Elle s'appuie sur une pancarte où sont inscrits les mots *Pas de nouveaux logements ou sinon…* en peinture rouge vif.

Ou sinon quoi, je me demande ?

— Nous ne vous permettrons pas de nous voler cette partie essentielle de l'habitat naturel de notre avifaune si importante : cygnes, oies et canards, continue Nigel.

— N'oublie pas les cormorans et les foulques, Nigel, dit Dot, la femme qui l'a encouragé plus tôt.

— Comment pourrait-il oublier les cormorans et les foulques ? me dit Noah à voix basse.

— C'est quoi, les cormorans et les foulques ? je lui chuchote en retour.

— Aucune idée.

— Tu as tout à fait raison, Dot, concède Nigel. Toutes mes excuses. Je recommence, d'accord ?

— C'est toi le chef. Fais ce qui te semble le mieux, lui dit Dot. Mais assure-toi d'inclure les cormorans et les foulques.

— Parfait, répond vivement Nigel avant de répéter : — Nous ne vous permettrons pas de nous voler cette partie essentielle de l'habitat naturel de notre avifaune si importante : cygnes, oies, canards, ainsi que les cormorans et les foulques.

— Et les cincles, Nigel, ajoute obligeamment une autre femme d'âge mûr. Celle-ci porte le même t-shirt que Dot. Oh, et le martin-pêcheur occasionnel, bien qu'ils soient terriblement rares.

— Mais ça vaut vraiment le coup d'œil quand on en voit un, dit Dot, et l'autre femme acquiesce.

Nigel abaisse son mégaphone. — Et si je disais simplement « avifaune » au lieu de tous les lister ? Ce serait peut-être plus efficace.

— Eh bien, tu pourrais, Nigel, mais n'avions-nous pas toutes convenu chez Paula que c'était plus percutant si tu les énumérais ? fait remarquer la seconde femme d'âge mûr.

— Si, Caro. C'est vrai. C'est ce que nous avions convenu, dit Dot, et les deux femmes tournent à nouveau leur attention vers Nigel.

— Très bien. Je recommence, d'accord ? demande Nigel d'un ton résigné.

Dot lui lance un regard sévère tandis que Caro croise les bras. — Je pense que tu devrais, Nigel. Bien que tu sois le chef, donc bien sûr, c'est à toi de décider.

— Pauvre Nigel, je murmure à Noah.

Nigel lève son mégaphone et s'apprête à énumérer à nouveau les oiseaux – et pour son bien, j'espère qu'il se souviendra de tous, jusqu'au très rare martin-pêcheur – quand il nous remarque, Noah, Echo et moi, debout à quelques mètres de la foule.

— Oh, bonjour, vous là, dit-il dans son mégaphone avant de réaliser qu'il n'en a pas réellement besoin pour nous parler. Il l'abaisse le long de son corps et s'approche. Nous ne vous avons jamais vus ici auparavant. Vous êtes venus vous joindre à nous ? Quel adorable toutou. Il caresse Echo.

— Nous étions assis de l'autre côté de la rivière, au pub, quand nous vous avons entendu, alors nous sommes venus voir contre quoi vous manifestiez, répond Noah, en tendant la main pour serrer celle de Nigel. Je suis Noah Grant, et voici Tabitha Greene.

— Bonjour, dis-je en agitant la main.

— Ah, une Greene parmi nous, hein ? Vous venez de la Grande Maison ? demande-t-il.

— C'est bien ça, je réponds, mal à l'aise. Ma famille a toujours été vénérée dans le village par le simple fait de notre histoire ici, pas parce que l'un de nous aurait fait quoi que ce soit de particulièrement spécial. Je me suis toujours sentie déplacée à cause de ça, comme si je n'étais pas vraiment à ma place parmi les villageois, même si j'ai grandi ici.

— Eh bien, c'est un vrai plaisir de vous rencontrer tous les deux ici et nous sommes toujours heureux de rencontrer des gens qui partagent nos idées, surtout si vous êtes de la famille de la royauté locale. N'est-ce pas, Tabitha ?

— Bien sûr. Oui, je marmonne. Ma famille n'est pas plus de la royauté que le très rare martin-pêcheur.

Plusieurs des manifestants nous rejoignent, dont Dot et Caro, les fans d'oiseaux pédantes de tout à l'heure.

— Je vous connais, vous, dit Dot à Noah.

— J'habitais ici autrefois. Je suis Noah Grant, et voici Tabitha Greene, répond Noah.

— Elle vient du Manoir, les informe Nigel.

Dot me jauge du regard. — Ah, vraiment ?

— Eh bien, je vis à Londres maintenant, je précise.

— Mais vous êtes une Greene, et c'est ça qui compte, dit Nigel.

Vraiment ?

— Vous êtes l'autre fille, n'est-ce pas ? dit Dot. Ma sœur, Fenella, doit donc être *la* fille.

Je hausse les épaules. — Je suppose que oui. Quelqu'un essaie de construire sur ce terrain ? je demande, pour détourner l'attention de ma famille.

— Tout à fait, déclare Dot. Raconte-leur, Nigel. Elle se penche vers lui et chuchote théâtralement : — N'oublie pas les mots exacts sur lesquels on s'est mis d'accord tout à l'heure chez Paula.

Nigel s'éclaircit la gorge et bombe le torse. — Nous faisons tous partie de *Save our Field and Tree*, et nous sommes ici pour empêcher qu'une parodie n'ait lieu.

— Une parodie ! répètent Dot et Caro en chœur pour appuyer ses dires.

— Nous sommes S.O.F.T. et on ne s'en fout pas ! ajoute Nigel.

— Votre acronyme, c'est S-O-F-T ? *Soft* ? je demande. En matière d'acronymes, ce n'est pas le meilleur, surtout pour un groupe de manifestants chahuteurs armés d'un mégaphone.

— Euh, oui, répond Nigel, et Noah et moi échangeons un regard.

D'accooooord.

— Nous avons appris qu'une société sans nom essaie de nous voler la terre sous nos pieds pour y construire une résidence sécurisée de villas, continue Nigel. — Nous sommes ici pour empêcher...

— Euh, excusez-moi, Nigel ? dit un homme petit et rond avec d'épaisses lunettes et une moustache touffue, la main levée comme s'il était en classe. — La société a un nom, en fait.

— Ah bon ?

L'homme hoche la tête. — Il s'agit de Wilson Construction, m'a-t-on dit.

— Vous en êtes certain ?

— Oh, oui. Je travaille au conseil municipal, voyez-vous. Je suis au courant de ces choses-là.

— Ah. D'accord. Nigel se retourne vers nous. — Dernière minute : la société qui vole ce terrain s'appelle Wilson Construction.

— Oh, et autre chose, continue le petit homme.

Nigel peut à peine se résoudre à le regarder. — Qu'est-ce qu'il y a encore, Donald ?

— Ils n'essaient pas de voler le terrain. Ils l'ont déjà acheté. La totalité.

— Vraiment ? Nigel cherche confirmation auprès de Dot. Elle acquiesce d'un air navré. — Eh bien, ça change pas mal de choses, non ?

— Pas d'un iota, répond fermement Dot. — Ils peuvent bien s'appeler comme ça leur chante et acheter autant de terrain qu'ils veulent, mais ils ne peuvent pas construire ici.

— Pourquoi pas ? demande Nigel.

— Parce que c'est mal, déclare Dot avec force. Elle reporte son attention sur Noah et moi et dit : — Vous voyez ce bel arbre ancien. Elle montre le vieux chêne. — Il a été planté par un certain Barnabas Babington il y a cent quatre-vingt-quatre ans, d'après certains registres.

— Ça fait un sacré bout de temps pour un arbre planté dans un champ, dit Caro, et les autres hochent la tête.

— En effet, Caro. C'est pourquoi nous devons protéger cette zone des promoteurs. Que serait la vie sans d'aussi jolis arbres ? Elle vaudrait à peine la peine d'être vécue, à mon avis. Vraiment à peine, surtout pour tous les oiseaux. Dot lève le menton, les lèvres pincées.

J'espère qu'elle ne va pas tous les énumérer.

— Bien dit, Dot, déclare Caro, et les manifestants, qui se sont maintenant tous regroupés autour de Dot, éclatent en applaudissements spontanés.

Nigel lui met le mégaphone dans les mains. — Tiens, Dot. Je sais quand je suis battu, et je suis désolé de dire que je ne suis pas à la hauteur de la tâche. Je pense que tu devrais être la cheffe.

— Mais nous t'avons élu, répond Dot d'un air absent. —

On l'a tous fait, devant un thé et des crumpets chez Paula cet après-midi. Tu te souviens ?

— Tu es plus douée que moi pour ça, et puis, on m'attend aux pompes funèbres pour une cérémonie ce soir à vingt heures. Nigel se tourne vers Noah et moi. — Je suis directeur de pompes funèbres.

— C'est bon à savoir, répond Noah.

Dot prend le mégaphone des mains de Nigel et le dévisage avant de déclarer : — Nigel, j'accepte le défi. Je serai la nouvelle dirigeante de S.O.F.T. et je le ferai avec une grande fierté et beaucoup d'enthousiasme, menant ce combat de toutes mes forces.

Les manifestants l'acclament et se mettent aussitôt à féliciter Dot pour sa promotion, mais je suis trop alarmée par la perte potentielle de l'arbre.

Je lève les mains en l'air pour attirer l'attention de tout le monde. — Un instant, s'il vous plaît, je lance, mais ils sont trop occupés à discuter. — Excusez-moi ! Toujours rien.

Je sens la main de Noah sur mon bras. — Je m'en occupe, me dit-il. Il porte les doigts à ses lèvres et pousse un sifflement sonore.

L'effet est immédiat, réduisant la foule au silence alors que tout le monde se tourne pour nous dévisager.

— L'un de vous avait quelque chose à dire ? demande Dot.

— Regardez-moi cette Dot. Déjà une vraie meneuse, dit Caro avec fierté, et Nigel se met à contempler ses chaussures.

Il faut que je pose ma question avant que la conversation ne prenne une autre tournure. — Ces promoteurs, je commence.

— Wilson Construction, m'informe Donald.

— Oui. Wilson Construction. Vont-ils abattre l'arbre ?

je demande en désignant le vieux chêne. C'est un arbre magnifique, avec un tronc épais et torsadé et des branches assez basses pour qu'un enfant puisse y grimper.

— Eh bien, oui, répond Dot comme si j'étais passée à côté de l'objet même de leur manifestation. — C'est surtout l'arbre qui nous préoccupe. Il a été planté par Barnabas Babington en...

Je la coupe : — Oui, vous l'avez dit. Quand prévoient-ils de l'abattre ?

— Le 23 de ce mois, m'annonce Donald, le visage sombre.

C'est dans moins de deux semaines.

— Mais... mais ils ne peuvent pas, je déclare, soudain désespérée à l'idée qu'ils abattent l'arbre. Le perdre est tout simplement *impensable*.

— Voilà l'esprit ! s'exclame Dot. — Ils ne peuvent pas et ils ne le feront pas. Elle prend son mégaphone et répète les mots. — Ils ne peuvent pas et ils ne le feront pas ! Ils ne peuvent pas et ils ne le feront pas !

La foule de manifestants se joint à elle et ils commencent à marcher en cercle, brandissant les pancartes qui gisaient à leurs pieds quelques instants plus tôt.

Je me tourne vers Noah, mon inquiétude pour l'arbre se muant en désespoir. — Ils ne peuvent pas abattre cet arbre. Ils ne peuvent pas.

— Ils le feront probablement, tu sais. C'est un gros arbre, et tu as entendu ce qu'ils ont dit. Le promoteur a déjà acheté le terrain. L'affaire est conclue.

— Mais... mais ce n'est pas juste.

— Je comprends. C'est un bel arbre et on a partagé des choses là-bas.

— Un bel arbre ? je bafouille, ayant du mal à croire à la désinvolture avec laquelle il parle de quelque chose qui a tant de sens pour nous deux. — Il est magnifique, il est vieux et il est là d'aussi loin que je me souvienne. C'est tellement plus qu'un « bel » arbre.

La menace de perdre l'arbre m'a donné un choc qui m'a rendue audacieuse. Et c'est la seule chose que je n'ai pas été avec Noah. La seule chose que j'étais autrefois, et que j'ai perdue.

Je saisis son avant-bras et dis avec urgence : — Noah, tu ne comprends pas ? Il faut qu'on sauve cet arbre.

Il lève à nouveau son regard vers le mien, et je suis certaine d'y déceler une profonde compréhension. Il sait qu'il s'agit de plus qu'un simple arbre. C'est important pour nous deux. — Alors j'imagine qu'on devrait faire quelque chose, Tabitha.

Je lui souris de toutes mes dents et il me rend mon sourire. — Comme quoi ?

— Je vais chercher les chaînes, tu gardes la place.

— Pardon ?

— On va s'enchaîner à l'arbre, non ? Manifestation à l'ancienne.

La vérité me frappe. — Tu te moques de moi.

Ses lèvres s'étirent en un sourire. — Peut-être un peu. Mais j'ai compris. Je veux sauver l'arbre, moi aussi. Allons aider ce groupe de manifestants bien intentionnés, mais extrêmement bruyants et quelque peu désorganisés, à atteindre leur but.

Je ris, excitée à l'idée qu'il veuille préserver nos souvenirs. — Dit comme ça, ça a l'air si simple.

— Si, c'*est* facile.

— Mais pas avec des chaînes.

Il sourit. — Pas avec des chaînes.

Ses yeux rivés dans les miens, l'atmosphère change et,

soudain, c'est comme s'il n'y avait plus que nous deux. Plus d'Echo à mes pieds. Plus de manifestants bruyants.

Juste lui et moi.

— Tabitha, dit-il d'une voix basse, son inflexion chargeant mon prénom d'une profondeur d'émotion que je ne lui avais pas entendue depuis... eh bien, depuis très, très longtemps.

— Oui ? Ma voix n'est qu'un souffle.

Se pourrait-il que... ?

Est-ce que... ?

Il déglutit, et je pourrais presque tendre la main et toucher le tourbillon d'émotions qui nous enveloppe. — Je voulais dire quelque chose, et maintenant qu'on est ici, j'ai l'impression que c'est peut-être le bon-

— You-hou ! Une voix discordante tente de percer notre bulle, tout comme le mégaphone strident l'avait fait auparavant.

Je ne la laisserai pas faire. Pas question. Noah allait dire quelque chose, quelque chose d'important. Quelque chose qui, je l'espère, pourrait même changer les choses entre nous.

Peut-être même quelque chose que j'attends d'entendre depuis douze longues années.

— Noah ! Tabitha ! crisse la voix.

Noah recule vivement, comme si j'étais en feu, et tourne immédiatement son attention vers l'origine de la voix.

Mme Mayhew, suivie de son mari.

Je cligne des yeux en la regardant. *Maintenant* ? C'est une blague, ou quoi ? N'importe quel autre moment aurait fait l'affaire.

N'importe.

Quel.

Autre.

Moment.

Sérieusement.

Ne vous méprenez pas, j'adore M. et Mme Mayhew. Ce sont les propriétaires de pub les plus sympathiques que j'aie jamais connus, toujours là avec un sourire franc et accueillant, heureux de discuter et de vous servir une sélection de leurs délicieux repas.

Mais quelque chose était sur le point de se passer entre Noah et moi, j'en étais absolument certaine. Quelque chose qui se préparait depuis que j'avais posé les yeux sur lui au mariage, il y a à peine une semaine.

Avec un enthousiasme proche du néant pour cette interruption, je détache mon attention du visage de Noah pour voir Mme Mayhew s'approcher de nous d'un pas pressé, sa coupe au carré blanche rebondissant à chacun de ses pas, un immense sourire plaqué sur le visage.

Au moins, il y a quelqu'un d'heureux.

Elle s'arrête à côté de nous, les mains croisées sur sa poitrine, le visage rayonnant. — Mais regardez-moi ces deux-là, dit-elle, la voix haletante à cause de l'effort.

— Que voulez-vous dire ? je demande, avec un faux sourire qui dissimule la frustration que je ressens. Nous étions juste en train de discuter. N'est-ce pas, Noah ? Je le regarde avec prudence.

— On discutait. C'est ça, confirme-t-il.

Mme Mayhew n'écoute pas. — Je vous regardais tous les deux de l'autre côté de la rivière tout à l'heure, juste à côté de cet arbre, et je me suis dit, je me suis dit, Maisie, c'est comme si ces deux-là avaient remonté le temps. À l'époque où vous étiez jeunes tous les deux. Non que vous ne soyez pas jeunes maintenant, bien sûr, car vous êtes encore pleins de la vigueur de la jeunesse. C'est juste que vous n'êtes plus aussi jeunes que par le passé. Elle marque une pause et ajoute, philosophe : — Mais bon, j'imagine que personne d'entre nous ne l'est vraiment, n'est-ce pas ? Mme Mayhew nous regarde, Noah et moi, tour à tour, avec une attente non dissimulée.

Sa question n'est clairement pas rhétorique. Elle attend une réponse.

Noah se racle la gorge, se sacrifiant pour nous deux. — Euh, non, Mme Mayhew. J'imagine que personne d'entre nous n'est plus aussi jeune qu'avant, marmonne-t-il.

Je lui lance un regard reconnaissant, et il hausse les sourcils en pinçant les lèvres.

Il est tout aussi mal à l'aise que moi face à la situation.

M. Mayhew arrive, haletant bruyamment, le visage rose. — Tu es comme le lièvre dans la course contre la tortue, tu sais, Maisie, mon amour.

— De quoi tu parles, Baz ? lance-t-elle sèchement.

Il lève un doigt le temps de reprendre son souffle avant de dire : — Tu sais bien, l'histoire du lièvre qui part à toute vitesse ? Il laisse la pauvre tortue loin derrière. Mais il gagne quand même la course parce qu'il n'a jamais cessé d'avancer.

Mme Mayhew le regarde comme s'il parlait chinois.

— Le lièvre et la tortue, répète-t-il.

— Laissez tomber ça. Elle fait un geste dédaigneux de la main. Je vous ai dit que j'avais repéré ces deux-là de l'autre côté de la rivière et que je devais voir ça de mes propres yeux. Elle nous désigne, Noah et moi, d'un geste.

M. Mayhew nous observe en fronçant les sour-cils. — Pourquoi ? Ce ne sont que Noah et Tabitha. On les voit tout le temps. Enfin, pas tellement Tabitha ces derniers temps, mais on voit Noah.

Il voit Noah tout le temps ? Est-ce que Noah ne m'a pas dit qu'il n'était pas revenu ici depuis des années ?

Je penche la tête en direction de Noah, mais il évite mon regard.

Ce type est un mystère, enrobé d'énigme et baignant dans le secret.

La femme de M. Mayhew lui donne un coup de coude dans son ventre rebondi. — Qu'est-ce que je t'ai dit au pub ? Avec ces deux-là, c'est comme si on avait été transportés dix ans en arrière à bord d'une machine à remonter le temps.

— Dans une machine à remonter le temps ? demande-t-il.

— Oui, Baz. Dans une machine à remonter le temps.

— En quoi ? lui demande-t-il.

— Oh, tu n'es qu'un vieux bouc entêté. De la *meilleure* des manières qui soit. La meilleure de toutes.

M. Mayhew la regarde d'un air vide.

— L'amour ! s'exclame Mme Mayhew avec exaspération. Elle nous désigne, Noah et moi. Ces deux-là.

Je baisse les yeux vers la terre sous mes pieds, priant pour qu'elle s'ouvre et nous engloutisse.

— Oh, tu as raison, ma chérie. C'est bien la meilleure des manières, répond M. Mayhew, et leurs deux paires d'yeux se tournent vers nous.

Je ne sais pas trop ce que fait Noah, parce que la dernière chose que j'ai envie de faire en ce moment, c'est de le regarder. C'est beaucoup, beaucoup trop gênant.

— Oh, je, euh... nous étions juste en train de discuter, M. Mayhew, je bredouille au moment où Noah dit : — C'est l'arbre. C'est l'arbre qui nous préoccupe.

Je saisis la perche. — Oui, c'est ça. L'arbre. Nous sommes très inquiets à son sujet. Saviez-vous que des promoteurs prévoient de l'abattre ? Vous vous rendez compte ?

— Eh bien, oui, répond M. Mayhew, stupéfait. On pensait que vous le saviez.

— Pourquoi ? je demande.

— Nous, on vient tout juste de l'apprendre. À l'instant même, en fait, par Dot, Caro et les manifestants là-bas. Noah montre du doigt les manifestants brandissant des pancartes, qui tournent toujours en rond et inventent de nouveaux slogans que Dot hurle dans le mégaphone.

Mme Mayhew croise les bras sur sa poitrine et lève le menton d'un air de défi. — Pures balivernes, déclare-t-elle. Arbre ou pas arbre, vous étiez exactement comme il y a toutes ces années, et vous le savez très bien.

Il me faut une diversion, une porte de sortie, et il me la faut *tout de suite*. Je lève mon poignet dépourvu de montre jusqu'à mon visage et fais semblant de lire l'heure. — Mon Dieu, regardez l'heure qu'il est ! Noah, il faut vraiment qu'on y aille. On doit aller chez mes parents, vous comprenez, et Echo a besoin de... dormir.

La chienne a besoin de dormir ?

Je lance un regard chargé de sens à Noah, et il embraye sans poser de questions.

— Tu as raison. Il faut qu'on y aille. Echo est fatiguée, et tes parents nous attendent. C'était un vrai plaisir de vous revoir tous les deux, M. et Mme Mayhew, et notre repas était délicieux, comme toujours. N'est-ce pas, Tabitha ?

— Absolument délicieux, je confirme, en tirant sur la laisse d'Echo pour lui signifier qu'on s'en va.

Mme Mayhew lève les sourcils vers nous, comme pour dire qu'elle sait précisément ce que nous faisons, mais nous ignorons tous les deux son regard en leur disant au revoir.

Je m'apprête à retourner vers le pont, juste au moment où Noah part dans la direction opposée, et nous nous rentrons dedans.

— Aïe ! je m'exclame, bien que ce soit plus dû à la surprise qu'à une quelconque blessure. Désolée, désolée.

— Ce n'est rien. Ça va ?

— Oui, ça va.

Il fait un pas de côté, je fais le même, puis nous partons tous les deux dans l'autre sens, comme dans une de ces danses embarrassantes que les gens font. Ça dure un moment, jusqu'à ce qu'il prenne le contrôle en posant ses mains sur mes bras. — Allons d'abord promener Echo, d'accord ?

— Promener. Bien sûr. Elle va avoir besoin d'une promenade avant tout ce... sommeil.

Le malaise est total.

Mme Mayhew a toujours les sourcils haussés dans notre direction.

Je lui adresse un sourire en dépassant Noah, comme si tout cela était prévu, lançant par-dessus mon épaule : — Au revoir, monsieur et madame Mayhew ! alors que nous battons en retraite, un retrait plus que nécessaire.

Chapitre Dix-Neuf

— EH BIEN, c'était super discret, commente Noah avec un petit rire alors que nous nous éloignons rapidement des Mayhew et des manifestants.

— Quelle partie ? Celle où on s'est rentrés dedans ou celle où Mme Mayhew n'arrêtait pas de parler de la machine à remonter le temps ?

— Les deux ? dit-il, un sourire espiègle aux lèvres.

Je laisse échapper un rire soulagé.

— Personnellement, je pense qu'on devrait postuler à une école d'espionnage. On forme un sacré duo, dit Noah.

J'étouffe un rire qui ressemble à un grognement et je

porte aussitôt la main à mon visage, comme si je pouvais empêcher ce bruit embarrassant de s'échapper à nouveau.

Les yeux de Noah croisent les miens, son visage illuminé d'un large sourire qui fait faire à mon estomac quelques loopings. — J'avais oublié que tu grognais en riant.

— Pas du tout !

— Les faits suggèrent le contraire.

Je sais qu'il m'a eue.

— D'accord. De temps en temps, il m'arrive de laisser échapper un son très féminin en riant, que certains pourraient interpréter comme un grognement. Mais c'est tout à fait naturel, tu sais.

— De temps en temps ?

— Peut-être un peu plus souvent que ça ? je lui donne un coup de coude, et nous échangeons un sourire.

À présent, la cacophonie du mégaphone de Dot et les slogans des manifestants se sont réduits à un grondement sourd ponctué de brefs éclats de voix. Libérée de ces distractions tentantes, je me penche pour détacher la laisse d'Echo, qui s'élance à travers les herbes hautes devant nous, transportée par la joie que procure la liberté.

— C'est une super chienne. Dommage qu'elle ne soit pas à toi, dit Noah en la regardant bondir dans le champ, s'arrêter pour renifler un instant, puis repartir de plus belle. C'est gentil à toi d'aider ta voisine. Tu es quelqu'un de bien.

Le compliment me réchauffe le cœur. — Je voudrais que quelqu'un fasse la même chose pour moi, si mon mari me faisait un sale coup et me quittait pour une autre femme.

— Aïe. Vraiment pas classe.

— Tu l'as dit. Deux jeunes enfants, en plus. Il ne lui verse presque rien pour s'occuper d'eux, et il ne les a vus qu'une poignée de fois. Il est parti comme ça il y a quelques mois. Il a laissé un mot sous un aimant sur le frigo.

— Je ne comprends pas les hommes qui quittent leur femme et ne paient pas pour leurs enfants, sans même parler de les voir.

— Merci, dis-je, ses paroles faisant écho à mes pensées.

— C'est une chose d'avoir des différends avec l'autre adulte dans la relation, mais les enfants sont des êtres innocents qui n'ont rien demandé de tout ça. Ils méritent bien plus que d'être traités de cette façon.

Je lui souris. — Tu es un homme bien, Noah Grant.

— Ça, ce n'est pas être un homme bien, c'est être un être humain décent. Quand je me marierai, je veux faire les choses correctement. Ce n'est pas sorcier.

— Tu veux dire que tu veux faire les choses correctement quand tu quitteras ta femme pour une autre en laissant un mot sous l'aimant du frigo ?

Il éclate de rire en secouant la tête. — Ouais. Exactement. C'est toujours mieux d'avoir un plan.

— Ce sont des enfants formidables, en plus, et tellement pleins de malice. L'autre jour, quand je suis allée chercher Echo, Timmy a décidé qu'il venait aussi et il a mis son imperméable et les pantoufles de sa mère. C'était trop mignon. Sa mère... a dit... que... Ma voix s'estompe alors que je remarque l'expression sur son visage. Ses lèvres sont incurvées en un sourire, mais ses yeux sont doux. — Quoi ? je demande.

— Rien.

— Non, il y a quelque chose. Tu me regardais comme si j'avais dit quelque chose de drôle.

Il s'arrête et se tourne pour me faire face. — Tu veux savoir la vérité ?

Est-ce que je le veux ?

Je crois que oui.

— Je pensais à quel point tu es gentille avec ta voisine, et à la chance qu'elle a de t'avoir.

Je ne peux empêcher une chaleur timide de me monter aux joues, mais je fais de mon mieux pour garder la face.

— Tu as déjà dit ça.

— Je le pense vraiment. C'était l'une des choses que j'aimais chez toi quand on était ensemble. Tu as toujours été gentil avec les autres.

J'élude sa remarque avec une plaisanterie. — Je fais ça uniquement parce que je suis trop radine pour avoir mon propre chien.

— Mais oui, bien sûr.

Nous nous sommes complimentés l'un l'autre et l'atmosphère est beaucoup moins tendue entre nous, malgré l'expérience ridiculement gênante avec Mme Mayhew il y a à peine quelques instants. C'est comme si les manifestants, l'arbre et même Mme Mayhew elle-même avaient tous réussi, d'une manière ou d'une autre, à fissurer le mur entre nous. Un mur que j'ai rapidement érigé dès que Noah est revenu dans ma vie. Et maintenant, nous avons atteint un état plus détendu, plus amical.

C'est agréable. C'est familier. Mais je dois me souvenir que, peu importe ce que je ressens, Noah ne veut pas de moi. Il a tourné la page avec cette fille sublime avec qui je l'ai vu courir dans le parc. Pour lui, je suis simplement son ex, la fille qu'il aimait quand il était à peine un homme. La femme avec qui il travaille maintenant.

Et bien sûr, nous sommes de retour ici à Marlingworth, là où tout a commencé, et ça a un effet sur lui, ça lui donne envie de me dire certaines choses.

Mais ça ne veut pas dire qu'il *ressent* quelque chose pour moi.

Noah pose une de ses mains contre le tronc épais et

massif d'un autre grand chêne. — Je me demande s'ils vont abattre cet arbre aussi ?

Je lève les yeux vers les branches qui s'étendent depuis le tronc au-dessus de nous, la lumière tachetée du soir filtrant à travers le feuillage et jouant sur mon visage. — J'espère que non. Je ne veux pas qu'ils abattent l'un ou l'autre de ces arbres. Les promoteurs n'ont sûrement pas acheté tout ce terrain.

— Ça dépend de l'ampleur de leurs projets, j'imagine. Tout à l'heure, tu avais l'air motivée pour faire quelque chose. *Pas* pour t'enchaîner à l'arbre, bien sûr. Il me lance un de ses sourires.

— Je *veux* faire quelque chose. Ça ne me semble pas juste de laisser un grand promoteur débarquer et gâcher le village.

— Je suis sûr que Dot et sa bande seraient plus que ravis d'avoir la fille du grand propriétaire terrien du coin de leur côté.

— Qu'est-ce que ma famille a à voir là-dedans ?

— Tu sais qu'ils ont de l'influence par ici. Quand ils parlent, les gens écoutent. Tu devrais peut-être en parler à tes parents ce soir quand tu iras chez eux ? Pour les rallier à ta cause.

Je me mords la lèvre. Mes parents ont tendance à se forger leur propre opinion.

— Et puis il y a l'arbre. Il ressemble beaucoup à celui-ci. Il lève les yeux vers le feuillage.

Avec le tronc épais et solide qui nous met à l'abri des regards des manifestants au loin, la rivière qui coule lentement en contrebas, et le parfum des fleurs et le chant des oiseaux flottant dans l'air du soir, c'est comme si nous étions entrés dans une autre dimension dont nous serions les seuls occupants.

Juste Noah et moi.

Et Echo, bien sûr, qui continue de gambader comme un chiot trop grand.

C'est plutôt romantique, et pas si différent de ce jour où nous avons échangé notre tout premier baiser.

Echo revient en trombe, sa queue fouettant ma jambe nue alors qu'elle passe à toute allure à côté de nous.

— Echo ! Qu'est-ce que tu fabriques ? je crie, mais elle est dans son petit monde, n'écoutant pas la vieille rabat-joie que je suis.

— N'est-ce pas merveilleux, un chien obéissant ? dit Noah en riant.

— D'habitude, elle est si sage. Je la laisse sans laisse tout le temps au parc canin près de Drew Street, et là-bas, elle revient toujours vers moi.

— Drew Street ? il demande.

Aïe. C'est là que je l'ai vu courir.

— Ouais, je réponds d'un air détaché. Tu sais, ce parc-là ou un autre. J'aime bien varier. Pour que ça reste intéressant pour elle.

Il étudie mon visage un instant. — C'est un beau parc. J'y cours la plupart des soirs.

— Ah oui ? Ma voix est anormalement aiguë. Je m'éclaircis la gorge. — Eh bien, c'est bien de faire de l'exercice.

C'est bien de faire de l'exercice ? Mais qu'est-ce que je *dis* ?

Ses lèvres s'étirent en un sourire sexy qui n'arrange en rien mon état d'esprit. — Tu as tout à fait raison. Je ne t'y ai jamais vue.

— Peut-être qu'on y va à des heures différentes.

— Sûrement. Probablement.

Je ne peux pas me retenir, il faut que je sache.

— Je t'ai vu, je lâche. J'étais au parc et tu es passé en courant avec une femme. Vous aviez l'air... heureux ensemble.

— Une femme ? demande-t-il en fronçant les sourcils. Ah, je vois. J'étais content parce que je l'avais battue pour la première fois.

Je pince les lèvres. Donc il ne le nie pas. Il *est* bien en couple avec cette fille. — D'accord. Eh bien, c'est super.

Un rire étranglé lui échappe. — Tu trouves ça super ?

— Eh bien, tu sais, je suis contente pour toi que tu aies trouvé quelqu'un, c'est ce que je veux dire, je réponds, même si j'ai un mal fou à me réjouir que Noah ait trouvé l'amour avec quelqu'un d'autre que moi. Un mal fou, vraiment.

— Tu te souviens de ma cousine, Callie ? Celle qui a vécu avec ma famille pendant un moment quand on était ensemble ?

Je plisse les yeux en le regardant. C'est tout ? Est-ce qu'il essaie de clore la conversation, là ? *Ouais, je suis amoureux de la fille que tu as vue au parc et maintenant je veux changer de sujet.*

J'essaie de masquer la tension dans ma voix. — Quel est le rapport avec Callie et le fait que tu aies une copine ou une femme, ou je ne sais quoi ?

Noah rit, ses yeux brillants.

— Pourquoi diable est-ce que tu ris ? je lance en mettant les mains sur mes hanches. Ce n'est pas drôle, tu sais.

— C'est Callie que tu as vue avec moi.

Je reste bouche bée. — C'est *Callie* ? La fille dans le parc ? je demande, incrédule. Mais elle a tellement grandi.

— Que veux-tu que je te dise ? Elle n'a plus onze ans. Ça arrive.

— Mais je pensais...

— Tu as eu tort de penser ça.

Mon incrédulité est remplacée par une soudaine vague d'euphorie qui me coupe le souffle. — Alors, tu n'es avec personne ?

Il secoue la tête. — Avec personne.

J'essaie d'empêcher un immense sourire de se frayer un chemin sur mon visage. C'est un échec.

Il me sourit en retour.

— Callie est superbe, je lui dis.

— Elle *est* superbe. Elle est en fac de droit et elle s'entraîne pour le marathon de Londres.

— Vraiment ?

— Ouais. C'est pour ça que j'étais si content de l'avoir battue. Elle est en pleine forme.

Je lui souris largement, me sentant plus légère.

Noah est célibataire.

Je laisse cette pensée infuser un moment.

— Dis, est-ce que tu peins toujours ? je lui demande.

— Oui, en fait, quand je trouve le temps.

— Je suis contente de l'entendre. Tu as toujours été un bon artiste.

Il a un rire modeste. — Pas vraiment, mais ça me plaît.

Je détache mon regard du sien et observe Echo bondir dans les herbes hautes près d'une haie. — Echo ! Au pied ! je crie.

Cette fois, elle me regarde, les oreilles dressées, puis sprinte immédiatement vers nous et s'arrête pile à mes pieds, sa longue langue rose pendant hors de sa gueule alors qu'elle attend ma prochaine instruction.

— Echo, assise, je lui dis, et elle s'assoit sur son train arrière.

— Hein. Ça a marché. Pourquoi tu n'as pas juste dit ça dès le début ? me taquine Noah.

— Tu as raison. Je lève le doigt et copie l'instruction que Maya lui donne. Echo, couchée.

À ma grande joie, elle obéit, se couchant sur la terre battue sous l'arbre.

— Maintenant, tu fais juste ta crâneuse.

Il a raison. C'est vrai. Et alors ?

— Très peu de gens font ce que je leur dis. Ça fait du bien d'avoir Echo dans les parages pour booster ma confiance en moi.

— Ta confiance en toi a besoin d'être boostée, hein ? demande-t-il, la voix basse et intime, de la manière dont il me parlait autrefois. Ses yeux brillent dans la lumière du soir, et l'intensité de son regard fait s'emballer mon pouls tandis que ma peau frémit d'anticipation.

Et comme ça, l'atmosphère se met à nouveau à crépiter autour de nous.

Je fais de mon mieux pour hausser les épaules. Je cherche à paraître nonchalante et détachée, alors que sous son regard intense, je suis tout le contraire. — On a tous besoin de se sentir bien dans sa peau de temps en temps, et un bon regain de confiance, ce n'est jamais une mauvaise chose.

J'ai l'impression d'être une vieille institutrice donnant une leçon sur l'estime de soi.

— Je ne suis pas vraiment sûr que tu aies besoin d'un coup de pouce. La Tabitha Greene que j'ai connue était toujours super confiante. Je vois que ça n'a pas changé. Il marque une pause avant d'ajouter : — *Toi*, tu n'as pas changé.

Je me mords la lèvre alors que mon cœur menace de sortir de ma poitrine.

Est-ce que le fait que je n'aie pas changé est une bonne

chose ? Ou est-ce qu'il veut dire qu'il espérait que j'aie changé et que je l'ai déçu ?

Le résultat pourrait être serré, si ce n'était son expression qui me dit que, pour lui, c'est une bonne chose. Une *très* bonne chose.

— J'allais te faire un compliment, mais maintenant que j'entends que ta confiance est au beau fixe parce que la chienne a fait ce que tu lui as dit... Il laisse sa phrase en suspens.

Je lève le menton, ma respiration se faisant de plus en plus courte. Où est passé tout l'oxygène, tout à coup ?

— Pourquoi tu не me le dis pas quand même ? je réponds.

Oh, je suis en train de flir-*ter*.

Ne me jugez pas. Il n'est pas en couple avec une fille aux jambes de gazelle et il me dévore des yeux comme si j'étais un délicieux bol de son parfum de glace préféré en ce moment.

Et n'oublions pas que je ne sais que trop bien ce que ça fait d'embrasser ces lèvres.

— Attends, que je comprenne bien. Tu es en train de me demander de te faire un compliment, là ?

J'avale ma salive, la gorge aussi sèche que le désert du Sahara. — C'est toi qui as lancé le sujet. Je ne fais que répondre à ce que tu as dit. Je retiens mon souffle en attendant sa réponse.

Dis quelque chose de merveilleux.

Les coins de ses lèvres se relèvent en un sourire à faire fléchir les genoux. Il ressemble tellement au Noah que j'ai connu.

Le Noah que j'ai aimé.

Il fait un pas vers moi, et je ne peux m'empêcher d'inhaler son odeur de Noah, ce mélange enivrant de pin et d'une fraîche journée d'hiver que j'avais fait de mon mieux pour ne pas respirer dans sa voiture.

Je ne prends plus la peine de me retenir. Je prends une grande inspiration, l'esprit inondé de souvenirs de lui, de lui me tenant dans ses bras, me touchant, m'embrassant. De lui m'appartenant.

L'air entre nous grésille de souvenirs — et de possibilités.

— Tout à l'heure, quand on a été interrompus, ce que je voulais dire, c'était, commence-t-il, la voix basse et intime, que tu es tout aussi belle que le jour où je t'ai embrassée sous cet arbre. Plus encore, peut-être, car maintenant tu es une femme, plus une fille.

Mon souffle se coupe, mon cœur bat à tout rompre dans mes oreilles.

Est-ce que cela pourrait signifier ce que j'espère que ça signifie ?

Serait-il possible que Noah ait encore des sentiments pour moi ?

Il prend ma main et le contact de sa peau contre la mienne envoie une vague d'émotion à travers moi, me chatouillant le ventre et faisant fléchir mes genoux. Son contact est doux et familier, mais en même temps rempli de l'excitation de ce que cela pourrait signifier entre nous.

Ressentant le besoin soudain et irrépressible de combler le silence, je murmure : — C'est étrange.

— Étrange ? demande-t-il, les coins de sa bouche se relevant.

Étrange et formidable et excitant et *ne lâche pas, quoi que tu fasses. Ne lâche pas.*

— Tu sais, comme au bon vieux temps. À l'époque où on était amoureux, dis-je d'une voix haletante et légère. C'est presque comme si les douze dernières années avaient été effacées et que nous nous retrouvions à nouveau.

Il me sourit, et à cet instant, nous ne sommes plus que deux adolescents de seize ans, l'âge adulte frappant à la porte, sur le point de nous embarquer dans la plus incroyable histoire d'amour de notre vie.

Une grande histoire d'amour que je n'ai jamais pu oublier.

Et puis, l'air crépitant qui nous entoure s'enflamme tandis qu'il se penche vers moi. Nos souffles se mêlent, sa main se pose timidement sur ma taille. Je lève le visage vers lui, sachant que toutes ces nuits où je suis restée éveillée, où il m'a manqué, où j'ai regretté de l'avoir perdu, sachant que c'est lui que j'aime, et personne d'autre, ont abouti à ce moment unique, exquis, au cœur battant.

Alors que ses lèvres s'emparent des miennes, d'abord avec hésitation, puis avec un besoin plus intense, il colle mon corps contre le sien, et je me perds complètement en lui, lui rendant son baiser, lui montrant à quel point il compte pour moi.

Noah. L'homme que j'ai toujours aimé.

Chapitre Vingt

Je lève les yeux vers Noah, alors que nous nous tenons serrés l'un contre l'autre, sous l'arbre au bord de la rivière en cette magnifique soirée d'été. J'ai peine à croire qu'il y a quelques instants à peine, nous échangions le baiser le plus exquis qui soit, un baiser que je rêvais de partager avec lui depuis si, si longtemps.

Malgré mes airs bravaches de ces douze dernières années, au plus profond de moi, je sais qu'être de nouveau avec Noah est tout ce que j'ai toujours désiré.

Ça te semble toujours étrange ? me demande-t-il d'une voix douce en me souriant.

— Non, c'est... merveilleux.

— Ouais, c'est vrai. Il appuie son front contre le mien, nos regards ancrés l'un dans l'autre, avant d'ajouter : — Duchesse.

Je ne peux retenir le large sourire qui s'affiche sur mon visage. — Tu ne m'as pas appelée Duchesse depuis notre dernier été.

— Je ne t'ai pas *vue* depuis notre dernier été.

Je laisse échapper un petit rire. — C'est vrai.

Nous échangeons un sourire, puis, enhardie, je me hisse sur la pointe des pieds et presse à nouveau mes lèvres contre les siennes. Il me serre contre lui et répond à mon baiser, et je jure que, malgré le ciel bleu pâle de cette soirée d'été au-dessus de nous, je vois des étoiles.

— Ça m'a manqué. *Tu* m'as manqué.

— Vraiment ?

Il se recule. — Tu as l'air surprise.

— C'est juste que ça remonte à si longtemps, et je ne t'ai pas revu depuis, eh bien, depuis que tout s'est terminé.

Un voile sombre passe sur son visage, sa mâchoire se contracte brièvement avant qu'il ne se ressaisisse.

Instantanément, la culpabilité et le regret me serrent la poitrine, et je dis d'un trait : — Je suis tellement désolée de la façon dont tout ça s'est terminé. J'aimerais... j'aimerais que les choses ne se soient pas passées comme ça.

— Je ne te contredirai pas.

À ma grande stupeur, des larmes coulent de mes yeux et ma gorge se noue. Je les essuie rapidement. Je ne suis pas du genre à pleurer. Dans un passé pas si lointain, je préférais tout enfouir et gérer la situation à coups de chardonnay et de danses sur les tables. Mais ce n'est pas du tout une façon de gérer les choses.

C'est nier leur existence, en espérant qu'elles disparaîtront comme par magie. C'est mettre un pansement sur une jambe de bois.

Et ce n'est pas très efficace quand il s'agit de Noah.

— Hé, dit-il doucement en recueillant une de mes larmes rebelles sur le bout de son doigt. Pourquoi ces grandes eaux ?

— Désolée, désolée. J'avale la boule dans ma gorge et ravale mes larmes. J'entends les mots de ma mère résonner dans ma tête. *Reste digne, Tabitha. Pas de comédie, s'il te plaît.*

— Ne sois pas désolée. Dis-moi ce qui se passe.

Je baisse la tête alors que les souvenirs de ce jour-là refluent, me serrant la poitrine. Je lui offre un faible sourire larmoyant, honteuse de mon chagrin inattendu qui se déverse en larmes. — Je fais ma chochotte sentimentale, lui dis-je, avec un rire plein d'autodérision qui gargouille en sortant.

— Ça ne te ressemble pas. Je ne crois pas t'avoir jamais vue pleurer.

— C'est parce que, *chez les Greene, on ne montre pas ses émotions. C'est vulgaire et c'est de mauvais goût*, lui dis-je, en citant directement ma mère.

— Eh bien, cette Greene-là, juste ici ? Elle peut faire tout ce qu'elle veut, à mon avis.

Une douce chaleur se répand dans ma poitrine, et la lourde tristesse que je ressentais il y a un instant commence à s'alléger. — Tu as toujours été un mec vraiment génial.

Il hausse les épaules, un sourire aux lèvres. — Je ne vais pas te contredire. Je suis un mec génial. La peau autour de ses yeux se plisse à mesure que son sourire s'élargit, et cela me tire de mon abattement.

J'essuie les dernières larmes de mes joues et lui offre un

sourire. — Contente de voir que *ta* confiance en toi n'a pas besoin d'un coup de pouce.

— Je pense qu'on est tous les deux servis de ce côté-là. Il prend ma main dans la sienne et la serre. — Alors, qu'est-ce qui se passe ? Pourquoi ces larmes ?

Je baisse les yeux. — Je me souvenais du jour où j'ai rompu avec toi.

— Ah, oui. Un de mes jours préférés. Il pince les lèvres, le souvenir traversant son visage.

— C'était horrible de ma part de te faire ça. On avait prévu comment on se verrait après mon départ, et je le voulais. Mais... bon, les choses ne se sont pas passées comme ça.

— Non, en effet.

— J'y ai beaucoup pensé depuis, Noah, et je tenais à te dire à quel point je suis désolée.

Il hausse les sourcils. — Désolée d'avoir rompu avec moi ?

Je me mords la lèvre et hoche la tête, mon estomac se serre.

— Dans mes souvenirs, j'ai moi aussi rompu avec toi.

— Oui, je sais, mais une partie de moi s'est toujours demandé si tu avais fait ça uniquement parce que tu savais que je mettais fin à notre histoire et que tu avais besoin de... je ne sais pas, de me montrer que tu étais fort ? Je retiens mon souffle.

Il pince les lèvres avant de répondre : — C'était assez nul de ma part.

Donc, j'avais raison. Pendant tout ce temps, je me suis posé la question, et maintenant, je sais.

Étrangement, je ne me sens pas mieux pour autant. C'est moi qui l'ai forcé à mettre fin à notre relation.

C'est moi qui me suis brisé le cœur.

— J'aurais aimé... Je m'interromps, pas certaine de devoir en dire plus, malgré cette nouvelle proximité entre nous.

— Tu aurais aimé quoi ? Sa voix est douce, bienveillante, et quand je lève les yeux vers lui, son regard est sincère et profond.

Est-ce que je lui dis ce que je ressens vraiment ? À quel point j'ai regretté ce jour plus que tout au monde ?

Est-ce que je lui dis que je n'ai jamais cessé de l'aimer ?

Je ne suis pas sûre de pouvoir me montrer aussi vulnérable avec lui.

— Hé, tout va bien. Il prend mon visage en coupe, et le contact de sa peau douce et chaude me donne toute la confiance dont j'ai besoin.

Ma voix tremble quand je dis : — Je suis désolée. Pour tout.

— Tabitha, arrête. C'était il y a longtemps.

— Je sais, mais je n'ai jamais arrêté de penser à toi. À nous. J'esquisse un sourire.

Ses yeux s'écarquillent. — Vraiment ?

Je secoue lentement la tête. — Je sais que j'arrive probablement avec plus de dix ans de retard, mais je n'ai jamais réussi à t'oublier. Tu es celui pour qui je me suis toujours demandé « et si... ? »

Il marque une pause, ses traits se contractent. J'attends sa réponse aux mots que j'ai eu trop peur de prononcer pendant des années, le cœur battant à tout rompre.

Il laisse échapper un rire. — On était naïfs. Ni l'un ni l'autre ne savions ce que la vie nous réservait. Faire des projets avec la personne dont on tombe amoureux à seize ans, c'est... eh bien, ça ne marche pas souvent.

Ma gorge me brûle, et j'essaie de déglutir. — Et si on n'avait pas rompu, cela dit ?

— Qui sait ? On aurait peut-être réussi ?

— On aurait peut-être réussi.

Nous partageons un sourire et je me sens plus légère qu'à peine quelques instants auparavant.

— Tu as trente ans dans une semaine, c'est ça ?

Je fais la grimace. — Ne me le rappelle pas.

— Ça va aller. J'ai trente ans et regarde-moi : toujours au sommet de ma forme. Il bombe ses biceps — qui, je dois l'admettre, sont impressionnants, si j'en juge par ce que je devine sous sa chemise — et agite les sourcils dans ma direction.

Je laisse échapper un petit rire qui se termine en reniflement. Immédiatement, je plaque ma main sur ma bouche, exactement comme la dernière fois.

Noah rit. — Non, tu as tout à fait raison. Tu ne renifles pas du tout quand tu glousses, dit-il en me tirant contre lui.

Je me mets à rire, toute la tension et l'anxiété d'avant se dissipant en un nuage de fumée, remplacées par l'euphorie de savoir que non seulement Noah me pardonne ce que je lui ai fait, mais que peut-être, juste peut-être, il ressent pour moi ce que je ressens pour lui.

Il prend mon visage entre ses mains, se penche et dit : — Je vais t'embrasser à nouveau, maintenant.

— Merci de me prévenir.

En guise de réponse, il presse ses lèvres contre les miennes. C'est un baiser doux et tendre, presque paresseux, comme si nous avions tout le temps du monde pour nous délecter l'un de l'autre.

— J'ai une question à te poser, dis-je entre deux baisers.

— Si c'est pour me demander si tu peux m'embrasser, alors je connais déjà la réponse, murmure-t-il contre ma bouche.

Je me recule pour pouvoir voir son visage. — Qu'est-ce que c'est, ce truc entre nous ?

— Je suis content que tu poses la question. Ça s'appelle s'embrasser, se rouler des pelles, comme tu dirais. C'est dans mon top dix des choses à faire.

— Seulement le top dix ? je le taquine.

— Avec toi ? Plutôt dans le top huit.

Je l'attrape par le col et le tire vers moi pour un autre baiser. — Dis-moi que c'est au moins dans le top cinq.

— D'accord. Top cinq, c'est sûr.

— Et je pense que tu sais ce que je veux dire. Qu'est-ce qu'on fait, là ? Toi et moi ? Ce nouveau truc qu'on a de s'embrasser ? D'ailleurs, je dois dire que c'est dans mon top *quatre* des choses à faire.

— Quatre, hein ? me sourit-il. Je dirais qu'on est de retour là où on devrait être. Pas toi ?

Un énorme sourire s'affiche sur mon visage. — De retour là où on devrait être. Je le tire contre moi et presse à nouveau mes lèvres contre les siennes, enroulant mes bras autour de lui et sentant son corps ferme et tendu contre le mien.

À cet instant, tout semble possible avec lui. Même le rêve que je fais depuis si longtemps : être de nouveau avec lui.

Et maintenant, j'ai ce petit espoir qu'il ressente la même chose.

Chapitre Vingt-Et-Un

Noah fait serpenter la voiture dans l'allée bordée d'arbres qui mène à ma maison familiale, les pneus crissant sur le gravier.

— J'avais oublié à quel point cet endroit est grand. Il n'y a plus que ta mère et ton père qui vivent ici maintenant ?

— Dans la grande maison, oui. Fenella et sa famille occupent le cottage maintenant. Son mari, Teddy, travaille pour papa.

— Je ne savais pas que ta sœur était mariée, et encore moins qu'elle avait des enfants.

— On a raté beaucoup de choses dans la vie l'un de l'autre au cours des douze dernières années, je réponds.

Il me regarde, ses traits détendus, ses yeux doux.

— Je suppose qu'on peut rattraper tout ça maintenant. Si tu en as envie ?

Je lui souris de toutes mes dents, la pointe de doute dans sa voix me touche au cœur.

— J'aimerais beaucoup.

— Moi aussi. Il me sourit en retour avant de reporter son attention sur la route.

Après ce moment incroyable que nous avons partagé sous le chêne, où mon espoir que Noah ressentait encore quelque chose pour moi s'est concrétisé, nous avons dû, à contrecœur, partir pour que je puisse aller chez mes parents.

Main dans la main, nous étions retournés à la voiture, parlant, riant et nous délectant de notre nouvelle proximité.

Je ne vais pas mentir. C'est une sensation incroyable. C'est quelque chose que je désirais depuis le jour où je l'ai stupidement laissé filer, et j'ai du mal à croire à la chance que j'ai de revoir Noah dans ma vie.

Mme Mayhew, en fin de compte, avait vu juste.

— Fenella est mariée, hein ? demande Noah alors qu'il s'engage sur la route de campagne près de ma maison familiale.

— Yep, mariée avec des enfants. Et avant que tu ne dises quoi que ce soit, oui, mes parents ont fait des commentaires sur le fait que c'est ma sœur *cadette*, mais ça me va.

Ma sœur, Fenella, est celle qui a réussi à faire ce que je n'ai pas réussi à faire, selon mes parents : épouser un homme raisonnable de la *bonne* famille et produire trois adorables petits-enfants. Elle n'a pas déménagé à Londres, n'a pas fait la fête jusqu'au bout de la nuit tout en gérant une galerie et ne frôle pas la trentaine sans mari à l'horizon.

Vilaine, vilaine Tabitha.

— Tant mieux pour toi, répond-il. Combien d'enfants a-t-elle ?

— Trois. Les jumeaux et une nouvelle venue en avril, la petite Persephone.

— Persephone ? demande-t-il en haussant un sourcil.

Je comprends. Ce n'est pas exactement Olivia, Sophia ou Isabella, n'est-ce pas ? Je veux dire, quel sera son surnom ? Rseph ? Phone ? Pauvre gamine.

— Ne me lance pas là-dessus, je réponds en riant. Les jumeaux s'appellent Hades et Ares. Fenella a eu une petite obsession pour les divinités grecques.

— Sans blague, répond-il en s'engageant dans l'allée, dépassant les vieilles grilles en fer forgé. Dis-moi, est-ce que les enfants ressemblent à des dieux grecs d'une quelconque manière ?

— À quoi ça ressemblerait, même s'ils l'étaient ?

— Je ne sais pas. Des tablettes de chocolat, des pouvoirs de téléportation, l'immortalité ? Peut-être la capacité de lancer des éclairs ou de soulever des marteaux super lourds ?

— Tu ne serais pas en train de confondre avec Thor ? Parce que je peux te dire que c'est Chris Hemsworth, pas l'un de mes neveux de trois ans.

Il glousse.

— Géographie erronée aussi.

— C'est-à-dire ?

Noah contourne la fontaine avec la voiture et s'arrête devant la double porte d'entrée. Coupant le contact, il dit :

— Thor est nordique, pas grec.

— En fait, je crois que tu te rendras compte que Chris Hemsworth est australien, je réponds avec un grand sourire.

— Tu as toujours adoré tes célébrités. Tu es toujours obsédée par Kate Middleton ?

— Non. Ce qui est un mensonge éhonté. J'adore Kate Middleton.

J'espère seulement que Noah ne reconnaîtra pas la robe Reiss que je porte, copie conforme de celles de Kate.

— Bien sûr. Il se met au point mort et ses yeux glissent sur ma robe, provoquant des saltos acrobatiques dans mon ventre. Ça ne ressemble pas du tout à une robe de Kate Middleton.

— Tu m'as eue. J'adore toujours Kate. C'est mon icône de mode absolue, et je te mets au défi d'en trouver une autre aussi bien.

— Kim Kardashian ?

— Je n'ai pas les fesses pour ça, et tu le sais très bien.

Son sourire s'élargit lentement, terriblement sexy. — Je le sais bien.

Nous échangeons un sourire avant que je ne me souvienne que nous sommes garés devant la maison de mes parents et que l'un d'eux pourrait surgir à n'importe quel moment. Vu que mes parents n'étaient pas vraiment les plus grands admirateurs de Noah à l'époque, il vaut mieux garder secret ce qui se passe de nouveau entre nous. Du moins, pour l'instant.

— Tu vas avoir l'occasion de voir ces enfants divins, puisque tu passes la nuit ici ?

— J'imagine que oui, demain matin. Et pour information, ils font toujours caca, ils pleurent et ils se retrouvent avec de la nourriture dans les cheveux, alors je dirais qu'ils n'ont absolument *rien* de divin, qu'ils soient grecs ou non.

— Et pas de marteaux ?

— Pas de marteaux.

Il laisse échapper un rire qui me chatouille de l'intérieur.

— Je suppose que je ferais mieux d'y aller. J'aimerais que tu puisses entrer.

Il m'offre un sourire ironique. — Je pense qu'il vaut mieux que je reste ici. Tu ne crois pas ?

Je baisse les yeux sur mes mains. — C'était il y a longtemps, Noah. Je lève mon regard vers le sien, m'attendant à y voir le tumulte d'émotions qui m'agite au souvenir de cette époque.

Mais au lieu de ça, son visage est impassible. Détendu, même.

J'imagine que pour lui, tout ça, c'est du passé.

Ce qui est une bonne chose. Je sais que ça l'est. Mes parents n'approuvaient pas notre relation à l'époque. Il était le fils du mécanicien du coin, et j'étais la fille de la *grande famille*, comme ils se donnaient la peine de le souligner en ce temps-là.

Ils se sont retenus de décrire ça comme une *union contre-nature*, mais c'était tout comme.

— Je t'embrasserais bien pour te dire au revoir, mais ça me semble déplacé, d'une certaine façon. Ce qui est bizarre, je sais, dis-je.

— On n'a plus dix-sept ans.— Ouais, je me souviens.

Il jette un regard aux alentours, puis, satisfait que nous soyons seuls, il passe sa main derrière ma tête et m'attire à lui pour un baiser.

— Tu es très courageux, je lui dis.

— Que veux-tu que je te dise ? Il est difficile de te résister, et je n'ai vraiment, vraiment pas envie de te résister.

— Si je n'avais pas dit à mes parents que je venais

dormir ici, on aurait pu veiller tard ensemble pour discuter et... faire d'autres choses.

Ses yeux s'embrasent. — Gardons ça pour une autre nuit.

Je l'embrasse une dernière fois sur les lèvres. — Je te prends au mot.

La main posée sur le volant, il dit : — Bon, je suppose qu'on se voit demain matin.

La porte d'entrée s'ouvre et ma mère apparaît, suivie des deux lévriers de mes parents, Chester et Bentley, qui se précipitent vers notre voiture à la recherche des nouveaux arrivants. Echo les repère et se met aussitôt à gémir d'une manière qui m'indique qu'elle veut sortir jouer.

Vêtue de son uniforme habituel, son carré coiffé à la perfection, ma mère fronce les sourcils en jetant un coup d'œil dans la voiture. Si mon icône de la mode est Kate Middleton, celle de ma mère est la bourgeoise des années 80 : chemisier boutonné, collier de perles, jupe en tweed et chaussures sages mais hors de prix.

Je pousse la portière et descends sur l'allée de gravier.

— Ah, te voilà, Tabitha. Ça fait des heures qu'on t'attend, dit-elle.

Je jette un regard à Noah. — Merci beaucoup pour le trajet. On se voit demain.

— Demain, répète-t-il en m'offrant un de ses sourires à tomber.— Bonjour, Maman, dis-je avec un sourire crispé. Je vais faire sortir Echo de la voiture.

— Oh, tu as amené un chien ? Les garçons vont être contents, dit-elle en parlant de ses lévriers. Ravie de te voir, ma chérie. Elle m'envoie un baiser de loin. Apparemment, faire les cinq ou six pas autour de la voiture pour me saluer est un trop grand effort. Qui est dans la voiture ? Est-ce que je le connais ?

J'ouvre la portière arrière et Echo saute dehors. Elle se précipite immédiatement vers ma mère, la renifle brièvement, puis file sur la pelouse, suivie par deux lévriers excités.

— C'est le marchand d'art avec qui je voyage, lui dis-je évasivement. Mais il doit y aller. Il a un endroit où loger dans le village.

Mais ma mère a été trop bien élevée pour laisser quelqu'un s'en tirer sans l'inviter à entrer et le passer sur le gril pour savoir qui il est, ce qu'il fait dans la vie, et s'il est le genre de personne que sa fille devrait fréquenter.

Elle appelle ça « faire connaissance », mais la plupart des gens appelleraient ça un interrogatoire.

Avant que je puisse l'arrêter, elle s'est précipitée avec son corps svelte qui défie le temps du côté conducteur de la voiture de Noah, lui a fait signe de baisser sa vitre et a passé la main à travers l'ouverture.

Je retiens mon souffle en regardant la scène potentiellement désastreuse se dérouler, impuissante à y faire quoi que ce soit.

— Je suis Rosamond Greene. Bienvenue chez moi. Et vous êtes ?

De toute évidence, elle n'a pas reconnu Noah.

Pas encore, en tout cas.

— Ravi de vous revoir, madame Greene, répond Noah avec aisance en lui serrant la main. Nous nous sommes déjà rencontrés, mais c'était il y a longtemps. Je suis Noah Grant.

— Oh, vous êtes américain ? Comme c'est intéressant.

— J'ai eu le plaisir de passer la journée avec votre fille.

Je réprime un sourire.

Elle se penche un peu plus vers la voiture. — Êtes-vous sûr que ce fut un plaisir de passer la journée avec ma fille ?

Nous la tolérons à peine, et c'est uniquement parce que nous sommes de la même famille, demande-t-elle, avant d'éclater de rire.

— Merci, Maman, je réponds en levant les yeux au ciel.

Sérieusement, si ma mère avait été d'accord avec Noah sur le fait que c'aurait été un plaisir de passer la journée avec moi, je crois que je me serais évanouie de surprise. Les Greene ne montrent pas leur amour par des câlins ou de la gentillesse. Ce serait bien trop direct et normal pour ma famille.

Vraiment, on ne s'ennuie jamais dans ma peau. Chaque fois que j'ai essayé de parler à l'un ou l'autre de mes parents de notre façon d'être les uns avec les autres par le passé, ils m'ont toujours dit d'arrêter de me regarder le nombril, puis ont rapidement continué sur leur lancée. Alors je m'y suis résignée, sachant que mes parents m'aiment, même s'ils ont du mal à le montrer.

Tel est le credo de la famille Greene :

Ne montrer aucune véritable émotion.

Toujours être agréable, quoi qu'il arrive.

S'assurer de rester entre soi.

J'ajouterais, boire de grandes quantités d'alcool fort comme point numéro quatre, mais nous, les Greene, n'admettrions jamais utiliser l'alcool comme béquille sociale. Bien trop vulgaire, ma chérie, vous comprenez ? Ce qui ne veut pas dire qu'ils ne le font pas.

— Oh, Tabitha. C'est juste une des blagues idiotes de Maman. Je suis sûre que... Monsieur Grant, c'est bien ça ? demande-t-elle, et Noah hoche la tête, comprend que je ne fais que m'amuser un peu. Allons, vous devez entrer prendre un verre, Monsieur Grant. J'insiste.

— Noah doit y aller, Maman. Il est attendu ailleurs, je

proteste alors qu'Echo, Chester et Bentley passent en trombe à côté de moi en direction d'une des autres pelouses.

Mon objection tombe dans l'oreille d'une sourde.

— Oh, ma chérie, je suis certaine que votre ami aurait bien besoin d'un petit verre après la journée qu'il a eue. N'est-ce pas, Monsieur Grant ? Elle adresse un sourire en coin à Noah, les yeux pétillants.

— En fait, votre fille et moi avons passé une merveilleuse journée. Elle a une relation privilégiée avec une artiste au travail de laquelle mon client s'intéresse, et je m'estime heureux d'avoir la chance de travailler avec elle.

Je souris si fort que mon visage pourrait se fendre en deux... et c'est une bonne chose qu'il ait omis le fiasco avec Echo et la peinture.

— Oh, c'est... charmant, répond Maman, d'un ton aussi sincère qu'un vendeur de voitures d'occasion le dernier jour du trimestre.

— Ça l'est, confirme Noah avec un sourire. Mais Tabitha a raison, Madame Greene. Je devrais vraiment y aller et vous laisser passer un moment en famille.

— N'importe quoi. Il n'en est pas question. Elle ouvre la portière de la voiture et Noah me lance un regard qui veut dire *que veux-tu que j'y fasse ?* avant de s'extirper de son siège pour se redresser de tout son 1m90, dominant la petite silhouette de ma mère.

— Je peux rester pour un verre, et ensuite je vous laisserai passer du temps en famille, rien qu'avec Tabitha.

Je garde un visage impassible, alors qu'à l'intérieur, il se passe une foule de choses : je suis folle de joie que Noah me soutienne devant ma mère ; je crains qu'elle finisse par réaliser que c'est *le* Noah Grant et tous les souvenirs que cela va lui évoquer ; et je profite de la vue.

Que voulez-vous ? Noah est ridiculement agréable à regarder.

— Bonjour, mon aînée, dit une voix depuis l'embrasure de la porte, et je lève les yeux pour voir mon père. Lui aussi porte son uniforme habituel : une veste en shetland, avec sa pochette de costume, portée sur une chemise à carreaux jaune pâle, une cravate foncée et un pantalon en velours côtelé sobre, mais néanmoins coûteux. Il porte la même tenue depuis aussi longtemps que je me souvienne, sauf quand il se rend à Londres, où il arbore un costume d'affaires.

— Bonjour, Papa. Je lui adresse un sourire crispé. Papa va sûrement reconnaître Noah, non ?

— Francis, viens faire la connaissance de M. Grant, lui dit Maman en passant son bras sous le sien.

Papa tend la main pour serrer celle de Noah. — Francis Greene. Enchanté.

— Ravi de vous revoir, monsieur Greene.

— M. Grant a décidé de rester boire un verre, et je brûle d'envie d'entendre son avis sur le marché de l'art. C'est un marchand d'art, mon chéri.

— Ah oui ? demande Papa en jaugeant Noah du regard.

Maman passe son bras sous celui de Noah et commence à le guider vers la maison. — Je veux tout savoir sur votre métier de marchand d'art, monsieur Grant.

— Appelez-moi Noah, je vous en prie.

Eh bien, ça promet d'être amusant.

— Noah, répète-t-elle avec un sourire.

— Echo ! Je l'appelle, et elle apparaît à mes côtés, accompagnée des deux autres chiens, que j'ai à peine le temps de caresser tant ils s'amusent à se courir après dans tous les sens.

Je suis Noah et mes parents jusqu'à la maison avec une bonne dose d'appréhension.

Pourquoi mes parents ne le reconnaissent-ils pas ?

Et que diable se passera-t-il quand ils finiront par comprendre qu'il est le petit ami qu'ils n'ont jamais jugé assez bien pour leur fille ?

Chapitre Vingt-Deux

Mes parents ne se souviennent sérieusement pas de Noah ? Pas même un éclair de mémoire ? Quelque chose logé dans les sombres recoins du temps, peut-être ? Quelque chose qui pourrait ressurgir grâce à un geste familier, une tournure de phrase ?

Bien sûr, son apparence a changé. Fini son physique plus mince, sa beauté juvénile, ses cheveux plus longs et son charme de garçon sûr de lui. Le garçon est devenu un homme, remplacé par une version plus charpentée et plus belle, qui s'est affirmée avec l'âge.

Ses vêtements ont aussi changé. Là où, autrefois, il

rendait un jean et un t-shirt usés incroyablement sexy, il fait maintenant de même avec sa nouvelle chemise blanche, ses yeux sombres et sa mâchoire ombrée d'une barbe de quelques jours faisant de l'ombre aux hommes séduisants des couvertures de romances.

Nous sommes assis avec mes parents dans le salon qu'ils utilisent au quotidien. Avec cinq salons au choix dans la maison, il faut bien s'en tenir à un, sinon on passerait son temps à perdre ses lunettes de lecture ou sa tasse de café.

C'est le summum des problèmes de riches.

Ils discutent du monde de l'art et du point de vue de Papa sur, eh bien, beaucoup de choses.

Echo a fini par se calmer, s'est habituée à son environnement et a trouvé un coin tranquille pour s'allonger et rattraper une partie du sommeil qu'elle a manqué avec toute l'excitation du road trip et des jeux de peinture chez Jed aujourd'hui.

Et moi ? Je suis assise sur le bord de mon siège, rigide comme une statue de marbre, priant pour que toute cette expérience horrible et surréaliste se termine.

— C'est vraiment un domaine passionnant dans lequel travailler, et je me sens privilégié de pouvoir acheter et vendre les magnifiques œuvres que je vends, dit Noah.

— Je ne peux rien imaginer de mieux, répond Maman.

— Un autre ? Papa tend une carafe en cristal de whisky.

Noah pose sa main sur le verre de whisky qu'il a à peine touché. — Merci, mais je dois conduire, monsieur, et je ne bois généralement pas d'alcools forts.

— Comme vous voulez. Je ne suis plus de service ce soir. Tabitha ? Il me tend la carafe et je lève mon verre de cordial au citron vert.

— Je ne bois pas ce soir, Papa. Tu te souviens ?

— Et pourquoi donc ?

— Je... fais une pause, je réponds, sans croiser le regard de Noah. Il n'a pas besoin de savoir quoi que ce soit à ce sujet.

La vérité, c'est qu'il s'avère un peu difficile de ne pas avoir envie de me raccrocher à ma vieille béquille familière en étant assise dans une pièce avec mes parents et l'homme qu'ils ne jugeaient autrefois pas assez bien pour moi et dont ils semblent maintenant n'avoir aucun souvenir, à les écouter discuter d'art.

Papa se ressert un whisky et y ajoute un peu d'eau.

— C'est un investissement tellement solide. Conservez une œuvre d'art décente assez longtemps et vous pourrez la revendre avec un joli bénéfice. Ça en vaut la peine, à mon avis.

— Vous avez tout à fait raison, monsieur Greene. Mais pour moi, l'art est bien plus qu'une simple marchandise. L'art a une signification, répond Noah.

— Je suis d'accord. Il a en effet une signification, dis-je, ce qui me vaut un petit sourire de Noah.

— Écoutez M. Grant, Francis. Et le plaisir que l'on peut tirer de la possession d'une œuvre d'art ? interroge Maman.

— Oui, oui, répond Papa. Mais que faire si elles sont laides ? Beaucoup d'œuvres d'art le sont, tu sais. Moches à pleurer. Je ne veux pas de ça chez moi, même si ça vaut une petite fortune.

— Non, toi, tu veux des peintures de tous nos parents morts sur tous les murs, Papa, je réponds, parce que c'est exactement ce qui orne les murs de cette maison : des généra-tions et des générations de Greene décédés.

— C'est l'histoire, bougonne Papa.

— Noah, saviez-vous que mon mari a une collection d'art qu'il garde enfermée dans un coffre-fort et que nous ne voyons jamais ? De magnifiques œuvres d'art. Aucune de ces pièces que vous qualifiez de laides, Francis, dit Maman.

Papa prend une autre gorgée de son verre. — Je dois les protéger, Rosamond. Tu dois bien comprendre ça, renifle-t-il.

— Mais si je veux les montrer à mes amies ? Je dois les emmener dans un horrible coffre-fort, se plaint Maman.

Vous vous souvenez que j'ai parlé de problèmes de riches ? Eh bien, ça, ce sont des problèmes qui n'existent que dans la classe extrêmement privilégiée de ma famille.

— Fais-moi savoir quand tu voudras que je les vende pour toi, Papa, je propose, en espérant détourner la conversation des gens qui entreposent des œuvres d'art coûteuses dans des coffres-forts.

— Je suppose que vous savez que Tabitha a une petite galerie à Londres. Elle s'y plaît bien. Ça l'empêche de faire des bêtises, explique mon père. N'est-ce pas, ma chérie ?

— En effet, je réponds.

— Je suis sûr que ça fait plus que simplement l'empêcher de faire des bêtises, monsieur. Tabitha déniche de nombreux nouveaux artistes prometteurs auxquels mon client s'intéresse actuellement, dit Noah.

Je rayonne. Noah est encore en train de dire du bien de moi à mes parents ?

Je fonds.

— Oui, eh bien, c'est fort bien, répond Papa d'un air vague. — Ça me rappelle que Jonty Forsyth pourrait passer à la galerie la semaine prochaine, Tabby. Il a besoin d'œuvres d'art pour un nouveau complexe de bureaux, et je lui ai suggéré que tu pourrais peut-être l'aider.

— Merci. Je m'assurerai de lui trouver quelque chose de super, je réponds. — Noah et moi avons dîné au Noble Pigeon ce soir. Savais-tu que des promoteurs ont acheté le champ de l'autre côté de la rivière et qu'ils prévoient d'abattre ce magnifique vieux chêne ?

— Oui, oui. Nous sommes au courant, répond Papa d'un geste de la main.

— Mais l'arbre, je répète. Il ne saisit manifestement pas l'importance de ce que je viens de dire.

— Qu'est-ce qu'il a, cet arbre ? demande-t-il.

— Tu ne trouves pas ça horrible ? Ils vont ruiner ce côté de la rivière. Ça a toujours été ce joli champ, et cet arbre est centenaire.

— Il y a d'autres arbres, Tabitha. Pas la peine de t'énerver pour un seul. Tu commences à parler comme une de ces écologistes amoureuses de la nature, maintenant. Tu es devenue écolo ? Papa me regarde avec méfiance.

— Une Greene verte, songe Maman, l'air de sentir que son verre lui est déjà monté à la tête. Mais connaissant la personne, elle a probablement commencé à boire avant même notre arrivée.

Je ne vais pas abandonner si facilement. — Toute cette zone représente une si grande partie de l'histoire de Marlingworth. Nous devons protester.

— Ce n'est qu'un champ et un arbre, Tabby. Vraiment, tu devrais te préoccuper de choses plus importantes. Comme ta galerie, renifle Papa.

— Qu'est-ce que ça veut dire ? je demande.

— Ça veut dire que tu as choisi de ne plus vivre ici, alors, quelle différence ça fait pour toi ? répond Maman, faisant front commun sur le sujet. — Ça ne nous préoccupe pas, donc ça ne devrait pas te préoccuper non plus. Elle se détourne de moi comme pour signifier que la conversation est terminée.

J'ouvre la bouche pour parler, puis je me ravise et la referme. S'il y a une chose que j'ai apprise, c'est que ça ne sert à rien de discuter avec mes parents. À ce jour, je n'ai jamais gagné. Pas une seule fois. Il vaut mieux les laisser croire qu'ils ont eu le dernier mot et passer à autre chose.

Je me force à sourire. — Tu as probablement raison, Maman.

Noah se lève. — Je dois y aller. Merci beaucoup pour votre aimable hospitalité. C'était un plaisir de vous revoir tous les deux dans de... meilleures circonstances.

— En effet, répond Papa en se levant pour serrer la main de Noah.

Est-ce qu'il n'a vraiment toujours aucune idée de qui il est ?

Je me lève d'un bond. — Je vais raccompagner Noah. Rassieds-toi, Papa.

— Je ne dis pas non, répond-il en se laissant tomber dans son fauteuil en cuir à haut dossier, son verre fraîchement rempli à la main.

Noah dit au revoir à Maman et je le fais sortir de la pièce en vitesse avant qu'ils ne fassent enfin le rapprochement et n'en déduisent qu'il est *le garçon qui a essayé de gâcher la vie de leur fille*.

Nous traversons le hall d'entrée, nos talons claquant sur le sol froid en marbre, sous le regard des peintures de mes ancêtres.

— Je n'arrive pas à croire qu'ils ne se souviennent pas de toi, dis-je à voix basse devant la porte d'entrée, même s'il leur faudrait une ouïe supersonique pour entendre ce que nous disons d'aussi loin du salon.

— Je dirais que c'est mieux comme ça. Tu ne crois pas ?

Je pince les lèvres. — Je suppose que oui.

— Ils n'ont pas changé.

— Non ? je demande, en espérant que c'est un compliment sur leur apparence, mais en soupçonnant qu'il veut dire quelque chose de plus profond.

Quelque chose auquel je ne veux pas penser.

Il secoue la tête. — Non. Il ouvre la bouche pour dire autre chose, puis la referme.

— Quoi ? je demande.

— Rien. Il marque une pause et ajoute : — Je peux te demander pourquoi tu fais une pause avec l'alcool ?

Je hausse les épaules. — J'essaie quelque chose de nouveau.

— Ne pas boire, c'est nouveau pour toi ? demande-t-il avec l'ombre d'un sourire.

Je fronce le nez. — Plus ou moins, je suppose ?

— Tu veux en parler ?

— Non, je réponds en riant. Non pas que ce soit drôle, loin de là. C'est la nervosité plus qu'autre chose.

Il me regarde encore après que j'ai laissé échapper un long soupir. — Écoute, le truc, c'est que je faisais un peu trop la fête, mes amis l'ont remarqué et j'ai décidé de faire une pause. Je ne suis pas alcoolique et je ne vais pas entrer en cure de désintox ou un truc dramatique du genre. J'ai juste décidé que je voulais vivre ma vie différemment, c'est tout.

— Ça me semble être une bonne idée.Ça faisait long-temps que tu faisais trop la fête ?

Disons, depuis que j'ai réalisé que j'avais gâché le seul amour que j'aie jamais connu.

— Oh, un certain temps, je suppose. Je fais un geste de la main pour lui montrer que ce n'est pas grave. Vraiment, ce n'est pas comme si j'avais un problème ou quoi que ce soit.

— Non ? demande-t-il, et l'inquiétude dans son regard emplit ma poitrine de chaleur.

— Je suppose qu'il y a beaucoup de choses que nous ignorons l'un de l'autre.

Il m'attire à lui et dépose sur mes lèvres un baiser doux et tendre. — J'ai hâte de les découvrir.

Je lui souris, des papillons dans le ventre. — Moi non plus.

Il jette un regard autour de nous. — Tu sais, c'est étrange d'être de retour ici après tout ce temps. Je me souviens avoir dû me faufiler dans la maison et passer par l'entrée de service pour te voir.

Mon estomac se noue à ces souvenirs. Je savais que mes parents n'approuveraient pas que je voie un garçon du village, avant même de le leur présenter. Ils ont été fidèles à eux-mêmes, me disant que je pouvais trouver mieux. Alors, au bout d'un moment, j'ai gardé ma relation avec Noah secrète.

Aussi longtemps que j'ai pu, en tout cas.

— Je... je suis désolée de t'avoir fait faire ça. Je savais qu'ils n'approuvaient pas que nous soyons ensemble. C'était le seul moyen pour moi d'être avec toi, et je voulais être avec toi.

— Je suppose que ça rendait les choses un peu excitantes. Son sourire masque le malaise que je sais qu'il doit ressentir au fond de lui. Ils ne pensaient pas que j'étais assez bien pour toi à l'époque.

Je lève les yeux vers lui. — Mais tu l'étais. Tu l'*es*.

Ses lèvres s'étirent en un sourire. — Je le sais.

Il le savait. Il n'a jamais été dérangé par nos différences de milieu comme l'étaient mes parents, qui semblaient vivre dans un roman victorien. Noah a toujours eu confiance en lui, a toujours connu sa propre valeur. C'était l'une des choses que j'aimais chez lui.

Je souffle. — C'était beaucoup. N'est-ce pas ?

— Ça l'était.

— Mais c'est du passé, et les choses sont différentes maintenant. Je sais qu'elles le sont. Je ne suis plus une adolescente influençable.

Il laisse échapper un rire qui désamorce la tension qui nous entoure. — À presque trente ans, j'ose espérer que non.

— Tu me rappelles que c'est mon anniversaire dans une semaine ? Merci beaucoup. Je lui souris, plus que ravie de laisser notre passé trouble derrière nous.

— Vraiment, trente ans, ce n'est pas si mal.

— Joyeux anniversaire en retard, je lui dis.

— C'était il y a quatre mois, mais je prends. Son sourire est chaleureux et plisse la peau autour de ses yeux. Je passe te prendre demain à dix heures ? On pourra discuter stratégie autour d'un café avant de sauter dans la voiture pour aller à Dalton.

— Bien sûr. Ce serait super. J'accroche ma main derrière sa tête et l'attire pour un autre baiser rapide, parce qu'embrasser Noah Grant est tout simplement trop bon. Passe une bonne nuit. Je suis... Je marque une pause, ne sachant pas comment mettre des mots sur mes sentiments.

Il me sourit. — Tabitha Greene est à court de mots ?

— J'allais dire à quel point je suis heureuse que nous en soyons là où nous en sommes maintenant.

Il jette un regard sur le hall avec sa double hauteur sous plafond, ses tapisseries murales et son énorme lustre. — C'est une très belle entrée, répond-il, son sourire s'épanouissant en un large sourire.

Je laisse échapper un rire. — Très mauvaise blague, M. Grant.

Il hausse les épaules. — Mais je t'ai fait rire, n'est-ce pas ?

J'ouvre la porte.

— Fais une caresse à Echo de ma part pour lui souhaiter bonne nuit.

— La Terreur de Dalton, tu veux dire.

Je le regarde monter dans sa voiture et m'adresser un grand sourire avant de démarrer, sa voiture devenant de plus en plus petite alors qu'il descend la longue allée.

Je pousse un soupir de contentement. Quoi qu'il arrive désormais, quelle que soit la suite pour nous, Noah est de retour dans ma vie, et mes parents ont l'air impressionnés par cette nouvelle version de lui.

Les choses s'améliorent pour Tabitha Greene.

Chapitre Vingt-Trois

Noah me prend la main et je me tourne pour le regarder près du vieux chêne.

— Je n'arrive pas à croire que tu partes pour l'Écosse demain.

Il m'attire contre lui et effleure mes lèvres des siennes.

— Je vais compter les jours jusqu'à ce que je puisse venir te voir là-bas, à Édimbourg.

Je me raidis dans ses bras, le soleil de fin d'été impuissant *à réchauffer le froid soudain qui s'empare de moi. J'avale ma salive, la gorge nouée.*

— Est-ce qu'on peut parler ? je lui demande.

— Je préfère faire ça.

Il me pousse doucement contre l'arbre et plaque son corps ferme contre le mien, ses doigts s'emmêlant dans mes cheveux, son odeur remplissant mes poumons, ce qui rend toute réflexion difficile.

Mais il faut que je réfléchisse. Il faut qu'il entende ce que j'ai à lui dire aujourd'hui, avant mon départ.

— Noah, s'il te plaît, je proteste, mais il dépose à présent de doux baisers le long de mon cou, faisant flageoler mes genoux, et il me faut toute ma force pour l'interrompre. J-je dois te parler. C'est important.

Il doit y avoir quelque chose dans mon ton qui finit par l'alerter. Il interrompt brusquement les baisers dans mon cou qui me rendaient folle et me regarde, interrogateur. Il fronce les sourcils en étudiant mon visage.

— Qu'est-ce qui se passe, Duchesse ?

— Je...

Par où commencer ? Comment lui dire ce que je ressens ? Comment prononcer les mots qui, je le crains, vont lui briser le cœur ?

Mon pouls bat la chamade dans mes oreilles.

Ses yeux se plissent. Il est en état d'alerte, m'observant attentivement.

— Il s'est passé quelque chose ? C'est ta sœur ? Ta mère ? Ton père ?

Je secoue la tête.

— Non. Ils vont tous bien. C'est... c'est à propos de nous.

— Écoute, si tu as peur que je m'incruste dans ta nouvelle vie à l'université, je suppose que je peux reporter ma visite. Je comprends. Enfin, j'ai vraiment envie de venir

te voir, mais je comprends que tu veuilles te concentrer sur ta nouvelle vie pendant un moment.

Il enroule à nouveau ses mains autour de ma taille.

— Du moment que je t'ai pour moi tout seul quand tu rentres à la maison.

Je baisse la tête et la pose sur son épaule. J'essaie de ne pas remarquer combien il est bon d'être dans ses bras. De sentir sa chaleur. De respirer sa merveilleuse odeur de Noah. La façon dont son corps est à la fois ferme et doux au toucher.

Nous sommes ensemble depuis un peu moins de quinze mois maintenant, et malgré la désapprobation de mes parents à son égard et les conseils de mes amis de ne pas trop m'attacher à un garçon du coin, je suis tombée amoureuse de lui. Vraiment.

La tête toujours baissée, je prononce les mots que je sais devoir dire. Les mots qui me trottent dans la tête depuis des semaines.

— Noah, je crois qu'on devrait rompre.

Il laisse échapper un rire soudain.

— Tu crois qu'on devrait quoi ?

Je relève la tête et me force à lui faire face. Aussi difficile que ce soit, je sais ce que je dois faire.

— Je suis sérieuse. Ce qu'il y a entre nous a été formidable, mais... mais maintenant c'est fini. Ça doit se terminer.

La prise de conscience se fait, et ses traits passent de l'amusement à l'incrédulité en un clin d'œil. Il laisse tomber ses bras le long de son corps.

— De quoi tu parles ?

— Toi et moi, nous, on est... Je pars à l'université demain et tu restes, et je pense que c'est mieux ainsi. Je suis sûre que tu serais d'accord si tu y réfléchissais vraiment.

Ses traits se durcissent et une lourde brique s'installe dans mon ventre.

Je lui fais du mal. Je fais du mal à l'homme que j'aime.

— *C'est une question de distance ? demande-t-il.*

La distance, et tout le reste.

Je m'oblige à m'éloigner de lui, mettant une distance bien nécessaire entre nous. Parce qu'il serait si facile de me blottir à nouveau dans ses bras, de lui dire que je ne le pense pas, que je l'aime et que je veux être avec lui.

Mais je ne peux pas.

— *Noah, s'il te plaît, essaie de comprendre.*

Il me regarde, les traits durcis.

— *Pas ici, lâche-t-il d'une voix froide.*

— *Pourquoi ?*

Il fait un geste vers le vieux chêne.

— *Tu sais pourquoi.*

Il tourne les talons, traverse le champ d'un pas furieux et prend le tournant vers le pont.

Je me lance à sa poursuite, essayant de suivre ses grandes enjambées.

— *Noah, attends ! je crie, mais il n'écoute pas.*

Je ne peux pas lui en vouloir. Depuis qu'on est ensemble, on a été dans notre bulle d'amour, explorant tout ce qu'elle avait à offrir. C'était magique.

Mais certaines choses sont plus importantes que le premier amour.

Tout le monde me l'a dit. Mes parents, mes amis. Ils sont tous d'accord. Noah n'a été qu'une amourette d'été pour moi, quelqu'un avec qui m'amuser avant de passer aux choses sérieuses dans ma vie. D'aller à l'université, de commencer une carrière, et, un jour, de rencontrer un autre garçon, un qui me correspond. Un qui soit fait pour moi.

Et je le sais, rationnellement. Ils m'ont tous dit qu'on n'oublie jamais son premier amour. Mais ce n'est rien de plus : le premier. On passe à autre chose, on en trouve d'autres, on tombe amoureux de quelqu'un avec qui ce n'est pas trop difficile, avec qui tout est simple. Où l'on n'a pas besoin de cacher l'homme qu'on aime à sa famille. Où l'on vient tous les deux du même milieu et où l'on veut les mêmes choses de la vie.

Où personne ne vous dit que vous n'êtes pas faits l'un pour l'autre.

Il n'y a que mon cœur qui me dit qu'ils ont tort.

Mais je dois écouter ce que ma tête me dit. Je dois écouter la raison.

Comme Papa l'a dit, j'ai le monde à mes pieds, toute ma vie devant moi.

Et je sais qu'il a raison. Rationnellement, cela a du sens. Je viens à peine d'avoir dix-huit ans. Je quitte la maison pour commencer ma vie d'adulte. Il y aura d'autres garçons. Il y aura d'autres amours.

Noah est peut-être mon premier, mais il ne sera pas mon dernier.

Il s'arrête de l'autre côté du pont, à côté du pub The Noble Pigeon, et je finis par le rattraper, haletante à cause de l'effort. En m'arrêtant, je pose ma main sur son bras et je dis :

— Noah, s'il te plaît.

Il se tourne brusquement vers moi, le visage rouge, la respiration forte.

— Tu veux rompre ? Pas de problème. Vraiment, pas de problème.

J'essaie de ravaler la boule brûlante dans ma gorge.

— D'accord, dis-je d'une voix incertaine.

— De toute façon, j'allais rompre, probablement quand je serais venu te voir à Édimbourg. Alors, tout ce que tu fais, c'est avancer les choses de quelques semaines.

C'est vrai ?

Mon cœur bat la chamade, mais ce n'est pas à cause de l'effort.

— Mais...

Il me coupe la parole.

— On a des vies différentes maintenant. J'ai ma formation et mon avenir ici, et toi, tu t'en vas. On aurait fini par devoir y faire face. Autant en finir tout de suite, avant de s'attacher trop profondément.

Il passe ses doigts dans ses cheveux, ses traits tendus, fermés.

Ma lèvre se met à trembler, mon cœur se brise en mille morceaux.

On est déjà trop attachés.

Mais je refuse de pleurer. Je refuse de lui montrer à quel point ses mots me transpercent le cœur.

— Alors, ouais, je suppose que c'est fini.

Il me dévisage, comme s'il me mettait au défi de dire le contraire.

Je ne réponds pas. Même si c'est incroyablement douloureux d'entendre ces mots sortir de sa bouche, je sais qu'il a raison. C'est ce que tout le monde me dit.

Il me facilite la tâche.

Alors, au lieu de ça, je reste simplement bouche bée devant lui, la gorge nouée tandis que je retiens mes larmes.

Il serre la mâchoire, ses lèvres pleines et douces — que j'avais embrassées il y a quelques instants à peine — maintenant crispées.

Interdites.

— Tu as raison, je murmure, le cœur déchiré.

C'est ce que je voulais. C'est comme ça que ça doit être.

— On se voit, alors, dit-il, et il me lance un dernier regard avant de tourner les talons et de s'éloigner de moi.

Chapitre Vingt-Quatre

— Oh, Fen, elle a le plus beau des sourires, je déclare, en faisant sauter la petite fille de ma sœur sur mes genoux dans la lumière du matin. Elle ne souriait même pas quand je l'ai vue il y a quelques mois.

— Elle est très en avance. Elle a commencé à sourire bien avant les autres bébés du village, répond Fenella avec fierté.

Qui aurait cru que le premier sourire d'un bébé pouvait être un sujet de compétition ? Ma sœur, de toute évidence.

— Elle n'avait même pas deux mois, tu sais. Sérieusement, c'est presque du jamais-vu.

— C'est tout un monde dont je ne connais rien. Je contemple ma nièce tandis qu'elle m'adresse son sourire édenté, un air de joie pure sur son visage aux joues rebondies. Tu es en avance, Persephone ? Hein, ma chérie ? Je la fais sauter et suis récompensée par un petit rire. Oh, tu es la plus mignonne, et je me fiche que tu aies souri plus tôt que les autres bébés. Tu souris pour ta tata, et c'est tout ce qui compte.

Fenella grogne. — Tu comprendras quand tu auras les tiens.

Echo est assise docilement à mes pieds dans le salon du Grand Manoir, mais elle n'a pas quitté Persephone des yeux. Elle a une expérience personnelle des bébés et des tout-petits, et j'en suis sûre, c'est exactement pour ça.

— J'aurais aimé voir les jumeaux, je lui dis, en chatouillant le ventre rond de Persephone. Une nouvelle vague de petits rires s'échappe d'elle.

— Je ne savais pas que tu étais là et Nounou devait les emmener au terrain de jeu. Ils ont beaucoup d'énergie de garçon. Vraiment, Tabby, ils sont très, très turbulents. De toute façon, tu les verras quand tu reviendras pour ta fête d'anniversaire le week-end prochain.

— Ne me rappelle pas ça.

— Pourquoi pas ?

— Tu comprendras quand tu atteindras mon grand âge.

— On doit tous avoir trente ans à un moment ou à un autre. Je suis juste contente que ce soit toi et pas moi. Ses yeux pétillent lorsqu'elle me sourit.

— C'est là que tu me rappelles que tu as vingt et un mois de moins que moi et que tu as déjà un mari et une famille ? je la taquine.

— Il faut bien que je me vante de quelque chose. On ne

peut pas toutes être des citadines fabuleuses comme toi, tu sais.

— Je ne suis pas vraiment ça.

— Bien sûr que si. Tu gères ta propre galerie, tu sors tout le temps avec tes amis, et tu vis à Londres, la ville la plus excitante du monde. Je te jure, si je n'aimais pas autant mes petits chéris, je ferais l'échange avec toi sans hésiter une seconde.

— Non, tu ne le ferais pas.

Elle regarde sa fille, ses traits s'adoucissant. — Non. Tu as raison. Elle tend les bras vers son bébé et je dépose un baiser sur la peau douce du front de Persephone, humant son délicieux parfum de bébé, avant de la rendre à Fenella.

— Avec qui étais-tu ici hier soir ? Maman a mentionné que c'était un homme et qu'il était plutôt canon.Je hausse les sourcils de surprise, un sourire se forçant un passage sur mes lèvres. — Canon ? Elle a dit ça ?

— Oh, oui. Elle a dit qu'il ressemblait à un jeune Keanu Reeves, ce à quoi je lui ai demandé si elle voulait dire le Keanu de *Matrix* ou le Keanu de *L'Excellente Aventure de Bill et Ted*, parce que ce sont deux créatures très différentes, et je sais laquelle je préférerais. Alors ? C'était qui, ce Keanu canon ?

Je jette un œil à la porte du salon pour vérifier que nous sommes seules, ce que je sais être le cas, bien sûr. C'est un réflexe. — C'était Noah Grant, je lui dis, à voix basse, car bien sûr, mes parents pourraient m'entendre dans une maison de la taille d'un grand immeuble de bureaux.

— Noah Grant ? demande-t-elle, perplexe. Je devrais le connaître ? Ooh, il est célèbre ? C'est le fils de Hugh Grant ?

— Mais si, *Noah*. Je lui lance un regard lourd de sens. Comme elle me regarde toujours d'un air vide, je dis : — Le garçon avec qui je suis sortie quand j'étais adolescente.

La compréhension illumine son visage. — Oh, le *Noah* Noah. Genre Noah ton ex-petit ami, le garçon du village avec qui tu es sortie un été ?

Je hoche la tête. — Pendant plus d'un an, en fait.

Ses yeux s'agrandissent. — Plus d'un an ? Tu nous caches des choses, Tabby.

— On se voyait beaucoup en cachette.

— Ça, j'imagine.

— Mon Dieu, répond-elle, manifestement décontenancée. Comment diable est-ce que *ça* a pu arriver ? Maman a dit que l'homme qui était ici hier soir était marchand d'art. Ton Noah allait devenir mécanicien ou quelque chose comme ça, n'est-ce pas ?

— Il ne l'est plus.

Elle hausse les sourcils. — Vraiment ? Eh bien, ça pour une surprise, c'en est une. Maman n'avait clairement aucune idée que c'était lui, ce qui est bizarre vu tout le drame de l'époque. Ils ne l'aimaient vraiment pas, hein ?

Je pince les lèvres à l'évocation de ces souvenirs. — Non.

Elle se penche en arrière sur son siège et blottit Persephone contre sa poitrine. — Je savais que Noah avait quitté Marlingworth, mais je pensais que c'était parce qu'il avait le cœur brisé de t'avoir perdue, pas parce qu'il partait pour devenir marchand d'art.

— Il n'avait pas le cœur brisé. Le jour où je suis allée rompre avec lui, c'est lui qui a mis fin à notre histoire.

— Tu es en train de me dire que vous avez fait une « séparation consciente », façon Gwyneth Paltrow ?

Je ricane. — Pas vraiment. C'était le mélodrame adolescent habituel.

— Je pensais que ton Noah allait probablement faire de la mécanique ailleurs après que Papa est allé voir son père.

C'est complètement bizarre qu'il soit revenu en étant quel-qu'un de totalement différent.

— Papa a fait quoi ? demandé-je, soudain glacée.

— Tu ne savais pas ?

— Savoir quoi ? je demande.

— Ça a été un sacré drame à l'époque. J'aurais cru que tu aurais été au courant.

Je lui lance mon regard de grande sœur. — Fenella. Raconte-moi.

— D'accord. Elle décale sa fille pour pouvoir se pencher plus près de moi. — Après votre rupture, Noah s'est pointé à la maison, tout éploré et très Heathcliff dans l'âme.

Je la fixe, incrédule. — Heathcliff dans l'âme ?

— Tu sais, le héros romantique. Comme Heathcliff, mais en beaucoup plus mignon.

Je m'affale sur mon siège. — Il a fait ça ? Quand ?

Elle hausse les épaules. — Je ne sais pas. Après ton départ pour Édimbourg.

Je me mordille la lèvre. Après que Noah a retourné la situation et a rompu avec moi ce jour-là, j'ai dit à ma famille que je partais pour Édimbourg un jour plus tôt. Je ne voulais pas rester dans les parages, le cœur brisé à cause de Noah. Alors, j'ai pris mes affaires, j'ai sauté dans ma voiture, et je suis partie.

Bien sûr, j'ai vite découvert que fuir un endroit ne guérit pas le cœur, mais j'avais besoin de faire *quelque chose*.

— Qu'est-ce qu'il a dit ? je demande.

— Oh, des choses comme quoi il ne pouvait pas vivre sans toi et qu'il savait que tu avais rompu uniquement pour faire plaisir à Maman et Papa. Il avait aussi quelque chose avec lui. Une photo ou un truc du genre ? Je ne me souviens pas parce qu'il pleuvait, sa chemise lui collait à la peau et ça a pas mal capté mon attention. Elle agite la main devant son torse, où Persephone est maintenant paisiblement allongée. — Je n'avais jamais vu autant de muscles. Tu sais, pas en vrai. Elle me fait un grand sourire. — Bien joué, sœurette.

Je fronce les sourcils. — Il avait le cœur brisé ? Mais il a dit qu'il allait rompre avec moi si je ne l'avais pas fait.

Je pense à Noah, le garçon qui s'était retourné et m'avait dit que tout était fini entre nous. Qu'il allait de toute façon rompre avec moi et que je l'avais simplement devancé. Mais maintenant, ce n'est plus comme ça que je me souviens de tout. J'avale ma salive, l'image d'un jeune Noah, debout sous la pluie, disant à ma famille qu'il ne pouvait pas vivre sans moi me serre le cœur.

C'est comme une scène de film romantique, sauf que j'ai tout manqué.

Elle ricane. — Je ne suis peut-être pas aussi mondaine et glamour que toi, Tabby, mais je reconnais un homme au cœur brisé quand j'en vois un. Je venais de regarder plein d'épisodes de *Gossip Girl*. Elle me lance un regard docte, comme si regarder *Gossip Girl* vous apprenait la vie.

J'enregistre à peine. Mon esprit est en plein chaos.

Malgré ce qu'il a dit ce jour-là, il s'est pointé ici, en rejetant la faute sur mes parents ?

J'ai des questions. Beaucoup de questions.

— Qu'est-ce qu'il a dit, exactement ? Essaie de te souvenir, Fen.

— Oh, je ne me souviens plus. Il était contrarié et en colère contre Maman et Papa, mais pourquoi, je ne sais pas. Ils ne l'aimaient pas, mais ce n'est pas comme s'ils avaient sorti le fusil pour lui dire de te laisser tranquille.

C'est tout comme.

— Qu'est-ce qu'il a apporté ce jour-là ?

— Comme je l'ai dit, je n'ai pas vraiment fait attention. Beaucoup trop de muscles pour me concentrer sur le cadeau, tu te souviens ? Elle agite de nouveau la main au-dessus de son ventre.

J'ai l'esprit trop occupé pour penser aux abdos de Noah, aussi sexy soient-ils. — Tu as dit que Papa l'a chassé de la propriété et qu'il est allé voir son père ?

— Oui, Papa s'en est vanté en rentrant. Il a dit que Noah ne remettrait plus jamais les pieds ici. Tu sais comme il aime dramatiser. Elle lâche un rire. — C'est bien fait pour lui de l'avoir invité à la maison hier soir. Quelle bonne blague !

— Ouais. Bien fait pour lui, je répète d'un air distrait. — Comment as-tu pu ne rien me dire de tout ça à l'époque ?

— Je ne te l'ai pas dit ?

— NON, Fen. Je crois que je m'en souviendrais.

Elle hausse les épaules. — Tu avais rompu avec lui. J'imagine que je ne pensais pas que ça t'intéresserait de le savoir. Tu étais partie pour l'université et tu t'étais mise avec Magnus en quelques semaines.

Seulement, je n'avais pas tourné la page. Je n'ai *toujours* pas tourné la page.

— Alors, toi et Noah, vous vous êtes remis ensemble ou quelque chose comme ça ? demande-t-elle.

Des papillons s'agitent dans mon ventre. J'affiche mon meilleur air impassible. — Nous sommes ici pour voir un artiste à Dalton. Noah est venu à la galerie et m'a demandé d'organiser quelque chose avec l'artiste. C'est pour le travail.

Elle arque un sourcil en me regardant. — Le travail ?

— C'est si difficile à croire ?

Est-ce que je rougis ? Je suis sûre que je rougis.

— Oh, je te crois, sans problème. Seulement, dis-moi,

ma chère grande sœur : combien de galeries y a-t-il à Londres, exactement ?

— Pourquoi tu demandes ça ?

— Il doit y en avoir des milliers et pourtant, d'une manière ou d'une autre, ton Magic Mike, l'homme qui a juré de t'aimer pour toujours, a choisi *ta* galerie. Coïncidence ? Je ne crois pas.

Elle n'a pas tort.

Mais au lieu de m'attarder sur cette pensée qui m'avait déjà traversé l'esprit, je plaisante. — Tu es en train de me dire qu'il a fait une danse sexy à la Magic Mike sous la pluie ce jour-là ?

— Ça n'aurait pas été merveilleux ? Elle se met à rire, et Perséphone gazouille de rire aussi. — Mon bébé adore quand je ris.

Je souris en les regardant toutes les deux, l'esprit en ébullition. — Eh bien, tu devrais t'assurer de le faire tout le temps, Fen, parce que son rire est le plus beau son du monde.

La porte du salon s'ouvre et Maman entre d'un pas décidé. — Tabitha. Tu es encore là ? Ses yeux me parcourent. — Et tu portes les mêmes vêtements qu'hier, à ce que je vois.

— Tu sais bien que je n'ai rien pris pour me changer, Maman, je ne savais pas que je resterais. Je jette un œil à l'heure sur mon téléphone et remarque une série de messages dans mon groupe WhatsApp des Poupées de Londres, toutes voulant savoir ce qui s'est passé avec Noah, où nous avons dormi, et tous les détails croustillants. — Je pars bientôt. En fait, je vais peut-être aller attendre dehors et contacter l'artiste que nous allons voir aujourd'hui. Ça ne te dérange pas si je laisse Echo ici et que je reviens la chercher plus tard ?

— Bien sûr, bien sûr, répond Maman, en se servant une tasse de thé dans la théière et en s'asseyant.

Je dépose un baiser sur la tête de Perséphone. — Au revoir, ma magnifique nièce.

— Amuse-toi bien avec ton nouveau collègue, me lance Fenella, les yeux écarquillés d'une fausse innocence.

Je lui lance un regard d'avertissement. — Merci, Fen.

— On se voit le week-end prochain pour ta fête d'anniversaire, dit Maman.

— J'ai hâte, je lui dis.

Je serre ma mère dans mes bras maladroitement, et elle dit sèchement : — Très bien. Vas-y, maintenant.

Les Greene ne sont pas très portés sur le contact physique.

— Merci de m'avoir hébergée.

— Tu es chez toi, ici, Tabitha, répond-elle avec un sourire forcé.

Et quel foyer chaleureux et aimant, en plus.

Je dis au revoir à tout le monde et sors sous le chaud soleil du matin. Je m'appuie contre le mur de pierre et laisse ce que ma sœur m'a dit décanter.

Noah est venu ici après notre rupture, avec un cadeau pour moi, a été renvoyé sans ménagement et puis Papa a dit quelque chose à son père.

Je laisse échapper un souffle. Ça fait beaucoup de nouvelles informations.

Où était passée sa nonchalance calme et impassible ce jour-là ? La réplique « *J'allais rompre avec toi de toute façon* » qu'il m'a sortie ? Les gens qui agissent comme ça ne se pointent généralement pas chez vous plus tard pour jouer les Heathcliff, pour citer Fenella. Les gens qui se comportent ainsi ont déjà tourné la page sur le plan émotionnel.

Au plus fort de notre relation, j'avais l'impression que nous ne serions jamais séparés. Nous avions même parlé de rester ensemble pour toujours. Nous avions fait des projets. J'allais aller à l'université pour obtenir mon diplôme de sciences en biologie marine. Il allait suivre une formation de mécanicien, et un jour, nous nous marierions et nous vivrions ensemble au bord de l'océan, loin de Marlingworth et de toute la pression que ma famille et mes amis nous mettaient. Il aurait son propre garage et je travaillerais avec la faune marine, en faisant des choses extraordinaires.

Absolument rien de tout cela n'est arrivé, bien sûr. Enfin, à part le fait que j'ai obtenu un diplôme de sciences que je n'ai jamais utilisé, merci à papa qui a acheté la galerie pour que je la gère.

Comment Noah a-t-il dû se sentir en revenant chez mes parents hier soir, sachant que la dernière fois qu'il était venu, c'était cette fois-là, sous la pluie ? Mais s'il a ressenti quelque chose, il ne l'a pas montré. Bien au contraire, en fait. Il était si détendu et à l'aise, comme si rien de tout ça n'avait plus d'importance.

Et peut-être que ça n'en a pas ? Peut-être vaut-il mieux laisser le passé au passé ?

Je pousse un long soupir. Essayer de cerner Noah pourrait être un travail à plein temps.

Je sors mon téléphone de mon sac et compose le numéro de Jed, sans m'attendre à ce qu'il réponde. Il décroche après la troisième sonnerie.

— Tabitha ! C'est vous ! dit-il, tout excité.

— Bonjour, Jed. Je vous appelle pour vérifier si c'est toujours bon pour aujourd'hui et si...

— C'est génial. Génial ! Je ne peux même pas commencer à vous dire à quel point c'est absolument génial.

— Qu'est-ce qui est génial ?

— Le travail, la création, la vision. C'est... c'est...

— Génial ? je propose.

— Oui ! Exactement ! C'est ça ! Génial !

Je ris, car son enthousiasme est contagieux. — Que se passe-t-il ?

— Votre chien et le chat et la peinture et tout. Génial !

— C'est super à entendre, Jed. Vous avez l'air très excité. Alors, ça a marché ?

— Excité ? Excité ? C'est le moins qu'on puisse dire. Non, de la décennie. Non, du siècle ! J'adore ce que j'ai pu créer. J'adore ! Vous devez venir le voir.

— Nous venons à midi, vous vous souvenez ? Si ça vous va toujours.

— Midi. Oui. Bien. À tout à l'heure. Il raccroche et je souris pour moi-même. Eh bien, voilà un retournement de situation inattendu. Peut-être que le désastre d'hier s'est transformé en quelque chose de positif pour tout le monde ?

Noah sera content d'avoir eu raison. Je suppose que c'est moi qui vais payer le repas pour fêter ça.

Ce n'est pas vraiment une épreuve.

J'ouvre WhatsApp et commence à lire les tonnes de messages qui ont fusé entre mes amies surcommunicatives, la plupart portant sur Noah et moi et sur le fait que nous aurions pu ou non passer la nuit ensemble.

Je tape ma première réponse.

Moi : Pour votre information, mes adorables mais incroyablement fouineuses amies, j'ai passé la nuit chez mes parents et il était dans un B&B du village.

Kennedy : Donc, pas de réveil dans le même lit, les membres enlacés, en réalisant qu'il est l'homme de ta vie ?

Moi : Ça, c'était Lottie, pas moi.

Lottie : Ouais ! Trouve-toi ta propre histoire d'amour, Tabitha ;)

Zara : C'est quoi l'ambiance avec lui ?

Moi : C'était bizarre au début, mais maintenant, on s'entend plutôt bien, en fait.

Je pince les lèvres pour réprimer un sourire. *On s'entend plutôt bien* est une façon de voir les choses, je suppose.

Lottie : À cause de l'amour.

Kennedy : C'est juste du travail, tu te souviens ?

Zara : Du travail ? On te croit, Tabitha. À cent pour cent.

Moi : Pourquoi j'ai l'impression que vous ne me croyez pas ?

Lottie : Pour l'amour !

Je secoue la tête en pouffant de rire. Mes amies sont acharnées.

Moi : En fait, j'ai appris quelque chose de ma sœur. Noah est passé à la maison après mon départ pour l'université et Papa l'a renvoyé et est même allé parler à son père. Peu de temps après, Noah avait disparu.

Zara : Oh, mon Dieu. Qu'est-ce qu'il lui a dit ?

Moi : Je ne sais pas. Probablement un truc du genre « laissez ma fille tranquille » ? Rien qu'il n'ait déjà dit avant. Mes parents n'étaient pas vraiment fans de Noah.

Kennedy : ALORS ÇA, c'est un bon petit drame.

Zara : Tu dois demander à Noah ce qu'il en est.

Je cligne des yeux en fixant mon écran, mon ventre se noue.

Moi : Non, je ne crois pas.

Zara : Pourquoi pas ? Comme tu l'as dit, tout ça, c'est du passé.

Moi : J'y vais.

Zara : Demande-lui !

Lottie : Et n'oublie pas de faire un bisou à Noah de notre part.

Kennedy : C'est bizarre, Lottie.

Lottie : *Je voulais dire qu'*elle *devrait l'embrasser,* lui.
Kennedy : *Mais de notre part ?*
Lottie : *Non !*
Zara : *Contente-toi de l'embrasser.*

Je ne réponds pas. Elles s'amusent beaucoup trop à mes dépens en ce moment. Je leur raconterai toute l'histoire de ma soirée d'hier la prochaine fois que je les verrai. Si je tape les mots *et on s'est embrassés*, WhatsApp pourrait bien exploser.

Chapitre Vingt-Cinq

En glissant mon téléphone dans mon sac à main, j'entends le crissement des pneus sur l'allée de gravier et lève les yeux pour voir le SUV noir qui m'est désormais familier. Noah contourne la fontaine avec sa voiture et s'arrête.

— Bonjour. Allez, monte, lance-t-il d'un ton léger par la fenêtre ouverte.

Je chasse de mon esprit l'image de Noah, dix-huit ans et le cœur brisé. Ça ne servira à rien de ressasser le passé. Au lieu de ça, je lui adresse un grand sourire en ouvrant la portière. — Je ne vais pas me faire prier.

Je monte, m'installe sur le siège en cuir et je boucle ma ceinture. J'adresse un sourire à Noah, ne sachant pas quel est le protocole à suivre quand on revoit l'ex-petit ami qu'on n'a jamais oublié et qu'on a embrassé la veille. Est-ce que je l'embrasse ? Je lui serre la main ? Je lui balance que je sais qu'il est venu me voir après notre rupture et qu'on l'a renvoyé ?

Hmmm, *surtout pas* la dernière option.

J'opte pour un sujet neutre d'intérêt commun. — Il faut que je te parle de ma conversation avec Jed.

— Est-ce que j'ai vraiment envie de savoir, après hier ?

— Il est très enthousiaste. Il a dit qu'il adore ce qui est ressorti de l'incident et il avait l'air super motivé par tout ça.

— Euh. Eh bien, c'est une bonne chose.

— Espérons-le.

— Je suis partant pour dîner n'importe quand cette semaine.

Je lui souris de toutes mes dents, le ventre parcouru de frissons. — Choisis juste le jour. Tu as bien dormi au Pigeon ?

— C'était une chambre confortable, et j'ai aussi pu discuter avec Basil et Maisie. On est restés à bavarder tard. J'ai beaucoup appris sur S.O.F.T. et le travail qu'ils accomplissent.

Je lève un sourcil. — C'est Basil et Maisie maintenant ? Plus M. et Mme Mayhew ?

— Tu préférerais Baz et... c'est quoi le diminutif de Maisie ? Maïs ?

Je lâche un rire. — Le maïs, c'est pas un légume ? Je ne suis pas sûre que Mme Mayhew aimerait porter le nom d'un légume.

— Je sais pas. Citrouille ?

Je hausse un sourcil dans sa direction. — Tu as appelé

Mme Mayhew « Citrouille » hier soir ? Waouh, vous êtes devenus très copains-copains, tous les deux.

Il hausse les épaules en tournant le volant et nous commençons à descendre doucement l'allée. — Que veux-tu que je te dise ? Ils m'aiment bien. Ce sont des gens bien, avec beaucoup de goût.

— Tu es vraiment si modeste, Noah Grant. Tu le savais ?

— Juste une de mes nombreuses qualités, tu sais, Duchesse.

Il a une lueur dans les yeux quand il se tourne vers moi, les lèvres incurvées en un sourire frais. Cela fait danser des papillons dans mon ventre, et nous échangeons un regard qui me rappelle tous les merveilleux souvenirs de la nuit dernière.

— J'aime bien quand tu m'appelles Duchesse.

— J'aime bien pouvoir t'appeler de nouveau comme ça.

Nous partageons un sourire niais.

Je fonds, je fonds, je fonds. C'est une sensation incroyable !

— C'est super, mais tu devrais peut-être regarder la route ? je dis précipitamment.

— Oups. Il détache son regard de moi et redresse la voiture pour que nous ne risquions plus de quitter l'allée pour nous retrouver dans le parc adjacent.

— Et moi qui étais encore gênée d'avoir oublié de mettre de l'essence dans ma voiture à l'époque. Toi, tu étais sur le point de foncer dans un champ !

Il éclate d'un rire sonore, et ça me chatouille de l'intérieur.

— Tu sais, je n'arrêtais pas de sourire en pensant à toi hier soir, me dit-il.

— Tu veux dire, quand tu ne bavardais pas avec Baz et Maïs-slash-citrouille ?

— Oh, j'ai pensé à toi à ce moment-là aussi, surtout parce que ma bonne amie Maisie voulait parler de toi.

— Ah oui ?

Il s'engage sur la route de campagne, et nous commençons le trajet vers Dalton. — Tu ne peux pas être surprise.

— Pas vraiment, non. *Mme Mayhew*, comme je l'appelle respectueusement, aime beaucoup savoir tout ce qui se passe dans le village, même en ce qui concerne les visiteurs comme nous.

— C'est sûr qu'elle est au courant de tout ce qui se trame. Au fait, elle pense que nous formons « un couple charmant ». Il mime des guillemets avec ses doigts.

— Ça, je l'ai compris hier soir.

— Elle nous a déjà mariés et nous imagine avec des enfants. Et, bien sûr, nous voyant emménager à Marlingworth pour profiter du menu pour les lève-tôt au Noble Pigeon.

— Bien sûr, je réponds, en me permettant de savourer l'idée un instant. Enfin, avant de me rappeler que nous venons à peine de nous retrouver après tout ce temps et que je ne sais même pas ce que Noah pense, et encore moins ce qu'on choisirait sur le menu enfant. A-t-elle choisi les prénoms des enfants, par hasard ? Parce que ce serait très utile à savoir.

— Oscar et Grace pour les jumeaux.

— On va avoir des jumeaux ? Je pars d'un grand éclat de rire, tout étourdie par la tournure que prend cette conversation.

— Oui, mais seulement après avoir appelé notre premier-né comme elle si c'est une fille, ou comme son mari si c'est un garçon.

— Basil ? Il est hors de question que j'appelle mon enfant comme une herbe aromatique. Non pas que j'aie quoi que ce soit contre Basil.

— Le prénom Basil ou l'herbe aromatique ?

— Les deux.

Il laisse échapper un rire. — Moi, j'aime bien. Basil Grant, ça sonne plutôt bien.

— Ouais, pour un homme de soixante-dix ans. Le pauvre gosse se ferait taper dessus à l'école tous les jours de sa vie.

— Heureusement qu'on n'a pas d'enfant qui s'appelle Basil, alors. Pas vrai ?

Nous échangeons un sourire.

— Pas vrai.

La voiture serpente sur la route de campagne familière avec ses murets de pierre, ses rangées de haies et ses collines verdoyantes. Je ne reviens pas dans cette partie du pays aussi souvent qu'avant, et je me sens soudain nostalgique de la vie simple et en plein air d'ici.

— Si ça te va, j'ai promis à mes bons amis Baz et Maize que je te ferais passer au pub pour un café ce matin.

— D'accord, alors.

Ses yeux croisent les miens et il sourit. — D'accord, alors, répète-t-il.

E*eeet* voilà un autre de ces moments.

Toutes les craintes que j'aurais pu avoir sur une possible ambiance étrange entre nous aujourd'hui ont été bel et bien dissipées.

Nous arrivons au village quelques minutes plus tard, et Noah gare la voiture juste devant le Noble Pigeon.

— Et si on allait dire bonjour et qu'ensuite on prenait notre café dehors ? suggère Noah à l'entrée du pub.

— Tant que tu me laisses payer. Tu ne serais pas là sans la petite escapade d'Echo chez Jed hier, donc c'est pour moi.

— Je crois que je peux te laisser m'offrir un café. Il ouvre la porte et la tient pour moi. Après vous.

— Parce que je suis une fausse Duchesse ? je le taquine.

— Quelque chose comme ça.

Nous entrons dans un brouhaha de conversations, certaines bruyantes, tout le monde étant regroupé autour du bar. Ce sont les manifestants d'hier. Ils ont jeté leurs pancartes sur les tables, clairement prêts à manifester une fois de plus.

— Regarde, c'est le comité de l'arbre, je dis à Noah.

— Sauvons l'Orme Forestier Tremblant.

Je glousse. — Il faut absolument qu'ils changent ça.

— Voilà le truc, est en train de dire Dot aux manifestants rassemblés, si on le fait tous ensemble, il n'y a aucune chance qu'ils puissent tuer ce pauvre arbre, et le monument vivant de Barnabas Babington, eh bien, vivra.

— Mais Dot, ce qui m'inquiète, c'est que les cordes pourraient me brûler la peau. J'ai la peau très sensible, tu sais. Je marque pour un rien, se plaint Nigel, et plusieurs membres du groupe approuvent.

Je lève les sourcils en direction de Noah. — Des cordes ?

— Peut-être qu'ils prévoient de s'attacher à l'arbre, répond-il.

— On sait tous qu'il faudrait des chaînes pour que ce soit vraiment authentique.

Mme Mayhew apparaît, tenant un grand plateau lourdement chargé de tasses et de soucoupes remplies de thé et de café qu'elle parvient je ne sais comment à ne pas renverser, en le déposant sur la table au milieu du groupe. — Les thés sont de ce côté, les cafés de l'autre, le sucre est sur la table et le lait dans le pot.

— Super, merci, Maisie, répond Dot.

Les manifestants commencent à choisir leurs boissons chaudes. Mme Mayhew nous repère, Noah et moi, et se faufile jusqu'à nous. Elle nous salue tous les deux d'une accolade chaleureuse, bien qu'elle ait vu Noah pas plus tard qu'hier soir. — Alors, qu'est-ce que vous pensez de tout ce remue-ménage, Tabitha ?

— Je trouve ça terrible que quelqu'un veuille construire sur le champ et abattre ce magnifique arbre, je réponds.

— Cet arbre représente beaucoup pour certaines personnes, n'est-ce pas ? dit-elle, ses yeux passant de l'un à l'autre. On ne l'appellerait jamais Maisie *la Subtile*, ça c'est sûr.

La chaleur me monte aux joues. — C'est un très bel arbre qui devrait être préservé, tout comme le champ.

Elle m'examine avec un sourire amusé. — C'est tout à fait vrai, ma chère. Tout à fait vrai. Alors, que prendrez-vous ? Nous avons le petit-déjeuner anglais complet avec le boudin noir de Hamish, si vous avez faim, ou des toasts à la marmelade et une théière ?

— Je pense qu'on va plutôt prendre un café ce matin, s'il te plaît, Maisie, répond Noah.

— Très bien. Alors, pourquoi ne viendriez-vous pas vous asseoir au bar pendant que je vous le prépare ? On pourra rattraper le temps perdu.

Nous nous asseyons sur deux tabourets de bar, et Mme Mayhew se met à nous raconter tout sur tout le monde dans le village. Elle commence par Hamish le boucher, qui fait le fameux boudin noir, mais dont la femme l'a quitté pour le propriétaire du supermarché. Hamish boycotte désormais le supermarché à juste titre et s'est mis à cultiver ses propres légumes et à faire son propre pain.

Puis elle enchaîne en nous racontant que Charlene, la

fleuriste, a eu un petit garçon qui a les plus longs cils qu'elle ait jamais vus – « Du gâchis sur un garçon, Tabitha, du *gâchis* » – et, plus important encore, ne ressemble absolument pas au mari de Charlene, ce qui est bigrement suspect à ses yeux. Ensuite, elle passe au fait que Nigel a démissionné de son poste de leader de S.O.F.T. et a été remplacé par Dot, ce que tout le monde avait vu venir à des kilomètres.

— Ça, on était au courant, je lui dis. On était là quand c'est arrivé.

Finalement, elle nous prépare notre café et semble avoir épuisé son stock de potins. Nous saisissons l'occasion pour emporter nos boissons dehors, où nous nous asseyons à l'une des tables de pique-nique vides.

Je prends une gorgée de mon café et contemple la vue par-dessus la table. Noah, pour être précise, la plus belle vue que j'aie eue depuis très, très longtemps. Nous sommes assis ensemble, nos doigts entrelacés, et nous parlons de Jed et d'Echo et de tout un tas de choses et d'autres.

Je sais qu'il y a tant de non-dits entre nous – sans parler de la révélation de Fenella il y a à peine une heure – mais être ici avec Noah, là où tout a commencé, me semble parfait. Juste.

— Alors, Tabitha Greene, raconte-moi ce que tu as fait ces douze dernières années.

— Tu as combien de temps devant toi ?

Il sourit. — Environ une heure.

— Douze ans, c'est long. Je ne saurais même pas par où commencer.

— Et si tu commençais par le début ?

— C'est-à-dire quand on a rompu ? je demande, ne voulant pas aborder le sujet maintenant, ni jamais.

— Faisons une avance rapide de quelques semaines. Ça nous évitera tous les drames d'adolescents.

Un rire soulagé m'échappe. — Eh bien, comme tu sais, je suis partie à l'université à Édimbourg. C'était très amusant, même s'il faisait un froid de canard, mais j'en suis ressortie avec un diplôme de sciences pour le prouver, donc c'est déjà ça.

— Édimbourg est une ville géniale, j'y suis allé il y a quelques années pour le Festival. Il y a une super ambiance, n'est-ce pas ? D'accord, et après, qu'as-tu fait ?

— Après, j'ai fait un voyage avec Prue à travers l'Asie. On est allées en Thaïlande, au Vietnam, au Cambodge, en Malaisie, à Singapour, et on a passé deux mois en Inde, pour finir sur la plage à Goa.

— Ça a l'air incroyable. Quel a été ton endroit préféré ?

— C'est une question tellement difficile. Il y a tant d'endroits incroyables là-bas. Le Taj Mahal est si éblouissant, avec son extérieur immaculé comme une coquille d'œuf. Prue et moi, on a posé pour des selfies comme Lady Di.

— Lady Di a posé au Taj Mahal ?

— Tu sais, cette célèbre photo d'elle, sublime et triste, assise devant ?

Il me lance un regard vide.

— Cherche sur Google, lui dis-je. C'est une photo culte. J'ai aussi adoré les plages de Thaïlande et le Palais Royal de Bangkok. Oh, et ces marchés flottants qu'ils ont, où tu peux trouver tous les fruits frais et les insectes grillés que tu pourrais imaginer.

— Je dois avouer que les insectes grillés, ce serait sans moi.

— Il faut goûter avant de juger.

— Tu as essayé ?

— Non ! Beurk. Je fais la grimace et Noah éclate de rire.

— Quoi d'autre ? Hô-Chi-Minh-Ville a cette sublime architecture ancienne, et tout le monde se déplace à vélo ou en scooter. C'est un chaos total. Les femmes portent ces chapeaux à larges bords et de longs gants qui montent jusque-là, je montre le haut de mon bras, pour ne pas bronzer. Ce qui, bien sûr, nous a fait rire, Prue et moi, parce que nous avons passé la moitié de notre temps sur les magnifiques plages dorées du Vietnam à nous faire rôtir au soleil.

— Comme les insectes ?

J'étouffe un ricanement. — Oui, comme les insectes.

— Donc ce voyage a duré six mois, c'est ça ? Qu'est-ce que tu as fait après ?

— J'ai déménagé à Londres, j'ai eu la galerie, et je vis et travaille là-bas depuis. Et voilà : ma vie en bref.

— Pas si mal comme bref. Comment tu as fait pour acheter une galerie ? Tu devais avoir quoi ? Vingt-trois ou vingt-quatre ans à l'époque ?

— J'avais vingt-trois ans.

— C'est assez jeune pour posséder une galerie, surtout à Londres.

— Je suppose. C'est Papa qui me l'a achetée.

Ses traits se durcissent. — D'accord.

— Mais il me laisse la gérer comme je veux, donc c'est vraiment ma galerie, je réponds fermement, car 496 *est* ma galerie, à tout point de vue sauf sur le papier. C'est juste que je n'en suis pas propriétaire administrativement, c'est tout. Je prends toutes les décisions, je paie le personnel et je m'occupe des comptes.

— Oui, je comprends. C'est ta galerie.

— Exactement.

Il étudie mon visage un instant avant de sourire et de dire : — Je suis heureux pour toi. Tu as de la chance d'avoir un père aussi généreux et qui a les moyens de faire ça pour toi.

L'ambiance est devenue inconfortable. Je n'ai pas besoin qu'il me rappelle mes privilèges.

— Et côté petits amis ? demande-t-il.

— Tu veux l'historique complet de mes relations ?

— Juste les moments forts.

— Eh bien, je suppose qu'il y en a eu un ou deux. Rien de sérieux.

— Rien ?

Je me mords la lèvre. — Eh bien, il y a eu un homme, mais c'était une horrible erreur.

— C'est le type avec qui tu étais fiancée ?

Ma main se fige dans la sienne. — Comment tu sais ça ?

— Mon père me l'a dit. C'était censé être un grand secret ?

— Non, je... Je baisse les yeux. Nous sommes en train d'être honnêtes l'un avec l'autre, et je veux être franche avec lui à ce sujet. Je souffle un grand coup et je commence. J'ai commencé à voir ce type peu de temps après notre rupture. Nous sommes sortis ensemble pendant quelques années, et puis quand il m'a demandé de l'épouser, tout le monde a trouvé que c'était une excellente idée. Avec le recul, je me rends compte que j'ai dit oui à Magnus parce que je pensais que c'était ce que je devais faire. Et je sais que ça a l'air horrible, mais quand il me l'a demandé, ça m'a semblé être la bonne chose à faire. Tout le monde l'adorait. Ma famille, mes amis. Enfin, tout le monde sauf Zara. Elle pensait que c'était un parfait crétin.

— Zara a toujours eu la tête sur les épaules, répond-il, et je suis soulagée d'entendre une note d'amusement dans sa voix.

Encouragée par la révélation de Fenella plus tôt dans la

journée, je dis : — Je sais que ça va paraître fou, mais je crois que j'ai dit oui à Magnus à cause de nous. À cause de toi et moi.

— Pourquoi ?

— C'était le genre d'homme que ma famille approuvait.

— Et c'est moi qu'ils n'ont pas accepté.

Je me mords la lèvre et hoche la tête. — Je veux que tu saches que je ne me suis jamais sentie à ma place avec lui, et j'ai fini par lui dire que je ne pouvais pas aller au bout. Il… eh bien, il ne t'arrivait pas à la cheville, Noah. Même pas de loin. Je lève les yeux vers lui et vois que son regard s'est adouci.

— Ça fait plaisir à entendre.

Nous échangeons un sourire, et c'est comme si le passé commençait à se dénouer, perdant de sa virulence, si bien que son emprise sur nous s'affaiblit de plus en plus.

— À ton tour. Raconte-moi ce que tu as fait ces douze dernières années.

— Beaucoup de choses.

— Comme ? je le relance.

— Comme devenir marchand d'art.

Va-t-il être aussi évasif après tout ce que je viens de lui confier ?

— C'est tout ce que tu vas me donner ? Tu es devenu marchand d'art. Allô ? Ça, je le savais déjà, je le taquine.

— J'imagine que ma vie a beaucoup changé après t'avoir connue. J'ai décidé de quitter Marlingworth peu de temps après ton départ pour l'université. J'ai senti que c'était la bonne chose à faire.

— Mais tu avais toujours voulu devenir mécanicien et reprendre le garage de ton père un jour. Qu'est-ce qui a changé ?

Il joue avec mes doigts, les yeux baissés.

Il relève les yeux vers moi. — Je suppose qu'être avec toi m'a fait voir la vie différemment. Vouloir des choses différentes.

Je cligne des yeux en le regardant. — Tu as quitté Marlingworth à cause de moi ?

— D'une certaine manière, oui. Tu m'as montré qu'il y avait d'autres chemins. J'ai compris que j'étais peut-être né dans une certaine vie, mais que ça ne devait pas me limiter. Alors, je suis parti, j'ai trouvé un travail sur un bateau de croisière et j'ai fini par parcourir le monde.

— Tu as travaillé sur un bateau de croisière ? C'est incroyable !

— C'était très amusant, et j'ai pu voir tellement d'endroits incroyables, des endroits bien au-delà de Marlingworth et du garage de mon père. Je travaillais avec un type qui aimait peindre, comme moi, et il économisait son salaire pour s'inscrire dans une école d'art aux États-Unis. Ça m'a fait réfléchir. Pour faire court, j'ai économisé mon argent, j'ai postulé à plusieurs écoles, et j'ai fini par être accepté dans l'une d'elles.

— Tu as étudié l'art aux États-Unis ?

— En fait, j'ai fait une licence et un master en histoire de l'art à UCLA.

Ma mâchoire s'en décroche. Littéralement. — Tu as un master en art ?

— En *histoire* de l'art. C'est pour ceux d'entre nous qui aiment l'idée de savoir peindre, mais qui n'en sont pas vraiment capables.

Je pense aux œuvres que Noah peignait quand nous étions ensemble. C'étaient des paysages simples, avec des détails exquis sur les arbres, les clôtures et les moutons. Il avait du talent, c'est certain.

— Ne te dévalorise pas. J'adore ton art et tu as énormément de talent. Je le sais, tu m'as offert deux tableaux, si tu te souviens : un pour chacun de mes anniversaires.

— Qu'est-il arrivé à ces tableaux que j'ai faits pour toi ? Tu les as toujours ?

Je serre les lèvres et hoche la tête. Admettre que j'ai gardé les tableaux de Noah après toutes ces années lui dit à quel point ils comptaient pour moi. À quel point ils comptent toujours.

La vérité, c'est que j'ai gardé les tableaux parce que c'est Noah qui les a peints pour moi. Personne ne m'a jamais rien fabriqué, ni avant, ni depuis. Ils occupent une place spéciale dans mon cœur.

Ses lèvres s'étirent en un sourire. — Je suis content de l'apprendre.

— Pourquoi ? Parce que tu détesterais que j'aie privé le monde d'une œuvre originale de Noah Grant ?

— Eh bien, il y a de ça, répond-il en riant. Et le fait que tu les aies gardés tout ce temps me fait plaisir.

— Ils comptent beaucoup pour moi. Je le regarde et le surprends en train de sourire. Ils sont accrochés au mur de mon appartement.

Il esquisse un sourire. — C'est bon à savoir. Il faudra que tu me montres où.

— Je le ferai.

Nous partageons un instant de complicité, et je sais qu'il n'y a plus de retour en arrière possible pour nous maintenant. Nous avons admis l'impact que nous avons eu sur la vie de l'autre. Aller de l'avant semble tellement plus simple désormais.

Il y a encore une chose que je dois savoir.

— Noah ? Je peux te poser une question ?

Je t'écoute.

— C'est à propos de quelque chose que Fen m'a dit tout

à l'heure. Quelque chose que j'ignorais jusqu'à il y a peu. Je marque une pause, ne sachant pas comment poser la question qui me trotte dans la tête depuis ce matin.

— Tu vas cracher le morceau ou il faut que je devine ?

— Fen a dit que tu es venu à la Grande Demeure après notre rupture et que Papa t'a fait partir. Elle a dit qu'il est allé voir ton père. C'est vrai ?

Il expire lentement.

— Ouais. Je l'ai fait. J'étais anéanti et je voulais te voir avant ton départ. Ton père m'a dit que tu étais déjà partie. Stupide, je sais.

J'ai le cœur brisé pour lui.

— Noah, je suis tellement désolée. Je ne savais pas. Personne ne me l'a dit.

— Eh bien, j'imagine que maintenant, tu sais. J'étais un peu la star d'une série à l'eau de rose ce jour-là.

Il prend à la légère ce qui a dû être une expérience très douloureuse pour lui.

Je me redresse, me penche par-dessus la table et l'embrasse légèrement sur les lèvres.

— Je suis désolée.

— Ouais. Moi aussi. Les ruptures ne sont jamais faciles.

Je me rassois et demande :

— Qu'est-ce que Papa a dit à votre père ?

— Il a été très clair sur le fait que je n'étais pas le genre de garçon qu'il voulait voir près de sa fille.

Je ferme les yeux et secoue la tête.

— C'est horrible.

— Hé, ce qui est fait est fait. De toute façon, c'est bien fait pour lui maintenant, puisqu'il ne semble pas se souvenir de moi. Combien de mecs au cœur brisé se sont pointés chez toi, au juste ?

Je sais qu'il plaisante, mais ça ne rend pas les choses plus faciles. Je lui saisis la main et dis :

— Noah, je...

Je m'interromps, soudainement intimidée.

— Dis-moi, dit-il, et la tendresse dans sa voix dissipe toutes les craintes que j'avais de m'ouvrir à lui, de me montrer vulnérable avec lui.

— J'allais dire que je suis vraiment heureuse que nous ayons pu reprendre contact comme ça, après toute cette horrible histoire à l'époque. C'est... bien. Plus que bien.

Il tend la main et me touche la joue.

— Tu sais, Duchesse, j'ai beaucoup pensé à toi depuis que je t'ai vue au mariage d'Evelyn et Stanley.

Et voilà les papillons dans mon ventre. À pleine puissance.

— Ah oui ?

— Je dois t'avouer quelque chose. Après t'avoir vue ce jour-là, je me suis renseigné et j'ai découvert que tu dirigeais le 496. Ce n'est pas une coïncidence si j'ai pris rendez-vous pour te rencontrer.

Oh, mon cœur, ne t'emballe pas.

Fenella avait raison.

— Je voulais te revoir, et le fait que nous nous soyons retrouvés ici ensemble, eh bien, c'est une merveilleuse tournure des événements que je n'avais fait qu'espérer.

Une chaleur m'envahit et mon visage s'illumine d'un large sourire.

Est-ce que ça peut vraiment arriver ?

— Je n'ai jamais cessé de penser à toi depuis, Noah. En fait, j'ai beaucoup pensé à toi au cours des douze dernières années, quand tu as semblé tout simplement disparaître.

— Tu as essayé de me stalker, hein ? me taquine-t-il, et je glousse.

273

— Pas plus que n'importe qui ayant accès aux réseaux sociaux.

C'est à son tour de se redresser et de se pencher vers moi, effleurant mes lèvres des siennes.

— Est-ce que je peux te demander quelque chose ?

— Reste-t-il quelque chose à demander ? dis-je, euphorique.

— Je ne sais pas ce que tu as de prévu prochainement, mais je me demandais si tu aimerais qu'on « reprenne contact » un peu plus quand on sera de retour à Londres.

Une vague d'exaltation bouillonne en moi.

— Peut-être.

Il lève les sourcils vers moi.

— Peut-être ?

— Ce serait super.

Il me rend mon sourire.

— Bien, dit-il, en soutenant mon regard tandis que mon cœur bat à tout rompre dans ma poitrine, rempli à ras bord de Noah.

Chapitre Vingt-Six

Qui aurait cru que Noah me reviendrait ? Après toutes ces années. Après toutes les fois où j'ai regretté de l'avoir quitté. Maintenant, nous voilà, ensemble, là où tout a commencé.

Le passé est derrière nous, et nous pouvons enfin aller de l'avant. Ensemble.

Et cette sensation est incroyable.

Arrivés à Dalton après le court trajet depuis Marlingworth, nous atteignons la maison de Jed au bout de l'impasse.

— Je sais que tu as dit que Jed était remonté à bloc, mais espérons que ça se passe mieux qu'hier, me dit Noah.

Je grimace, mortifiée à ce souvenir. — J'adore ce chien, mais ça aurait pu être un désastre monumental. On a tellement de chance qu'il ne soit pas en colère.

— Ou pire.

— Exactement. Je sonne et, un instant plus tard, Jed ouvre la porte avec une envolée théâtrale, les yeux fous, les cheveux encore plus en mode Doc de *Retour vers le futur* qu'hier, sauf que cette fois, ils sont parsemés de taches de peinture verte et bleue.

— Vous revoilà ! déclare-t-il, les yeux brillants.

Quelque chose frôle ma jambe, et je baisse les yeux pour voir Petroff, le chat de Jed, passer en se faufilant. Il est lui aussi couvert de taches de peinture.

— C'est super de te voir, Jed. Je suis si contente d'apprendre que les choses se sont arrangées après ce qui s'est passé hier.

Il me prend par le bras et me fait entrer. — La journée d'hier a été tout simplement extraordinaire pour moi. Non, non. Ce n'est pas le bon mot. C'était... révolutionnaire. Voilà ! La journée d'hier a été révolutionnaire.

Je jette un regard en arrière vers Noah, qui marche dans le couloir derrière nous. Il fait semblant de s'essuyer le front, soulagé.

— C'est formidable à entendre, lui dit Noah.

— J'ai travaillé toute la nuit. Je n'ai pas fermé l'œil. Il cligne des yeux plusieurs fois en me regardant, le visage rayonnant. Pas un seul instant !

— Tu as l'air gonflé à bloc, je réponds.

— Oh, je le suis complètement. J'ai créé ce que je pense être un nouveau tournant, un nouveau tremplin pour mon travail. Venez, venez. Il nous fait signe, à Noah et à moi, de le suivre dans son atelier où se trouve encore la toile qu'Echo a traversée avec ses pattes mouillées. Aujourd'hui, cependant, cela ressemble beaucoup moins à une erreur et bien plus à une véritable œuvre d'art. Les empreintes de pattes d'Echo et du chat sont toujours visibles, mais maintenant, elles semblent intentionnelles, comme s'il avait toujours été prévu qu'elles soient positionnées précisément là où elles sont.

Je regarde la peinture, puis Jed, bouche bée. — C'est absolument magnifique ! je m'exclame, stupéfaite. Tu as fait tout ça la nuit dernière ?

Il hoche la tête rapidement, les yeux écarquillés d'excitation.

— Je n'arrive pas à y croire. Je contemple l'immense toile qui repose par terre devant nous. Comme toutes les œuvres de Jed, elle est colorée et audacieuse, mais il a su se retenir juste assez pour éviter que ce soit criard ou de mauvais goût. Le résultat est exaltant, excitant, et de mon point de vue de galeriste, tout à fait vendable.

Il a incorporé les empreintes de pattes des animaux dans un motif plus large qui forme un arc sur toute la toile, partant d'un coin pour finir à l'autre. Et tout cela est réalisé avec de puissants coups de pinceau équilibrés par des détails complexes, jusqu'à ses personnages caractéristiques, partiellement masqués par l'une des empreintes.

— C'est l'une de tes fameuses miniatures ? Je pointe le personnage du doigt.

Jed me sourit, son exubérance suintant de tous les pores. — Ce ne serait pas un Jed sans l'une d'elles, n'est-ce pas ?

Prue sera contente de voir l'un de ses personnages préférés en dehors des Schtroumpfs.

— Non, tu as raison, je réponds en lui souriant à mon tour. Difficile de ne pas se laisser emporter par son euphorie manifeste, et pourquoi le voudrais-je ? Grâce aux récents événements liés à Noah, je me sens moi-même plutôt euphorique. C'est simplement la cerise sur le gâteau.

Noah examine l'œuvre d'art avec un air d'émerveillement. Il croise mon regard et sourit, me montrant à quel point il l'apprécie, lui aussi.

— C'est envoûtant, dit-il. Jed, j'adore ce que tu as fait. C'est une nouvelle direction pour toi, mais toujours ancrée dans ton style caractéristique.

Je souris. — Je suis d'accord. Tu as vraiment fait de la magie avec ça. J'adore.

Il nous sourit radieusement, comme si nous étions ses parents sévères lui offrant des louanges longuement attendues.

— Je sais ! Moi aussi ! J'adore tout là-dedans. Les couleurs, la direction, l'*ambiance*. Je suis tellement excité par ce projet ! s'exclame-t-il en sautillant sur place comme si ses pieds étaient montés sur ressorts, façon Tom Cruise sur son canapé. Ça demande encore un peu de travail, mais j'ai les bases. Dis-moi un truc : pourquoi est-ce que je n'ai pas fait venir d'animaux dans mon atelier bien plus tôt ?

— Je ne sais pas, je réponds en haussant joyeusement les épaules, mais il est sur sa lancée.

— Les animaux sont dynamiques, les animaux sont de l'*action*. Il frappe dans ses mains et fait glisser celle du dessus pour illustrer son propos. Ils ont cette énergie primitive, brute, qui illumine l'espace, qui fait ressortir ma propre énergie. Tu vois ? Il nous adresse un grand sourire avant d'ajouter : Alors, je vais encore avoir besoin de ta chienne. Genre, maintenant. Elle est où ?

— Je suis vraiment désolée, Jed. Je n'ai pas amené Echo aujourd'hui. J'ai pensé qu'après hier, eh bien, il vaudrait peut-être mieux la laisser ailleurs.

— Mais tu ne vois pas ? Il ouvre grand les bras. Ça vient des pattes. Ça ! Les pattes, c'est tout !

Les pattes, c'est tout ?

Petroff entre dans la pièce d'un pas furtif et Jed l'attrape pour le brandir en l'air.

— Tu tombes à pic, Petroff, oh porteur de pattes !

Le chat le regarde d'un air absent, puis jette un coup d'œil nonchalant à travers la pièce. De toute évidence, Petroff n'est pas aussi enthousiaste que d'autres personnes présentes. Mais bon, c'est un chat, et il s'est fait poursuivre par un kelpie australien un peu trop zélé dans cette même pièce la veille.

— Sans chienne, Petroff, c'est toi qui t'y colles ! Tu dois m'aider à puiser dans mon moi primitif. Tes pattes sont la clé !

Nouveau regard blasé de la part du chat.

Jed le plaque contre sa poitrine et le serre dans ses bras, avant de reposer par terre le chat qui, de toute évidence, se fiche éperdument du moi primitif de Jed ou de quoi que ce soit d'autre.

Nous le regardons tous les trois traverser la toile d'un pas tranquille, renifler un ou deux endroits, puis s'affaler dessus et commencer promptement sa toilette.

Jed frappe dans ses mains, ravi.

— N'est-ce pas incroyable ?

Nous observons le chat tirer un brin d'herbe de sa fourrure et le cracher sur la toile.

— Si, ça l'est, je réponds d'un air dubitatif.

— Carrément, renchérit Noah.

Jed pousse un soupir tandis que le chat lève sa patte pour prendre la pose du violon et poursuit sa toilette.

— Petroff, Petroff, Petroff. Tu es mon chat depuis sept

ans et ce n'est que maintenant que je réalise à quel point tu es important pour mon processus créatif.

Noah s'éclaircit la gorge.

— Jed, je peux te poser une question ?

Jed détache à contrecœur son attention de Petroff pour la reporter sur Noah.

— Est-ce trop tôt pour te demander si tu comptes vendre cette toile une fois terminée ? demande Noah, allant droit au but. Comme tu le sais, mon client est très intéressé par ton travail, et je pense qu'il adorerait ce que tu as fait là.

— Absolument ! J'ai l'intention de faire toute une série d'œuvres inspirées par les pattes, à commencer par celle-ci. Il fait un geste ample en direction de la toile. Mais uniquement pour la galerie de Tabitha. Je n'aime pas traiter avec les autres. Ils sont tous trop… faussement branchés. Tu vois ce que je veux dire ?

— Oh, je vois très bien, répond Noah avec un grand sourire, son regard croisant le mien. Heureusement que tu n'es pas faussement branchée, Tabitha.

— Je ne suis pas branchée du tout, je réplique, avant de laisser échapper un rire profondément satisfait.

La catastrophe liée à Echo a eu des conséquences bien plus positives que ce que j'aurais pu espérer, Jed est inspiré, et Noah obtient ce pour quoi il est venu — ce qui, je commence à le comprendre, est bien plus que de simples œuvres de Jed pour son client.

Et je ne pourrais pas être plus heureuse.

Chapitre Vingt-Sept

Tenant ma tasse de camomille entre les mains, je m'adosse aux coussins du canapé de mon appartement de Notting Hill et je laisse le large sourire que j'arbore depuis ma visite à Dalton et Marlingworth avec Noah se transformer en un soupir de contentement.

Echo lève sa tête endormie, les oreilles dressées, avant de la reposer sur mes genoux. Elle doit commencer à s'habituer à ce comportement, puisqu'elle était là quand tout s'est passé entre nous, et elle ne m'a pas quittée depuis.

Après avoir vu les nouvelles œuvres de Jed et être parvenus à un accord avec lui pour sa nouvelle série Primal

Paw — un nom provisoire, j'espère —, nous avons récupéré Echo chez mes parents et Noah nous a tous ramenés à Londres en voiture. Nous avons parlé pendant tout le trajet, en nous racontant des anecdotes des douze dernières années et en prévoyant de nous revoir quand nos emplois du temps nous le permettraient dans la semaine à venir.

En l'embrassant pour lui dire au revoir, je me suis souvenue de l'inviter à ma fête pour mes trente ans, samedi prochain, et nous avons de nouveau convenu que, malgré les seize chambres de la maison de mes parents, il logerait chez ses bons amis Baz et Maisie, au Noble Pigeon. Mes parents n'ont pas fait le lien entre le Noah d'aujourd'hui et celui du passé, et on s'en est bien tirés, mais inutile de tenter le diable.

Maintenant, avec un sourire jusqu'aux oreilles, je suis en train de raconter à mes amies les événements du week-end, et elles sont comme il se doit captivées et excitées pour moi, d'autant plus que je suis la seule célibataire de la bande.

— Est-ce qu'il embrasse comme dans tes souvenirs ? demande Lottie.

Des papillons dans le ventre battent des ailes à ces souvenirs. — Oh oui. En mieux.

— En mieux comment ? Technique, expertise, niveau de passion ? questionne Zara.

— Niveau de passion ? répète Kennedy en riant. Comment peux-tu rendre un truc aussi fun et sexy si clinique, Zee ? Comme si tu pouvais noter la passion sur une échelle ?

— Ou dans un questionnaire à choix multiples ? suggère Lottie.

— C'est une question tout à fait raisonnable, réplique Zara. Tabitha a déjà embrassé Noah, et maintenant elle l'a embrassé à nouveau. Elle a une base de comparaison parfaite.

Kennedy éclate de rire. — D'accord, j'ai compris. Tabitha, à quel point étais-tu satisfaite du niveau de passion de ton baiser avec Noah ? : 1. Insatisfaite, c'était tellement mieux à l'adolescence ; 2. Neutre, c'était à peu près pareil ; ou 3. En extase, le baiser était une nette amélioration.

— Vous êtes hilarantes, les filles, dis-je d'un ton impassible.

— On sait, mais ça ne répond pas à la question, rétorque Kennedy d'un ton ferme.

— Est-ce que je dois noter un, deux ou trois, ou je peux juste vous le dire ? je demande.

— Raconte ! Et ne nous épargne aucun détail, insiste Lottie.

Je pousse un autre soupir de contentement en me perdant momentanément dans les baisers que Noah et moi avons échangés. Et il y en a eu quelques-uns. Depuis ce premier baiser sous le chêne au bord de la rivière, jusqu'au dernier baiser qu'il m'a donné dans sa voiture, dans la rue devant mon appartement, quand il m'a déposée hier soir.

Je lève la main et montre quatre doigts à mes amies.

— Un quatre ? Mais ce n'est même pas sur l'échelle de Kennedy, dit Zara, les yeux écarquillés.

— Eh oui. Embrasser Noah a remplacé le chardonnay et le chocolat comme étant ma chose préférée, je leur dis.

Lottie se penche en avant sur son siège. — Et maintenant vous vous voyez, dans le sens, vous êtes un couple ?

— On a prévu de se revoir demain, et on s'est envoyé un milliard de textos ces dernières vingt-quatre heures, alors j'ai l'impression qu'on est un couple.

Lottie tape dans ses mains, ravie. — Oh, Tabitha, je suis si heureuse pour toi.

Zara lève la main en l'air. — J'ai une question.

Je pouffe de rire et ça me fait penser à Noah. Bon sang, *tout* me fait penser à Noah. — Quelle est ta question ?

— Es-tu sûre que tu tombes amoureuse de Noah et pas seulement des souvenirs que tu as de lui ? demande-t-elle.

— C'est une bonne question, dit Kennedy avec un hochement de tête avisé.

— Non, ce n'est pas le cas. Le cœur veut ce qu'il veut, et celui de Tabitha veut Noah, dans le passé, le présent, *et* le futur, déclare Lottie. N'est-ce pas, ma belle ?

La version cynique et sarcastique de moi-même se serait moquée d'elle en l'entendant dire quelque chose d'aussi mielleux. Mais je ne suis plus cette personne. C'est comme si le retour de Noah dans ma vie m'avait rappelé comment être ouverte. Comment être heureuse. Comment aimer.

Un nouveau sourire s'affiche sur mon visage.

— J'en suis sûre. C'est toujours la même personne incroyable que j'ai connue à l'époque, mais maintenant, c'est un homme, plus seulement un garçon.

Kennedy hausse les sourcils d'un air coquin.

— Ouh là, coquine. Tabitha s'est dégoté un *ho-omme*.

— Un homme dont les baisers valent quatre sur trois sur l'échelle de la passion, ajoute Zara.

Kennedy me sourit en s'éventant le visage.

— Espèce de veinarde.

Et me voilà repartie, à penser aux baisers de Noah. Franchement, c'est ce qui se rapproche le plus du plaisir de l'embrasser pour de vrai.

Lottie pose une main sur son cœur.

— Oh, c'est tellement romantique. Noah, c'est celui que tu as laissé filer, et maintenant, tu l'as retrouvé. Ça n'arrive pas à beaucoup de gens, tu sais. D'habitude, celui qu'on a laissé filer reste loin, il ne vit plus que dans les souvenirs.

Mais pas pour toi. Ton premier amour pourrait bien finir par être l'amour de ta vie. Tu y as pensé ?

— Bien sûr que non, Lottie. Ça ne fait que quelques jours qu'ils se sont embrassés pour la première fois, tu te souviens ? C'est beaucoup trop tôt pour que Tabitha sache quoi que ce soit, déclare Zara avec une confiance pragmatique.

— Oui, mais quand on sait, on sait. Tu vois ?, réplique Lottie.

Je cligne des yeux en essayant de comprendre tous ces *tu vois*.

— Je ne suis pas sûre de voir, dit Kennedy en riant.

— C'est comme quand j'ai embrassé James pour la première fois à la fête de la Saint-Valentin à la campagne. C'était comme s'il y avait un lien direct entre mes lèvres et mon cœur, pour me dire que c'était lui et personne d'autre.

— C'était aussi simple que ça ?, demande Zara.

Elle hoche la tête une seule fois.

— Ouais. Aussi simple que ça.

— Alors, Tabitha ? Est-ce que tu *sais* ?, demande Kennedy.

À chaque battement de mon cœur, je sais une chose avec certitude : je suis incapable de lui résister. C'est lui qui tient mon cœur entre ses mains depuis cet été où nous sommes tombés amoureux, et tout ce qui s'est passé maintenant qu'il est de retour dans ma vie, c'est que je peux enfin admettre ces sentiments profondément enfouis. Ces sentiments qui faisaient que je n'étais jamais vraiment heureuse sans lui. Ces sentiments qui faisaient qu'aucun homme ne pouvait lui arriver à la cheville, même si je m'efforçais de me convaincre du contraire. Ces sentiments qui me disaient que rompre avec Noah avait été la pire décision de ma vie. Une décision que j'ai regrettée chaque jour depuis, au fil des mauvais rendez-vous, de mes fiançailles éphémères avec Magnus, et de toutes mes fêtes.

— Oh, mon Dieu. Elle sait. Elle sait !, s'exclame Lottie, alors qu'elle et mes deux autres amies me regardent.

Un nouveau sourire radieux s'affiche sur mon visage, une chaleur irradie en moi. Elle descend le long de mes membres et atteint jusqu'au bout de mes doigts et de mes orteils.

— Ça a toujours été Noah, dis-je simplement.

Parce que c'est vrai. *Toujours.*

Lottie pousse un cri strident qui fait sursauter Echo. Le chien se redresse de ma cuisse et bondit sur ses quatre pattes, ses yeux ensommeillés cherchant dans le salon la menace imminente.

— Aïe ! Je me frotte la cuisse tandis que Lottie me prend dans ses bras, rapidement rejointe par Kennedy et Zara.

— On est tellement heureuses pour toi, dit Zara.

— Tu mérites vraiment tout le bonheur du monde, ma belle, ajoute Kennedy.

Lottie se contente de faire des bruits bizarres qui me disent qu'elle aussi, elle est folle de joie pour moi.

— D'accord les filles, ça suffit !, dis-je en les repoussant doucement. J'entame peut-être quelque chose de nouveau et de merveilleux avec mon ex, mais je préférerais ne pas mourir étouffée avant d'en avoir eu l'occasion.

— Ce n'est pas juste ton ex, c'est celui que tu as laissé filer, corrige Lottie.

— Celui qui m'a échappé, je concède, et je suis récompensée — ou punie, selon le point de vue — par un nouveau cri strident de Lottie qui déclenche un concert d'aboiements chez Echo.

Je bondis de ma chaise pour attraper son collier et caresse sa fourrure pour la calmer, en disant :

— Tout va bien, Echo. C'est juste Lottie qui fait des bruits de bébé.

— Ce ne sont pas des bruits de bébé, proteste-t-elle.

Finalement, Echo se calme et repose sa tête sur mes genoux, satisfaite que Lottie et ses cris n'allaient pas toutes nous assassiner.

— Tu es si douée avec elle, me dit Zara.

— Heureusement, vu que j'ai accepté de la garder pour la semaine, je réponds.

— Pourquoi ? Qu'est-ce qui est arrivé à ta voisine ? demande Zara.

— Pour être honnête, je ne crois pas qu'elle s'en sorte très bien. Elle a emmené les enfants chez sa mère à Hertford, la mère qui a développé une sorte d'allergie bizarre aux chiens qui me semble complètement bidon. Mais ça veut dire que je peux passer du temps avec cette adorable créature. Elle est venue à la galerie avec moi aujourd'hui.

— Tabitha, je sais que tu essaies de le cacher, mais tu es quelqu'un de bien, déclare Kennedy.

— Ça mérite bien un chocolat. Zara déchire l'emballage en cellophane de la boîte de chocolats qu'elle a apportée et se met à les distribuer.

— Ooh, des caramels mous enrobés de chocolat au lait. Mes préférés, dit Kennedy en choisissant le sien.

— Ché chais. C'bourquoi ch'les ai bris, répond Zara, la bouche pleine desdits caramels mous enrobés de chocolat au lait.

Je lève un sourcil en la regardant tout en prenant quelques chocolats pour moi.

— C'est facile à dire pour toi, Zee.

Zara éclate de rire dans un reniflement.

Et une fois de plus, je pense à Noah.

Mon Dieu, je suis tellement accro, et je m'en fiche complètement.

— Tu as invité Noah à ta fête d'anniversaire ce samedi ? demande Kennedy.

— Oh, j'espère bien. J'ai besoin de cuisiner ce type en boooonne et due forme. Le visage de Zara s'illumine.

Je la regarde, alarmée.

— Il n'y aura pas d'interrogatoire, merci beaucoup. Surtout pas à ma fête. Je fais la grimace alors qu'un nœud se forme dans mon ventre. Dans toute cette excitation causée par Noah, j'ai failli oublier que j'allais avoir trente ans dans seulement cinq jours.

— Ma belle, ce n'est vraiment pas si terrible. On a toutes trente ans et regarde-nous, dit Lottie.

Je regarde mes amies autour de moi. Chacune a du chocolat sur le visage, et Kennedy et Zara sont toutes deux en train de mastiquer leurs caramels mous.

— Oui, vous êtes toutes très matures.

— La maturité, ce n'est pas aussi génial qu'on le dit, tu sais, réplique Kennedy.

Lottie songe :

— Je me demande ce que Noah va t'offrir pour ton anniversaire. Quelque chose de romantique, j'en suis sûre, comme ce qu'Asher a fait à la fête de Zara.

Zara sourit à ce souvenir.

— Le flacon de parfum.

— Je ne sais pas. Peut-être des chaînes ? je suggère, et j'attends leur réaction.

— Des chaînes ?

— Mais qu'est-ce que... ?

— Genre, des colliers ?

— Rien de tout ça, je réponds en riant. C'est une blague sur le fait qu'il a suggéré qu'on s'enchaîne à cet arbre dans notre village pour empêcher les promoteurs de l'abattre pour construire de nouvelles maisons de ville de luxe.

Kennedy me lance un regard perplexe.

— Pourquoi tu ferais une chose pareille ?

— Parce que c'est un bel et vieil arbre, voilà pourquoi. Il a été planté par Barnabas Babington il y a de nombreuses années.

Je n'arrive pas à croire que je suis en train de citer Dot.

— Et c'est qui, ce Barnabas Babington ? demande Lottie.

Je hausse les épaules.

— Je n'en ai aucune idée.

Kennedy pose la boîte de chocolats sur la table basse.

— Alors, si j'ai bien compris. Toi et Noah, vous allez vous enchaîner à un arbre parce qu'il est beau et qu'il a été planté par un type au nom bizarre il y a des années de ça ? Ça ne me paraît pas super romantique. Mais bon, tu fais ce que tu veux.

— C'est plus que ça. L'arbre signifie quelque chose pour nous. C'est... eh bien, c'est là qu'on s'est embrassés pour la première fois, il y a toutes ces années, et là qu'on a tous les deux utilisé le mot qui commence par un A pour la première fois.

— Alors *ça*, c'est romantique, déclare Lottie une fois de plus. En sauvant l'arbre, vous sauvez votre amour l'un pour l'autre. C'est totalement symbolique.

— C'est ça ! L'arbre est le symbole de votre amour, dit Kennedy.

La vieille Tabitha cynique refait surface.

— Là, c'est un peu trop gnan-gnan.

— Gnan-gnan. L'arbre. La sève. J'ai pigé, répond Kennedy.

— Oh. Je ris. — C'était involontaire, promis.

Zara fronce les sourcils.

289

— Mais vous n'allez pas vraiment vous enchaîner à l'arbre, si ?

— On va rejoindre les manifestants à Marlingworth ce week-end. On s'est mis d'accord sur le chemin du retour, quand j'ai invité Noah à ma fête.

Mon ventre fait un salto à l'idée de voir Noah en smoking.

— On se joindra à vous, pas vrai, les filles ? dit Zara.

— On fera quoi ? demande Kennedy.

— On sera toutes là-bas de toute façon. Autant se joindre à la fête. Qu'est-ce qu'on fera ? demande Zara.

— Pas question que je m'enchaîne à un arbre, peu importe à quel point il compte pour Tabitha, prévient Kennedy.

— On ne fera pas ça. On se promènera avec des pancartes, on scandera des slogans, ce genre de choses, je leur explique. Ce sera amusant.

Lottie pince les lèvres.

— Je viendrai, mais je ne suis pas sûre que James soit très emballé à l'idée de faire quoi que ce soit de politique dans une autre ville. Il *est* maire adjoint de Londres.

— Sans blague ? On ne savait pas.

Les yeux de Zara pétillent de malice, et elle s'attire une petite tape sur le bras de la part de Lottie.

La sonnette de ma porte d'entrée retentit et Echo lève la tête et se met aussitôt à grogner.

— C'est bon, ma grande, je lui dis, en me levant d'un bond pour aller vers la porte. Elle me suit.

— C'est qui ? demande Lottie.

— Tu attends quelqu'un ? Parce qu'il est déjà 21 h 30, prévient Kennedy.

— C'est probablement Maya. Je parie qu'elle a oublié

un des jouets des enfants et qu'elle a dû revenir le chercher, je réponds en ouvrant la porte à la volée.

Mais ce n'est pas Maya.

C'est Noah.

— Salut, je souffle, le cœur battant la chamade à sa vue. Il sort clairement du travail. Il porte une chemise lilas à boutons, ouverte sur le cou, sous une veste noire qui confirme mes soupçons sur le fait qu'il sera magnifique en smoking à ma fête. Ses cheveux sombres sont en bataille et une barbe naissante couvre sa mâchoire carrée. Bref, il est à croquer.

— Salut à toi, répond-il, le visage plissé d'un sourire sexy.

— Qu'est-ce que tu fais ici ? Je ne pensais pas te voir avant demain.

— J'étais à un dîner de travail et je me suis dit que j'allais passer en rentrant à mon appartement. Je peux repartir si tu préfères ? propose-t-il, les lèvres incurvées vers le haut, les yeux brillants.

Je me mets sur la pointe des pieds et dépose un baiser sur ses lèvres.

— Ne t'avise même pas.

La queue d'Echo frappe contre ma jambe alors qu'elle lève les yeux vers Noah.

Il s'accroupit et la caresse.

— Salut, ma belle. Qu'est-ce que tu fais là ?

— Maya est partie chez ses parents et j'ai dit que je m'occuperais d'elle pendant la semaine.

Il se redresse. — Quel chanceux, cet Echo.

Nous échangeons un sourire, mon cœur battant toujours la chamade à sa vue inattendue.

— Bonsoir, dit une voix derrière moi, et je me retourne pour voir que mes trois amies se sont précipitées hors du salon et se sont agglutinées dans mon petit couloir pour le dévisager.

— Salut, dit Noah avec un sourire. Je suis désolé, je ne savais pas que tu avais de la visite.

— Ce n'est rien. On se racontait juste les derniers potins, déclare Lottie. Pourquoi tu ne viendrais pas dans le salon pour discuter un peu ?

Le regard de Noah croise le mien. — Du moment que je ne dérange pas.

— Non, pas du tout, je lui dis en lui pressant le bras. Ça me fait plaisir que tu sois là.

Il hausse les épaules. — Eh bien, dans ce cas, avec plaisir.

— Super. Je suis Lottie, au fait. On s'est croisés rapidement au mariage de Stanley au Black Cat. Lottie lui tend la main et ils se la serrent.

— Je me souviens. Ravie de te revoir, Lottie. Et je connais ce visage. Il désigne Zara du menton, qui le salue d'un baiser sur la joue. Comment vas-tu, Zara ?

— Je vais très bien, lui dit-elle. Ça fait un bail.

Les yeux de Noah se posent à nouveau sur moi. — Trop longtemps.

Un nouveau sourire s'affiche sur mon visage tandis que les papillons dans mon ventre s'agitent dans tous les sens.

— Je suis Kennedy. Mon copain, Charlie, et moi t'avons parlé une fois au bar du Black Cat. Tu ne t'en souviens probablement pas.

— Le hachis Parmentier, n'est-ce pas ? répond Noah.

Elle lève les yeux au ciel. — Tu t'en souviens. Charlie en est obsédé.

— Pourquoi tu ne viendrais pas t'asseoir, Noah, propose Lottie, comme si elle était chez elle et non chez moi.

— Bien sûr.

Lottie et Zara le conduisent dans le salon pendant que Kennedy pose sa main sur mon bras et me dit à voix basse : — Un plan cul ?

— Non. On est... bien plus que ça.

— Il est 21 h 30 un lundi soir, ma belle.

— Il a dit qu'il voulait juste me voir. Je regarde Noah et je croise son regard. Il m'adresse un rapide sourire avant de reporter son attention sur la conversation avec mes deux autres amies.

Kennedy hausse un sourcil. — D'accord. Je vois. La façon dont il te regarde ?

— Quoi ?

— Petite veinarde, répond-elle avec un grand sourire, et je sais que mes joues rougissent.

Kennedy et moi nous asseyons dans mon petit salon, rendu encore plus petit par la charpente musclée du mètre quatre-vingt-onze de Noah, et la conversation a pour but de glaner autant d'informations que possible sur lui.

— Tu es célibataire ?

— Oui.

— Tu as déjà été marié ?

— Non.

— Des enfants dont on devrait être au courant ?

— Aucun.

— Des enfants dont on ne devrait pas être au courant ?

— Je n'ai pas d'enfants. Point final.

— Mais est-ce que tu veux avoir des enfants ?

— Oui.

— Quelles sont tes intentions envers Tabitha ?

— Réussir à l'inviter à sortir sans subir un interrogatoire en règle de la part de ses amies ?

Bien que je sache qu'il plaisante, sa dernière réponse me pousse à agir. Il est temps d'intervenir avant que le pauvre garçon ne soit complètement effrayé par cet interrogatoire en règle.

— Les filles ont accepté de venir à la manif avec nous samedi, je dis en fusillant mes amies du regard.

— C'est génial. Vous allez adorer la joyeuse bande de là-bas. Ils sont vraiment passionnés par le sauvetage de l'arbre et du champ.

— Cet arbre a l'air vraiment incroyable, lance Lottie, et je fais la moue. — Un arbre assez spécial, si j'ai bien compris.

— Il est magnifique, et ce serait un crime de l'abattre, répond-il.

Lottie se penche en arrière sur son siège, un sourire aux lèvres. — Je me doutais que tu dirais ça, Noah.

— Ah oui ? demande-t-il, d'un ton amusé.

Nous discutons encore un peu de la manifestation, prévoyant d'y passer l'après-midi avant que ma fête ne commence le soir même.

Au bout d'un moment, Kennedy se lève et baille à s'en décrocher la mâchoire, en s'étirant les bras comme un chat. — Je suis crevée. Je crois que je vais rentrer. J'ai beaucoup de travail demain matin. Lottie ? Zee ? Vous venez ?

Zara se lève d'un bond. — Carrément. Je suis épuisée, moi aussi.

— Mon Dieu, il est déjà si tard ? dit Lottie, et le temps de dire *on se tire pas très discrètement pour vous laisser seuls tous les deux*, elles nous ont dit au revoir et ont disparu.

Je referme la porte derrière elles et me retourne pour trouver Noah dans mon entrée. — C'était une merveilleuse surprise de te voir ce soir, dis-je alors que nous nous prenons dans les bras.

— Il fallait que je te dise quelque chose.

— Et ça ne pouvait pas attendre notre rendez-vous de demain soir ?

Il effleure mes lèvres des siennes, ce qui fait frissonner tout mon corps. — Non.

— Dans ce cas, tu ferais mieux de me le dire tout de suite.

Ses yeux sont doux tandis que son regard se plonge dans le mien. — Ce que je voulais te dire, c'est que quoi qu'il arrive à l'avenir, quelle que soit l'issue de notre histoire, je veux que tu saches que je n'ai jamais cessé de t'aimer. Pas depuis le jour de notre premier baiser.

Mon cœur se serre. — Vraiment ?

— Vraiment.

— Ça me fait plaisir de l'entendre, parce que je n'ai jamais cessé de t'aimer non plus. Je prends son visage entre mes mains et presse mes lèvres contre les siennes, euphorique, submergée par une foule d'émotions qui toutes me confirment ce que je ressens pour cet homme.

Il fronce les sourcils tandis qu'un nuage passe sur son visage. — Comment on a pu perdre autant de temps ?

— La bêtise ? je propose avec un sourire ironique.

— Ça doit être ça. Ses lèvres s'écrasent à nouveau sur les miennes, et il m'entraîne dans le baiser le plus merveilleux et le plus chargé d'émotion de toute ma vie.

Chapitre Vingt-Huit

— Qu'est-ce qu'on veut ?

— Que l'arbre ne soit pas abattu et que le champ reste en l'état !

— Et on veut ça quand ?

— Maintenant !

— Qu'est-ce qu'on veut ?

— Que l'arbre ne soit pas abattu et que le champ reste en l'état !

— Et on veut ça quand ?

— Maintenant !

Difficile de ne pas bafouiller notre réponse quand la

voix de Dot tonne dans le mégaphone, et beaucoup échouent, si bien que le chant ressemble à un charabia incompréhensible. Le moindre passant qui voudrait comprendre contre quoi nous manifestons serait complètement dans le flou.

Nous marchons en cercle autour du vieux chêne pendant que Dot manie le mégaphone avec la jubilation évidente que cela lui procure. Kennedy, Lottie et Zara nous ont rejoints, Noah et moi, avec leurs partenaires respectifs, Asher et Charlie — bien que James, le copain de Lottie, nous soutienne depuis l'autre côté de la rivière pour éviter qu'on lui pose des questions lors de sa prochaine réunion du conseil. Charlie et Ash se sont bien pris au jeu, et Noah a participé au fameux rituel de camaraderie masculine que les hommes de ce groupe aiment tant pratiquer. Je peux vous annoncer qu'il fait désormais officiellement partie du club des HABs des Nanas de Londres : Husbands and Boyfriends.

Et je ne pourrais pas être plus heureuse qu'il soit à moi.

Bon, aucun d'eux n'est encore marié, mais honnêtement, à voir la façon dont ils regardent leurs copines, je sais que ce n'est qu'une question de temps.

— Il faut qu'on change ce slogan, et tout de suite, me dit Noah tout en marchant.

— Tu es en train de me dire que « que l'arbre ne soit pas abattu et que le champ reste en l'état » n'est pas assez percutant pour toi ? demandé-je en riant.

— Bizarre, je sais. Je vais aller suggérer quelque chose à Dot.

— D'accord. Je continue l'excellent travail ici.

Il dépose un baiser sur mon front avant de quitter sa place, et je ne peux m'empêcher de sourire tandis qu'une douce chaleur se répand dans ma poitrine.

— Oh, vous deux, vous êtes tellement mignons ensemble, dit Kennedy en se glissant à côté de moi. Charlie pense que c'est un « top bloke », comme il dit, ce qui est le seul sceau d'approbation dont tu aies besoin de sa part. N'est-ce pas, chéri ?

Charlie hoche la tête. — Un « top bloke », répète-t-il.

— C'est bon à savoir.

— Vous parlez du nouveau ? demande Asher derrière nous.— Ouais. Un « Top Bloke », répète Charlie avec une lueur dans les yeux.

— Tu dois te l'garder, celui-là, Tabitha. Je ne suis pas sûr de pouvoir supporter une autre de tes brèves aventures, où tu es avec le gars et puis, tout à coup, ce n'est plus le cas. J'ai besoin de continuité dans ma vie, tu sais ? dit Asher.

— Ash ! le réprimande Zara.

— Quoi ? Elle a eu quelques copains. Oh, attends... Que l'arbre soit abattu et que le champ ressemble à un arbre ! copie Asher sur les autres manifestants, pas tout à fait sur le même message. — Maintenant ! ajoute-t-il, et sa voix résonne, seule.

Zara rit. — Oh, Ash. Tu essaies, au moins, n'est-ce pas ?

— Quoi ? C'est un slogan stupide, grogne-t-il.

Elle passe son bras sous le mien. — N'écoute pas Ash. On sait pourquoi aucun de tes autres copains n'est resté longtemps.

— Ah oui ? demande Ash.

— Parce qu'elle a toujours eu un faible pour Noah, voilà pourquoi, répond Zara.

Je regarde Noah. Il marche à côté de Dot, attendant calmement qu'elle ait fini son slogan pour lui faire sa suggestion. — J'avoue avoir un petit faible, oui.

— Ou un putain de brasier, répond Kennedy en riant.

Je m'apprête à répondre quand je remarque une

silhouette familière qui nous observe manifester depuis la route qui mène au pont. Il porte sa tenue habituelle : une veste en shetland, une pochette de costume et un pantalon sage en velours côtelé. Il a une mine renfrognée, son Range Rover noir garé de travers à côté de lui, comme s'il avait pilé net.

— Qu'est-ce qu'on veut ? demande Dot dans son mégaphone.

— Que l'arbre ne soit pas abattu et que le champ reste en l'état ! scande tout le monde autour de moi avec plus ou moins de réussite.

— Et on le veut pour quand ?

— Maintenant ! je crie avec tous les autres tandis que nous marchons autour de l'arbre.

— Qu'est-ce que ton père fait là ? demande Zara. Il n'a pas l'air très amusé par tout ça.

— Je n'en ai aucune idée.

Il nous regarde et ses sourcils bondissent jusqu'à la racine de ses cheveux quand il m'aperçoit, avant de redescendre pour former un froncement.

Je baisse ma pancarte, sur laquelle j'ai peint un grand panneau stop rouge la nuit dernière. Je trouvais ça court, simple et direct. — Je vais aller lui parler. Je reviens tout de suite.

— Bonne chance, ma belle. Il n'a pas l'air d'être d'humeur joyeuse, à mon avis, dit Zara.

— L'est-il jamais ? je réponds, et elle hausse les épaules.

Je me fraie un chemin à travers la foule de manifestants pour aller vers lui. — Salut, Papa, je lance par-dessus le bruit en m'approchant. Tout va bien ?

Il m'accueille d'un baiser sur la joue. — Bonjour, ma chérie. Quand toi et tes amies avez déposé vos valises à la Grande Maison tout à l'heure, je pensais que vous alliez déjeuner au pub, pas que vous alliez participer à ce cirque. Il désigne les manifestants avec dégoût.

— On a bien déjeuné, je réponds faiblement. Au Noble Pigeon.

Il ignore ma remarque, ce qui est assez juste, en vérité. Le fait que nous ayons déjeuné au pub n'est pas vraiment la question. — Ils s'appellent S.O.F.T. ? Soft ? Il glousse. C'est ridicule.

Je jette un coup d'œil par-dessus mon épaule à l'une des pancartes des manifestants où il est écrit : *S.O.F.T. contre la démolition !*

— Je sais que ce n'est pas le meilleur acronyme qui soit, mais ils partent d'une bonne intention.

Il balaie ma remarque d'un revers de la main. — Qu'est-ce que tu fais avec ces gens ?

— Je manifeste, Papa.

— Tu te donnes en spectacle, ma chère Tabitha.

Consternée, je réponds : — Je ne me donne pas en spectacle. Je proteste simplement, avec beaucoup d'autres habitants inquiets, contre la construction d'affreuses maisons sur le champ. Ça va gâcher le joli paysage et changer le village à tout jamais.

— Eh bien, il est temps d'arrêter. Tu t'es assez amusée. Maintenant, plie bagage et rentre à la maison. Tu as une fête à préparer, ma chérie. Tu te souviens ? Tes trente ans ? Il me sourit, mais son sourire semble un peu forcé.

— Non, Papa. Je ne le ferai pas. Je crois en cette cause, même si Maman et toi, non. Je reste.

— Pardon ? demande-t-il, utilisant sa voix indignée « *je n'en reviens pas que tu oses me répondre* » que je ne connais que trop bien.

Résolue à défendre mes convictions, je bombe le torse. — Ce que nous faisons ici est juste. J'ai fait venir tous mes amis de Londres, et nous sommes déterminés à empêcher les promoteurs de ruiner notre village.

— *Notre* village ? Puis-je te rappeler que tu es partie dès que tu as pu et que tu n'es jamais revenue ? Je ne vois pas comment tu peux considérer ça comme *ton* village, Tabitha.

— Eh bien, moi si, et j'y tiens beaucoup, même si je sais que Maman et toi trouvez ça très bien que des promoteurs détruisent le champ et abattent ce magnifique vieil arbre. Mais je suis une adulte et je...

Il m'interrompt en se penchant vers moi et en parlant à voix basse. — As-tu la moindre idée de qui est le promoteur ?

— Oui, c'est un consortium d'hommes d'affaires appelé Wilson Construction.

— Et ?

Je fronce les sourcils. — Et ils veulent abattre le vieux chêne et construire sur le champ. Tu le sais déjà.

Pourquoi me demandait-il ça ? Ce n'est pas évident ?

Il pince les lèvres. — Faut-il vraiment que je te fasse un dessin, ma chérie ?

Les rouages de mon cerveau tournent à plein régime jusqu'à ce que je comprenne où il veut en venir. — *Tu es* le promoteur ? je demande, les yeux écarquillés.

— Moi et quelques autres.

Je le dévisage, bouche bée, complètement sidérée. — Mais... mais comment ? Pourquoi ?

— C'est les affaires. Nous allons gagner beaucoup d'argent avec ce projet, et ces manifestants sont une véritable épine dans le pied pour nous.

— Pourquoi tu ne me l'as pas dit ?

— Tu n'es pas ici, Tabitha. Tu te pavanes à Londres, à diriger la galerie. Si tu étais ici, tu pourrais être impliquée dans le travail, tout comme Fenella et son mari le sont.

— Fen est au courant ?

— Bien sûr qu'elle l'est, et en tant que Greene, ça fait de *toi* la promotrice, parce que c'est l'argent de *notre* famille qui a acheté ce terrain.

J'ai du mal à croire ce qu'il est en train de me dire.

— Tu te rends compte que tu manifestes contre toi-même ? Il a l'air amusé par cette révélation. Quant à moi ? Ça me fait l'effet d'une bombe.

— L'argent de notre famille, je répète d'une voix blanche. Je le regarde en clignant des yeux tandis que mon cerveau essaie d'assimiler cette nouvelle information. Ma famille sera responsable de la démolition de ce champ magnifique et du vieux chêne qui compte tant pour Noah et moi ? L'arbre qui représente notre amour ? C'est comme si une grappe de bombes venait d'exploser dans ma tête. — Maintenant, fais ce qu'il faut, laisse cette populace à sa manifestation inutile et reviens au Manoir, là où est ta place.

— Mais... mes amis et... et Noah, je dis d'une petite voix en le regardant discuter avec Dot. Mon père fronce les sourcils. — Noah Grant, le fils du garagiste ?

Je reporte vivement mon attention sur lui. — Tu savais ? je demande, horrifiée. — Tu peux mettre un homme en costume et lui donner un titre de poste décent, mais tu ne changeras jamais qui il est vraiment.

— Mais-mais tu lui as parlé d'art et d'investissement et... et tu savais ? — Tabitha, je suis un gentleman, et nous savons faire preuve de bonnes manières. Il était un invité dans ma maison, alors je me suis montré accueillant.

J'avale ma salive, la gorge sèche. — Je suppose que tu penses toujours qu'il n'est pas à ma hauteur. C'est bien ça ?

Il me prend par les épaules et plante son regard dans le mien. — Tabitha, écoute-moi. Tu n'es pas comme ces gens,

Noah Grant inclus. Tu es une Greene. Tu descends d'une longue lignée de l'aristocratie terrienne, des gens qui se distinguent des autres. Le plus tôt tu le réaliseras, le plus tôt tu pourras commencer à être à la hauteur de ton potentiel.

— Mon potentiel ? Qu'est-ce que tu veux dire ?

— Je veux dire que c'est bien beau de t'amuser avec cette bande et de jouer à la propriétaire de galerie en vendant de l'art à mes amis.

Je suis à la fois indignée et choquée qu'il puisse me dire une chose pareille à propos de ma *vie*.

Il passe son bras autour de mes épaules et me serre contre lui. — Tu dois te souvenir de qui rend tout ça possible pour toi.

Je baisse les yeux, une brique se logeant au creux de mon ventre. — Toi, Papa.

— C'est ça. Moi. Alors, quelle est la bonne décision à prendre, à ton avis ? Continuer à jouer avec tes nouveaux amis, à courir partout avec des banderoles et à inventer des slogans, à manifester contre ta propre famille ? Ou devenir enfin la femme que tu es née pour être ?

Je jette un nouveau coup d'œil vers Noah. Il sourit à Dot qui lui dit quelque chose, son visage rayonnant. Cette manifestation compte beaucoup pour lui. Je le sais.

Papa me serre une fois de plus. — Je te vois au Manoir. Ta fête n'est que dans quelques heures. J'imagine que tu voudras porter la robe que ta mère t'a achetée.

J'ouvre la bouche pour répondre, mais les mots ne me viennent pas. Il y a tellement de choses dans ce seul discours que j'en ai la tête qui tourne.

Nigel se glisse vers nous.

— Tu reviens, Tabitha ? Grâce à Noah, on a un excellent nouveau slogan qu'on va tous apprendre.

— Bien sûr, oui, je marmonne bêtement.

— Bonjour, Monsieur Greene. Nigel Cossington. Il tend la main et Papa la serre.

— Vous dirigez une entreprise de pompes funèbres, n'est-ce pas ? C'est vous qui... euh, vous êtes occupé de ma mère quand elle est décédée. Je n'oublie jamais un visage, répond Papa. N'est-ce pas, ma chérie ?

— Non, Papa. Tu as une très bonne mémoire des visages, je murmure.

Nigel incline la tête.

— Bien sûr. Ce fut un honneur de nous occuper de Mme Greene. C'est formidable que vous soyez venu à notre manifestation aujourd'hui, monsieur. Je suis sûr que ça va remonter le moral des troupes.

Avec appréhension, je lève les yeux vers Papa. *S'il te plaît, ne lui dis pas que tu es le promoteur.*

— Oh, je ne suis pas là pour manifester. Je ne fais que passer, répond-il.

Je pousse un soupir de soulagement. Être démasquée comme la fille du promoteur me mettrait dans une position très précaire, surtout parce que j'ai amené tant de mes amis manifester ici aujourd'hui.

— Ravi de vous revoir, Monsieur Cossington, dit Papa avant de se tourner vers moi pour ajouter : Réfléchis à ce que je t'ai dit, ma chérie, et nous aurons une petite discussion plus tard. Au revoir.

Et avant que j'aie eu le temps de répondre, il monte dans son Range Rover et s'en va.

Chapitre Vingt-Neuf

JE ME TIENS devant le miroir de ma chambre d'enfant et je contemple mon reflet. Dans ma robe bleu pâle et moulante de chez Jenny Packham inspirée de Kate Middleton, que Maman m'a achetée lors de sa dernière visite à Londres il y a quelques semaines, la personne qui me regarde en retour a l'air mature, posée et parfaitement maîtresse d'elle-même.

La personne à l'intérieur ? Ce n'est pas vraiment ça.

Les révélations de mon père tourbillonnent autour de moi dans un brouillard, me happant comme des barracudas enragés. Il savait qui était Noah lorsque nous avons fait notre visite impromptue le week-end dernier, mais il nous a laissé croire à tous les deux que nous nous en étions tirés sans aucun désagrément. Qui plus est, il le regarde toujours de haut avec son air de grand propriétaire terrien, comme si Noah était un être inférieur du simple fait de sa naissance, tout comme les autres villageois. Pour lui, ce n'est toujours que le fils du mécanicien qui a oublié sa place et a dépassé les bornes avec sa fille.

Noah. Mon ventre se noue désagréablement tandis que mes pensées se tournent vers lui. Comment lui dire que je ne peux plus participer à la manifestation, que j'ai un sérieux conflit d'intérêts ? Comment lui dire que c'est *ma* famille qui va être responsable de l'abattage de notre arbre ?

Comprendra-t-il ?

On frappe à ma porte, me tirant de mes pensées.

— Entrez, dis-je en me retournant pour voir qui c'est.

— Tabitha, tu es magnifique ! s'exclame Lottie alors qu'elle, Zara et Kennedy entrent en force dans ma chambre.

— Tu déchires dans cette robe, ma belle, dit Kennedy.

Vêtues de robes longues, elles sont toutes absolument superbes. Lottie porte une robe jaune pâle aux épaules dénudées qui est magnifique avec sa peau crémeuse ; Zara porte une robe violet foncé avec des mancherons en dentelle et une jupe plissée qui s'accorde parfaitement avec ses longs cheveux bruns, et Kennedy est d'une beauté presque surnaturelle dans son blanc signature.

— Ça ira ? je leur demande.

— Oh oui, ça ira, ma belle. Ce soir, tu es plus Kate Middleton que Kate elle-même, me dit Zara.

— Mais elle ressemble toujours à Tabitha, pas comme si elle jouait à se déguiser en duchesse de Cambridge, fait remarquer Lottie.

— Oh, tout à fait Tabitha, approuve Kennedy.

— Eh bien, être moi est une chose à laquelle je me suis

habituée au cours des trente dernières années. Je fais une grimace au fait qu'aujourd'hui, ce n'est pas seulement la fête de mon anniversaire, mais aussi le jour J. J'ai trente ans. Bon sang, comment c'est arrivé ?

Zara me sourit.

— Bienvenue au club, ma belle.

— Je dois te dire que, même si je n'ai pas la trentaine depuis si longtemps, c'est vraiment le top. Oublie les incertitudes et l'angoisse de la vingtaine, quand tu penses tout savoir mais qu'en réalité, tu ne sais quasiment rien. Trente ans, c'est l'âge idéal. Tu vas adorer. Kennedy me prend dans ses bras et me serre brièvement, et je respire son parfum floral.

— C'est si gentil de la part de tes parents de nous laisser toutes rester ici, dit Lottie, et je pense immédiatement à Noah, qui loge au Noble Pigeon.

— Ma belle, ils ont au moins trois millions de chambres ici. Cet endroit est un vrai château, répond Kennedy en se penchant pour caresser Echo.

Lottie hausse les épaules.

— Noah loge au pub du village.

Zara dit :

— C'est seulement parce que Tabitha ne veut pas que ses parents le reconnaissent. Pas vrai, Tabitha ?

L'aveu de Papa, qui savait précisément qui était Noah, me pèse sur l'estomac. Je décide de mettre mes amies dans la confidence et de leur dire qu'il savait qui il était et qu'il semble toujours penser que c'est un être inférieur, uniquement à cause de sa naissance.

— Je n'en reviens pas. C'est tellement vieux jeu ! déclare Lottie.

— Ouais. Il se croit dans *La Chronique des Bridgerton*

ou quoi ? Parce que, scoop pour lui : ce n'est pas le cas, interroge Kennedy.

Zara secoue la tête.

— On dirait ma grand-mère, mais elle a environ cent ans, alors au moins, elle a cette excuse. Ton père a besoin de vivre avec son temps.

— Qu'est-ce que tu vas faire ? demande Lottie.

— Je vais aller à ma fête et y penser plus tard, voilà ce que je vais faire.

Je ne leur ai même pas encore parlé de la bombe du genre *ma famille est le promoteur.*

Ça peut attendre.

— C'est bien, ça, dit Lottie en me prenant dans ses bras. L'amour n'est jamais un long fleuve tranquille. Regarde-nous toutes. Elle montre Zara du doigt. Tombée amoureuse d'un de ses meilleurs potes pour découvrir qu'il cachait un énorme secret qui a bouleversé sa vie. Elle montre Kennedy. Tombée amoureuse d'un type qu'elle détestait et qui s'est ensuite avéré être son patron.

— Le patron de mon patron, je crois, corrige Kennedy. Oh, je m'en souviens à peine, maintenant.

Lottie se désigne du pouce. — Je suis tombée amoureuse du mec avec qui je faisais semblant d'être amoureuse alors que je pensais être amoureuse de quelqu'un d'autre. Alors tu vois ? L'amour n'est jamais simple.

— Oui, mais pour vous toutes, ça s'est bien terminé, je proteste.

— Et ça se terminera bien pour toi aussi, répond Lottie. Tu verras.

Ragaillardie, je redresse les épaules. — Tu as raison. Papa finira par se faire une raison.

Lottie me fait un clin d'œil. — Voilà l'esprit.

Kennedy regarde son téléphone et dit : — Il est temps de

t'amener à ta fête, reine de la soirée. Allez, les filles. Il est presque huit heures.

Zara lisse sa robe. — En fait, avant d'y aller, j'ai quelque chose à dire avant qu'on descende.

— Qu'est-ce que c'est ? Je demande.

— C'est un cadeau. De nous tous. Ash y compris, et il sera déçu d'avoir raté ça.

— Raté quoi ? demande Asher, qui se tient sur le seuil, extrêmement séduisant dans son smoking et sa chemise blanche impeccable.

— Tu es là. Zara traverse la pièce et le prend dans ses bras, comme si elle n'avait pas passé toute la journée avec lui.

C'est ça, l'amour.

— Tu as déjà fait le truc ? demande-t-il.

— On s'apprêtait à le faire.

Le visage d'Ash s'illumine d'un grand sourire. — Génial.

Je parcours la pièce du regard et remarque qu'une de mes amies a disparu. — Où est passée Lottie ?

Zara fait un geste de la main en l'air. — Oh, ne t'en fais pas. Elle fait juste un truc.

— Oka*aaay*, je réponds, dubitative.

— Prête, Lottie ? demande Kennedy, et la tête de Lottie apparaît au-dessus du lit.

— Oui. Prête.

— Vous allez me faire une chorégraphie ? Parce que vous savez ce que je pense de vos talents de danseuses, je préviens avec un sourire.

— Qu'est-ce que tu insinues ? demande Kennedy.

— Aucune de vous n'est douée et vous ne devriez jamais danser en public.

Parle pour toi, Tabitha. J'ai le ry*thme* dans la peau. Asher exécute une petite danse amusante qui nous fait toutes rire. Quoi ? demande-t-il, les yeux pétillants. Je pensais que c'était super.

— Tu étais super, chéri, lui dit Zara. Bon, je commence. Elle s'éclaircit la gorge. Tabitha, toi et moi sommes complices comme larrons en foire depuis le jour où on s'est rencontrées, adolescentes boutonneuses au goût vestimentaire épouvantable, à l'internat.

— J'avais un goût vestimentaire incroyable, je proteste.

— Non, ce n'est pas vrai. Mais, depuis, poursuit-elle d'un ton appuyé, tu es l'une de mes meilleures et plus proches amies, toujours là pour moi quand j'en avais le plus besoin, surtout quand j'avais besoin de m'amuser. Elle me fait un large sourire, et je lui souris en retour.

— C'est à mon tour, me dit Lottie. Je ne t'ai rencontrée qu'au début de notre vingtaine, mais dis donc, on a bien rattrapé le temps perdu. Tu es la personne la plus drôle qui soit, et la meilleure amie quand ça ne va pas. Je n'arrive pas à croire que je suis amie avec quelqu'un qui a grandi dans ce fichu *château*, mais je suis tellement contente de t'avoir dans ma vie.

Je penche la tête sur le côté et j'articule silencieusement « Merci » dans sa direction.

C'est au tour de Kennedy de parler. — Je ne t'ai rencontrée qu'en arrivant en Angleterre il y a quelque temps, mais tu es devenue une partie tellement importante de ma vie ici. En fait, je ne peux tout simplement pas imaginer ma vie à Londres sans Tabitha Greene.

Je lui envoie un baiser.

— C'est la même chose pour moi, dit Asher avec un grand sourire. Je ne vais pas tomber dans le mélo et tout le tralala, mais je te trouve vraiment géniale.

J'envoie aussi un baiser à Asher.

— Très bien. Fini les discours, c'est l'heure de ton

cadeau. On a eu du mal à trouver quoi offrir à la fille qui, franchement, a beaucoup plus que nous tous, dit Zara, et les autres approuvent. Alors à la place, on a décidé de t'offrir quelque chose que tu as déjà en prêt.

Je hausse les sourcils en la regardant. — C'est-à-dire ? je la relance.

— On a parlé à Maya, et elle a trouvé que c'était une super idée.

— Qu'est-ce que ma voisine vient faire là-dedans ?

— Pas de questions, lance Lottie en me pointant du doigt.

— Alors, sans plus attendre, dit Kennedy avec un sourire, voici ton cadeau. Joyeux anniversaire, Tabitha.

Lottie appelle : — Echo. Au pied, ma belle.

L'instant d'après, Echo traverse le tapis et nous observe tous, sa queue battant lentement d'un côté à l'autre. Elle porte un grand nœud en velours rouge attaché à son collier, et elle n'a pas l'air particulièrement ravie de le porter, d'ailleurs.

Je plisse les yeux. — Je ne comprends pas.

— On t'offre Echo, idiote, dit Lottie. Maya a dit que ça l'aiderait énormément, mais elle a précisé que tu devais promettre de l'amener voir les enfants toutes les semaines ou toutes les deux semaines.

— Et comme on n'est pas des amis radins qui essaient de s'en tirer sans dépenser d'argent, tu as aussi un crédit conséquent dans le magasin pour chiens complètement fou de Zara, dit Ash.

— Les Toutous de Pénélope, l'interrompt Zara.

Asher secoue la tête. — Je ne prononcerai pas ce nom.

— Bref, dit Zara, les yeux brillants d'amusement, tu as un crédit pour toute la nourriture, les friandises et tout ce dont tu as besoin pour Echo chez Les Toutous de Pénélope, c'est notre cadeau supplémentaire pour toi.

Mon regard passe d'Echo à mes amis, puis de nouveau à elle. — Vous m'avez offert Echo ? je demande, peinant à croire ce qu'ils me disent.

— Oui ! disent-ils tous en chœur.

— Et ça ne dérange pas Maya ?

— Oui ! répondent-ils encore tous ensemble.

— Elle a dit que ça l'aiderait vraiment, en fait, avec les enfants et son mari qui est le vaurien que l'on sait, répond Lottie.

Kennedy me donne un coup de coude. — Tu ne vas pas caresser ta nouvelle chienne ?

— Tu plaisantes ? Bien sûr que si ! Je tombe à genoux et Echo s'approche de moi, la tête basse. — Viens ici, ma belle. Je retire le ruban surdimensionné et elle retrouve immédia-tement son entrain habituel, sa queue faisant frétiller tout son corps d'un côté à l'autre pendant que je la caresse et dépose des baisers sur le sommet de sa tête. — C'est qui la gentille fille, alors ? C'est qui, *ma* gentille fille ?

Les battements de sa queue s'accélèrent tandis que sa longue langue rose essaie de me lécher la joue.

— Echo, on va tellement s'amuser toutes les deux, je murmure dans sa fourrure.

— Oh, regardez-vous toutes les deux. C'est ça, le grand amour, dit une voix américaine qui n'est pas celle d'Asher, et je lève les yeux de là où je suis, sur le sol, pour voir Noah debout devant moi.

Sa vue me coupe le souffle. Je l'ai vu en costume, incroyablement sexy et bien taillé. Je l'ai vu en mode décon-tracté, les manches de chemise retroussées exposant ses bras bronzés et musclés, sa chemise mouillée et éclaboussée de peinture collée à ses bras. Mais là, c'est un tout autre niveau.

Il porte un smoking, le blanc immaculé de la chemise faisant parfaitement ressortir son teint hâlé. Il a rasé sa barbe de quelques jours, mais sa mâchoire carrée et ses pommettes hautes semblent toujours avoir été ciselées dans un bloc de pierre, et ses yeux dansent et scintillent dans la douce lumière du soir d'été.

— Ce sont mes amis qui m'ont offert Echo, je lui dis.

Il s'accroupit à côté de moi, caresse la fourrure d'Echo et son visage s'illumine d'un large sourire. — Pour de bon ?

Je hoche la tête. — Maya a dit que c'était d'accord.

— C'est génial, les gars, dit-il à mes amis. Comment vous avez réussi ce coup-là ?

— C'était mon idée, dit Lottie sous les regards de Zara, Asher et Kennedy. — Quoi ? C'est vrai.

— Zara et moi, on est tombées sur Maya au parc avec Echo et ses enfants, et elle avait l'air super stressée. On en a parlé à Lottie, explique Kennedy.

Puis Lottie prend le relais. — Et j'ai eu l'idée de génie de lui demander si elle serait d'accord pour la vendre à Tabitha. Elle me regarde. — Ce à quoi elle a répondu qu'elle te la donnerait avec plaisir, parce qu'elle sait à quel point Echo et toi vous vous aimez, et c'est là qu'on a tout organisé.

— N'est-ce pas incroyable ? dis-je à Noah. — Elle pourra venir chaque jour à la galerie avec moi, tout comme elle l'a fait cette semaine, et on se connaît déjà tellement bien. Je contemple Echo, le cœur rempli d'amour pour elle.

Noah pose sa main sur la mienne et la serre doucement, son contact m'envoyant des frissons. — Je suis tellement heureux pour toi.

Je lève les yeux vers lui, et alors que nos regards se croisent, je ne peux imaginer de meilleure sensation que celle-ci. Je suis ici avec mon nouveau chien et l'homme que j'ai toujours aimé est revenu à moi.

— Tu es si belle ce soir, murmure-t-il.

Je lui souris radieusement. — Merci. Tu n'es pas mal non plus, toi.

Quelqu'un se racle la gorge.

— Je crois qu'on va tous descendre à la fête, maintenant.

— Oui, bonne idée. Allons-y.

— On vous retrouve en bas, vous deux.

— Ne faites rien que je ne ferais pas.

Et puis la porte se referme et nous nous retrouvons seuls, juste Noah et moi, et une Echo à l'air très heureux.

Je regarde autour de moi la pièce vide. — Tout le monde est parti.

Noah se relève et me tend la main. — Je ne peux pas dire que ça me désole de t'avoir pour moi tout seul, dit-il en me remettant sur pied.

Nous sommes debout l'un près de l'autre, nos corps assez proches pour se toucher, et j'inspire son parfum tandis qu'il fait glisser ses doigts le long de mon bras nu, faisant frissonner tout mon corps.

— Je ne sais pas si je t'ai déjà vue aussi belle que ce soir, Duchesse, murmure-t-il, la voix basse, alors que ses doigts atteignent mon épaule puis se mettent à suivre le contour de ma clavicule. Une décharge électrique traverse mon corps, hérissant les poils de mes bras. — Même si pour moi, tu as toujours été si belle.

Je lève les mains pour les accrocher derrière son cou et lui souris radieusement.

— Ça te dérange si j'enlève un peu de ce rouge à lèvres en le faisant baver ?

Il plaisante, ou quoi ? Qui pense au rouge à lèvres en ce moment ?

Je passe mes doigts dans son dos et les enchevêtre dans ses cheveux. — Embrasse-moi.

Il n'hésite pas, ses lèvres rencontrant les miennes presque aussitôt. Notre baiser est long et profond, et quand nous nous séparons enfin, nous avons tous les deux le sourire aux lèvres, le rouge à lèvres bel et bien étalé.

Je laisse échapper un petit rire satisfait en essuyant mon visage, puis je fais de même pour lui. — Si j'avais su que tu allais m'embrasser comme ça, je ferais en sorte que ce soit mon anniversaire tous les jours.

— Je peux tout à fait t'embrasser comme ça tous les jours. Tu sais, s'il le faut.

— Oh, il le faut.

— Joyeux anniversaire, au fait. Je sais que je l'ai déjà dit, mais je voulais le dire en te donnant ton cadeau. Il se tourne, prend quelque chose emballé dans du papier kraft et noué d'un simple ruban, et me le tend. — Pour toi. Ouvre-le.

Je tire sur le ruban, qui se détend et tombe par terre. Ensuite, je glisse mon doigt sous le ruban adhésif qui maintient le papier en place, pour révéler une peinture. C'est une peinture à l'huile, une œuvre abstraite, avec des volutes de bleus et de verts subtils qui naissent de l'obscurité. C'est comme si elle m'invitait dans son monde, peuplé de structures aux allures d'arbres et surmonté d'une lune.

Je lève les yeux vers Noah.

— Elle est magnifique. Qui l'a peinte ?

— C'est moi, dit-il simplement. C'est la peinture que j'allais te donner ce jour-là après notre rupture, sauf que je n'en ai jamais eu l'occasion.

C'est la peinture ?

À ma grande surprise, des larmes me montent aux yeux et je le prends dans mcs bras.

— Merci. Je l'adore, Noah.

— Vraiment ? demande-t-il, et le doute dans sa voix me fait verser une larme.

Je recule et contemple son beau visage.

— Oui, vraiment. Et autre chose, aussi.

— Quoi donc ?

— Je t'aime, *toi*.

Ses lèvres s'étirent en un sourire à fendre le cœur.

— Moi aussi je t'aime, Duchesse.

Il s'empare de ma bouche une fois de plus, m'embrassant si longuement et si bien que je jurerais que mes genoux se dérobent sous moi tandis que mon cœur s'envole au-dessus des nuages.

Chapitre Trente

— Te voilà devenue une adulte, n'est-ce pas, Tabitha ? Mon oncle Jerry me dévisage à travers ses lunettes en fil de fer un peu vieillottes, style années 90, la lumière du lustre au-dessus de nous se reflétant sur son crâne chauve. — Il serait temps que tu te cases et que tu fasses des mômes, hein ? On ne peut pas laisser ta petite sœur te coiffer au poteau, n'est-ce pas ?

— Ah, eh bien, oncle Jerry, c'est déjà fait, j'en ai bien peur, je réponds en haussant les épaules.

J'ai l'habitude de ce genre de conversation de la part de

ma famille. Ça n'arrête pas depuis que Fenella s'est mariée il y a quelques années. Vraiment, je trouve ça très amusant.

— Il va falloir que tu rattrapes ton retard, alors. N'est-ce pas ? continue oncle Jerry.

— En fait, ça ne sert pas à grand-chose que j'essaie de rivaliser avec elle, pas vrai ? À moins que je ne trouve un homme convenable ce soir, que je l'épouse demain, que j'aie un enfant neuf mois plus tard, et que cet enfant ait lui-même un enfant à, disons, seize ans environ ? Alors là, peut-être, j'aurais une infime chance de devenir grand-mère avant elle.

Il fronce ses sourcils blancs et fins. — Comment ça ?

— Tu n'approuves pas mon plan ?

— Eh bien, je pense qu'il n'est pas nécessaire d'être si précipitée.

Je me penche vers lui et lui dis à voix basse : — Je devrais annuler l'église ?

Il cligne des yeux plusieurs fois avant de dire : — Oui, fais ça, et il se tourne pour parler à quelqu'un qui n'a pas un plan franchement ridicule pour gagner une course inexistante contre sa sœur.

— Oncle Jerry t'a fait son discours, sœurette ? demande Fenella en apparaissant à mes côtés. Elle est très jolie dans sa nouvelle robe grise Jenny Packham. Un autre achat de Maman pour la sauterie de ce soir. D'ailleurs, nous portons toutes les trois des robes Jenny Packham. Il semblerait que Kate Middleton soit l'idole de la mode pour toutes les femmes Greene ce soir.

— Ce ne serait pas une fête de famille Greene sans un discours d'oncle Jerry, pas vrai ?

Elle glousse. — Je suis désolée d'avoir si bien réussi sur le front du mariage et des bébés. J'essaierai de tout rater à l'avenir. Peut-être qu'un des jumeaux pourrait entrer dans la pègre et voler des voitures ou un truc du genre.

— Ajoute un meurtre et ce serait parfait, merci. Je lui souris, et elle me sourit en retour. — En fait, il y a une chose pour laquelle tu peux m'aider, Fen. C'est quoi cette histoire avec ce nouveau projet immobilier ? Papa dit que tu es au courant de tout.

— Lequel ? Il est impliqué dans plusieurs en ce moment.

— Celui dans le village, sur le terrain près de la rivière, où ils doivent abattre le vieux chêne.

Elle m'attrape le bras et me fait taire. — Ne va pas jacasser sur ça, Tabitha. Papa a travaillé très dur pour que son nom n'apparaisse pas. Tu imagines ce que les villageois penseraient s'ils savaient qu'il était impliqué ?

— Mais il est impliqué. C'est ça le problème.

— Ce n'est un problème qu'à cause de ces maudits manifestants. Ils font un foin complètement inutile à propos de tout ça. Ça a causé pas mal de retard dans le lancement du projet.

— Alors, tu trouves ça normal qu'ils débarquent comme ça pour abattre cet arbre et changer l'aspect du village à jamais ?

— Ce que je pense n'a pas d'importance. Papa a signé un accord avec ce consortium d'hommes d'affaires, et ils sont déterminés à obtenir gain de cause. Tu sais comment est Papa quand il a une idée en tête.

Oh, oui. Je sais exactement comment il est.

— Joyeux anniversaire ! dit une voix, et je me retourne pour me retrouver face à quelqu'un que je n'ai pas vu depuis des années.

Et pour une très bonne raison.

— Magnus ? je demande en observant un homme grand et mince aux cheveux blonds et à l'immense sourire.

— Viens par là, Tabby. Il me prend dans ses bras, et je manque de m'étouffer avec son omoplate qui me rentre dans la gorge.

— Ça va ? Tu t'étouffes avec ton vin ? me demande Magnus.

— Non, ça va, je lui dis une fois remise. — Je ne savais pas que tu venais ce soir. Je n'ajoute pas que je ne l'ai pas invité. Qui invite son ex-fiancé qu'elle n'a jamais aimé à sa fête d'anniversaire ?

— C'est ta mère qui m'a invité, en fait.

Évidemment.

— Je me suis dit que ce serait plutôt amusant de te revoir après tout ce temps. Il se rapproche de moi, et je sens son haleine de vin éventé. — Dis-moi, tu vois quelqu'un, Tabby ?

Va droit au but, tant que tu y es.

— Magnus, tu te souviens de ma sœur, Fenella ? dis-je en retour.

— Bien sûr. Comment vas-tu, Fen ?

— À merveille, merci, dit-elle avec un grand sourire.

Je sens une main se glisser autour de ma taille par-derrière et je me retourne pour voir Noah, qui me sourit. — Ça te plaît, ta soirée, la reine du jour ?

Je me fige dans ses bras, mes yeux balayant la pièce pour savoir qui peut le voir me toucher. Heureusement, aucun de mes parents n'est en vue.

Noah le remarque sur-le-champ. — Tout va bien ?

— Ça va. Absolument, je baragouine, alors que je ressens tout le contraire.

Je m'en veux de laisser la désapprobation de Papa à

l'égard de Noah m'atteindre. Ne suis-je pas adulte depuis assez longtemps pour ne pas me soucier de ce qu'il pense ?

Je me force à me détendre, me hausse sur la pointe des pieds et dépose un rapide baiser sur ses lèvres.

Peu importe si Papa me voit. Je suis une adulte et je choisis Noah.

Mais j'espère quand même qu'il n'a rien vu.

— Salut, toi. Tu te souviens de moi ? dit Fenella, et je relâche mon étreinte sur Noah.

— Fenella ? demande-t-il, et elle hoche la tête en lui souriant. Je sais exactement ce à quoi elle pense en ce moment : Noah à dix-huit ans, en t-shirt mouillé. *Magic Mike*.

— C'est moi. La petite sœur. Contente de te revoir après tout ce temps, Noah. Elle l'embrasse sur chaque joue. — Je te présente Magnus.

Le regard de Noah se pose sur lui, et j'ai envie de disparaître sous terre. — Je me souviens. Comment allez-vous ? lui demande-t-il avec courtoisie.

— Bien, bien, répond Magnus, qui n'a clairement aucun souvenir de Noah. Il vide son verre puis annonce : — Je vais me resservir. On se revoit plus tard. Et Tabitha ? Il faudra qu'on se raconte nos vies, hein ?

— Bien sûr.

— C'était *le* Magnus ? demande Noah.

— C'est ma mère qui l'a invité.

— Ah.

— Qu'est-ce que tu fais ici, Noah ? demande Fenella, et je lui suis profondément reconnaissante de changer de sujet. Noah sait que je l'ai largué pour me mettre avec Magnus, alors le voir ici ne doit pas être très amusant pour lui. — Je veux dire, je sais que tu travailles avec Tabitha, mais est-ce que tu habites ici maintenant ?

— Je vis à Londres, mais ça fait vraiment du bien de revenir. Cet endroit n'a pas changé, enfin, si on arrive à tenir les promoteurs à l'écart de ce coin près de la rivière, en tout cas.

— Tu participes aux manifestations ? demande-t-elle.

— Oui. On y participe tous les deux. Pas vrai, Duchesse ?

Les yeux de Fenella se posent sur moi. — *Toi*, tu as manifesté ?

Ma poitrine se serre. — J'ai... enfin nous... Je pince les lèvres, cherchant les mots justes. Comment répondre sans passer pour une traîtresse à la famille aux yeux de Fenella, ou pour une pure menteuse aux yeux de Noah ?

— La question est assez simple. Tu as manifesté ou pas ? demande Fenella, et Noah et elle me regardent en attendant ma réponse.

Je n'ai pas d'autre choix que de tout avouer.

— Écoute, Fen, c'est un endroit magnifique qui compte beaucoup pour nous et pour tant de gens. Le projet immobilier va le gâcher. Ça va complètement changer l'aspect du village. Quand on sera assis dehors à manger au Noble Pigeon, on aura vue sur la clôture du voisin.

Le visage de Fenella est horrifié. — Mais tu ne peux pas, Tabby. Tu sais que tu ne peux pas, siffle-t-elle.

— Qu'est-ce que tu veux dire ? demande Noah. Tabitha a le droit de manifester pour une cause en laquelle elle croit. On est dans un pays libre.

Fenella fronce les sourcils. — Tu ne comprends pas, Noah. Mais Tabitha, si.

Le regard de Noah passe de ma sœur à moi. — Qu'est-ce qui se passe ?

Je sais que je dois lui dire. Mais pas ici. Pas au milieu de la fête.

— Viens avec moi, je lui dis en glissant ma main dans la sienne. Je le guide à travers la foule jusqu'au vestibule. — Allons dans le bureau de Papa.

Le claquement de nos talons sur le sol en marbre résonne dans le large couloir. Une fois dans le bureau, je ferme la porte derrière nous, la lumière de fin de soirée embrasant toute la pièce de douces teintes roses et orangées.

— J'espère que tu m'as amenée ici pour faire autre chose que de parler, dit-il en faisant glisser un doigt le long de ma mâchoire jusqu'à mon menton. Il relève mon visage et me regarde avec des yeux doux. — Bien que je pense vraiment que tu doives me dire ce qui se passe.

Je prends une profonde inspiration et m'éloigne de lui. Ça ne va pas être facile de lui dire que je dois me retirer complètement des manifestations, et il est presque impossible de me concentrer quand il me touche.

— Duchesse ? Qu'est-ce qu'il y a ?

J'avale ma salive et me tourne pour lui faire face. — J'ai appris quelque chose aujourd'hui, quelque chose qui change la donne pour moi.

— Ça a un rapport avec nous ?

— Non, pas nous, je réponds précipitamment. Ce que je ressens pour toi n'a pas changé.

Ses traits tendus se détendent en un sourire. — Tu m'as fait peur un instant.

Je me mords la lèvre. — C'est le projet de développement près de la rivière. Par un étrange concours de circonstances, j'ai découvert aujourd'hui que ma famille est l'un des membres du consortium qui prévoit d'aménager le terrain.

Il cligne des yeux, surpris. Ta famille ?

J'hoche la tête, mon pouls s'accélère. — J'ai ce qu'on

appelle, je crois, un conflit d'intérêts. J'essaie de rire, mais mon rire sonne creux dans la pièce spacieuse.

Son regard est posé sur moi. — C'est sûr. J'imagine que oui.

— Papa m'a dit que même si on ne sait pas qu'il est impliqué, il n'est plus prudent pour moi de manifester, surtout que les gens savent que je suis sa fille. Et je comprends tout à fait son point de vue. On ne veut pas investir une somme énorme dans un projet pour qu'un membre de sa propre famille fasse de son mieux pour le contrecarrer.

— Non, je vois ça. Sa voix est devenue fluette.

Une vague de soulagement m'inonde, et je traverse la pièce pour l'enlacer. — Noah, je suis si contente que tu voies les choses de mon point de vue, et je suis tellement désolée de devoir me retirer. Je ne veux pas qu'ils détruisent le champ, mais j'ai les mains liées. Je le serre dans mes bras, me sentant beaucoup mieux qu'un instant auparavant.

— Et l'arbre, dit-il.

— Oui, et l'arbre.

Après un instant, je remarque qu'il ne me serre pas en retour, ses mains posées lâchement sur ma taille. Je recule et lève les yeux vers lui. — Noah ? je demande.

— C'est tout ? Ta décision est prise ?

Je pince les lèvres et hoche la tête. — Il le faut.

Il s'écarte de moi, se retourne et commence à faire les cent pas dans la pièce.

La tension crépite entre nous.

— Ça ne change rien. On est toujours nous. On va toujours être ensemble.

Il s'arrête net et se tourne pour me faire face. — Tu t'es figée quand je t'ai touchée là-bas.

— Quand ? je demande, en sachant très bien quand.

— Juste avant, quand tu étais avec Fenella.

— Seulement parce que j'ai été surprise, rien de plus.

— Vraiment ?

Je laisse tomber mes épaules. Je ne peux pas lui mentir. Il mérite mon honnêteté. — Je ne voulais pas que mes parents nous voient comme ça.

— Mais ils ne m'ont même pas reconnu.

— Si. Papa m'a dit qu'il était poli.

— Poli, répète-t-il. D'accord.

L'anxiété me noue l'estomac tandis que je fais quelques pas vers lui. — Tu dois me laisser un peu de temps avec eux. Notre histoire... ce n'est pas simple.

Il fixe quelque chose par la grande fenêtre qui donne sur les jardins. — J'imagine que non.

Je tends la main et prends la sienne. — On peut toujours être ensemble, juste pas devant eux. Pas encore.

— Alors, on en revient là où on était il y a toutes ces années ? Il se retourne pour me faire face, et la froideur dans ses yeux sème la panique en moi.

— Non !

— Je ne serai pas ton vilain petit secret, Tabitha. Pas encore.

— Je suis tellement désolée. C'était un moment stupide, là-bas avec Fenella, et je le regrette. Tu comptes tellement pour moi et nous retrouver comme nous l'avons fait cette semaine, c'est tout ce que j'ai toujours voulu.

Il hoche la tête, la mâchoire crispée. — Tu veux savoir ce que ton père nous a dit, à mon père et à moi, le jour où on a rompu ?

Je baisse la tête, la honte m'envahissant la poitrine.

— Il m'a dit que je ne serais jamais assez bien pour toi.

Mon cœur bat à tout rompre dans mes oreilles. — Il a dit ça ?

— Il m'a dit de quitter la ville et de ne jamais revenir, sinon il ruinerait l'entreprise de mon père. Voilà le type bien qu'est ton père, Tabitha. Vraiment un type bien.

— Non, ça ne peut pas être vrai. Je ne te crois pas, je proteste. Mais dans un coin de ma tête, une voix me demande s'il en aurait été capable. Je savais que Papa n'approuvait pas ma relation avec Noah pour toutes ses raisons ridicules et archaïques de classe sociale, d'éducation et de *bonnes* fréquentations. Mais il n'irait pas jusqu'à chasser quelqu'un de la ville.

C'est un peu trop digne d'une émission de téléréalité pour la famille Greene.

— Pourquoi crois-tu que je sois parti ? Réponds à ça.

— Parce que... parce que tu voulais travailler sur un bateau de croisière et voir le monde. C'est ce que tu m'as dit.

— Tabitha, je n'avais pas le choix. Je devais partir pour protéger le garage de mon père, le commerce que lui et ma mère sont venus gérer en Angleterre. Il n'allait pas essayer de tout recommencer ailleurs. C'est dur de le faire, de recoller les morceaux et de repartir de zéro. Tu n'as jamais eu à le faire. Tu as eu cette vie de rêve où tout t'a été servi sur un plateau d'argent.

— Ce n'est pas vrai. Je travaille dur à la galerie et... et...

Il ne m'écoute pas. Il commence à énumérer des choses sur ses doigts. — Tes parents t'ont payé l'université, ils t'ont acheté la galerie, ils t'ont installée dans ton appartement.

Je me mords la lèvre. Je sais que tout ce qu'il dit est vrai. — Il n'y a rien de mal à ça, tu sais. Et même si c'était le cas, je n'y peux rien si je viens d'une famille qui a les moyens. Je n'ai rien demandé de tout ça, tu sais. Je ne suis pas une pauvre petite fille riche.

Il pose ses paumes chaudes contre la peau fraîche de mes bras, et je lève les yeux pour voir de la douceur dans les siens. — Je ne te traite pas de pauvre petite fille riche. Je te demande de ne pas répéter ce que tu nous as fait il y a douze ans.

Je fronce les sourcils. — Je ne romps pas avec toi, si c'est ce que tu veux dire.

Il secoue la tête. — Ce que je veux dire, c'est que je te demande de t'affirmer. D'être Tabitha Greene, pas la fille de Francis Greene.

— Tu veux dire que je devrais défendre mes convictions et me battre pour sauver le champ ?

— Le champ *et* l'arbre. L'arbre qui compte tant pour nous. Est-ce que ça ne compte pas pour toi ?

— Bien sûr que si, mais ce n'est pas si simple.

— Je sais. Je comprends. Comme ton père est le promoteur, tu iras à l'encontre de ses volontés. Je comprends. Je comprends que c'est difficile pour toi. Tout ce que je dis, c'est : n'est-il pas temps que tu te fasses ta *propre* opinion sur quelque chose d'important ? N'est-il pas temps que tu voles de tes propres ailes ?

Ma respiration est courte tandis que je regarde Noah. Je sais que ce qu'il dit est sensé, mais cette situation est bien plus compliquée que ça.

Je prends une profonde inspiration, mes membres tremblent. — Noah, c'est ma famille. Je ne peux pas simplement me battre contre quelque chose qu'ils essaient de faire, peu importe que je pense que c'est bien ou mal.

Ses traits se durcissent. — En fait, si, tu le peux, parce que tu *penses* que c'est mal. Tu l'as dit toi-même.

— C'était avant de savoir. Je baisse le regard, le cœur tordu de douleur. — Noah, s'il te plaît, ne m'oblige pas à choisir entre toi et eux.

— Ce n'est pas ce que je fais, et j'ai besoin que tu le comprennes. Je te demande de défendre ce en quoi tu crois, et je sais que tu veux sauver notre arbre.

Notre arbre.

Ces mots me serrent le cœur, *fort.*

Je veux sauver l'arbre. Je ne veux pas que Papa urbanise le terrain. Je veux qu'il reste tel qu'il est. C'est magnifique. Construire sur ce terrain changera le village pour toujours.

Mais je ne peux pas aller contre la volonté de mon père. Ni maintenant, ni jamais.

Pas même pour sauver notre arbre.

Et je sais ce que cela signifiera pour nous. Je sais que Noah sera blessé.

Lentement, le cœur battant, je lève mon regard vers le sien. Ma main sur son bras, je murmure : — Je ne peux pas. Je suis désolée.

Sa mâchoire se crispe, sa pomme d'Adam descend avant de remonter. Il me fixe pendant un long moment, avant de finalement ouvrir la bouche pour parler.

— J'aurais voulu que les choses soient différentes. J'aurais voulu...

Il retire ses mains de mes bras, et la panique s'installe en moi.

— Quoi ? Qu'est-ce que tu aurais voulu ? Dis-le-moi.

— J'aurais voulu que tu aies changé. J-j'espérais que c'était le cas.

Il pousse un soupir, l'air abattu.

— Tu as dit que c'était une bonne chose que je n'aie pas changé, tu te souviens ?

— Pas à ce sujet.

Je me rapproche de lui, mes mains agrippant ses avant-bras.

— Noah, j'ai grandi. J'ai une vie géniale, un but, et te retrouver a été tout ce que j'ai toujours voulu.

— Mais tu es toujours la même Tabitha que j'ai connue à l'époque. La Tabitha qui ne pouvait pas tenir tête à sa famille ou à ses amies pour obtenir ce qu'elle voulait, par peur de leur désapprobation. Tu as peut-être vieilli, mais là-dessus, tu es la même que tu as toujours été.

— Ce n'est pas vrai, je proteste.

— Aucune de tes prétentieuses amies de pensionnat ne m'appréciait à l'époque. Elles me prenaient de haut, tout comme ta famille. Elles pensaient que j'étais une simple amourette, ta petite frappe. Pas quelqu'un avec qui devenir sérieux.

J'ouvre la bouche pour protester, mais ces mots, ou presque, étaient sortis de la bouche de Prue. Cet été-là, mes amies n'ont jamais voulu que Noah participe à nos activités, le surnommant même le Mécano graisseux parce qu'il était mécanicien. Zara était la seule de mes amies à l'accepter, mais sa voix solitaire s'est perdue dans le raz-de-marée de désapprobation de toutes les autres.

— Tu n'as pas pu leur tenir tête à l'époque, et tu ne peux pas leur tenir tête maintenant.

Je sais qu'il a raison. J'ai beau me voir comme cette femme moderne et sûre d'elle qui maîtrise sa propre vie, ce n'est pas le cas.

— Je suis désolée, je marmonne, alors que ma gorge se serre et que ma poitrine s'alourdit.

Il me fixe un instant, et je le supplie du regard de me pardonner, de faire en sorte que les choses redeviennent comme avant. Mais il détourne les yeux, passe lentement sa veste sur son avant-bras, ouvre la porte, puis quitte la pièce.

Je me retourne et le suis dans le couloir, et je reste là, figée sur place, à le regarder s'éloigner de moi. Il s'arrête une fois pour se retourner vers moi, et je peux voir la douleur gravée sur ses traits, avant qu'il ne se détourne à nouveau et disparaisse au coin du couloir.

Et puis il est parti, et je reste là à le regarder s'éloigner, me demandant comment nous en sommes arrivés là. Et sachant, avec une sensation écœurante, que cette fois-ci — comme la dernière — c'est moi la seule responsable.

Chapitre Trente-Et-Un

Je suis assise avec mes amies à une table de pique-nique sous le chaud soleil de midi au Noble Pigeon. J'ai le dos tourné à la vue sur la rivière et sur le vieux chêne au-delà. Je ne peux pas la regarder. Pas aujourd'hui. Pas après que Noah a quitté la fête hier soir après notre discussion, pour ne plus jamais revenir.

— Tu es sûre qu'il est parti ? demande Lottie, l'inquiétude gravée sur son visage.

— Ouais, est ma réponse laconique.

— Genre, parti *pour de bon* ? Il a quitté Marlingworth ?

Je hausse les épaules. — Sa voiture n'est plus garée dans

331

la rue et il n'y a aucune trace de lui, donc je ne peux que supposer qu'il est parti.

— Pourquoi tu n'essaies pas de rappeler son portable ? Il a peut-être eu le temps de se calmer et de reconsidérer les choses, suggère Zara.

Ma poitrine se serre et la boule que j'ai dans le ventre depuis que je l'ai vu partir en voiture hier soir semble s'alourdir encore plus alors que je prononce ces mots : — Ça ne sert à rien. Il n'a répondu à aucun de mes messages ou de mes appels.

— Fais-le quand même, m'encourage Zara.

— Zee a raison. Tu devrais vraiment vérifier. Il a peut-être perdu son portable, suggère Kennedy.

Je lui lance un regard. — Il ne l'a pas perdu.

Zara montre mon téléphone, posé face contre la table. — Vérifie.

— Juste pour que tu te taises. Je prends mon téléphone et parcours mes messages, ne voyant que ceux que j'ai envoyés à Noah. Bien que je ne m'attende quasiment pas à avoir de ses nouvelles, ma boule au ventre s'alourdit encore. — Rien. Comme je l'ai dit. Il a été clair : c'est fini avant même d'avoir vraiment commencé.

— Je n'arrive pas à croire qu'il s'attende à ce que tu ailles contre ton père comme ça, dit Lottie. On ne peut pas revenir dans la vie de quelqu'un pour cinq minutes après avoir disparu de la surface de la Terre pendant des années et s'attendre à ce qu'elle se retourne contre son propre père. Je veux dire, c'est ton *père*.

— Tu n'as pas *rencontré* son père ? Ce n'est pas vraiment le genre facile à vivre. Kennedy tourne son regard vers moi. — Désolée, ma belle, mais c'est vrai. Il m'a dit hier soir que mon problème, c'est que je suis une réfugiée américaine et que je devrais retourner chez moi, là où est ma place.

— Il a dit ça ? s'esclaffe Lottie. — Quelle impolitesse.

— Il n'a jamais été quelqu'un de facile. N'est-ce pas, chérie ? dit Zara, et je pince les lèvres en secouant légèrement la tête.

Ne pas être quelqu'un de facile est probablement l'euphémisme du jour.

— Il a toujours eu des idées bien précises sur qui est chacun et où est sa place. Il a toujours été comme ça, d'aussi loin que je me souvienne, dit Zara.

— Apparemment, la mienne est aux États-Unis, réplique Kennedy avec un sourire en coin.

Lottie secoue la tête. — Mais c'est la famille. Ça compte, même s'il est un peu difficile. Non ?

Zara dit : — Ce n'est pas parce qu'il fait partie de la famille qu'il a raison. Je veux dire, regardez ce champ là-bas. N'est-il pas magnifique ? Et cet arbre. À couper le souffle.

Mes amies contemplent la vue. Moi, en revanche, je garde les yeux rivés sur le mur extérieur du pub. C'est beaucoup plus sûr dans mon état actuel.

— Pourquoi voudrait-on gâcher cette vue juste pour se faire quelques sous ? continue Zara. — Les habitants de ce village n'en veulent pas, et sa propre fille non plus. Pourquoi ne peut-il pas les écouter ? Entendre raison ?

Je fais la moue en haussant les épaules. — Parce qu'il a pris sa décision et qu'il ne laissera rien se mettre en travers de son chemin.

— Donc, c'est une personne obstinée, commence Lottie.

Kennedy l'interrompt avec : — Bien dit, Lottie.

— Merci, répond-elle. — Noah veut que tu continues à manifester parce que c'est *ton* arbre qui est en jeu ici. C'est ça, Tabitha ?

Les yeux de Kennedy s'illuminent.

— C'est un romantique. Il ne veut pas qu'on abatte

333

l'arbre parce que c'est là que votre histoire d'amour a commencé quand vous étiez ados, et maintenant qu'il est de retour, ou qu'il l'était, en tout cas, il veut en préserver le souvenir parce qu'il n'a jamais cessé de t'aimer.

Elle se cale au fond de son siège, satisfaite de son analyse.

— Merci pour ça, dis-je en grinçant des dents, même si elle a raison sur toute la ligne.

— Oh, ma belle.

Lottie me frotte le bras.

— Pour ce que ça vaut, j'espérais vraiment que ça marcherait avec lui, mais si tu penses ne pas pouvoir aller à l'encontre de ton père, je suppose que tu dois tirer un trait sur Noah et passer à autre chose.

— Lottie a raison, tu sais, et le plus tôt sera le mieux, ma puce, ajoute Kennedy. C'est comme arracher un pansement sur une partie très poilue de la jambe. Ça fera un mal de chien si tu attends trop longtemps.

— Quelle charmante image, dit Zara avec un sourire.

— Mieux que l'épilation du maillot ? demande Kennedy.

Zara frissonne.

— Carrément !

— Salut, les filles. On peut se joindre à vous ? dit une voix, et je lève les yeux pour voir Asher, accompagné des petits amis de mes autres copines, Charlie et James.

— Il va falloir que vous rapprochiez une autre table, parce qu'on ne tiendra pas tous sur celle-ci, lance Zara.

Les garçons passent les minutes qui suivent à rapprocher une table de la nôtre, puis tout le monde se met à décider ce qu'il veut manger.

James s'assoit à côté de Lottie et passe le bras autour de ses épaules.

— Il est où, le type d'hier soir ? Noah, c'est ça ?

Sa petite amie lui donne une petite tape sur le bras.

— Pourquoi tu as fait ça ? se plaint-il.

— Je te le dirai plus tard, dit Lottie entre ses dents serrées.

J'en ai assez. Je passe mes jambes par-dessus le bout du banc de la table de pique-nique et me lève.

— Bon, vous tous. Dites-moi ce que vous voulez manger et je vais commander.

S'ensuit une longue discussion sur ce qu'il faut commander. Je décroche complètement et, contre toute attente, je me surprends à regarder l'arbre de l'autre côté de la rivière. Je sais, je sais. J'avais évité de le regarder avant, mais maintenant que je suis debout, il est droit dans mon champ de vision, et je me sens attirée par lui. Tout comme je suis attirée par Noah.

Je pousse un soupir alors que mes pensées pour Noah tourbillonnent. Je ne lui reproche pas de m'avoir laissée en plan hier soir. Comment le pourrais-je ? Kennedy avait raison, l'arbre compte beaucoup pour lui. *Et* pour moi. Il nous représente, lui et moi, ensemble.

— Je crois qu'on sait ce qu'on veut, me dit enfin Zara, interrompant mes pensées.

Elle se met à énumérer la commande, et je suis reconnaissante d'avoir autre chose à penser pendant un moment.

— Je reviens tout de suite. Parlez entre vous et *pas* de moi, dis-je en me retournant pour partir, sachant pertinemment que je serai en tête de liste de leurs sujets de discussion. Moi et ma dernière relation ratée.

Juste une de plus.

Je rentre et me dirige vers le bar où je salue M. Mayhew avec le plus grand sourire que je puisse arborer.

— Enchanté de vous voir, Tabitha. La fête était sympa hier soir ?

J'ai perdu le seul homme que j'ai jamais aimé, qui ne voit pas dans quelle situation je me trouve et qui s'attend à ce que je tienne tête à mon père.

Je ne vais pas dire *ça.*

Au lieu de cela, je réponds d'un air enjoué :

— Oui, merci, M. Mayhew. Je suis venue passer une commande pour le déjeuner, s'il vous plaît.

— Entendu, ma petite. Laissez-moi juste prendre mon stylo et mon carnet.

Il se penche en arrière et brandit ce qu'il cherchait.

— Qu'est-ce que ce sera ?

J'énumère la commande, puis j'appuie mes coudes sur le bar et j'attends pendant que M. Mayhew note les choix de chacun.

— Alors, voyons voir. Nous avons quatre tourtes au steak et aux rognons, deux au poulet et aux poireaux, et un hachis Parmentier. Et à boire ?

— Trois Coca Light et deux Coca normaux, s'il vous plaît, monsieur Mayhew. Et pour moi, ce sera un… Je m'interromps pendant qu'il griffonne la liste sur son calepin. Après que Noah a quitté la fête hier soir, mes amies m'ont offert un brandy pour me calmer les nerfs. Je l'ai accepté et ça a marché. Du moins, jusqu'à ce que l'effet se dissipe et que je me retrouve à nouveau le cœur brisé et seule.

C'est si tentant de ressentir ce calme que l'alcool peut procurer, mais ça ne dure pas longtemps. Je suis bien placée pour le savoir. Je m'en suis servie pendant des années après que Noah et moi avons rompu. Ça anesthésiait ma douleur et mes regrets, et ça rendait la vie plus supportable.

Mais je ne veux pas redevenir l'ancienne Tabitha. J'ai fait trop de chemin pour ça.

— Et pour toi, ma belle, qu'est-ce que ce sera ?

— Un Coca Light pour moi aussi, s'il vous plaît.

— Ça marche. Il me récite rapidement la commande, et je sors ma carte pour payer.

— Monsieur Mayhew, est-ce que je peux vous demander quelque chose ?

Il détourne son attention du verre qu'il est en train de remplir au distributeur de boissons gazeuses. — Bien sûr que tu peux.

J'essaie de prendre un air désinvolte en demandant : — Est-ce que Noah Grant est toujours là ou est-ce qu'il a rendu sa chambre ? C'est juste que je voulais le voir aujourd'hui.

Ses sourcils broussailleux se haussent et il raccroche le pistolet du distributeur à son crochet, les verres à moitié remplis. — Noah Grant, tu dis ? Attends une minute, ma belle. Il se retourne, se dirige vers la porte ouverte derrière le bar et beugle : — Maisie ! On a besoin de toi au bar pour la raison spéciale dont on a parlé tout à l'heure.

Une raison spéciale ?

Il retourne à sa tâche et m'offre un sourire. — Je ne suis pas habilité à te répondre, ma belle, mais ma Maisie arrive d'une minute à l'autre.

Habilité ? Mais qu'est-ce qui se passe ?

— Très bien.

Tandis que M. Mayhew finit de remplir les verres de boissons gazeuses, mon regard dérive vers les tableaux accrochés au mur.

La vieille photo de Marlingworth, datant de l'époque où les routes n'étaient pas goudronnées, où les femmes portaient des robes qui balayaient le sol et les hommes des hauts-de-forme.

La photo d'une Reine à l'air très jeune dans toute sa splendeur royale.

Puis, mes yeux se posent sur le tableau de Frisksits, et je le contemple, me demandant une fois de plus comment les Mayhew ont bien pu l'obtenir.

Mme Mayhew entre dans le bar, attirant mon attention. Elle et son mari échangent un regard, et elle me fait signe de m'éloigner des autres clients vers le bout sombre et calme du bar, près des machines à sous.

Elle s'accoude au bar et je respire à pleins poumons son lourd parfum floral. Mélangé à la bière et aux tourtes chaudes, c'est une véritable explosion olfactive.

— Tu posais des questions sur notre Noah, n'est-ce pas ?

Je ne peux empêcher la peine de percer dans ma voix en entendant son nom sur les lèvres de quelqu'un d'autre. — Il... il a quitté la fête hier soir. On s'est un peu disputés.

— Ah, vraiment. Eh bien, ça explique tout, alors.

Ça n'explique rien du tout.

— Que voulez-vous dire ? je demande.

— Il était d'une humeur massacrante quand il est parti ce matin. Il a dit qu'il ne reviendrait pas avant le week-end, et qu'après ça, il se pourrait qu'il ne revienne pas avant un certain temps, ce qui est dommage, car il est si souvent ici, avec sa peinture et tout le reste.

Je la dévisage, incrédule. — Il n'est revenu ici avec moi que samedi dernier. C'était la première fois qu'il venait depuis des années.

— C'est ce qu'il t'a dit, c'est ça ? Eh bien, je suis sûre qu'il avait ses raisons. Elle se penche vers moi et ajoute : — Bien que je ne comprenne pas pourquoi il ne te dirait pas, à toi entre toutes, qu'il venait ici.

Ma gorge se noue. Noah vient à Marlingworth depuis des années ? Pourquoi ne me l'a-t-il pas dit ?

— Que fait-il quand il est ici ? je demande.

— Oh, il part toujours peindre telle ou telle chose.

Mon esprit se tourne vers le tableau qu'il m'a donné hier soir.

— Plus récemment, bien sûr, vous et lui avez fait campagne avec cette bande pour sauver le champ et l'arbre de ces horribles promoteurs qui veulent gâcher notre adorable village.

Elle fait un signe de tête en direction d'une table près de la fenêtre, et j'aperçois Dot, Caro, Nigel et quelques autres, assis ensemble, sans doute en train de concevoir de nouveaux slogans et stratégies pour contrecarrer les promoteurs.

Pour contrecarrer ma famille.

L'un d'eux me remarque, et ils se tournent tous pour me faire de grands signes de la main, de larges sourires accueillants aux lèvres. Je leur réponds par un vague signe avant de détourner le regard, la honte mêlée à l'impuissance et à la résignation me serrant le ventre.

Mais ils ne décèlent pas mon humeur. Alors que je commence à tripoter un sous-verre en carton sur le bar, Dot et Caro s'approchent de moi.

— Plus que six jours avant qu'ils ne le fassent, me dit Dot sans préambule.

— Faire quoi ? je demande.

— Détruire le champ et abattre l'arbre de Barnabas Babington.

— Un jour bien sombre pour Marlingworth, dit Caro.

— Un jour sombre pour Marlingworth, en effet, approuve Mme Mayhew, l'air sombre.

— Ce n'est pas une bonne nouvelle. J'en suis désolée, je

339

réponds, n'ayant vraiment aucune envie d'avoir cette conversation à cet instant précis.

— On prépare de grandes choses pour ce jour-là. De très grandes choses ! déclare Dot. Vous en êtes ?

— Pardon ? je demande d'un air stupide. Je n'ai pas la tête à cette conversation.

— Savoir si vous êtes partante pour les grandes choses que nous allons organiser, répond-elle.

— Oh, je travaillerai à Londres ce jour-là. Je suis désolée, je dis vivement, car il est hors de question que je participe à cette manifestation.

— Mais c'est un samedi, proteste Caro.

— Ma galerie est ouverte le samedi et je suis de service.

— Ah, répond-elle.

Dot hoche la tête. — J'ai épuisé tous mes congés annuels avec toutes les manifestations qu'on a faites, mais heureusement pour moi, je peux échanger un service avec Edwina à la maison de retraite et venir.

— Tu as de la chance d'avoir un travail aussi flexible, Dot, dit Caro. On peut compter sur vous, n'est-ce pas, Maisie ?

— Oh, absolument. Je demanderai à Fergus de me remplacer pour le service du midi et Basil et moi serons là en force avec vous, répond Mme Mayhew.

— Parfait, lance Dot. Vous êtes sûre de ne pas pouvoir venir le 23rd ? me demande-t-elle.

— Tout à fait sûre, désolée, je réponds, me sentant toute petite.

Dot pose sa main sur mon épaule. — Eh bien, merci pour tout ce que vous avez fait, entre votre participation et le fait d'avoir amené vos amies manifester hier. On apprécie vraiment.

— De rien, dis-je avec un sourire forcé.

Quand Dot et Caro retournent à leur table, j'essaie de demander à Mme Mayhew aussi nonchalamment que possible : — Est-ce que Noah descend toujours ici, au pub, quand il vient en visite ?

— Oh, oui. Pourquoi irait-il ailleurs, avec ses parents qui sont à Portsmouth ? Ce garçon, c'est comme un second fils pour Basil et moi. Enfin, c'est un homme maintenant, n'est-ce pas ? Plus un garçon.

— Oui. Un homme, je réponds d'un air absent.

— Alors, vous allez me dire ce qui s'est passé entre vous deux ? demande Mme Mayhew, d'un ton sec.

Elle est clairement du côté de Noah dans toute cette affaire, et je peux difficilement lui en vouloir. C'est moi la méchante, ici. Il a peut-être pris la route hier soir, mais c'est moi qui lui ai mis les clés dans la main.

— J-j'ai encore tout gâché. Je le sais. Mais j'ai les mains liées. Je ne peux pas... Je m'interromps, la tristesse montant et me serrant la gorge. Je veux choisir Noah. Mais ce n'est pas possible. Je laisse échapper un souffle, mon corps se recroquevillant sur lui-même.

— Oh, ma chérie, dit-elle, sa voix s'adoucissant sous le coup de l'inquiétude. Tu es vraiment malheureuse, n'est-ce pas ?

La boule que j'ai dans la gorge se resserre tandis que j'essaie de me concentrer sur l'image d'un pigeon coiffé d'un nœud papillon et d'un monocle, imprimée sur le sous-verre en carton que je tiens dans mes mains.

— C'est fini entre vous deux ?

— Je crois bien, je réponds d'une voix pâteuse.

— Pourquoi ? Vous êtes faits l'un pour l'autre.

Je lève les yeux vers elle, et la tendresse dans son regard me serre le cœur. — Nous ne le sommes pas. Je le croyais, mais je me suis trompée. Tout est trop difficile. Le passé, le présent, tout.

Elle pose sa main chaude sur la mienne. — Tu l'aimes, n'est-ce pas ?

J'acquiesce d'un signe de tête, le cœur se brisant en deux à cette idée.

— Eh bien, tu sais ce qu'on dit : si tu dois retomber amoureuse, autant que ce soit de la même personne.

Je laisse échapper un rire résigné. — Ma vie n'a rien de bien passionnant, n'est-ce pas ?

— Que veux-tu dire, ma chérie ?

— Où est le plaisir de trouver l'amour de sa vie à seulement seize ans ?

Elle me caresse la main, un sourire chaleureux aux lèvres. — C'est le plus beau des plaisirs.

Je lui adresse un sourire embué. — Mais j'ai tout gâché, madame Mayhew.

— Alors, il va falloir que tu arranges ça, ma chérie.

Je pince les lèvres. Comment pourrais-je arranger ça ? Comment reconquérir Noah ? Tandis que je récupère les verres sur le plateau que madame Mayhew me tend obligeamment, je sais qu'il n'y a pas de retour en arrière possible. Je l'ai perdu. Pour la deuxième fois.

Et mon cœur est déjà brisé.

Chapitre Trente-Deux

Marchant péniblement sous la pluie d'été avec Echo à mes côtés, la fraîcheur anormale pour la saison reflète mon humeur désormais constamment morose. Cela fait sept jours que Noah a quitté ma fête. Sept jours que je n'ai aucune nouvelle de lui.

Je lui ai envoyé des messages. Je l'ai appelé. J'ai emmené mon nouveau chien, Echo — et oui, j'adore pouvoir dire ça — au parc et j'ai attendu, encore et encore, que Noah passe en courant.

J'ai même traîné mes amis au pub The Black Cat au cas où il déciderait de passer pour manger un morceau.

Mais mes efforts n'ont servi à rien, et c'est comme si cette merveilleuse semaine passée ensemble n'avait été qu'une hallucination, et je suis revenue au point où j'en étais ces douze dernières années. Il me manque, je suis rongée par les regrets, et de nouveau seule.

Toujours seule.

Alors, j'ai arrêté de l'appeler et de le chercher au parc et au pub. À quoi bon ? Cet homme avait déjà voulu disparaître par le passé et y était parvenu avec succès pendant près de douze ans. Il sait ce qu'il fait, et il est clair qu'il ne veut pas que je le retrouve.

Je déverrouille la porte et entre dans la galerie obscure, ma sacoche d'ordinateur en bandoulière et mon paquet emballé dans du plastique serré précieusement sous mon bras. J'allume les lumières et parcours du regard l'espace d'un blanc immaculé. Echo se dirige directement vers son panier à côté du bureau.

Après m'être laissée abattre par le chagrin pendant quelques jours et avoir fait de mon mieux pour remplacer tous les macronutriments de mon alimentation par du chocolat, j'ai pris l'habitude d'arriver de plus en plus tôt à la galerie.

Il le fallait bien. Il y a beaucoup à faire.

Jed m'a contactée presque tous les jours, me racontant qu'il empruntait les animaux de compagnie des gens pour l'aider dans son art. Apparemment, Liam, le garçon qui habite au fond de l'impasse, a un cochon d'Inde nommé Bolt. Bolt a fait un carton inattendu avec ses petites empreintes de pattes, encouragé par Liam qui agitait littéralement une carotte pour lui de l'autre côté de la toile. Jed m'a dit de m'attendre à un certain nombre d'œuvres arborant les empreintes de Bolt dans un futur proche.

En fait, l'art de Jed est devenu l'attraction principale de Dalton, et les gens font la queue pour qu'il utilise les empreintes de leurs animaux dans sa prochaine œuvre. À tel point qu'il m'a dit avoir déjà trois pièces pour le client de Noah et qu'il prévoit d'en avoir assez pour une exposition solo à la galerie à la fin de l'automne.

Mais plus que ça, j'ai moi-même beaucoup travaillé. Après que Papa m'a fait remarquer, pas très délicatement, que c'est grâce à lui si j'ai la vie que j'ai, j'ai décidé qu'il était grand temps que je fasse une bonne introspection.

J'ai peut-être mis un terme à ma vie de fêtarde, mais j'ai découvert qu'il restait encore beaucoup à faire. Certaines choses dans ma vie me dérangent de plus en plus. Comme le fait que Papa soit le propriétaire de la galerie où je travaille, et de mon appartement aussi.

Ces derniers jours, une vérité dérangeante a fait surface, une vérité que je ne peux désormais plus ignorer.

Noah avait raison. Je n'ai jamais vraiment volé de mes propres ailes.

J'ai toujours eu le soutien de ma famille dans tout ce que j'entreprenais. Ne vous méprenez pas, venir d'une famille riche a clairement ses avantages. Je n'ai pas eu besoin de petits boulots pour payer mes études. Quand j'ai déménagé à Londres, Papa m'a offert la galerie et mon propre appartement, sans poser de questions et sans aucune dette à rembourser.

Enfin, pas une dette financière, en tout cas.

Ce que j'ai réalisé, c'est que j'ai une dette envers lui d'une autre manière, et que cette dette m'a coûté cher.

Elle m'a coûté Noah.

Deux fois.

Alors, au lieu de m'apitoyer sur mon sort comme la

pauvre petite fille riche de base, j'ai calculé ma situation financière précise. Je sais ce que la galerie rapporte, quels sont ses coûts, quelle a été la mise de fonds initiale de mon père pour l'acquérir. De plus, j'ai élaboré un business plan solide, fermement ancré dans la réalité, et je sais ce que cet endroit vaut maintenant.

Et aujourd'hui est le grand jour. Papa vient à Londres, et je lui ai demandé de me rencontrer.

Un peu plus tard, absorbée par mon travail, je lève les yeux de mon écran d'ordinateur lorsque la porte d'entrée s'ouvre.

— Bonjour, ma chérie. Prue entre dans la galerie comme une bouffée d'air frais, secouant son parapluie sur le pas de la porte. — Quelle pluie épouvantable aujourd'hui. Qu'est-il arrivé au soleil ? Je t'ai pris un café. Je sais que tu en auras besoin. Tu as tellement travaillé ces derniers temps. Ce n'est pas bon pour toi. Elle me tend ma tasse réutilisable en passant, tout en se débarrassant de son imperméable. — Bonjour, Echo.

La queue d'Echo frappe contre son panier.

— Merci, Prue. Tu es un ange tombé du paradis du café, dis-je en prenant une gorgée reconnaissante de mon latte.

— On ne peut pas te laisser piquer du nez au travail, n'est-ce pas ? J'ouvre ? Il est déjà 10 heures.

— Vas-y. Je jette un coup d'œil à mon ordinateur portable, et une vague d'anxiété me submerge instantané-ment. *Plus qu'une heure avant qu'il n'arrive.*

— Oh, bonjour, monsieur Greene. Quel plaisir de vous voir, dit Prue.

Je lève les yeux et je vois Papa salué par une double bise de Prue. Il porte aujourd'hui sa tenue de ville : un costume bleu marine à fines rayures, une chemise blanche et la cravate de son ancienne école. Littéralement.

Mon cœur fait un bond dans ma poitrine.

Peu importe qu'il soit en avance : c'est le moment d'entrer en scène.

Les jambes tremblantes, je me dirige vers eux. — Papa, bonjour, dis-je en lui déposant un baiser sur la joue.

— Je suis un peu en avance, dit-il. Est-ce que ça vous va maintenant ? Il faut que je retourne à Marlingworth plus tôt que prévu. Il se penche et caresse la tête d'Echo.

— Absolument. Prue ? Papa et moi allons discuter dans l'arrière-salle.

— Très bien. À tout à l'heure. Elle m'adresse un sourire encourageant. Je lui ai parlé de mes projets hier, et elle avait des sentiments partagés à ce sujet, notamment la crainte de savoir si elle aurait encore un travail demain.

Je lui ai assuré que oui, du moment que la conversation se déroule comme je l'espère.

Papa me suit jusqu'au fond de la galerie où j'accroche son imperméable et lui propose de s'asseoir à la petite table. Je prends mon ordinateur portable et ma télécommande sur le bureau et, un instant plus tard, je m'assois à côté de lui et j'allume l'écran.

— Vous me faites une présentation, c'est ça ? demande-t-il, alors que je charge ma première diapositive.

— En effet, si ça ne vous dérange pas.

Il se cale dans son fauteuil. — Allez-y.

Je m'éclaircis la voix et me prépare à commencer. — Vous avez mentionné, quand je vous ai vu au village le jour de ma fête, que vous aviez rendu ma vie ici possible, et j'étais d'accord avec vous. Au début. Maintenant, les choses sont un peu différentes et je veux vous le montrer.

— Je vous écoute.

Je clique sur la télécommande et l'écran affiche la première diapositive. — C'est ici que tout a commencé. Je venais de rentrer de l'étranger, je cherchais quelque chose à faire de ma vie, et vous m'avez offert cette galerie.

— Je m'en souviens.

— Vous avez racheté la galerie qui existait déjà, ainsi que le bâtiment qui l'abrite, où se trouvent également les bureaux d'un comptable, d'un podologue et d'un petit cabinet d'avocats. Toutes ces entreprises, à l'exception de ma galerie, vous versent un loyer, ce qui couvre les frais du bâtiment et vous rapporte un bénéfice.

Je passe à la diapositive suivante. — Sous ma direction, la galerie a mis un certain temps à devenir rentable.

— Cinq ans, je crois.

— Cinq ans et quatre mois, pour être exacte. N'importe quelle autre nouvelle entreprise aurait fait faillite pendant ce temps, mais je sais que j'ai eu la chance que vous m'ayez permis de continuer à la diriger.

— Où voulez-vous en venir, ma chérie ? Je pensais que nous pourrions aller prendre un café.

— J'y viens, Papa. Je passe à la diapositive suivante. — Depuis, cependant, la galerie a commencé à faire un petit bénéfice, et au cours des six derniers mois environ, elle a généré une très belle somme. Un chiffre de profit conséquent s'affiche à l'écran, un chiffre dont je suis très fière, et que je n'aurais jamais pu atteindre lorsque je menais ma vie de fêtarde. — Ceci est conforme aux données de vos comptables, Bailey Peat and Brown, qui m'ont fourni toutes les informations dont j'avais besoin pour ma présentation aujourd'hui.

— C'était très gentil de leur part, dit-il avec un ricanement amusé.

Je clique sur la diapositive suivante. — Voilà ce que je prévois pour le prochain exercice, en me basant sur les chiffres de l'année dernière. Comme vous pouvez le voir, nous avons un accord d'exclusivité avec Jed, qui va bientôt mettre en ligne une nouvelle collection, et nous travaillons également avec d'autres artistes que nous connaissons bien et qui nous sont fidèles. Tout cela concourt à une entreprise très rentable que je suis fière de diriger.

— Je vois que vous vous en sortez très bien ces derniers temps.

Je lui souris radieusement. — Merci. Je clique sur la télécommande et une autre diapositive remplit l'écran. — Voici comment j'ai l'intention de gérer la galerie à partir de maintenant. En me basant sur les loyers que vous percevez des autres entreprises, j'ai calculé que je devrais payer ce montant de loyer chaque mois par mètre carré. En plus de cela, je veux vous rembourser votre investissement initial pour l'achat de la galerie, que j'aimerais payer en plusieurs fois au cours des trois prochaines années.

— Vous n'avez pas à faire ça, ma chérie. J'ai acheté cette entreprise pour vous, et le bâtiment aussi.

— Mais ce n'est pas à moi, Papa. C'est à toi, et nous le savons tous les deux. J'ai trente ans maintenant. Il est temps que j'arrête de compter sur toi et Maman. C'est de ça qu'il s'agit. Que je devienne adulte.

— Je peux garder le bâtiment, ou est-ce que ça fait aussi partie de ton grand projet ? demande-t-il avec un sourire ironique.

— Je n'ai pas les moyens de te racheter le bâtiment, mais j'espère bien que tu le garderas.

— Oh, je compte bien garder ce bâtiment. Il rapporte un joli bénéfice et les plus-values en valent largement la peine. Maintenant, dis-moi, et ton appartement ? Ça fait partie de toute cette histoire de maturité ? Ou est-ce que tu l'as commodément oublié ?

J'ignore sa pique. — Je ne l'ai pas oublié. Je vous remercie de m'en avoir laissé l'usage ces sept dernières années, et maintenant j'aimerais vous le rendre.

— Me le rendre ? Où vas-tu vivre ? Ne sois pas idiote, ma chérie.

— Je ne suis pas idiote, je réponds calmement. Je te l'ai dit, je deviens adulte. Je fais ce que j'aurais dû faire il y a des années, quand tous mes amis l'ont fait. Ils ont quitté l'université et ont vécu dans des taudis en gagnant une misère, alors que moi, je ne suis jamais passée par là.

— Je suis presque sûr que ce n'est pas aussi génial qu'on le dit.

— Mais tu ne vois pas ce que j'essaie de faire ? Je quitte le nid et je deviens ma propre personne. Je ne peux pas continuer à accepter ton aide, pas si je veux être la personne que je sais que je peux être.

Il hausse les sourcils en me regardant. — Tu veux dire pauvre ?

Je secoue la tête. — Papa, j'espère vraiment que tu peux comprendre ce que j'essaie de faire. Ce que j'ai *besoin* de faire.

Il se lève et se dirige calmement vers le portemanteau pour prendre son manteau. — Ce que je vois ici, c'est une personne qui pense savoir ce qu'elle fait, alors qu'en réalité, elle n'en a pas la moindre idée.

— Ce n'est pas juste. J'ai consacré beaucoup de temps à ce projet. J'ai fait toutes les recherches. Je sais combien cet endroit rapporte et combien il coûte. Papa, je suis bonne dans mon travail. Je suis une bonne galeriste. Et j'adore faire ça. Je sais qu'il m'a fallu beaucoup de temps pour en arriver là. Trop longtemps. Mais j'y suis maintenant, et tout ce que je te demande, c'est de me laisser voler de mes propres ailes pour que je puisse continuer à le faire à ma façon.

Il s'arrête un instant, étudiant mon visage. — C'est ce Noah Grant ? C'est lui qui t'a monté la tête ?

Décontenancée, je réponds : — Non. Il n'a rien à voir là-dedans.

Ce qui n'est pas tout à fait vrai. Ce sont ses mots qui résonnent dans mon cerveau. Ses mots qui m'ont fait voir ce qui était si évident pour tout le monde depuis tout ce temps.

Mais je ne le fais pas pour lui. Je le fais pour *moi*.

Et il était temps.

— Tu es absolument sûre que ça n'a rien à voir avec lui ? Parce que rien de tout cela ne ressemble à la Tabitha Greene que je connais et que j'aime. Elle est très heureuse d'accepter mon aide.

— Ça, c'est l'ancienne Tabitha. Je ne suis plus elle, Papa, et en réalité, je ne le suis plus depuis longtemps. Je pose ma main sur ma poitrine. Tout ça vient de moi, de la façon dont je veux que les choses fonctionnent à partir de maintenant. C'est comme ça qu'elles *devraient* fonctionner.

Il pince les lèvres en une ligne fine et désigne mon ordinateur portable sur la table. — C'est vraiment ce que tu veux ?

— Oui.

— Je garde le bâtiment, tu paieras un loyer...

— Un loyer juste, basé sur la surface de la galerie, comme tous les autres locataires.

— Très bien. Tu me paieras un loyer juste, et tu te trouveras un autre endroit où vivre ?

— Exactement. Je n'ai aucune idée de l'endroit où je vais atterrir, mais Kennedy m'a dit qu'il y a une chambre au-dessus du Black Cat que je peux louer jusqu'à ce que je trouve quelque chose de plus permanent, et ça me semble parfait.

Il m'étudie du regard un instant avant de dire : — Je vais demander à mon avocat de préparer quelques documents et nous pourrons discuter des chiffres.

La joie menace d'exploser en moi. — Merci, Papa, je m'exclame en enroulant mes bras autour de lui.

Il me tapote le bras, mal à l'aise avec cette démonstration d'affection physique non approuvée par la famille Greene. — Très bien, alors.

— Tu vas être fier de moi. Je te le promets.

— Je le suis déjà, marmonne-t-il, avant de s'éclaircir la gorge et de reculer d'un pas.

Pour une personne ordinaire, ça peut sembler peu, mais venant de mon père, c'est énorme. Vraiment, on peut dire qu'il est dithyrambique.

— Merci, Papa, je lui dis en lui adressant un sourire radieux.

— Je vais te laisser t'occuper de cet endroit, alors.

Je ne peux pas m'arrêter de sourire, ce qui peut sembler fou à la plupart des gens, étant donné que jusqu'à il y a un instant je vivais et travaillais sans payer de loyer, et que maintenant je me suis retrouvée avec des dettes, un loyer et nulle part où vivre. Mais pour moi, la sensation est incroyable, comme si j'étais libre et que je pouvais enfin garder la tête haute.

— Merci encore. Pour tout. Je le pense vraiment.

— Oui, oui. Il évite mon regard, mais je vois qu'il essaie de retenir un sourire. — Je n'aurais jamais pensé qu'un de mes enfants me demanderait de ne pas subvenir à ses besoins. Tu ne ressembles vraiment à personne d'autre, Tabitha.

— Je *deviens* moi-même, Papa. C'est tout l'enjeu.

Il enfile son imperméable et commence à partir quand il se retourne et ajoute : — Malgré cette nouvelle indépendance, je suis rudement content d'apprendre que tu ne batifoles plus avec ce Grant. Il n'a jamais été digne de toi. Pas de ma Tabitha.

Je relève le menton. — En fait, Papa, je crois que c'est moi qui n'ai jamais été digne de lui.

— Quelle chose ridicule à dire.

Je me mords la lèvre en rassemblant mon courage pour dire ce que je veux lui dire depuis des jours, depuis ce jour terrible où j'ai de nouveau perdu Noah.

Depuis que j'ai compris pourquoi.

— Tu m'as dit qu'on peut mettre un homme en costume et lui donner un travail chic, mais qu'on ne pourra jamais changer qui il est vraiment. Eh bien, Papa, tu avais raison. On ne peut pas changer Noah, et on ne devrait jamais vouloir le faire. C'est un homme bon, honnête, avec un grand cœur. Et alors, s'il ne vient pas de notre milieu ? Tout ça ne m'importe pas le moins du monde.

— Es-tu en train de me dire que tu vois cet homme ?

Je baisse les yeux. — Non.

— Eh bien, c'est déjà ça.

Je lève de nouveau mon regard vers le sien. — Mais je veux que tu saches que je l'aime. Depuis que tu as clairement montré que tu nous désapprouvais, quand tu es allé voir son père et que tu as forcé Noah à quitter la ville. Et je n'ai jamais cessé de l'aimer. Il est ancré ici. Pour de bon. Je pose ma main sur mon cœur. — C'est inutile pour moi d'essayer de l'en chasser. C'est lui et personne d'autre, Papa.

Il fronce les sourcils. — J'ai fait ce que je pensais être juste à l'époque, et je m'y tiens.

— Je sais bien. Mais ça ne changera rien à ce que je ressens pour Noah. Enhardie, je prends une inspiration et je dis : — Tu veux savoir pourquoi je manifestais contre le projet immobilier ? C'est parce que le vieux chêne est l'endroit où Noah et moi avons partagé notre tout premier baiser. C'est là que je suis tombée amoureuse de lui. C'est là qu'il m'a dit qu'il m'aimait aussi. Il représente tellement de choses pour moi, et je veux le préserver.

Il m'examine un instant, et pendant un fol instant, je me demande si je l'ai atteint. Si je lui ai fait voir un point de vue qui n'est pas le sien.

Il ouvre la bouche pour répondre, puis la referme.

Peut-être qu'il y a réfléchi à deux fois. Ou peut-être qu'il a simplement réalisé qu'il ne sert à rien de discuter avec moi au sujet de Noah.

— On te verra bientôt au Manoir ? me demande-t-il.

Je relève le menton et hoche la tête en souriant. — Oui. Je reviendrai plus souvent si ça vous fait plaisir.

— Je suis sûr que ta mère et Fenella seraient très heureuses de te voir. Il m'attire à lui pour une étreinte à la Greene — courte en chaleur et en durée — puis me dit au revoir.

Je reste là à le regarder relever le col de son manteau contre la pluie sur le sentier humide, un sentiment de paix m'envahissant.

— Comment ça s'est passé, Tabby ? me demande Prue.

— Tu as toujours un travail, je lui dis.

— Oh, Dieu merci ! s'exclame-t-elle avec effusion.

Pendant que Prue aide quelques clients, je retourne au bureau pour répondre à des e-mails et réfléchir à ce que j'ai fait. J'ai à peine à croire que Papa ait accepté mon plan, et je commence à sentir que je prends enfin le contrôle de ma vie.

Quelques heures plus tard, à l'arrière de la galerie, Prue désigne le paquet soigneusement emballé que j'avais appuyé contre le mur en arrivant plus tôt dans la journée. — Qu'est-ce que c'est ?

— Oh, ça, c'est une peinture que Noah a faite pour moi. Je pensais la mettre dans la réserve.

En réalité, je l'ai apporté à la galerie pour le sortir de mon appartement. Il était resté là, sur ma commode, à me narguer, me rappelant que je l'avais perdu... encore une fois.

Qui a besoin d'un rappel quotidien de *ça* ?

— Noah a peint un tableau ? Qui aurait cru qu'il avait de tels talents ?

Je lui adresse un demi-sourire. *Moi, je le savais.*

— Sauf si, bien sûr, c'est une horreur absolue. Un mec aussi canon ne peut pas être doué en peinture. Elle le saisit et, avant que j'aie pu l'en empêcher, elle arrache l'emballage.

— Prue, ne fais pas ça ! lui dis-je en me levant d'un bond de ma place à la table.

Mais il est trop tard. L'emballage tombe par terre et elle tient le tableau entre ses mains. Le souvenir de la nuit où il me l'a offert me revient d'un coup, dans un *whoosh* soudain qui m'aspire l'air des poumons.

— Il n'y a pas de signature, est sa première remarque. C'est bizarre, non ? Elle se tourne vers moi et abaisse le tableau. Mon Dieu, Tabby. Ça va ?

— Ça va. Je me suis juste levée trop vite, je mens.

Elle brandit à nouveau le tableau.

Il *faut* absolument que je l'empêche de faire ça.

— Pourquoi ne l'a t il pas signé ?

— Ce n'est pas un artiste. C'est juste un passe-temps.

— Bizarre. Il me dit quelque chose. Sans un mot de plus, elle entre dans la galerie.

Je la suis par la porte ouverte et la vois tenir le tableau

de Noah à côté de mon œuvre abstraite adorée de Frisksits. Qu'est-ce que tu fais, Prue ?

— Tu ne vois pas ? Ils se ressemblent tellement. Les coups de pinceau, la palette de couleurs, la composition. Même le petit détail ici. Elle désigne la série familière de lignes parallèles incrustées dans le coin inférieur gauche de mon tableau de Frisksits, puis en montre une réplique presque exacte dans celui de Noah. Et ce sont tous les deux des arbres, ce qui est étrange.

— Le Frisksits n'est pas un arbre, Prue. C'est une œuvre abstraite.

— Oui, d'un *arbre*, idiote.

Je contemple mon tableau adoré, mais tout ce que je vois, c'est la peinture abstraite familière qui me regarde. Tu as tort.

— Plisse les yeux comme ça. Prue rétrécit son regard.

— Je ne vais pas faire ça.

— Essaie, c'est tout. Tu verras vite un grand vieil arbre. Je l'ai fait pendant une pause thé il y a une éternité et je n'ai jamais pu ne plus voir l'arbre depuis. Sérieusement. C'est un arbre.

J'hésite un instant avant de plisser les yeux. En quelques secondes, les formes et les lignes abstraites que je connais si bien semblent se réorganiser sur la toile, révélant un grand arbre au tronc torsadé, ses branches lourdes de feuillage. Ma bouche s'entrouvre. Mais... je n'avais jamais vu ça avant.

— Tu vois ? Je te l'avais dit. Prue me sourit d'un air radieux. Elle baisse les yeux vers le tableau de Noah dans ses mains. Tu crois que Noah a copié le style de M. First Kiss ? Parce que ça ne se fait pas s'il l'a fait. Pas du tout.

— Qu'est-ce que tu as dit ? je demande, ma voix sonnant bizarrement, comme si elle venait de quelqu'un d'autre.

— J'ai dit que je me demandais si Noah avait copié son style, parce que si c'est le cas...

Je la coupe. — Non, pas cette partie. Le nom que tu as utilisé.

— Oh, ça ? C'est juste ma façon idiote de me souvenir de son nom. J'oublie tout le temps parce qu'il est si étrange. Étranger, je suppose. Alors, un jour, j'ai réarrangé les lettres sur un bout de papier et j'ai réalisé que Frisksits est l'ana-gramme de « first kiss ». Mignon, non ?

Frisksits. First Kiss. Premier baiser.

Ses mots me frappent comme un éclair dans un orage d'été.

First Kiss. Premier baiser.

Tree. Arbre.

Le souffle se coince dans ma gorge.

Noah.

Je me précipite à travers la pièce et arrache le tableau de Noah des mains de Prue.

— Dis donc. Tu es bien impatiente, dit-elle en sursautant.

— Désolée, je... Je parcours des yeux le tableau de Noah, puis je jette un coup d'œil aux Frisksits.

Non, ce n'est pas possible.

C'est impossible.

Si ?

Je contemple les deux tableaux avec émerveillement, la bouche en *o*. Ils se ressemblent vraiment beaucoup, exacte-ment comme Prue l'a dit. Il se pourrait que Noah ait copié le style de Frisksits, mais n'a-t-il pas dit qu'il l'avait peint pour moi quand il avait dix-huit ans ? Et si c'est le cas, alors...

Levant les yeux vers elle, je demande :

— On est le combien, aujourd'hui ?

Elle me lance un regard interrogateur.

— Tu es très bizarre, Tabby.

— La date, Prue. C'est quoi ?

— Je crois qu'on est le 23 ou le 24 ? Je ne suis pas sûre.

— Lequel des deux ? je lance, sèchement. Puis : — Désolée, j'ai vraiment besoin de savoir quelle est la date.

Elle tapote sur sa montre et dit :

— On est le 23. Pourquoi ?

Je prends une décision.

— Il faut que j'y aille.

Ses yeux s'écarquillent.

— Tu pars ?

Je m'agite dans tous les sens, attrapant mon imperméable et mon sac à main sur la patère, et attachant la laisse d'Echo à son collier.

— Je t'expliquerai tout plus tard. Tu peux tenir la boutique ?

— Bien sûr.

Je referme mon ordinateur portable d'un coup sec et je traverse en courant le sol en béton poli. En arrivant à la porte, je me retourne vers elle.

— Tu te souviens de l'époque où tu pensais que Noah n'était pas assez bien pour moi ?

— Quand ça ?

— Quand on était adolescentes. Tu m'as dit de le laisser tomber et de sortir avec Magnus à la place.

Elle avance le menton.

— C'est ce que tu as fait. Tu t'es même fiancée avec lui.

Je balaie sa remarque d'un geste de la main.

— Vous aviez tort. Toi, ma famille et tous les autres. Vous aviez complètement tort.

— D'accooord, répond-elle d'un air incertain.

Je pousse la porte et je me mets à courir dans la rue,

Echo bondissant à mes côtés comme si elle n'avait jamais autant profité de sa journée. Ce qui est probablement le cas.

— Où est-ce que tu vas ? crie Prue derrière nous.

Je m'arrête et je me retourne.

— Je vais le trouver, et je vais lui dire à quel point je me suis trompée.

Chapitre Trente-Trois

Je tapote tellement des doigts sur ma cuisse que j'ai peur de finir par trouer ma jupe.

Sérieusement. Combien de temps peut bien prendre un train ? C'est censé être un train express, ne s'arrêtant qu'à deux autres gares avant Dalton. Mais j'ai l'impression qu'il est conduit par une bande de paresseux qui ne sont pas pressés d'arriver où que ce soit.

Je regarde par la fenêtre, implorant le train d'accélérer tandis que nous filons à travers la campagne.

Echo est couchée dans le renfoncement à mes pieds, levant la tête de temps en temps pour surveiller son humaine sur les nerfs. Je baisse les yeux vers elle et lui dis que nous serons bientôt arrivées, mais elle me surveille d'un œil méfiant, ne sachant pas ce que je vais faire ensuite.

Je ne peux pas lui en vouloir. Je suis comme un ressort tendu, prête à bondir et à percuter un mur à 160 km/h.

Finalement, après que mon cœur a battu si fort et si longtemps que j'ai craint d'avoir besoin d'un défibrillateur, le train entre en gare de Dalton dans un crissement de roues. Dès que les portes s'ouvrent, Echo et moi nous précipitons sur le quai et filons vers la station de taxis où, par chance, un taxi attend déjà.

— Vous prenez les chiens ? je demande.

Le chauffeur jauge Echo de la tête aux pieds. — Non.

— Elle est très sage, je vous le promets, et je vous paierai un supplément.

— Un supplément de combien ?

— Je double le prix de la course ?

— Le triple.

— Le triple ? je m'esclaffe.

— C'est à prendre ou à laisser.

— C'est du vol qualifié, mais d'accord, je concède avec un soupir. Je tire la portière et Echo saute à l'intérieur. — À Marlingworth, s'il vous plaît, j'indique au chauffeur, qui me regarde dans son rétroviseur avant de démarrer et de quitter le trottoir.

— Il y a pas mal de remue-ménage par là-bas, aujourd'-hui. Vous êtes sûre de vouloir y aller ?

— Qu'est-ce qu'il se passe ? je demande, en espérant qu'il va me donner la réponse que je veux entendre.

— Une grosse manifestation contre le nouveau projet. À mon avis, ils devraient tous se calmer un peu.

Oui !

— Ça continue encore ?

361

— Oh, oui. Ma copine vient de m'appeler il y a quelques minutes pour me dire que les entrepreneurs sont arrivés pour commencer à abattre ce grand arbre et que les manifestants en font tout un plat.

L'anxiété me saisit. — Qu'est-ce qu'ils font ?

— Ils criaient, ils s'agitaient, et certains se sont même enchaînés à ce satané arbre. Vous vous rendez compte ?

Malgré ma nervosité, je m'autorise un petit sourire. — Oh oui, je me rends compte. Pouvez-vous me conduire jusqu'au village ? Je dois me rendre à cette manifestation.

Il jauge ma veste noire et ma jupe crayon dans son rétro-viseur. — C'est drôle. Vous n'avez pas l'air d'une de ces écolos qui font des câlins aux arbres.

Une vague de nervosité et d'excitation me traverse. — Il n'y a qu'un seul arbre que je veux prendre dans mes bras, je réponds.

Le taxi accélère en quittant Dalton et s'engage sur les routes de campagne. Dans ma tête, je sais qu'il n'y a qu'un trajet de 18 minutes entre Dalton et Marlingworth, mais le voyage me semble durer une *éternité*.

Alors que nous arrivons enfin dans le village, le chauf-feur ralentit jusqu'à rouler au pas, car des piétons bloquent la route.

— Ce sera parfait ici, merci, je lui dis, et il se range volontiers sur le bas-côté.

Je lui tends beaucoup trop d'argent et le remercie pour la course. Il me dit : — Faites attention à vous. Je n'ai pas envie de lire dans les journaux qu'une fille en tailleur noir s'est blessée.

— J'y ferai attention. Merci encore. Je saute hors de la voiture et, avec Echo, je me précipite dans la rue en direc-tion du pont, me faufilant à travers la foule qui s'est rassem-blée pour assister à la scène. Je ne suis pas sûre que

Marlingworth ait jamais vu autant de monde réuni au même endroit au cours de sa longue histoire, et je me demande si un seul habitant est resté chez lui aujourd'hui.

C'est bruyant, c'est agité, et je peux entendre les slogans déformés de Dot qui retentissent de son mégaphone de l'autre côté de la rivière.

Alors qu'Echo et moi atteignons The Noble Pigeon, quelqu'un crie mon nom. Je me retourne et je vois Maisie et Basil Mayhew, debout devant leur pub, regardant la scène se dérouler.

— Tiens, si ce n'est pas Tabitha Greene, toute chic en tailleur, dit Mme Mayhew, un sourire aux lèvres.

— Tabitha est toujours élégante, ma chérie. C'est une Greene, la corrige M. Mayhew.

— Je ne suis pas élégante, je leur réponds, impatiente de retrouver Noah. Une question me brûle les lèvres. Bien que je sois quasi certaine de déjà connaître la réponse, je demande : — Ce tableau que vous avez dans le pub. Le Frisksits. C'est Noah qui vous l'a donné. N'est-ce pas ?

— Bien sûr que oui, ma belle. Celui-là, il l'a peint depuis sa chambre au-dessus du pub, avec la vue sur le champ et le chêne. Il passe son temps à peindre cet arbre. Pas étonnant qu'il soit là pour manifester. Pourquoi est-ce que tu demandes ça ? dit Mme Mayhew.

Il passe son temps à peindre cet arbre.

Mon estomac se retourne.

— Pour rien. C'est toute la confirmation dont j'avais besoin.

Mme Mayhew me lance un regard qui en dit long. — Tu es venue pour réparer les pots cassés, ma belle ?

— C'est ça.

Elle m'adresse un sourire radieux. — Il est là-bas. Elle

fait un geste en direction du vieux chêne de l'autre côté de la rivière, et mon cœur bondit dans ma poitrine.

Noah.

— Va retrouver ton amoureux.

— Je vais faire de mon mieux, madame Mayhew. Et merci. Pour tout, je réponds, ma voix chevrotante à cause du stress, probablement pas si différente du gazouillis d'un des oiseaux natifs de Dot qui nichent dans le chêne.

— Qui est-ce qu'elle va retrouver ? Et quels pots cassés ? C'est dans le pub ? Ça ne va pas me plaire si c'est dans le pub, demande M. Mayhew à sa femme, mais je ne reste pas pour entendre sa réponse.

Au lieu de ça, je me faufile à travers la foule qui bloque la circulation sur le pont et je passe de l'autre côté de la rivière. Là, je jette un coup d'œil à un groupe de personnes en gilets de haute visibilité et casques de chantier, qui attendent près de leurs camions, l'air complètement mécontent de la situation qui se déroule sous leurs yeux.

L'équipe venue pour abattre l'arbre.

Je parcours les manifestants du regard, cherchant désespérément Noah. J'aperçois Dot et Caro et une flopée d'autres manifestants, tous vêtus de T-shirts assortis avec le logo S.A.C.S., scandant avec une ardeur redoublée.

Mais aucune trace de Noah.

— Tabitha ! crie une voix, et mon attention se porte vivement sur la personne qui m'appelle, dans l'espoir fou que ce soit Noah.

C'est Jed.

— Ce n'est pas fantastique ? demande-t-il, les yeux brillants. — Toute cette marée humaine animée d'une ferveur déterminée et d'une juste cause. J'adore !

— C'est super, Jed.

— Et Echo ! La créature avec laquelle mon histoire créative a commencé. Il pose une main hésitante sur la tête d'Echo, qui lui lance un regard suspicieux. — Tu sais, Tabitha, je vais canaliser cette énergie brute et excitée dans mon prochain projet. Tu vois, je travaille avec une poule ces derniers temps. Elle s'appelle Doris, et elle a des pattes vraiment incroyables.

Une poule avec des pattes incroyables ? Et elle s'appelle Doris ?

C'est trop d'informations à traiter pour mon esprit en ce moment.

— Je suis vraiment contente pour toi, Jed, je réponds, tout en continuant de scruter la scène à la recherche de Noah. — Dis, tu n'aurais pas vu Noah Grant ? Le marchand d'art ?

— *Il* est là ? Eh bien, c'est tout simplement merveilleux !

— Ce le serait si j'arrivais à le trouver.

— Vas-y ! Cours ! Va ! Toutes les deux ! me dit Jed avec un grand geste de la main. — Trouvez ce que vous cherchez.

Je ne sais pas trop comment réagir, alors je dis simplement : — D'accord. Je vais y aller. Profite bien de ta... marée humaine.

— Comment pourrais-je ne pas en profiter, Tabitha ? Comment le pourrais-je ?

Je laisse Jed et me fraie un chemin à travers les groupes de personnes qui remplissent le champ, en direction du chêne.

Et c'est là que mes yeux se posent enfin sur lui.

Je m'arrête brusquement, Echo tirant sur sa laisse à côté de moi.

Vêtu d'un jean, de chaussures de marche et d'un des T-shirts S.A.C.S., Noah se tient solidement campé devant l'arbre, l'air déterminé. Il s'est enchaîné le bras avec Nigel d'un côté et une petite femme âgée coiffée d'un chapeau de feutre violet de l'autre. Il se joint aux chants, faisant savoir aux bûcherons à quel point ils ne sont pas les bienvenus ici, et mon cœur se serre pour lui.

C'est maintenant ou jamais, Tabitha.

D'un pas mal assuré, perchée sur des talons citadins peu pratiques, je traverse la pelouse en sa direction. Mes nerfs me tiraillent le ventre et j'ai la bouche aussi sèche qu'un désert.

Il est en train de répéter l'un des slogans de Dot avec le reste des manifestants — une version nettement améliorée de « Les promoteurs, dehors ! L'arbre doit rester ! » — quand ses yeux se posent sur moi. Il s'interrompt brusquement, la bouche refermée d'un coup, son expression devenant indéchiffrable.

Pétrie d'appréhension, je m'approche de lui.

— Salut, Noah. Je vois que tu fais la chaîne humaine.

Il pince les lèvres et hoche la tête.

Oka*aaaa*y. Pas la moindre trace d'humour.

J'essaie une autre approche. Je jette un œil à son t-shirt.

— Tu portes un t-shirt sur lequel il y a écrit « soft » ?

— Je participe à la manif, moi, contrairement à toi, réplique-t-il d'un ton acerbe.

Ça risque d'être plus difficile que je ne le pensais.

Echo renifle sa main, la queue frétillante. Mais il est aussi impénétrable qu'un bloc de pierre.

Je me décide à être directe.

— On peut parler ?

— Je suis un peu occupé, là.

Il désigne Nigel et la femme de l'autre côté.

Nigel me remarque et son visage s'illumine d'un sourire.

— Tabitha ! C'est super que tu sois venue. Joins-toi à nous.

Il décroche son bras et me fait signe de me mettre entre lui et Noah.

Je vois une ouverture.

— Si ça ne vous dérange pas ?

Mon regard glisse de Nigel à Noah, la véritable cible de ma question.

— Bien sûr, répond Noah, son expression toujours aussi fermée.

La réponse de Nigel est considérablement plus enthousiaste :

— Mais oui, absolument ! Viens là, Tabitha !

Je me glisse en place et passe mon bras sous celui de Nigel, alors qu'il se lance dans un nouveau slogan. Tenant la laisse d'Echo dans ma main, je me retourne pour regarder Noah. Après un instant, il lève le bras pour que je passe le mien sous le sien.

— Je suis tellement contente de t'avoir trouvé, lui dis-je pour couvrir le bruit. J'ai des choses à te dire. Plein de choses. Mais d'abord, il faut que je...

— Allez, Tabitha ! m'interrompt Nigel avec une ola, et je lève les bras, suivie peu après par Noah.

J'essaie de nouveau.

— Ce que je veux dire, c'est...

Tout le monde autour de moi se met à chanter en chœur.

— Les promoteurs, dehors ! L'arbre doit rester ! Les promoteurs, dehors ! L'arbre doit rester !

— Noah, s'il te plaît, lui dis-je.

Une autre ola se déclenche, et Nigel lève de nouveau nos bras avant que je ne la transmette à Noah.

— Ça n'aide *pas* du tout, m'exclamé-je, exaspérée.

— Quoi ? La ola ? demande Noah, et je suis certaine qu'il prend un certain plaisir à me voir frustrée.

— Oui, la ola, et les slogans.

Je fais une pause, m'attendant à ce que la vague fasse à nouveau le tour de l'arbre, mais les bras de tout le monde restent en bas. Je retente ma chance.

— Noah, je sais que tu es Frisksits, lui glissé-je à l'oreille, pour que personne d'autre ne puisse entendre.

Je m'attends à ce qu'il soit choqué, qu'il recule sous le coup de cette révélation. Au lieu de ça, il garde une expression neutre, les yeux fixés droit devant lui.

— Tu le sais depuis quand ?

— Pas longtemps. J'ai compris ce matin. Enfin, c'est Prue, en fait. Mais dès que je l'ai su, j'ai dû venir te trouver.

— Les promoteurs, dehors ! L'arbre doit rester ! chantent-ils tous, et je me joins à eux sans grande conviction.

Noah se tourne vers moi pour la première fois depuis que j'ai rejoint la chaîne, ses yeux me transperçant du regard. La mâchoire serrée, il demande :

— Pourquoi ? Pour que je devienne un client de ta galerie ?

— Non ! m'exclamé-je, horrifiée. L'idée ne m'a même pas traversé l'esprit.

Ce qui est la pure vérité.

Nigel lève de nouveau nos bras, et cette fois je me détache de lui et de l'arbre puis je me tourne vers Noah.

J'ai atteint mes limites. Une fille ne peut supporter qu'un certain nombre de olas et de slogans quand elle fait de son mieux pour reconquérir l'amour de sa vie.

— Noah, regarde-moi, s'il te plaît, le supplié-je, et j'attends qu'il se retourne vers moi avant de me lancer dans le discours que j'ai répété dans le train en venant ici.

C'est bruyant et il est difficile de se faire entendre, mais je continue, en élevant la voix pour couvrir le vacarme.

— Tu avais raison. Je n'avais pas changé. J'étais toujours la même fille qui avait peur de sortir du chemin que tout le monde me dictait de suivre. *Celle* que je devais être. Mes amis et ma famille, mon père surtout, m'ont dit que tu n'étais pas assez bien pour moi à l'époque. Mais ils avaient tort, Noah, tellement tort. Tu es quelqu'un de bien meilleur que moi, et j'ai eu de la chance de t'avoir dans ma vie pendant ces quinze mois.

Il détourne son regard du mien alors qu'une nouvelle ola se propage autour de l'arbre.

Dot lance un nouveau slogan, et cela ravive le groupe qui le reprend en chœur.

— Tuer l'arbre, c'est tuer le village ! Tuer l'arbre, c'est tuer le village ! scandent-ils avec ferveur.

— Tu m'as brisé le cœur, admet-il en regardant au loin. À l'époque, quand tu as rompu avec moi. Je ne m'en suis jamais remis.

Le regret, la culpabilité et le chagrin m'envahissent. Je tends la main pour prendre la sienne. — Je sais. Je me suis brisé le cœur à moi aussi.

Il reporte son regard sur moi, et je suis certaine de sentir son regard s'adoucir.

— Je veux que tu saches que j'ai dit à papa que j'allais lui racheter ses parts de la galerie, et que je lui rends aussi son appartement.

— Ne fais rien de tout ça pour moi, m'avertit-il.

— Non. C'est pour moi, je te le promets, et ça fait long-temps que ça aurait dû être fait. Je... j'ai besoin d'apprendre à voler de mes propres ailes, à être à la hauteur de mes propres attentes, et non de celles que ma famille, mes amis ou qui que ce soit d'autre ont fixées pour moi.

Il étudie mon visage un instant, avant de décrocher son bras de celui de la vieille femme et de dire à Nigel de prendre sa place. Il s'approche de moi, et mon pouls s'accélère. — Et la manifestation ? L'arbre ?

— Je pensais que tu me demandais de choisir entre ce que tu voulais et ce que mon père voulait. Mais je vois ce que tu voulais dire maintenant. Cet endroit, cet arbre, dis-je en désignant les environs, ça représente tout pour toi. Tu viens ici et tu le peins parce que tu l'aimes. N'est-ce pas ?

Il acquiesce d'un signe de tête sec.

— Et tu me l'as caché parce que tu pensais que je ne voulais pas être avec toi. Parce que je t'ai brisé le cœur. Mon cœur martèle si fort ma poitrine que je jurerais que les gens autour de moi peuvent l'entendre par-dessus les slogans. Noah, je sais maintenant qu'à ma fête, tu me demandais d'être moi-même, de défendre ce en quoi je crois. Je veux sauver cet arbre parce qu'il nous représente, et je te choisis, Noah. Je *nous* choisis. Parce que je t'aime de tout mon cœur, et je t'aime depuis le jour où nous nous sommes embrassés pour la première fois sous ce même arbre. Je lève les yeux vers l'océan de feuillage au-dessus de nos têtes, la lumière mouchetée scintillant dans mes yeux. Me retournant vers Noah, je dis : Je n'ai jamais cessé. Ça a toujours été toi, Noah. Toujours.

Il me regarde, les yeux intenses. — Ça a toujours été toi aussi, Duchesse.

À la mention de mon surnom, je sais qu'il m'a vraiment entendue, et je n'aurais pu retenir l'immense sourire qui s'est étiré jusqu'à mes oreilles pour tous les chênes que Barnabas Babington a plantés en Angleterre.

Je lui souris de toutes mes dents, le cœur comblé. — Tu ne sais pas depuis combien de temps j'attends d'entendre ça.

— Une douzaine d'années ? demande-t-il, ses lèvres si désirables s'étirant en un sourire à faire fondre les cœurs.

— Depuis notre premier baiser sous cet arbre, Monsieur Premier Baiser.

Il éclate de rire et cela me donne le vertige. — Tu viens seulement de faire le rapprochement ?

Je me tapote le côté de la tête. — Pas très fute fute.

— Oh, je te trouve bien assez intelligente. D'un seul mouvement, il couvre la distance qui nous sépare et enroule ses grands bras puissants autour de moi, me pressant contre son corps ferme. Je t'aime tellement, Tabitha Greene, me murmure-t-il à l'oreille, son souffle chaud faisant frissonner mon cou.

Et puis, ses lèvres trouvent les miennes dans le baiser le plus exquis de ma vie, sa passion pure pour moi me soulevant littéralement de terre.

La tête me tournant de joie, je lui rends son baiser, les genoux faibles, le cœur rempli de mon amour.

Mon Noah.

Le son des acclamations nous ramène tous les deux à la réalité, et au début, je pense qu'elles sont pour nous. Mais en regardant autour de nous, nous voyons les ouvriers en gilet fluo monter dans leurs camions et partir, et je sais que c'est pour la victoire que les manifestants ont remportée ici aujourd'hui.

— Tu vois ça ? demandé-je à Noah avec excitation.

— Ils s'en vont. Tu y crois ?

J'éclate de rire, les larmes me montant aux yeux. — C'est incroyable !

Les manifestants dansent, poussent des cris de joie et célèbrent leur victoire, tapant dans le dos de Noah et m'adressant des sourires radieux. Je regarde la scène avec satisfaction, le bras de Noah passé avec un air protecteur sur mon épaule, tandis qu'Echo observe l'action, les yeux pétillants d'excitation et la queue frétillante.

Mon regard se pose sur une silhouette familière à l'orée du champ. Vêtu d'une veste en Shetland et d'un pantalon de velours côtelé, il se détourne, mais pas avant que nos regards ne se croisent.

Il m'adresse un sourire et un clin d'œil.

Je lève la main pour le saluer, puis il se retourne et s'éloigne.

— C'était ton père ? demande Noah.

— Est-ce que... tu crois que c'est lui qui a tout annulé ?

— Eh bien, ils sont tous en train de partir.

Je regarde la silhouette de mon père disparaître dans la foule, et un sentiment de contentement se propage dans ma poitrine. Peut-être que Papa m'a écoutée quand je l'ai vu tout à l'heure ? Peut-être qu'il a enfin reconnu ma valeur ?

À cet instant précis, je ne peux pas connaître la vérité.

Tout ce que je sais, c'est que les ouvriers sont partis, et que j'ai retrouvé Noah.

Folle de joie ne suffit même pas à décrire ce que je ressens.

La voix de Dot tonne dans le mégaphone. — Aujourd'-hui, nous avons remporté une victoire ! dit-elle sous une ovation tonitruante. — Aujourd'hui, nous avons vu les promoteurs battre en retraite ! Nouvelles acclama-tions. — Aujourd'hui, nous avons sauvé le champ et l'arbre !

Une nouvelle vague d'acclamations éclate et les gens autour de nous se mettent à scander : « Soft ! Soft ! Soft ! »

Je laisse échapper un petit rire. — Il faut vraiment qu'ils trouvent un meilleur acronyme.

— Je ne sais pas. Soft, ça sonne plutôt bien, répond Noah.

Nos regards se croisent et nous partageons un sourire.

— Qui veut fêter ça ? Direction The Noble Pigeon ! annonce Dot.

Alors que les manifestants se dispersent autour de nous pour se rendre au pub de l'autre côté du pont, Noah me prend par la main et nous entraîne, Echo et moi, de l'autre côté du vieux chêne, à l'abri des regards. Il me tire contre lui et je passe mes mains autour de sa taille ferme, sentant les tendons de son torse musclé sous le tissu doux de son t-shirt.

Il enfouit son visage dans mes cheveux, son souffle chaud sur mon cou. — Tu te souviens quand on est venus ici, on avait à peine seize ans ? demande-t-il.

— Comment pourrais-je l'oublier ? C'était le meilleur premier baiser de ma vie. Le seul premier baiser qui ait jamais compté.

— Je t'aimais déjà avant même de t'amener ici.

Un sourire s'empare de mon visage. — Moi aussi.

Il se penche et effleure mes lèvres des siennes d'une manière exquise, me laissant désirer tellement plus de lui. — Faisons les choses bien cette fois-ci. D'accord ?

— Tu veux dire nous embrasser ?

— Eh bien, nous embrasser, évidemment, mais aussi ne pas tout gâcher. Faisons en sorte que ça dure.

Je lui souris. — « Que ça dure. » Ça me plaît, ça.

Cette fois, c'est à mon tour de l'attirer pour l'embrasser, et ce faisant, le souvenir de notre premier baiser fusionne avec le moment présent, et je sais avec certitude que Noah Grant est mon seul et unique véritable amour.

Épilogue

Je parcours du regard la longue table, couverte d'une série de nappes blanches que Mme Mayhew — qui insiste désormais pour que je les appelle, elle et son mari, par leurs prénoms — a fait venir spécialement pour mon dîner d'anniversaire. Fenella et son mari sont occupés à nourrir leurs enfants, Persephone en équilibre sur les genoux de Fen, tandis que Teddy amuse les jumeaux avec des fraises et des tranches de pastèque. Ils sont flanqués de Maman et Papa, qui sont habillés comme toujours dans leurs uniformes respectifs, et ont l'air profondément mal à l'aise de dîner au Noble Pigeon, mais sont là malgré tout. Je leur lance un sourire, reconnaissante qu'ils soient là pour m'aider à célébrer mon grand âge de trente et un ans.

Je sais. Je suis vieille. *Antédiluvienne.* Mais, comme me l'ont dit mes London Babes plus tôt dans la journée — quand elles m'ont offert une nouvelle année de réserves de nourriture pour chien et de friandises de chez Penelope's Pooches pour Echo — quand on dirige une galerie qui a du succès, qu'on vit dans un appartement en location qu'on adore à Notting Hill et, plus important encore, qu'on a reconquis l'homme qu'on a toujours, toujours aimé, avoir trente et un ans, ce n'est vraiment pas si mal.

En fait, c'est même sacrément bien.

Noah se lève à mes côtés et tape sa fourchette contre sa pinte à moitié pleine. Ma famille, les London Babes, Prue et sa famille, les Mayhew, Jed et Caro, Dot et Nigel de S.O.F.T. cessent de bavarder et le regardent.

— Je voulais juste dire quelques mots, et je ne serai pas trop long, car je sais que nous avons une séance de danse importante de prévue après le dîner. Tout d'abord, merci à Maisie et Basil pour cet incroyable festin de tourtes. Charlie, je sais que tu apprécies particulièrement le hachis Parmentier d'ici, et j'espère que tout le monde a apprécié son choix.

— Mon deuxième préféré après celui du Black Cat, répond Charlie.

— Vous trouvez que le hachis Parmentier d'un pub de Londres est meilleur que le nôtre ? demande Mme Mayhew, indignée.

— C'est uniquement parce qu'il en mange plusieurs fois par semaine, Mme Mayhew, répond Kennedy.

— Eh bien, assurez-vous de revenir ici en manger plus souvent et on verra si on ne peut pas vous faire changer d'avis, renifle-t-elle.

Charlie lui adresse un grand sourire. — Avec grand plaisir, Mme Mayhew. Croyez-moi.

Noah s'éclaircit la gorge. — On peut se concentrer, s'il vous plaît ?

— Vas-y, Noah, lui dit Kennedy.

— En plus des Mayhew, je veux aussi remercier l'été britannique, parfois peu fiable, d'avoir joué son rôle aujourd'hui, car comme nous, les anciens Californiens, le savons bien, il regarde Asher et Kennedy, ce pays adore la pluie.

— Du soleil liquide, s'exclame Asher de l'autre bout de la table, son verre levé.

— Maintenant, nous savons tous pourquoi nous sommes ici aujourd'hui, et c'est pour célébrer la naissance de cette femme à mes côtés. Il me sourit, et je ne peux m'empêcher de lui sourire en retour. C'est difficile de croire que cela fait un an que nous nous sommes retrouvés, et personnellement, je suis si heureux d'avoir cette personne incroyable, courageuse et magnifique de retour dans ma vie.

Je laisse échapper un rire satisfait. J'adore tellement quand il dit des choses comme ça.

— Alors, pouvons-nous tous lever nos verres pour trinquer à la reine du jour, Tabitha. Trente et un ans aujourd'hui.

Chaque personne lève son verre. Même mes neveux, Hades et Ares, participent en soulevant leurs assiettes au-dessus de leur tête et en gloussant tandis que des morceaux de fruits atterrissent sur eux et sur la table.

Fenella lève les yeux au ciel en me regardant avant

qu'un sourire n'illumine son visage. — Mes savants dieux grecs, lance-t-elle à la tablée, sous les rires.

— Un discours, Tabitha ! Un discours ! s'écrie Zara, et je me lève et embrasse Noah avant qu'il ne se rassoie et que tout le monde se taise à nouveau.

— Ma bonne amie, Kennedy, m'a dit qu'avoir la trentaine, ça déchire totalement, et vous savez quoi ? Elle a cent pour cent raison. Ça déchire *grave*. La plupart d'entre vous savent que j'étais un peu paumée pendant ma vingtaine...

— Naaa*aan* ! disent Zara, Lottie, Asher et Kennedy en riant, s'attirant un regard noir mais bon enfant de ma part.

... mais jusqu'à présent, ma trentaine est incroyable. Je jette un regard vers Noah et le vois me sourire depuis sa place. J'ai quelques personnes à remercier pour ça. Tout d'abord, mes merveilleux amis qui ont supporté mes misères, qui ont été là pour moi quand j'étais au plus bas : Kennedy, Lottie, Zara, Asher, Prue. Je vous aime toutes et tous, et sans vous, ma vie ne serait certainement pas la même.

— Nous aussi on t'aime, Tabby, dit Prue de sa place à côté de son mari.

— Passons à ma famille. Chez les Greene, nous ne montrons pas notre amour comme les autres familles, mais je veux que vous sachiez tous que je vous aime très fort, et que je suis si heureuse que vous soyez venus aujourd'hui.

Je souris à mes parents, et ils me rendent des sourires crispés.

Du pur Greene.

— C'est aussi incroyable d'avoir Caro, Nigel et Dot ici, les membres si importants de S.O.F.T. qui ont aidé à sauver le vieux chêne qui compte tant pour tant de gens.

— À Soft ! dit Asher en levant son verre. Puissent nos

cœurs être toujours tendres, mais gardons s'il vous plaît nos... *abdos* en béton.

Il nous gratifie de son grand sourire pendant que Zara lui donne un coup de coude.

Je laisse échapper un rire surpris.

— Je me demandais où tu voulais en venir.

— Toujours tout public. Tu me connais, répond-il avec un clin d'œil.

— Je devrais peut-être reprendre mon discours ?

— Hé, c'est ta soirée, répond-il.

— Je veux aussi dire que mon retour ici, à Marling-worth, est rendu encore plus spécial par cet homme juste ici. Mon Noah.

Nous échangeons un sourire.

— Merci d'être revenu dans ma vie et d'avoir acheté toutes les œuvres de Jed...

— Bravo, bravo ! lance Jed, un peu pompette, en levant son verre vide.

— ... et de me rendre absolument et incroyablement heureuse, je termine.

Noah se lève et dépose un baiser sur ma joue.

— De rien ? dit-il en riant.

Nous partageons un instant avant que j'annonce à tout le monde que le dessert arrive, et nous nous rasseyons à la longue table.

Quelque temps plus tard, après avoir dit bonne nuit aux enfants et à leurs parents respectifs, et avoir également raccompagné mes propres parents, nous dansons jusqu'au bout de la nuit sous les guirlandes lumineuses scintillantes, suspendues au-dessus de nous.

Alors que la lumière du soir commence à décliner, Noah me prend par la main et m'entraîne loin du groupe, de l'autre côté de la rivière.

— Allons voir notre arbre, me dit-il.

Nous marchons main dans la main, à travers le champ aux herbes hautes, une nouvelle fraîcheur dans l'air alors que le soleil du soir commence à pâlir. Les oiseaux se souhaitent bonne nuit, et les criquets stridulent leurs chants d'amour.

En arrivant à notre arbre, j'inspecte l'avancée du nouveau projet immobilier. Les charpentes sont montées et les fondations posées, prêtes à être transformées en l'ensemble de maisons que Papa et ses associés de Wilson Construction avaient imaginé. Sauf qu'il ne s'agit que d'une poignée de maisons, pas du projet complet qu'ils avaient initialement prévu.

Voyez-vous, ce grand jour de la manifestation, il y a presque un an, mon père a fait quelque chose pour la toute première fois de sa vie. Il a fait un compromis, un mot qui lui était autrefois si étranger qu'on aurait pu le lui hurler au visage sans qu'il ne le comprenne.

Mais, il faut le reconnaître, le jour où je lui ai présenté mon business plan pour 496, il est parti et a réfléchi à ce que j'avais dit, particulièrement à ce que *moi*, je voulais. Apparemment, aucun Greene dans l'histoire de la famille n'avait jamais refusé l'argent familial, préférant plutôt tenter de vider les caisses.

Sa fille l'a surpris ce jour-là.

Et ça a marché.

Quand il est arrivé à Marlingworth, il a persuadé ses partenaires commerciaux de réduire la taille du projet immobilier afin de pouvoir sauver l'arbre et une partie du champ, tout en empochant une belle somme d'argent et en apaisant les villageois très véhéments.

C'était le compromis parfait pour tout le monde, même pour la longue liste d'oiseaux de Dot.

Quant à Noah ? Eh bien, c'est une autre histoire. Bien que mes parents ne l'aient pas vraiment accueilli à bras ouverts dans le giron familial, il s'avère que le bonheur de sa fille est en quelque sorte une priorité pour mon père ces derniers temps. Alors, il a accepté que j'aime un homme qu'il n'aurait pas choisi pour moi, et il a même engagé Noah pour l'aider à acheter de nouvelles œuvres d'art. Via 496, bien sûr.

Quant à Noah et moi ? Disons simplement que je n'aurais jamais imaginé que ça puisse être aussi bien entre deux personnes, mais maintenant que je le sais, il n'y a aucune chance au monde que je le laisse un jour partir.

Debout sous le vieux chêne, Noah prend mes mains dans les siennes.

— Tu savais que je t'aime, Duchesse ? demande-t-il, la voix basse et intime.

— Je m'en doutais depuis un certain temps déjà.

Il glousse.

— J'ai une question à te poser.

— Seulement si tu m'embrasses d'abord.

Il se penche et effleure mes lèvres des siennes. — Et ce n'est qu'un début.

— Tu as intérêt, monsieur Grant, je le préviens. Quelle est ta question ?

Il plonge la main dans la poche arrière de son jean et en sort un petit écrin de velours. Je le dévisage, en croyant à peine mes yeux, mon pouls s'accélère.

Est-ce que ça pourrait vouloir dire ce que je crois que ça veut dire ?

Je lève mon regard vers le sien et j'y vois toute la profondeur de l'amour qu'il a pour moi. — Ma question est..., commence-t-il, avant de mettre un genou à terre.

Immédiatement, mes mains volent vers ma bouche et je prends une inspiration saccadée.

Oh, mon Dieu. Ça veut vraiment dire ce que je pense que ça veut dire !

— Tabitha Greene, commence-t-il en levant les yeux vers moi. Ma Duchesse. Je t'aime depuis avant même d'être un homme, et même si j'ai essayé, je n'ai jamais pu te chasser de mon cœur.

Mon propre cœur menace de sortir de ma poitrine, et je tremble de tout mon corps.

C'est vraiment en train d'arriver.

— Je veux passer le reste de ma vie avec toi. Je veux des bébés avec toi. Je veux qu'Echo ait un papa.

Je laisse échapper un rire étranglé qui se termine par un reniflement.

Il ouvre l'écrin pour révéler un saphir ovale entouré de diamants, qui scintille vers moi depuis son coussin moelleux. — Tabitha Greene. Amour de ma vie. Veux-tu m'épouser ?

— C'est la bague de Kate ! je m'exclame.

— Eh bien, une réplique.

— Oh, Noah, elle est magnifique, je lui dis. Merci !

— Tu n'as pas répondu à ma question, tu sais.

— Oh ! Oui, oui ! Un million de fois, oui ! Je veux t'épouser. Je saute dans ses bras, posant mes fesses sur son genou plié et le couvrant de baisers. Mon cœur est si plein d'amour pour cet homme qu'il risque d'exploser.

— J'espérais que tu dirais ça, répond-il, avant de m'attirer dans un baiser vertigineux et inoubliable, nos corps pressés l'un contre l'autre, nos bras nous maintenant étroitement enlacés.

— Elle a dit oui ! crie Noah, et une acclamation s'élève

de l'autre côté de la rivière. Je regarde et je vois mes amis regroupés sur la berge, en train de nous observer.

— Bravo Tabitha !

— On vous adore !

— Vous êtes les meilleurs !

— Ouais !

Je laisse échapper un petit rire, et leur fais un signe de la main avant de me tourner vers Noah. — Ils étaient au courant ? je demande.

— Je n'en ai parlé qu'à Asher, Charlie, et James sur le terrain de golf ce matin.

— Et ils l'ont dit à mes amies.

— J'imagine que oui.

Je ris d'un air satisfait en secouant la tête. — Je t'aime tellement, tu sais ça ?

— Je l'espérais un peu. Il retire la bague de l'écrin et la glisse à l'annulaire de ma main gauche. — Elle est parfaite.

Je baisse les yeux pour la regarder. — Elle l'est.

— Qui aurait cru qu'on serait de retour ici, sous cet arbre, là où tout a commencé ? demande-t-il, en me serrant à nouveau contre lui.

— Je n'osais même pas en rêver, mais maintenant qu'on y est, j'ai l'impression que c'était notre destin.

Nous partageons un sourire puis j'enlace mes mains derrière sa nuque. — Tu es le seul homme que j'ai jamais aimé.

— Faisons en sorte que ça reste comme ça, tu veux bien ?

Je l'attire pour un autre baiser et je murmure : — Oh, j'ai bien l'intention de le faire.

FIN

Plus de titres dans la série Cœur à prendre

De la même auteure

La série Sœurs et cœurs

La série Royalement amoureux

LA SÉRIE AMOUR EN DIRECT

Un bébé pour Mr. Darcy : Le défi

Auteure bestseller du USA Today

KATE O'KEEFFE

Mr. Bingley : Hors caméra

Une nouvelle
Amour en direct

Auteure bestseller du USA Today

KATE O'KEEFFE

LA SÉRIE POUR TOUJOURS... OU PRESQUE

ROMANS INDÉPENDANTS

De la même auteure en anglais

Royal Romcoms:

The Backup Princess

Royally Matched

The Royal Runaway

Royally Off-Limits

Hockey Romcoms:

Mistletoe Face Off

The Rebound Play

Offside and Off-Limits

Small Town Romcoms:

Faking It With the Grump

Faking It With My Best Friend

Faking It With the Guy Next Door

Romcoms Set in Britain:

Dating Mr. Darcy

Marrying Mr. Darcy

Falling for Another Darcy

Falling for Mr. Bingley (spin-off novella)

Never Fall for Your Back-Up Guy
Never Fall for Your Enemy
Never Fall for Your Fake Fiancé
Never Fall for Your One that Got Away

Romcoms Set in New Zealand:

One Last First Date
Two Last First Dates
Three Last First Dates
Four Last First Dates
No More Bad Dates
No More Terrible Dates
No More Horrible Dates

Co-Authored with Melissa Baldwin:

One Way Ticket

À propos de l'auteur

Kate O'Keeffe est une auteure multi-récompensée et bestseller du *USA Today*, reconnue pour ses comédies romantiques amusantes et feel-good, débordantes d'humour, d'émotion et de fins heureuses. Originaire de Nouvelle-Zélande, Kate a créé de nombreuses séries populaires, s'attirant un lectorat international dévoué.

Avec un talent pour les dialogues spirituels et des héroïnes irrésistibles naviguant dans les hauts et les bas des rencontres modernes, les romans de Kate mettent en scène des amitiés solides, des situations comiques et bien sûr la route parfois cahoteuse mais toujours pleine d'espoir vers l'amour.

Quand elle n'écrit pas, on peut souvent trouver Kate en train de lire des comédies romantiques, de regarder ses séries préférées en binge-watching, ou de passer du temps avec ses amis et sa famille dans la magnifique région de Hawke's Bay en Nouvelle-Zélande.

Note aux lecteurs

Je suis ravie de partager ces livres en français ! N'ayant moi-même qu'un français scolaire (qui ne m'a jamais servi qu'à commander à déjeuner et trouver les gares) j'ai utilisé la technologie de traduction IA comme point de départ, puis j'ai fait réviser et polir le texte.

Mon objectif était d'offrir ces histoires aux lecteurs francophones de la manière la plus fluide possible. Si jamais vous remarquez une petite bizarrerie dans la formulation, c'est pour cette raison, mais j'espère que l'âme de l'histoire reste exactement la même.

Kate xoxo